Decebal Triumfător

Prima carte din seria Roma - Războaiele Daciei
85 – 99 d.Hr.

Peter Jaksa, Ph.D.

Traducerea în limba română: Dani Bárdos

Editura Attention

CHICAGO, ILLINOIS

Peter Jaksa/Editura Attention
30 North Michigan Avenue, Suite 908
Cluj, IL 60602

Nota editorului: Aceasta este o operă de ficţiune. Numele, personajele, locurile şi incidentele sunt un produs al imaginaţiei autorului. Locurile şi denumirile publice sunt uneori folosite cu scopul de a crea atmosferă. Orice asemănare cu persoane reale, în viaţă sau decedate, cu afaceri, companii, evenimente, instituţii sau localităţi este doar o coincidenţă.

Decebal triumfător / Peter Jaksa. -- Ediţia 1
ISBN 978-1-7367277-7-5

Pentru Jonel, fratele meu

Cuprins

Capitolul 1

Masacru în zăpadă

Provincia romană Moesia, anul 85 d.Hr, luna decembrie

Zăpada cădea în briza dimineții și acoperi pământul înghețat cu o pătură proaspătă de alb pur. Armata dacică a umplut valea plată și îngustă, de la dealurile stâncoase din nord și până la pădurea deasă de pini din sud. Bărbații și caii stăteau în picioare tremurând, în timp ce respirația caldă se condensa în aerul de iarnă.

Chiar dacă au îndurat frigul și zăpada, soldații erau entuziasmați. Toate privirile s-au întors spre est, acolo unde legiunea romană se pregătea pentru luptă. Soldații știau că sunt pe cale să înceapă lupta vieții lor.

Regele Duras al Daciei, călare pe armăsarul său negru, defila încet și calm pentru ca trupele din linia frontului să-l poată vedea. Alături de el era nepotul său și comandantul armatei, Generalul Diurpaneus, în vârstă de treizeci de ani. Din ce în ce mai mulți soldați îl aclamau pe tânărul general Decebal. A fost un titlu câștigat pentru a-i onora curajul și conducerea militară. Generalul stătea drept în șa, înalt și mândru, călare pe un mare roib castaniu de război.

În spatele lor călărea un războinic care purta steagul *draco* pe un lung băț de lemn. *Draco* era simbolul antic al Daciei, o flamură de pânză curgătoare cu cap de lup și corp de dragon. În spatele draco-ului venea cavaleria Gărzii Regale a Regelui.

- Stați pe loc! Rămâneți în formație!

Soldații daci se agitau nerăbdători, supărați că au fost opriți în fața înaintării legionare. Erau dornici să atace inamicul, entuziasmați să înceapă lupta. Nimeni nu mai simțea frigul acum.

- Stați la loc, repetă Decebal, lasă-ții să vină la noi!

- Romanii se apropie de raza de aruncare a *pilusului*, frate! a subliniat Diegis.

- Sunt conștient de raza lor de acțiune, a răspuns Decebal calm.

- Vreau să-i atrag mai aproape.

Fiecare legionar avea un *pilus*, o suliță romană ușoară. Era aruncată extrem de eficient asupra inamicului la începutul bătăliei. După cum știa fiecare soldat, blocarea sau eschivarea din fața unei sulițe era o manevră ușoară. Dar totuși, un roi de sulițe nu putea fi ocolit.

- Ridică-ți scutul, imediat sulițele vor începe să zboare! i-a spus Decebal fratelui său.

- Cel puțin am destulă simțire să port un scut! răspunse Diegis cu un rânjet. Spre deosebire de tine, frate!

- Buri este scutul meu! spuse Decebal aruncând o privire directă către bărbatul mare din stânga lui.

Decebal nu purta scut pentru că lupta cu un *falx*, o arma dacică, mânuită cu două mâini, în formă de *sică*, dar cu mâner și lamă mult mai lungă. Asta îi oferea o rază mai mare de acțiune, dar și o putere mai ridicată a loviturilor. Era o armă împotriva căreia legionarii romani aveau teamă să lupte.

Unii legionari erau acum destul de aproape pentru a-și putea arunca pilusul spre linia dacilor. Erau suficient de aproape pentru a vedea aburul respirațiilor și trăsăturile faciale ale fiecărui luptător.

Decebal se întoarse la stânga și strigă un ordin pe linie.

- Retrageți-vă încet, în formație!

S-a întors la dreapta și a făcut la fel.

- Retrageți-vă încet, în formație!

Soldații s-au retras înapoi, câte un pas pe rând, spre vest, departe de avansarea romanilor.

-   Nu-mi place să mă retrag, mârâi Diegis, cu ochii strălucitori. Nu putem ucide romani dacă ne retragem!

-   Răbdare, frate, a răspuns Decebal. Ai încredere în mine?

-   Știi că am!

-   Arătați răbdare atunci și dați un exemplu oștenilor.

-   Ne luptăm ca lupul, nu ca mistrețul.

-   Dacii se retrag! exclamă surprins Titus Lucullus.

-   Nici măcar nu se luptă.

-   Le este frică să se confrunte direct cu armata romană, a judecat Guvernatorul Sabinus.

Tonul său disprețuitor reflecta părerea sa nechibzuită despre armatele barbare. Se aștepta ca ei să dea bir cu fugiții în fața forțelor superioare. Acești barbari nu aveau caracterul și pregătirea soldaților romani.

Dacii au refuzat să se angajeze în luptă, așa că ambele armate s-au deplasat mai spre vest. În stânga armatei romane, de pe dealurile acoperite cu pini, niște arcași daci trăgeau în formațiunile de legionari care treceau prin zonă. Nu reprezentau o amenințare serioasă la adresa flancului său, dar nu puteau fi lăsați să hărțuiască trupele atât de clar.

Sabinus făcu semn către comandantul său de cavalerie, Antonius Trebonius. Trebonius se apropie.

-   Domnule!

-   Ia cincizeci de cavaleri și curăță-i pe nenorociții de arcași din copaci!

-   Imediat, Domnule! răspunse Trebonius zâmbind și plecă să-și trimită călăreții.

Cavaleria care mergea după arcași era precum vulpile care urmăreau iepurii. Iepuri foarte lenți.

Retragerea neașteptată a dacilor i-a luat prin surprindere pe ofițerii romani, pentru că nu așa luptau barbarii. Tânărul tribun Titus Lucullus se simțea ciudat de neliniștit. Și-a dres glasul înainte de a vorbi.

- Guvernatoare Sabinus! Un cuvânt dacă îmi permiteți?
- Da, Titus!?
- Flancul nostru stâng este expus atacurilor din pădurea de pini unde se află acei arcași.
- Ar trebui să desfășurăm rezerva Cohortei a X-a pentru a păzi linia copacilor? Ca măsură de precauție, Domnule.

Sabinus se încruntă, dar știa că informarea primită de la Lucullus avea rost.

- Nu par deloc dornici să lupte cu noi, Titus, cu atât mai puțin să atace. Dar da, ca măsură de precauție, trimite Cohorta a X-a să păzească linia copacilor.
- Da, Domnule! se execută Lucullus și se întoarse către un mesager cu ordinele. Își dorea rapid ca cei cinci sute de oameni din cohorta de rezervă să intre într-o poziție defensivă.

Cavaleria romană trimisă de Trebonius îi alerga pe arcașii daci, gonindu-i în pădure. Prima linie de infanterie înainta și nu întâmpina nicio rezistență. Dacii aveau să fie, în curând, înconjurați și de pe un deal alăturat, fiind forțați, fie să stea și să lupte, fie să se împrăștie și să fugă. Bătălia era câștigată aproape prea ușor.

Și apoi totul s-a întâmplat deodată.

- Domnule!

Una dintre gărzile de cavalerie a guvernatorului trase un semnal de alarmă, arătând spre est, spre spatele armatei romane. O coloană de fum negru și dens se ridica pe cerul gri din zona în care erau poziționate carele de transport și vagonetele de aprovizionare militară.

Acum strigăte îndepărtate ale unei tabere asediate veneau din acea direcție: bărbații urlând și zbierând, țipete de femei, sunetul ascuțit al metalului care se ciocnește de un alt metal, tropăitul multor copite de cai pe pământul înghețat.

Un călăreț se apropie în grabă din direcția taberei din spate. Bărbatul a strigat după indicații și a fost îndreptat direct către postul de comandă. Se opri în fața lui Sabinus și salută.

- Raportează! ceru Guvernatorul aspru.

- Cavaleria dacică e în spatele nostru, domnule! Roiesc peste tabără. Ariergarda este copleșită, Domnule!

Călărețul făcu o pauză ca să tragă rapid aer.

- Câtă cavalerie? Vorbește, prostane!

- Sute, domnule. Trei sau poate patru sute.

Fața lui Sabinus deveni împietrită.

Spre sud, în stânga lui, cei cincizeci de cavaleri romani care îi urmăriseră pe arcași, acum călăreau înapoi cu repeziciune dinspre pădurea de pini. Nu se mai luptau, ci scăpau. În spatele lor, o ceată serioasă de infanterie dacică a ieșit din linia copacilor. Mergeau repede, dar nu alergau. Nu au acordat nicio atenție cavaleriei, ci s-au îndreptat direct spre flancul expus din stânga legiunii romane.

Acesta era atacul de flanc împotriva căruia Titus Lucullus avertizase mai devreme. Prea târziu să oprească acum atacul cu Cohorta a zecea. Cu un sentiment din ce în ce mai alarmat, Titus a făcut o estimare rapidă a forțelor dacice care ieșeau din pădure. Cinci sute de oameni, o mie, o mie cinci sute. Și soldații încă se revărsau dintre copaci.

Spre vest, unde cele două armate principale se înfruntau la o aruncătură de suliță, forțele dacice și-au oprit retragerea.

- Încetați retragerea și începeți atacul! strigă Generalul Decebal.

Noile ordine au fost primite cu urale din partea oamenilor săi. Războinicii urau să se retragă. Acum, în sfârșit bătălia avea să înceapă, iar ei aveau să se lupte cu romanii.

Coloana de fum care se ridica din spatele pozițiilor romane era semnalul Generalului Sinna și al cavaleriei sale dacice că atacau castrul roman. Cavaleria fusese ascunsă în spatele dealurilor din nord și au atacat exact la timp.

Dinspre sud, două mii de infanteriști daci au ieșit din pădurea de pini, unde se ascunseseră peste noapte. Erau conduși de Generalul Drilgisa, un feroce războinic veteran. S-au îndreptat rapid spre cele mai apropiate unități romane, care acum trebuiau să se întoarcă pentru a-i înfrunta.

- Înaintați în formație,! strigă Decebal.

- Cu pas alert! Nu fugiți! Mențineți formația!

Și-a condus armata către legiunea romană, precum o forță care se mișcă rapid, dar bine organizată. O fugă nebună și dezorganizată ar fi fost nesăbuită, trimițând oamenii direct în mâinile romanilor.

- În spatele meu! strigă Buri.

A pășit în fața lui Decebal exact când primele sulițe romane zburau spre ei. Un pilus i-a lovit scutul, iar altul a aterizat în fața lui la câțiva centimetri de picior. Multe alte sulițe au zburat deasupra capetelor lovindu-i pe oameni aflați mai în spate.

Unele sulițe au lovit pământul sau au fost oprite de scuturi, dar multe au străpuns fețe, gâturi și picioare neprotejate. Un strigăt ascuțit de durere veni dinspre soldatul aflat lângă Diegis, în timp ce un *pilus* i-a sfredelit coapsa neprotejată. S-a clătinat și a căzut înainte, în timp ce sângele, de un roșu aprins, a țâșnit peste pătura de zăpadă proaspăt cernută.

Căpeteniile romane au dat ordine și și-au repoziționat oamenii pentru a face față celor două atacuri care veneau asupra lor din direcții diferite. Romanii erau acum cei care duceau o bătălie defensivă. Trupele dacice s-au apropiat cu viteză și disciplină.

- La atac! Găsiți goluri din liniile inamice! strigă Decebal.

Dacii din prima linie au atacat cu *falx*-uri, iar bătălia a devenit un joc de-a v-ați-ascunselea și camuflare. Legionarii în armuri erau mai bine protejați, dar mai grei și mai puțin mobili. Dacii aveau avantajul *falx*ului în fața *gladiusului* roman, mult mai scurt. Intrau rapid în atac și se retrăgeau de îndată dinaintea *gladius*ului. Lupta a căpătat înfățișarea unei haite de lupi care atacă porci spinoși.

Decebal s-a întâlnit față în față cu un roman înalt și roșcat. Cu două mâini a întins falxul în fața romanului, poziționându-se departe de sabia soldatului. Legionarul a ridicat scutul și a blocat lovitura. Falxul lui Decebal nu a lovit puternic, deoarece forța principală a loviturii a fost îndreptată într-o mișcare rapidă în jos în fața scutului romanului. Falxul fulgeră în jos și lovi în genunchi, despicând cu greu mușchii și tendoanele luptătorului. Legionarul mormăi un sunet ascuțit de durere și se prăbuși spre pământ, dar încă sprijinit pe singurul său genunchi bun.

Diegis sării spre romanul îngenunchiat, înfigându-și *sica* în gâtul neprotejat al bărbatului, undeva între pieptar și cască. Presiunea sângelui se revărsă peste amândoi. Diegis sări repede înapoi, evitând o sabie îndreptată spre propria-i burtă.

Buri, cu o singură mână, își pendula toporul de luptă zdrobind scuturi și alungându-i pe romani înapoi. Puterea și ferocitatea atacului său îi făcea pe soldați să evite compania lui, îndepărtându-se de el.

Alături de el, Decebal s-a luptat cu un legionar priceput și cu scutul, dar și cu sabia, blocând fiecare lovitură de falx aruncată asupra lui. Decebal a avut din nou avantajul falxului mai lung, iar sabia romanului nu l-a putut găsi.

- Buri! strigă Decebal. Cârlig!

Buri știa exact ce înseamnă asta. Exersaseră cârligul și tragerea de sute de ori.

Se îndreptă spre legionar, folosind scutul de pe mâna stângă pentru a bloca brațul cu care ținea sabia. Toporul din mâna dreaptă îl agăță peste scutul romanului, apoi trase puternic. Legionarul s-a străduit să-și mențină echilibrul în timp ce scutul îi era tras spre înainte și în jos. Cât ai clipi, falxul lui Decebal trecu peste partea de sus a scutului, retezându-l pe bărbat din față. Soldatul căzu la pământ ca o piatră.

Pe marginea câmpului de luptă, dacii și romanii urlau, sângerau și mureau. Romanii care îi depășeau numeric, au fost depășiți tactic și cedau încet teren. Erau împinși înapoi spre vest.

Cavaleri daci atacau acum legiunea dinspre vest, din spatele frontului. Unii au înconjurat flancul drept roman pentru a ataca dinspre nord. De cele mai multe ori, cavaleria nu lupta cu sulițe sau cu săbii, ci cu arcurile, fiind arcași pe cai. Se apropiau, trăgeau cu mare precizie săgețile la distanță scurtă și apoi plecau repede. Caii lor erau mai mici, dar mai rapizi decât caii mai mari ai cavaleriei romane. Arcașii pe cai erau evazivi și letali.

Când infanteria a fost atacată în acest fel, din flancuri sau din spate, romanii nu au fost capabili să se protejeze cu scuturile lor. Legionarii care luptau împotriva infanteriei dacilor aveau o apărare redusă împotriva arcașilor pe cai.

- Împinge-i înapoi! strigă Decebal.
- Atacați golurile!
- Asta facem! răspunse Diegis, strigând cu vocea răgușită de entuziasm.

S-a întors repede pentru a acorda ajutor unui soldat dac care se îndrepta spre linia romană.

Un roman s-a repezit spre Decebal, protejat de un scut în față și cu un gladius pregătit pentru atac în mâna dreaptă. Decebal făcu un pas rapid spre dreapta, departe de brațul cu care mânuia sabia legionarul. *Falxul* generalului dac a izbit jos, apoi s-a tras brusc înapoi, ca și cum ar legăna o coasă. Vârful curbat al lamei l-a atins pe roman peste gamba stângă, tăind mușchii și tendoanele până la os. *Ca și cum ai fi tăiat o tulpină de porumb*, își spuse el.

Legionarul rănit s-a clătinat și a căzut. Un dac cu o *sică* s-a năpustit asupra lui pentru a se asigura că romanul întâlnește moartea. Sângele curgea peste pământul înghețat, devenind zăpadă purpurie.

- I-am învins, frate!, strigă Diegis, ridicându-și triumfător sabia pătată de sânge. Era prins complet de fiorul sălbatic al luptei.
- Nu încă!, răspunse Decebal.
- Nu se dau înfrânți, iar bătălia încă nu e câștigată. Ai grijă să nu fii neglijent și să fii ucis în această fază târzie, frate!

Privi dincolo de câmpul de luptă către poalele unui deal. De acolo, câțiva cavaleri romani urmăreau bătălia. Acela era postul de comandă roman și acolo avea să-l găsească pe Guvernatorul Sabinus.

- Legiunea este făcută bucăți, a spus Titus Lucullus.

Bătălia durase doar de câteva ore, dar mergea foarte prost. Dacii erau în avantaj ca număr și poziție. Dacă legiunea nu se retrăgea, în curând va fi învăluită. Învăluirea, fiind o înconjurare din toate părțile, ar duce la anihilare.

Oppius Sabinus privea în tăcere din șa. Mintea i se clătina. Perspectiva înfrângerii era prea umilitoare pentru a fi luată în considerare. Cum putea să explice asta Senatului și Împăratului? El trebuie să găsească o modalitate de a schimba cursul bătăliei, altfel totul se pierdea.

- Titus!
- Domnule!
- Trimiteți rezerva Cohortei a zecea și rezervele de cavalerie. Trebuie să preluăm controlul asupra acestei bătălii.

Lucullus se strâmbă, apoi înghiți în sec.

- Legiunea este depășită, domnule. Trebuie să ne retragem.
- Prostii!, a protestat Sabinus.
- Ne vom lupta pentru a ieși din asta!
- Cu respectul cuvenit, domnule, trebuie să ne gândim să-i salvăm pe oameni.

Titus cercetă rapid câmpul de luptă, cu o expresie de resemnare tăcută pe chip.

- Bătălia nu poate fi câștigată, domnule. Trebuie să ne retragem acum, altfel pierdem legiunea.

Guvernatorul Sabinus se întoarse spre el cu furie.

- Te nesupui ordinului? Te voi acuza de lașitate și de trădare!

În dreapta lor un detașament de cavalerie și infanterie dacică s-a angajat într-o luptă crâncenă cu garda personală a guvernatorului. Mai multe trupe dacice venea spre ei.

- Trimiteți rezervele! porunci Sabinus cu o iritate evidentă.

Ridică sabia şi strângând din genunchi îşi îndemnă calul înainte spre un soldat dac care tocmai străpungea armăsarul unui ofiţer roman de cavalerie. Dacul observându-l prea târziu pe Sabinus, a încercat să se eschiveze, dar a primit o lovitură de sabie în cap, aruncându-i jos casca şi izbindu-l de pământ. În încercarea sa de a se ridica, pieptul bărbatului a fost zdrobit de o lovitură puternică de copite aruncate de calul lui Sabinus, antrenat pentru luptă.

Deodată totul se transformase în haos. Din stânga, un cavaler dac s-a repezit la Sabinus, aruncându-se cu suliţa înainte. Sabinus a oprit suliţa cu sabia, îndemnându-şi calul să plece de acolo, în timp ce un infanterist dac l-a apucat de piciorul drept pentru a-l descăleca pe guvernator. Prin răsucire Sabinus îşi roteşte sabia în jos, despicând umărul bărbatului. Dacul s-a clătinat înapoi şi căzu.

Un dac cu un falx tăie piciorul stâng din spatele calului. Animalul necheză de durere şi a săltat înainte. Sabinus a pierdut strânsoarea în şa, căzând puternic pe partea stângă. Pentru o clipă a rămas uluit, apoi s-a ridicat şi a înfruntat doi daci aflaţi în faţa lui. Vederea îi era înceţoşată, iar timpul părea să se scurgă foarte încet.

-      Domnule, trebuie să ne retragem, acum! strigă Titus în timp ce
        se lupta şi cu un lăncier dac.

Nu ştia dacă guvernatorul îl auzise, apoi a trebuit să-şi întoarcă repede calul pentru a lupta împotriva unui cavaler dac.

Oppius Sabinus simţi vârful ascuţit şi curbat al falxului în timp ce i se apăsa uşor pe partea din faţă a gâtului, chiar sub cureaua căştii. Simţea metalul foarte rece pe pielea lui. Nu-l putea vedea pe dacul din spatele lui care mânuia falxul, dar l-a auzit pe bărbat strigând o poruncă pe care nu o înţelegea. Mâna lui dreaptă strângea cu putere mânerul sabiei. Acesta era un afront! A fost Guvernatorul Romei! Nu putea fi comandat aşa de către un barbar. Bărbatul strigă din nou. Sabinus deschise gura să protesteze, dar nu reuşi să scoată vreun sunet. Soldatul dac smunci falxul cu putere şi lama despică adânc.

Titus Lucullus l-a privit pe guvernatorul Gaius Oppius Sabinus căzând pe spate, murind rapid într-o mare baltă de sânge. De atunci a știut că bătălia se încheiase. Din ce în ce mai mulți daci urcau dealul pentru a lua cu asalt postul de comandă, rămas acum de neapărat. Își înghionti calul să se întoarcă, spre un grup de legionari care păzeau Vulturul Legiunii și elementele de identificare militară.

Tribunul Titus Lucullus, acum comandant al Legiunii, a dat singurul ordin care mai putea fi dat.

- Sună retragerea! porunci Lucullus.

În sunetul goarnelor, oamenii Legiunii a V-a Macedonica au început să se retragă în formație. Erau prea bine instruiți pentru a se împrăștia și a alerga, lucru ce ar fi generat un ultim măcel. Unitățile de înaintare s-au deplasat încet spre înapoi, în timp ce duceau o luptă defensivă împotriva dacilor care încă atacau. Arcașii daci, călare pe cai, au continuat să atace și să hărțuiască trupele aflate în retragere. Erau contracarați de puțina cavalerie romană, dar și aceștia se retrăgeau acum.

Generalul Decebal privea peste întinderea câmpului de luptă, acoperit acum cu leșuri de soldați daci și romani. Vedea că bătălia a fost câștigată și că oamenii lui erau însângerați, dar și aproape de epuizare. A decis rapid să nu-i urmărească pe supraviețuitorii romani care se retrăgeau. Bătălia se terminase.

Romanii au evitat anihilarea, dar făcând asta și-au lăsat în urmă morții și răniții. Pentru ei, singurul scop acum era supraviețuirea. Dintre mândrii veterani ai Legiunii a V-a Macedonica, probabil că doar doi din cinci plecau acum. Restul erau morți, răniți sau capturați.

Până spre mijlocul după-amiezii, rafalele de zăpadă au încetat. Cerul devenea strălucitor, iar ici și colo se vedeau pete de albastru. Câmpul era liniștit și tăcut, cu excepția gemetelor și a țipetelor răniților sau muribunzilor. Răniții au fost transportați în spatele liniilor dacice, unde așteptau vracii de teren.

Prizonierii au fost dezarmați și dezbrăcați de armuri până la tunici și cizme. Bărbați tremurând stăteau în picioare așteptând să-și afle soarta. Caii din cavaleria romană au fost duși spre herghelia dacilor.

- O victorie bună, spuse Diegis solemn.

Hainele îi erau pătate de sânge și avea o tăietură pe obrazul stâng, unde un vârf de sabie tocmai ce îi ratase ochiul. Se simțea obosit, dar conștient de amploarea măcelului. Buri, stând aproape, arăta la fel.

- Da, frate, o victorie bună!, aprobă Decebal. Ați luptat bine! Și tu, Buri!

Uriașul om a mormăit ceva și aprobă complimentul gesticulând cu mâna, ceea ce l-a făcut pe Decebal să zâmbească. Buri era un om cu puține cuvinte și nu se simțea în largul lui să primească complimente.

- Ești liber, Buri! Întoarce-te în tabără și găsește ceva de-ale gurii. Vom vorbi mai târziu, prietene.

În timp ce Buri se îndepărta, o duzină de soldați daci s-au apropiat din direcția opusă. Patru dintre ei purtau trupul Guvernatorului Oppius Sabinus.

Decebal ridică mâna și soldații se opriră. Sabinus încă era îmbrăcat în armură și în uniformă completă. Cadavrul unui comandant de armată nu trebuia să fie jefuit. Decebal privi în jos la inamicul său, cadavrul era acum atât de scurs de sânge încât pielea era aproape la fel de albă ca zăpada. Acesta a fost nobilul fost Consul al Romei, trimis să doboare dacii.

- Du-l la Rege! ordonă Decebal, făcând semn spre dealul pe care îl aștepta grupul regal.

- Tratați corpul Guvernatorului cu demnitate!

Generalul Drilgisa se apropie, conducând un grup de aproximativ o sută de prizonieri moesieni. Era un bărbat frumos de treizeci și doi de ani, care acum arăta îngrozitor de însângerat. În copilărie fusese sclav pentru romani, răscumpărat și salvat din sclavie de un negustor dac bogat care l-a crescut ca pe propriul său fiu. Drilgisa niciodată nu vorbea despre copilăria lui, dar a purtat mereu o ură intensă pentru tot ceea ce este roman.

- Ai luat singur pe toți acești oameni prizonieri, General Drilgisa?, glumi Decebal. Sau ai avut nevoie și de ajutor pentru a-i captura?

Drilgisa râse.

- Acești buni flăcăi moesieni doresc să ni se alăture. După cum vă puteți da seama după hainele lor curate și neînsângerate, nu s-au luptat prea mult atunci când ne-am apropiat de ei. Ei vor să lupte cu Roma, nu să o slujească.

Decebal privi grupul și înțelese că Drilgisa avea dreptate. Aceștia erau bărbați înspăimântați, care cu puțin timp în urmă se așteptau să fie uciși, dar acum îndrăzneau să ceară să li se dea o viață nouă.

- Dacă vă permit să trăiți în Dacia, veți lupta pentru Dacia?, întrebă el grupul cu voce tare.

- Veți sluji Dacia?

Unul dintre bărbați, un tânăr de douăzeci de ani cu părul lung, negru și cu o mustăcioară subțire a făcut un pas înainte.

- Îți jur loialitate ție și Daciei, Doamne! a început el cu o voce plină de emoție.

- Nu am familie sau pământ în Moesia. Nu vreau să mă întorc să trăiesc sub dominația romană.

- Și voi restul? întrebă Decebal, cercetând grupul cu ochii.

Fiecare bărbat din mulțime a jurat loialitate. În cele din urmă au fost eliberați de stăpânirea romană.

- Vă urez bun venit, frați moesieni!

Decebal ridică vocea pentru ca toți bărbații să-l poată auzi bine.

- Împărtășim o limbă și obiceiuri comune. Luptăm cu aceiași dușmani. Și vă promit că într-o zi, ca aliați, vom elibera toată Moesia de tirania Romei!

Moesienii au ovaționat puternic. Asta era mai mult decât speraseră ei. Un tânăr care stătea lângă Drilgisa nu și-a mai putut ține curiozitatea:

- Sunteți Generalul Diurpaneus?

Drilgisa se întoarse și îl încătușă ușor de ceafă.

- Băiete, mama ta nu te-a lăsat niciodată să pleci din fermă?

- El este Generalul Decebal. Tocmai a învins o armată romană, apoi, pentru a fi generos, ți-a redat viața și libertatea.

- Adresează-i-te cum trebuie!

Decebal ridică o mână.

- Nu trebuie să-i reproşezi nimic băiatului, este pur şi simplu curios!
- Da, băiete, sunt Generalul Diurpaneus. Unii soldaţi încăpăţânaţi, precum Generalul Drilgisa de aici, insistă să mă numească Generalul Decebal.

Unul dintre moesienii mai în vârstă aprobă din cap.

- Numele ţi se potriveşte, Generale. Cu atât mai mult după ziua de azi.

Drilgisa a îndreptat soldaţii moesieni spre tabăra dacilor din vest.

- Bărbaţi, ascultaţi! Mergeţi în direcţia aceea. Ei vă vor lua numele şi vă vor oferi apă şi pâine.
- Foarte bine, Drilgisa!, spuse Decebal, privindu-i pe moesieni plecând.
- Trebuie să-i recrutăm pe toţi moesieni care putem. Vom avea nevoie de fiecare aliat pentru ceea ce urmează.
- Aşa e, o vom face, aprobă Drilgisa.

Făcu un semn din cap spre mulţimea prizonierilor romani, care tremurau de frig.

- Şi cu ei ce facem?
- Îi vom răscumpăra sau îi vom da la schimb. Dacă sunt mutilaţi rău şi nu mai pot lupta, îi vom elibera. Mai bine să-i hrănească romani, nu noi.

Drilgisa se încruntă.

- Vă spun, mai bine le tăiem gâtul acum. Dacă acum le dam drumul, va trebui să ne luptăm din nou cu ei mai târziu.
- Atunci îi vom învinge încă o dată mai târziu.

Drilgisa se întoarse atât de tăios spre Decebal, încât Diegis păşi în faţa fratelui său.

- Este o greşeală să-i laşi pe romani să trăiască! Să-ţi aminteşti că am spus asta, Decebal!
- Îmi voi aminti!

Decebal făcu o pauză și trase aer în piept. Îl privi pe Drilgisa în ochi și vorbi pe un ton calm și măsurat.

- Generale Drilgisa, nu există un comandant de infanterie mai bun decât tine. Ai un talent și trebuie să spun că ai o pasiune pentru uciderea romanilor. Chiar și așa, nu îi vom executa pe acești prizonieri. Aceasta este porunca mea!
- Așadar, facem cum poruncești!, răspunse Drilgisa, eliberându-se de mânie.

Își spusese părerea și nu era loc de ceartă. Decebal era generalul cu cel mai înalt grad și liderul recunoscut al armatei. Drilgisa dădu un bun rămas din cap către fiecare dintre bărbați, apoi se întoarse și se îndepărtă.

Diegis se uită la fratele său și ridică din umeri. Ura lui Drilgisa pentru romani era legendară. Nimeni nu o înțelegea prea bine.

- Vino cu mine, Diegis!, trebuie să-l vedem pe Rege. De asemenea, mi-e foame și la masa regală găsim cea mai bună mâncare.

Asta l-a făcut pe Diegis să zâmbească.

- Acolo unde mergi tu, frate, vin și eu!

> Capitolul 2

Sarmizegetusa

Provincia romană Moesia, anul 85 d.Hr, luna decembrie

Regele Duras stătea la o masă pe dealul de pe care urmărise bătălia. În fața Regelui stătea Marele Preot Vezina, cel mai apropiat sfătuitor al său. Nimeni nu știa prea bine câți ani avea Vezina, un om cu statură înaltă, slab și cu păr ca de argint. Înainte de a sluji ca sfetnic al Regelui Duras, el a fost Mare Preot și sfătuitor al fratelui său mai mare, Regele Scorilo. Albul păr lung, căzut până la umeri, și barba lungă albă, îl făceau să pară bătrân și înțelept.

Împotriva frigului Regele Duras purta un cojoc lung din blană de oaie. Vezina avea o șubă asemănătoare peste veșmintele albastre brodate cu fir de aur și de argint ale Marelui Preot din Zamolxis. Ambii purtau pe cap căciuli din blană de miel, pileați, un simbol al nobilimii dacice.

Regele și Marele Preot vorbeau în timp ce priveau leșul Guvernatorului Sabinus așezat pe o pătură la ceva distanță. Un bărbat cu o suliță stătea de pază lângă cadavru, pentru a alunga orice pasăre care s-ar putea rătăci prin apropiere.

Soldații Gărzii Regale își prezentau onorul în timp ce Decebal și Diegis se spălau într-o cuvă cu apă. Cei doi frați erau foarte respectați, pentru că făceau parte din familia regală a dacilor. Alături de Dochia și Tanidela, cele două surori ale lor, ei erau copiii Regelui Scorilo, monarhul de dinaintea lui Duras. Dochia era cea mai mare dintre cei patru frați, iar Tanidela era cea mai mică.

Chiar mai important decât linia lor regală de sânge, era că frații erau respectați pentru curajul lor ca războinici, dar și pentru corectitudinea lor. Își asumau aceleași riscuri pe care le-ar cere oricărui alt soldat să și le asume. Asta a creat legături de loialitate puternice din partea soldaților de rând.

Frații și-au găsit câte un loc pe băncile așezate de ambele părți ale mesei. Slujitorii aduceau tăvi cu mâncare și ulcioare cu apă. Mâncarea era simplă, dar consistentă, carne de oaie și păsări prăjite cu legume, condimente și pâine.

Regele Duras părea foarte mulțumit, având și motive întemeiate. Tocmai și-a văzut armata distrugând o legiune romană de veterani. Starea lui de spirit era mult mai relaxată, acum după luptă, decât înaintea acesteia.

- Ne-ai adus o mare victorie astăzi, nepoate! spuse Duras, complimentâdu-l pe Decebal.

Decebal primi lauda printr-o ușoară înclinare a capului.

- Oamenii s-au luptat foarte bine, Domnule. Au dat dovadă de curaj și disciplină.
- Ești mult prea modest! Da, acești bărbații au luptat foarte bine, dar ăsta este semnul unei armate bine pregătite.

Marele Preot Vezina reconfirmă ceea ce spuse Regele:

- O mare parte din merit îți aparține, Decebal! Dacă ne-am fi luptat cu romanii ca niște barbari sălbatici care aleargă și se zdrobesc în liniile lor, am fi pierdut această bătălie. În schimb, tu, ai folosit aroganța lor, împotriva lor. Bravo, Generale!

Decebal savura cu bucurie bucatele aflate pe masă.

- Aroganța este un lucru periculos și poate fi exploatată cu ușurință. Asta vrei să-mi spui, Vezina?

Întrebarea stârni râsul preotului. Decebal învățase de mult toate lecțiile pe care Vezina le avea de oferit. Marele Preot a lui Zamolxe a fost un erudit foarte bine pregătit, priceput în istorie, știință și tactici militare. Cel puţin când era vorba de strategie militară, acest elev îşi depăşise profesorul.

- Într-adevăr, aroganţa în luptă este adesea fatală, confirmă Vezina.

Regele Duras se încruntă în timp ce aruncă o privire spre trupul mort al Guvernatorului.

- Am o întrebare, nepoate.

- Da, unchiule?

- Cum a ajuns Guvernatorul Sabinus să fie ucis?

Decebal clătină din cap cu regret.

- A luptat şi a murit în luptă. Aşa mi s-a spus.

Diegis renunţă să mai muşte din pulpa de oaie.

- Sabinus a început să lupte când oamenii noştri i-au atacat postul de comandă. Unul dintre soldaţii noştri aproape că i-a luat capul cu un falx.

- Un comportament neobişnuit pentru un nobil roman, şopti încet Vezina.

- De obicei, ei aşteaptă să fie răscumpăraţi pentru o mică avere, iar cel mai adesea bogatele lor familii plătesc răscumpărarea.

Iritat, Regele Duras se întoarse spre el.

- Nu este de glumă! A fost Guvernatorul Moesiei. A fost Consul al Romei, chiar anul trecut! Am vrut să vorbesc cu el.

- Da, Domnul meu, spuse Vezina aplecând capul. Nici Împăratul Domiţian nu va fi fericit. El va considera distrugerea legiunii sale şi uciderea guvernatorului drept o insultă teribilă adusă Romei.

Regele nu avea dragoste pentru Roma sau pentru Caesar, iar acest comentariu i-a făcut plăcere.

- Fără îndoială că Domiţian va exploda precum vârful Vezuviului atunci când aceste veşti vor ajunge la Roma!

- Nu va fi singurul, continuă Vezina. Senatul Romei nu va fi fericit şi îl vor învinovăţi pe Domiţian pentru această înfrângere. Nu au dragoste pentru el, ci doar dispreţ.

- Bine, lasă-i să lupte unul împotriva celuilalt, a spus Diegis râzând.

- Asta îl va aduce pe Domițian aici, completă Decebal între mușcături din mâncare. Va aduce o armată și mai mare.

Regele Duras ridică o sprânceană.

- De ce crezi că va veni însuși Domițian? Împărații romani nu călătoresc cu legiunile lor. În orice caz, nu au mai făcut asta de pe vremea lui Augustus.

Decebal împinse farfuria într-o parte, iar starea lui devenise sobră.

- Ceea ce știm despre Împăratul Domițian, știm în mare parte mulțumită informatorilor dumneavoastră, Vezina. Știm că este că este arogant și infatuat.

- De asemenea, trebuie să dovedească că e lider militar, pentru a se ridica la înălțimea a ceea ce au realizat predecesorii săi, tatăl și fratele său. Păstrarea puterii asupra Romei poate depinde de asta.

Vezina se gândi o clipă.

- Ceea ce spui tu este adevărat. Tatăl său, Vespasian, a fost un general desăvârșit, și tocmai de aceea a fost făcut împărat. A fost cuceritorul Iudeei după rebeliunea evreiască. Titus, fratele său, a făcut la fel, a asediat și a nimicit Ierusalimul.

- Atât timp cât a fost, Titus a fost un împărat bun pentru Roma, adăugă Regele Duras.

- Da, Titus a fost un împărat admirat, dar a murit de tânăr, continuă Vezina. Se spune că a murit în conjuncturi îndoielnice și că fratele său i-ar fi facilitat trecerea spre moarte.

Întrebător, Diegis ridică o sprânceană.

- Domițian și-a ucis fratele? Chiar așa?

- Romanilor le place mult prea mult să-și asasineze conducătorii, continuă încruntat Regele Duras. Legăturile de familie nu sunt un scut protector.

- Punctul important de luat în considerare, spuse Vezina, este că ai dreptate, Decebal. În comparație cu ilustrul său tată și cu fratele său, Domițian este văzut ca un împărat slab și încă mai are nevoie să se dovedească cine este. În urmă cu câțiva ani, în urma războiului cu chiații din Germania, a câștigat dispreț, nu respect.

În semn de acord, Decebal confirmă dând din cap.

- Tocmai de aceea, după ceea ce s-a întâmplat astăzi aici, Împăratul Domițian va trebui să se răzbune. Pentru a face acest lucru, trebuie să aducă o armată și mai mare. Guvernatorul Sabinus nu a putut veni cu artileria pentru că vremea era ploioasă și cu zăpadă, iar drumurile erau râuri de noroi. Următorul sezon de război ne va aduce o altă armată romană, la vară. Vor aduce mai multe legiuni, artilerie, dar și mai multă cavalerie.

- Atunci trebuie să fim pregătiți, concluzionă Regele Duras. Indiferent de ceea ce aduc sau cât de mulți vor fi.

- Vom fi gata, spuse Decebal ferm, dar trebuie deja să începem pregătirile. Nu putem fi nici lași, nici prea încrezători.

Privind zâmbitor spre Marele Preot, adăugă:

- Am auzit că excesul de încredere este la fel de periculos ca și aroganța. Nu-i așa?

Vezina încuviință solemn din cap.

- Într-adevăr. Sunt două fețe ale aceleiași monede și ambele te pot ucide.

Sarmizegetusa, Dacia, anul 86 d.Hr, luna ianuarie

Armata a mărșăluit din Moesia în Dacia trecând peste Istru, un râu înghețat, pe care romanii îl numeau Danubius. Au mărșăluit pe malul nordic al Istrului, făcându-și drum spre vest, iar mai apoi au cotit spre nord, în inima Daciei. Au mers prin văi montane înzăpezite și pe drumuri forestiere înguste spre capitală, Orașul Sfânt al Sarmizegetusei.

Drumurile montane spre Sarmizegetusa erau străjuite de o serie de forturi cu ziduri de piatră. Orice armată care ar vrea să ajungă în capitală, trebuia să ducă o grea campanie, cu suferințe și pierderi masive. Pentru un timp foarte îndelungat nicio armată nu încercase asta.

Multe orașe și forturi dacice erau construite sus, pe înălțimea munților, din motive evidente, defensive. Arată-mi un oraș construit pe câmpie și lângă un râu, spunea adesea tatăl lui Decebal, și-ți voi arăta o țintă ușoară pentru următoarea armată care trece pe lângă el. Nu ar trebui să facem lucrurile ușoare pentru dușmanii noștri, a insistat Regele Scorilo. El urma o politică strategică care a fost stabilită cu mult timp în urmă de alți regi, chiar dinainte de vremea lui Burebista.

Însăși Sarmizegetusa a fost construită în inima unui munte. O parte era străjuită de un perete stâncos, înalt și abrupt. Orașul era protejat cu ziduri de piatră înalte de 10 metri și o grosime de aproape 3 metri. Deasupra zidurilor erau creneluri făcute din piatră de calcar și rocă vulcanică de andezit dur, ceea ce făcea ca arcașii și lăncierii să lupte cu ușurință împotriva oricăror atacatori. Porți masive din lemn gros, armate cu fier, străjuiau intrarea principală.

În interiorul zidurilor sale, Sarmizegetusa era o mare așezare complexă și întinsă. Casele pentru populația civilă au fost construite pe o serie de terase plate și largi săpate în munte, fiecare terasă fiind puțin mai înaltă decât precedenta de mai jos. Și mai sus era Palatul Regal. Pe cele mai înalte terase au fost construite zonele sacre, inclusiv Templul Sfânt al lui Zamolxis. Întotdeauna, prin tradiție, templele dacice au fost construite pe cel mai înalt teren, astfel încât să fie cel mai aproape de Zamolxis.

Un mare complex de tuburi aducea apă proaspătă pentru băut și scăldat din pâraiele de munte aflate mai sus. Mari grânare, hambare și țarcuri pentru animale păstrau orașul aprovizionat cu alimente. În livezi și grădini se cultivau suficiente fructe și legume pentru a hrăni populația orașului.

Cercetașii cavaleriei au ajuns înaintea tuturor pentru a-i informa pe locuitorii orașului cu privire la sosirea armatei. După un marș lung și obositor, soldații au primit cu entuziasm sărbătoarea întoarcerii acasă. Regele Duras și Generalul Decebal călăreau în fața coloanei, pe drumul de munte mărginit de copaci bătrâni. Au trecut prin porţile oraşului în uralele santinelelor aflate pe ziduri. Oamenii oraşului au ieşit în frig aliniindu-se pe străzi pentru a-şi saluta şi bucura Regele, precum şi pe fiii, soţii, taţii şi fraţii lor.

Garda Regală a mărşăluit până la palat pentru a-l escorta pe Rege şi pe anturajul acestuia acasă. Şi mai sus pe drum, pe munte, era Sfântul Templu al lui Zamolxis unde locuiau Vezina şi preoţii săi. Apoi, soldaţii s-au dus recunoscători la casele şi la familiile lor, care îi aşteptau.

Se însera atunci când Decebal a ajuns la casa familiei sale din Palatul Regal. Fiul său, Cotiso, aştepta în faţa intrării principale, dornic să fie primul care să-şi întâmpine tatăl. Băiatul de doisprezece ani era mai înalt decât majoritatea băieţilor de vârsta lui, dar totuşi încă era foarte slab şi firav. Moştenise de la mama sa părul castaniu deschis, iar de la tatăl său avea ochii căprui închis.

Cotiso era fiul primei soţii a lui Decebal, Tyra, care a murit de febră în urmă cu şase ani. La cei şase ani pe care îi avea atunci, Cotiso a trecut foarte greu peste pierderea mamei sale. Doi ani mai târziu, Decebal s-a căsătorit cu, Andrada, cea de a doua soţie. Acum erau părinţii a două fiice. Andrada avea douăzeci şi patru de ani, fiind prea tânără pentru a fi tratată de Cotiso ca propria-i mamă, dar se mândrea cu rolul său de frate mai mare.

- Bine ai venit acasă, tată! spuse fiul cu mândrie şi afecţiune întinzând mâna. Curând avea să devină bărbat şi nu mai era potrivit să-şi îmbrăţişeze tatăl în public, se gândi el.
- Bine te-am găsit, fiule! Mă bucur să te revăd!

Decebal îi strânse mâna, apoi îşi puse un braţ pe umerii lui Cotiso conducându-l înăuntru.

- Ai avut grijă de surorile tale?
- Da, tată! a răspuns băiatul pe un ton serios.
- Adila tocmai acum învaţă să vorbească. Îi place foarte mult să vorbească şi nu se opreşte niciodată!, spuse el râzând. Zia este mai tăcută, dar este foarte inteligentă.
- Şi pe mama ta Andrada? O tratezi cu respect?

Cotiso se încruntă.

- Îmi place doamna Andrada, dar nu este mama mea. Şi da, bineînţeles că o tratez cu respect.

- Ea este mama ta în duh, fiule. Vei încerca să o tratezi în acest fel?

- Da, tată, răspunse Cotiso.

Tatăl său era un aprig campion al loialităţii familiale. Orice lipsă de respect sau manifestare de neloialitate, pur şi simplu, nu era tolerată.

Andrada şi fetele se jucau în camera mare, odaia în care familia îşi petrecea cea mai mare parte a timpului. Covoarele acopereau podeaua de piatră, iar pe pereţi atârnau tapiserii, ceea ce făcea camera foarte colorată, păstrând căldura iarna. Zia, în vârstă de trei ani, era pe podea cu mama ei jucându-se cu un căluţ de jucărie din lemn şi cu o căruţă de fermă. Căruţa de jucărie transporta morcovi şi ceapă adevăraţi de la o fermă imaginară spre o piaţă imaginară. Adila, în vârstă de un an, repeta cuvintele cu ajutorul mătuşii sale Dochia, sora mai mare a lui Decebal.

Andrada şi-a ridicat prima privirea atunci când soţul şi fiul vitreg au intrat în cameră. Ochii ei albaştri s-au luminat, iar buzele i s-au deschis într-un zâmbet.

- Zia, uite cine e aici!

- Tata!

Zia nu-şi mai văzuse tatăl de câteva luni şi a sărit în picioare alergând prin cameră în braţele lui. Adila privea către momentul emoţionant care se desfăşura în faţa ochilor ei, dar nu şi-l amintea pe acest bărbat înalt care îi îmbrăţişa sora, sărutând-o pe obraji.

Dochia o ridică pe Adila şi o duse la uşă.

- Adila, acesta este tatăl tău. Sărută-ţi tatăl!

Copila se dădu confuz înapoi, puţin speriată de toată zarva. Decebal râse, apoi o luă în celălalt braţ şi o sărută pe obraz.

- Dragele mele, amândouă creşteţi atât de repede!

Le-a sărutat pe obraz din nou pe fiecare, apoi s-a aplecat uşor din talie aşezându-le pe o canapea moale.

- În fiecare zi semănați din ce în ce mai mult cu frumoasa voastră mamă!

Zia chicoti. Ambele fete aveau părul negru strălucitor și ochii mari albaștri ai mamei lor.

- Bine ai venit acasă, frate, îl salută Dochia pe Decebal îmbrățișându-l.

Era o femeie robustă, de înălțime medie, cu păr castaniu și ochii căprui. Era cu doi ani mai în vârstă decât Decebal.

- Mă bucur să te revăd, dragă soră, a răspuns el. Arăți bine!

- Bine ai venit acasă, a spus Andrada, îmbrățișându-și în cele din urmă soțul.

O atrase într-o îmbrățișare strânsă.

- Sunt fericit să fiu acasă, iubită soție. Chiar foarte fericit.

- Bine, răspunse ea. Acum hai să luăm cina, apoi trebuie să-mi spui tot ce s-a întâmplat. Aud multe povești, dar nu pot crede poveștile întotdeauna.

Cina a început cu o oală fierbinte de supă din linte și pâine proaspăt coaptă. Dacia era renumită pentru câmpurile de grâne și recoltele abundente de grâu, iar pâinea era un aliment de bază la fiecare masă pe tot parcursul anului. Dochia a pus ciorba groasă într-un castron mare de lemn și a pus-o pe masă pentru fratele ei. Aromele îmbietoare ale supei și ale pâinii proaspăt scoase din cuptor l-au făcut pe Decebal să-și dea seama că era flămând. Timp de multe săptămâni, mesele sale au inclus mai ales pâine uscată și brânzeturi, iar uneori căprioară sau mistreț. A început să mănânce cu poftă.

În jurul mesei erau așezați Andrada, Cotiso, Dochia și Zia, care abia putea să ajungă la blatul mesei în timp ce stătea pe o pernă. O slujitoare o ținea pe micuța Adila, hrănind-o cu o linguriță. Discuția dintre femei a fost despre lucrurile care s-au întâmplat în acea zi și despre planurile din ziua următoare. Era o seară normală și liniștită, dar emoționantă în inima lui Decebal.

Acesta a fost motivul pentru care a luptat și și-a condus oamenii spre moarte, se gândea el. Acesta a fost temeiul pentru care și-a riscat viața de fiecare dată când a intrat în luptă și nu s-a gândit niciodată la asta. De aceea, agresiunea romană a trebuit oprită la granița Daciei. Pur și simplu pentru ca familia lui să trăiască liberă și să se simtă în siguranță, să stea în jurul mesei, să împărtășească știrile și bârfele zilei, să se bucure de supa lor de linte și de pâinea proaspăt coaptă.

- Bărbate, pari departe! a spus Andrada.
- Eu? întrebă Decebal.
- Pur și simplu mă gândeam la cât de mult mi-a lipsit să mâncăm împreună.

Andrada zâmbi.

- Mă bucur să aud asta. Acum, că războiul s-a terminat, ar trebui să fii acasă pentru multe alte mese.
- S-a terminat cu adevărat lupta? întrebă Dochia.

Dincolo de grija obișnuită cu privire la securitatea Daciei, ea a simțit mereu grija unei surori mai mari față de siguranța personală a fratelui mai mic. Această ultimă campanie militară a durat mai mult decât se anticipase și, ca întotdeauna, cei care așteptau acasă au așteptat îngrijorați.

- Da, surioară. Deocamdată lupta s-a terminat, a răspuns Decebal.
- Romanii nu ne vor ataca până în vară, sau poate până anul viitor. Este nevoie de timp pentru a te pregăti de război, iar Dacia este la o mare distanță față de Roma.
- Dar te aștepți să ne reatace?

Andrada s-a întors spre ea, răspunzând în locul lui Decebal.

- De asta putem fi siguri. Pe lângă Germania, suntem următoarea lor graniță de cucerit.
- Ce înseamnă cucerit? o întrebă Zia pe mama ei.
- Este ceva ce fac adulții, atunci când nu se pot înțelege cu vecinii lor, a spus Andrada, folosind un șervețel pentru a șterge supa de pe bărbia fiicei sale.

Decebal râse.

- Aceasta este o explicaţie la fel de bună ca oricare altă!

- Romanii nu ne sunt vecini şi nici nu-mi doresc să fie vecini noştri, a spus Dochia.

- Nu, soră, nu ne sunt. Moesienii sunt vecinii noştri. La fel sunt sarmaţii, celţii şi bastarnii. Romanii sunt invadatorii şi asupritorii vecinilor noştri.

Dochia oftă.

- Mi-e teamă că ai dreptate! Regele Duras îmi spunea că în timpul domniei Regelui Burebista, Roma a făcut planuri de a invada Dacia.

- Este corect? întrebă curioasă Andrada.

- Da, răspunse Decebal.

- Cu puţin timp înainte de a fi asasinat, Iulius Cezar a mutat şase legiuni în Macedonia, cu planuri de a le conduce să invadeze Dacia. După ce a fost ucis la Roma, acele planuri nu au mai fost niciodată îndeplinite.

- Ce îngrozitor ar fi fost dacă le-ar fi pus în aplicare, a spus Dochia.

- Din fericire, adăugă Decebal zâmbind, după cum îi place Regelui Duras să spună, romanilor le place prea mult să-şi asasineze conducătorii.

Un servitor intră cu o tavă plină cu plăcinte de diferite forme şi dimensiuni. Unele aveau umplutură din gem de fructe, brânză sau nuci mărunţite, iar altele erau acoperite cu miere. Dacia avea din abundenţă grâu, miere şi livezi de fructe. Plăcintele erau nelipsite şi erau obligatorii la toate ocaziile speciale.

- Uite, ia-o pe aceasta, spuse Andrada, alegând o plăcintă umplută cu dulceaţă de fructe.

- Ştiu că îţi plac caisele, iar aceasta a fost ultima dulceaţă de caise. Nu vom mai avea alta până la vară.

- Mulţumesc, spuse Decebal. Se uită la Zia şi îi făcu cu ochiul.

- Cred că voi lua două!

Râsul fiicei lui l-a făcut să se simtă ca în sfârşit acasă.

După masa de seară, cuplul s-a retras în dormitorul lor. Acum, Decebal putea fi pe deplin relaxat. Andrada era tânără, dar înţeleaptă dincolo de anii ei. A studiat tămăduirea cu plante medicinale, astronomia precum şi matematica. Avea o minte foarte practică, la fel ca şi soţul ei, fiind adesea cel mai bun consilier personal pe care se putea baza Decebal.

Ea se întinse pe o parte lângă el, punându-şi o mână pe pieptul lui.

- Ceva te deranjează, bărbate?

El o mângâie uşor pe spate în timp ce îşi aduna gândurile.

- Unchiul meu, Regele, îmbătrâneşte.

Ea se uită în ochii lui.

- Asta ştim. Mai este şi altceva?
- Bătrânii devin uneori geloşi pe bărbaţii mai tineri. Mi-e teamă că unchiul meu devine nu doar mai gelos, dar şi mai iritat.
- Nu, spuse Andrada, clătinând uşor capul. Te iubeşte ca pe un fiu! Fiul pe care nu l-a avut niciodată. Ştii asta.
- Da, ştiu! De asemenea sunt o ameninţare pentru autoritatea lui, sau poate că se teme că ar fi aşa. Oamenii mă consideră liderul lor în chestiuni militare, nu rege.
- De ce ar trebui să se teamă de tine? Atunci când tatăl tău, Regele Scorilo, a murit, l-ai acceptat pe Regele Duras ca rege. Aveai doar cincisprezece ani atunci şi erai mult prea tânăr pentru a fi rege, dar acum eşti cel mai bun om care ar putea să-l urmeze pe Regele Duras. Toată lumea spune asta.
- Aceasta ar fi soluţia cea mai practică, încuviinţă Decebal. Vom vedea.
- Vom vedea, ei na! a exclamat Andrada cu emfază.
- Eşti cea mai bună alegere pentru succesiune. În timp, poate şi Diegis ar fi un monarh bun, dar tu eşti mai în vârstă şi mai înţelept. Şi te bucuri de loialitatea armatei. Ei te recunosc drept liderul lor militar pentru că tocmai asta eşti!

- Ah, armata, exclamă Decebal zâmbind.

- Ştii cum mă numesc acum?

- Da, am auzit. Îţi spun Decebal. Vor să te onoreze.

- Îţi place?, întrebă el curios.

- De-ce-bal, rosti ea încet numele pentru evidenţia. Decebal, curajosul. Decebal, cel puternic. Decebal, forţa...

- Sună puţin vanitos, protestă el blând.

Andrada se uită din nou în ochii lui, cu expresia ei serioasă.

- Nu, chiar este un nume bun. Ţi se potriveşte. Este un nume potrivit pentru un general!

Făcu o pauză, cât pentru o bătaie a inimii.

- Este un nume potrivit pentru un rege.

- Te rog, hai să încheiem discuţia despre succesiune, spuse el impacientat!

- De ce?

- Pentru că planurile şi intrigile despre coroane duc la tăierea gâtului în miezul nopţii.

- Niciun gât nu va fi tăiat, răspunse încruntată Andrada. Nu eşti o ameninţare pentru Duras, iar el te iubeşte ca pe propriul său fiu. Nu vor exista lupte pentru putere şi nici asasinate.

- Şi eu cred la fel, dar Duras poate că e temător. Cred că trebuie să i se reconfirme asta.

Ea a zâmbit.

- Poate aş putea vorbi cu el.

- Nu vei face aşa ceva.

- Nu o voi face, vreau doar să te tachinez dragul meu.

- Dar spune-mi asta. Îţi dau două nume. Diurpaneus şi Decebal?

- Nu fă asta!, zise el. Dacii nu au nevoie de două nume.

- De ce nu? Romanii au trei. Adesea au câte cinci sau şase.

- Nu sunt roman, mormăi el, devenind îngândurat.

Andrada îl privi cu răbdare.

- Simt că te gândeşti la o decizie. Aşa este?

- Da. Foarte bine atunci. Mă voi numi Decebal. Dacă oamenii asta doresc, trebuie să existe un motiv întemeiat. Așa să fie!

Andrada ridică din sprâncene.

- Deci Diurpaneus nu mai este?
- Diurpaneus nu mai există, spuse el, încuviințând și prin înclinarea capului.
- Atunci, adio lui Diurpaneus! Mi-a fost drag de el!

El schiță un zâmbet la sentimentalismul ei.

- Sunt în continuare același bărbat!
- Decebal, i se adresă ea cu noul lui nume. Curajosul. Puternicul. Forța Daciei!
- Doar dacă dorește Zamolxis!
- Bine!, proclamă Andrada.

Un zâmbet neastâmpărat îi apăru pe buze.

- Acest lucru ar trebui să-l facă pe Regele Duras să se simtă mai liniștit!

> Capitolul 3

Împăratul Domițian

Roma, primăvara anului 86 d.Hr.

Împăratul Titus Flavius Domitianus, numit și Domițian, nu era mulțumit cu progresul sculpturii sale. Statueta era un bust al capului și a umerilor imperiali, care, pas cu pas, încet și meticulos a prins contur, fiind modelată în argilă de renumitul bustier Dimitros din Rhodos.

Bustul de lut va fi reprodus ulterior în bronz și plasat în mai multe locuri importante și clădiri publice ale Romei. Împăratul dorea ca toți cetățenii Romei să-l iubească și, într-adevăr, toți oamenii din lumea civilizată să-l admire pe conducătorul lumii. El și-a însușit titlurile de *dominus et deus*, maestru și zeu. Desigur că și imaginea sa publică trebuia să reflecte acele calități divine.

Lângă sculptură se afla valetul lui Domițian, Parthenius, sprijinind o mare oglindă. Alături de Parthenius se afla poetul regal, Marcus Valerius Martialis, care avea să devină mai cunoscut sub numele de Marțial. Atât Parthenius, cât și Marțial știau cât de atent era Domițian la imaginea sa. Acum, în mod direct, artistul Dimitrios tocmai învăța și el asta.

Împăratul își muta privirea înainte și înapoi, comparând imaginea lui din oglindă cu sculptura sa din lut. S-a încruntat.

- Sprâncenele sunt prea mari, Dimitros. Gâtul ar trebui să fie mai gros, iar bărbia mai proeminentă. Umerii ar trebui și ei să fie mai mari.
- Și părul, spuse iritat Domițian, scărpinându-se în bărbie. Părul nu arată bine.

Dimitros se uită la bust, apoi la Împărat. Ochii lui vedeau o potrivire perfectă. Cu toate acestea, Regele nu era de acord cu el.

Domițian era un tânăr împărat, aflat cu cinci luni înainte să împlinească treizeci și cinci de ani. Era un bărbat de înălțime medie, cu păr castaniu, creț, care se retrăgea din față spre creștet, lăsând să se vadă un început de chelie. Gâtul îi era subțire, iar la fel de slăbănoage îi erau brațele și picioarele, fiind produsul unei vieți odihnitoare, fără muncă obositoare. De asemenea, împăratul era un iubitor de mâncare bună și vinuri fine, dezvoltând în consecință un pic de burtă în formă de oală. Din fericire, acea parte a fizicului său nu era redată în sculptură.

- Da, Caesar!, acceptă Dimitros cu o mică plecăciune. Voi fi bucuros să fac aceste îmbunătățiri.
- Bine, bine. Noi creăm artă aici, nu ceramică! Fiecare detaliu trebuie să fie perfect. Nu-i așa, Marcus?
- Într-adevăr, Caesar, aprobă Marțial. Statuile sunt opere de artă, precum este și poezia mea.

Îi făcu semn lui Dimitros să rămână acolo unde era.

- Dacă ne poți scuza, Caesar, voi rămâne cu Dimitros și voi discuta despre arta noastră în continuare.

Domițian dădu aprobator din cap. Se întoarse și ieși în mare viteză din cameră, urmat de Parthenius care purta cu el oglinda mare.

- Geniul trebuie să fie satisfăcut, spuse Marțial zâmbind.

Dimitros scoase un oftat.

- Sunt de acord. Mai ales, geniul regal. Totuși, trebuie să-ți mărturisesc ceva ce nu înțeleg.

Marțial ridică o sprânceană.

- Părul, făcând un semn către statuia lui Dimitros. Cum de nu este părul în regulă?

Marţial râse uşor.

- Creăm artă, dragul meu Dimitros. Arta nu trebuie să imite realitatea prea îndeaproape. Problema cu părul, făcând semn către statuie, este că nu este acolo.
- Înţelesul tău este că ar trebui să adaug păr acolo unde nu există păr?
- Exact! Împăratul este foarte sensibil în privinţa cheliei sale. El crede că îl face să arate mai puţin bărbat. Deci, adaugă păr!
- Înţeleg, spuse sculptorul fără entuziasm.
- Vino acum, Dimitros. Suntem artişti şi ştim ce le place oamenilor. Împăratul nu vrea ca statuia lui să arate ca imaginea lui din oglindă. Vrea să arate aşa cum ar vrea să-l vadă oamenii.
- Cu siguranţă, recunoscu Dimitros.
- Toţi artiştii mint, a spus Marţial zâmbind.

Se întoarse să plece, apoi se uită înapoi peste umăr cu un rânjet pe faţă.

- Poeţi mai ales!

Împăratul Domiţian nu a fost niciodată în armată. Cu toate acestea, chiar şi atunci când făcea afaceri oficiale în Palatul Regal, îi plăcea să poarte o uniformă militară. A îmbrăcat uniforma pentru această ocazie, stând întins pe o canapea, ţinând în mână un pahar din argint umplut cu vin, în timp ce-l asculta pe Prefectul Gărzii Pretoriene. Cornelius Fuscus era general din vremea împăraţilor anteriori, Nero şi Vespasian, dar Domiţian era acum cel îmbrăcat în echipament militar. Tunica militară. Manta militară. Cizme militare.

Domiţian purta uniforma pentru că dorea ca soldaţii săi să se simtă ca şi cum ar fi unul dintre ei. Ştia el că nimic nu era mai important decât sprijinul armatei. Din acest motiv, după ce a devenit împărat a mărit substanţial soldele militarilor. Asta a contribuit mult la creşterea popularităţii sale în rândurile armatei.

Şi mai strategic, Domiţian a dublat salariile Gărzii Pretoriene. Viaţa unui împărat depindea literalmente de loialitatea Gărzii Pretoriene, trupele palatului protejându-l pe el și pe familia lui. De asemenea, a fost atent să-și consolideze legăturile cu comandantul Gărzii, Fuscus. De multe ori împărtășeau vin și discutau despre politică. O parte foarte importantă a slujbei lui Cornelius Fuscus a fost să țină evidența rivalilor și a inamicilor politici ai împăratului.

- Agricola este foarte tăcut, spuse Fuscus. A luat o înghițitură de vin, apoi a zâmbit. Bietului îi este frică să-și părăsească casa! Primește foarte puțini vizitatori.

Gnaeus Julius Agricola a fost cel mai cunoscut și mai admirat general din armata romană. Timp de mulți ani a fost comandant militar în Britannia, unde a câștigat o serie de victorii în lupta cu triburile scoțiene din partea de nord a insulei. Era aproape de a cuceri întreaga insulă atunci când Domițian l-a chemat înapoi la Roma, împreună cu o parte substanțială a armatei sale.

Public, s-a explicat că împăratul avea nevoie de acele legiuni pentru viitoarele sale campanii împotriva Daciei și a triburilor germanice, veșnic ostile, aflate de-a lungul Rinului. În particular, s-a înțeles, de asemenea, că popularitatea lui Agricola aflată în creștere, l-a transformat într-o amenințare politică pentru împărat.

Rivalii politici ai lui Domițian au fost suprimați într-o varietate de moduri. Mulți au fost exilați sau executați. Generalul Agricola știa bine acest lucru, iar, de când s-a întors la Roma, profilul său public a scăzut foarte mult. Cel mai bine pentru averea și sănătatea lui era să nu atragă atenția asupra sa.

- Agricola ne-a servit bine în Britannia, a spus Domițian ridicând paharul cu vin într-un toast, dar timpul lui a trecut.

- Nu plănuiești să-l incluzi în campania dacilor, Cezar?

- Nu, nu, răspunse Împăratul disprețuitor.

Îl privi pe Fuscus în ochi.

- Am nevoie de un comandant în care să am încredere deplină atunci când invadăm Dacia. Nu mă pot gândi la un om mai bun decât tine, Cornelius.

Această decizie nu a fost complet neașteptată pentru Fuscus, dar totuși l-a mulțumit enorm. Nu mai comandase o armată de la moartea Împăratului Vespasian. Acum, la vârsta de patruzeci și nouă de ani, i se dădea o oportunitate excelentă de a câștiga onoare și bogății.

Generalul care avea să cucerească Dacia câștiga un prestigiu enorm. Ceea ce a determinat ambiția lui Cornelius Fuscus era o sete puternică de recunoaștere și, de asemenea, de bogăție. Agricola ar putea avea reputația de geniu militar, dar Fuscus avea ceva mai bun. Avea încrederea lui Domițian.

- Sunt onorat, Caesar, spuse Fuscus pe un ton solemn.
- Sunt pregătit, la fel sunt și soldații. Când plecăm?
- Pregătește-te de marș în decurs de două săptămâni. Vei călători în fruntea Legiunii Pretoriene. Odată ajuns în Moesia, vei comanda cinci legiuni. Mă voi alătura ție acolo, în curând.
- Cu cinci legiuni pot trece prin Dacia ca o coasă printr-un lan de grâu, Caesar.

Domițian zâmbi la tonul încrezător al generalului.

- Trebuie să răzbunăm înfrângerea lui Oppius Sabinus. Aceasta este o pată trebuie îndepărtată de pe onoarea Romei.
- Desigur, Caesar.

Fuscus își scurse paharul cu vin și se ridică să plece.

- Mă voi apuca imediat de pregătiri.

Domițian dădu din cap aprobator.

- Știu că nu mă vei dezamăgi, Cornelius. Vom realiza lucruri mărețe împreună.

Când Fuscus pleca, o femeie mândră și îmbrăcată elegant a intrat în cameră. Împărăteasa Domiția Longina se așeză pe canapea, în fața soțului. Un cap acoperit de păr bogat, roșu și ondulat, îi încadra chipul frumos. Părul ei a fost unul dintre lucrurile care l-au atras pe Domițian la ea. El l-a forțat pe primul ei soț, Aelius Lamia, să divorțeze de ea pentru a-i putea deveni soție.

- Deci l-ai ales pe Fuscus, nu pe Agricola?, întrebă ea cu o ușoară surprindere.

- Ştiu la ce să mă aştept de la Fuscus. Am încredere în Cornelius şi el va face ceea ce-i cer.

Ea a dat din cap în semn de recunoaştere.

- Într-adevăr, îţi datorează atât averea, cât şi onoarea. Dar, aminteşte-ţi bărbate, împărăteasa făcu o pauză, ai avut încredere şi în Oppius Sabinus când l-ai trimis în Moesia. Sunt mulţi în Senat care încă te învinovăţesc pentru acea decizie.

- Sabinus a fost un senator cu grad consular, protestă Împăratul iritat!

- Era calificat, în mod eminamente, pentru a fi Guvernator al Moesiei.

- Da, a fost, încuviinţă Domiţia cu ochii ei verzi strălucitori şi sclipind de inteligenţă. Mulţi dintre cei care critică acum alegerea, ar fi apreciat acea oportunitate dacă li s-ar fi oferit, chiar dacă sunt mai puţin calificaţi decât Gaius Oppius.

Domiţian se încruntă şi se duse să-şi reumple paharul cu vin. La umplut pe jumătate cu vin, apoi a completat restul cu apă. Romanii nu beau vinul nediluat. Asta era doar pentru barbari şi pentru cei care doreau să se îmbete repede.

- Sabinus a fost neglijent, spuse Împăratul. A înfruntat dacii cu o legiune întărită. Vom ataca Dacia cu cinci legiuni. Nu vom fi neglijenţi sau depăşiţi.

- Noi, bărbate?

- Da, spuse Domiţian amuzat de surprinderea ei.

- Voi merge în fruntea armatei. De ce nu? Iulius Caesar a făcut-o. Augustus a făcut-o şi el uneori. Este timpul ca Cezar să conducă din nou armatele, nu să stea pe loc şi să-i lase pe alţii să ia gloria.

Domiţia râse cu râsul ei gălăgios.

- Fără îndoială, vei câştiga multă glorie. Deşi, mai degrabă, cred că gloria ar veni mai uşor cu Agricola, decât cu Fuscus.

- Nu contează! Slava va aparţine Cezarului.

- Și ce am să fac eu aici în timp ce tu câștigi gloria ucigând barbari în Dacia?, întrebă ea cu o ușoară grimasă.
- Orice îți dorești, draga mea, ca întotdeauna. Când ai fost tu vreodată în stare să stai și să te plictisești?

Capitolul 4

Copiii lui Zamolxis

Sarmizegetusa, vara anului 86 d.Hr.

ngrijorarea cu privire la adunarea forțelor militare romane în Moesia l-a determinat pe Regele Duras să organizeze o reuniune a consiliului său de război. Generalul Decebal stătea în dreapta sa, iar Marele Preot Vezina, în stânga. Sinna era general de cavalerie, iar Drilgisa era general de infanterie. Au ascultat cu atenție un raport de la Tsiru, veteranul căpitan al cercetașilor de cavalerie. Mic de statură și zvelt în construcție, cavalerul putea sta zile în șir în șa, și adesea o făcea. Tocmai se întorsese dintr-o misiune de cercetare în Moesia.

- Există șase legiuni cu cartierul general la Naissus, a explicat Tsiru.
- Noul comandant al armatei este Generalul Cornelius Fuscus.

Vezina ridică o sprânceană, ușor surprins.

- Fuscus? Este comandantul Gărzii Pretoriene. A fost general sub Nero și Vespasian, dar nu a mai comandat o armată de mulți ani. Ești sigur de această informație?
- Da, Sfinția Voastră, a răspuns Tsiru. Generalul Fuscus a mărșăluit de la Roma în fruntea Legiunii a V-a Alaudae, Legiunea Pretoriană.
- Ehei, Legiunea Pretoriană? Domițian trimite tot ce e mai bun, spuse Decebal, impresionat.

- Pretorienii sunt cei mai bine pregătiţi, cei mai bine înarmaţi şi cei mai bine plătiţi soldaţi din armata romană.

Tsiru continuă:

- Împăratul Domiţian este şi el în armată. El nu iese cu trupele, ci se bazează pe generalii săi în toate chestiunile militare.

- De ce este Împăratul acolo? se întrebă Regele Duras.

- Nu ştiu, Majestate, spuse Tsiru dregându-şi glasul. Ceea ce auzim este că împăratul stă în tabără, în cortul său imperial, alături de haremul său şi că este bine aprovizionat cu vin şi mâncare.

Vezina chicoti.

- Împăratul este acolo pentru a se distra. Şi, de asemenea, fără îndoială, să-şi asume creditul pentru ceea ce realizează generalii săi.

- Regalitatea are privilegiile ei, spuse Drilgisa râzând. Realizând că-l luase gura pe dinainte, în timp ce îl privi stânjenit pe regele său.

- Nu mă refer la dumneavoastră, Majestate.

Regele Duras şi-a fluturat mâna dezinteresat pentru a arăta că nu era jignit. Generalul Drilgisa a fost un soldat dur toată viaţa sa, dar a fost întotdeauna respectuos faţă de demnitatea şi autoritatea regelui.

Vezina se întoarse spre Decebal.

- Ai avut dreptate, Împăratul a venit aici în căutarea gloriei personale. Se luptă cu fantomele iluştrilor săi predecesori, Vespasian şi Titus.

- Vânătoarea de fantome este treabă dificilă, spuse Decebal.

- Domiţian vrea să pară un puternic lider militar. El creează o iluzie.

- Gândesc la fel, nepoate. Şi doar liderii slabi simt nevoie de a-şi crea iluzii, spuse cu dispreţ Regele Duras, întorcându-se spre Tsiru.

- Cum plănuiesc romanii să ne atace?

- Cu trei sau patru cohorte, Majestate. Două mii de soldați, mai mult sau mai puțin. Ne atacă forturile de pe malul de sud al Istrului din Moesia și din Banat. Opunem o oarecare rezistență, apoi ne retragem mai spre vest.

Tsiru s-a înclinat spre rege scuzându-se.

- Forturile noastre din Banat sunt mici și protejate de palisade și terasamente. Nu putem lupta și câștiga împotriva numeroșilor soldați romani, Majestate.

Regele dădu din cap în semn de recunoaștere.

- Nici nu mă aștept la asta. Rezistați cât puteți și nu sacrificați oamenii inutil.
- Atunci, cum să ne luptăm cu romanii? întrebă Drilgisa.

Își întoarse capul spre Decebal. Toți ceilalți au făcut la fel.

- Ne luptăm cu ei în condițiile noastre, la momentul potrivit și în locul pe care-l alegem, spuse Decebal.
- Alegem întotdeauna în condițiile noastre. Ne vom lupta cu ei în munți, nu pe câmpiile Banatului sau ale Moesiei.
- Exact așa, spuse Vezina. Armatele Romei au fost victorioase două sute de ani pentru că ele dictează termenii bătăliei. Pe teren deschis, nimeni nu poate egala în luptă legiunile romane.
- Acesta este avantajul lor strategic, completă Decebal. Așa sunt concepute și așa câștigă legiunile romane.
- Cum așa?, întrebă Sinna. Cavaleria mea este cea mai eficientă pe teren deschis.
- Trebuie să-i atragem la noi, Generale Sinna. Ne luptăm cu ei în munți. Cavaleria ta va fi mai puțin eficientă, dar și mai important, la fel va fi și infanteria lor.
- Dar dacă nu vor veni la noi și nu se vor lupta cu noi în munți?, întrebă Sinna din nou.
- O vor face, spuse Decebal. Împăratul Domițian și Generalul Fuscus nu sunt în Moesia cu șase legiuni doar pentru a strica forturile de-a lungul Istrului. Sunt aici pentru a năvăli în Dacia.

Iar asta presupune ca ei să vină la noi. Mai devreme sau mai târziu, o vor face.

- Deci așteptăm, spuse Drilgisa.

Decebal zâmbi.

- În război, prietene, răbdarea este o virtute.

Sfântul Templu al lui Zamolxis era situat pe cea mai înaltă terasă a Sarmizegetusei, partea orașului cea mai apropiată de ceruri. A fost construit cu piatră și lemnărie decorată complex. Pereții interiori au fost pictați cu desene geometrice colorate și scene din natură.

Templul a fost construit într-o formă rotundă pentru a simboliza soarele, la fel ca toate templele dacice. Pereții exteriori erau înconjurați cu opt stâlpi mari de piatră care susțineau acoperișul templului. Stâlpii sculptați cu forme complexe erau acoperiți cu foițe subțiri din aur. În zilele însorite, lumina soarelui se reflecta din stâlpii auriți uimind toți privitorii aflați în vecinătatea templului.

Templele dacilor reflectau cultura lor. Dacii iubeau culoarea, cu mult dincolo de simpla splendoare elegantă a aurului și a argintului. Culoarea juca un rol important în multe domenii ale vieții. Le decora casele, templele și bijuteriile deosebit de detaliate realizate cu metale nobile și pietre prețioase.

Îmbrăcămintea de ceremonie era bogat brodată cu fire de diferite culori, în special îmbrăcămintea purtată la ocazii religioase și la evenimente speciale, cum ar fi nunțile. Aproape fiecare casă avea o grădină de legume și, de asemenea, o grădină de flori. Primăvara și vara grădinile erau înflorite, având flori colorate oriunde priveai.

Decebal îl găsi pe Vezina stând pe un petic de iarbă în fața Sfântului Templu. Preda unui grup de douăzeci de copii, cu vârste cuprinse între șase și doisprezece ani. Stăteau atenți, așezați în semicerc, în fața lui. Predarea se făcea prin discuții, punând întrebări și răspunzând la acestea. Așa au învățat copiii daci încă din zilele străvechi ale lui Zamolxis.

Călcând pe urmele predecesorilor, preoții din Zamolxis erau profesori foarte educați și tămăduitori pregătiți. Cunoșteau multe materii, inclusiv etica, istoria, matematica, plantele medicinale și astronomia. De asemenea, ei au susținut numeroase ceremonii religioase la festivaluri anuale sau conducând multe alte ceremonii, cum ar fi căsătoriile și ritualurile funerare.

- De ce zâmbești?, întrebă Andrada, venind din spatele lui Decebal.

Clinica ei medicală era situată în josul drumului, pe terasa următoare, într-o clădire mică, nu departe de Palatul regal.

Decebal și-a înclinat capul spre grupul de copii angajați într-o discuție cu învățătorul lor.

- Acela eram eu, acum vreo douăzeci de ani. Ascultându-l pe Vezina și punându-i toate întrebările mele prostești.

- Ah, da. Aceea am fost și eu, acum cincisprezece ani, spuse ea cu melancolie. În curând ar trebui să o aducem pe Zia la lecții. Este curioasă de fiecare lucru mic și îi place să învețe.

- Nu va avea un profesor mai bun decât tine.

Andrada încuviință din cap. Cu cât sunt mai mulți profesori, cu atât mai bine. Ea va învăța de la noi și de la preoți. De asemenea, va fi bine pentru ea să învețe alături de alți copii.

Un băiețel de șapte ani cu părul creț și ochii verzi și-a ridicat mâna pentru a atrage atenția profesorului.

- Da, Tarbus?, spuse Vezina, recunoscându-l pe fiul lui Buri.

- Este adevărat că Zamolxis a mers cândva prin acești munți?

- Da, într-adevăr așa este. Cu multe sute de ani în urmă.

Băiatul părea nedumerit.

- Dar cum poate un zeu să meargă pe Pământ?

- Înainte de a deveni zeu, Zamolxis a fost un om, ca oricare alt om, explică răbdător Vezina. El s-a născut în acești munți și a umblat printre noi. Asta era acum șase sute de ani, cu mult timp în urmă în istoria Daciei. Când a devenit preot, Zamolxis a călătorit în colțurile lumii pentru a învăța toate cunoștințele lumii.

- S-a dus în Babilon, în Egipt și a studiat cu Pitagora, a spus cu mândrie o fetiță mai mare.

- Așa este, a continuat Vezina. Zamolxis a călătorit în Egipt, în Persia, în Grecia și chiar în Italia. Timp de mulți ani a slujit ca discipol al marelui Pitagora, părintele filozofiei și al matematicii. A învățat tot ce putea să învețe de la Pitagora. Când Zamolxis a revenit din călătoriile sale prin lume în Dacia, a devenit primul nostru Mare Preot. După moarte acestuia, Zamolxis a renăscut ca zeu, pentru a veghea asupra oamenilor din Dacia. Astăzi, spiritul său trăiește în Muntele Sfânt Kogaion.

O altă fată a ridicat mâna.

- Fratele meu spune că Zamolxis se transformă în Marele Lup și vânează în munți. Este adevărat?

Vezina clatină din cap.

- Nu, copilă, nu este adevărat. Legendele ne spun că în urmă cu mult timp o mare armată a dușmanilor noștri a venit să invadeze Dacia. Zamolxis l-a transformat pe unul dintre preoții săi în Marele Lup Alb. Lupul a ucis sute de inamici și a ajutat Dacia să câștige războiul. De aceea-l onorăm și ne închinăm Marelui Lup Alb.

- De ce nu avem o statuie a lui Zamolxis? întrebă un băiat. Romanii au multe statui cu zei lor. Vreau să văd cum arată Zamolxis. Câțiva dintre ceilalți copii au dat din cap în semn de acord.

- Băiatul meu, Zamolxis vrea să ne închinăm spiritului lui, nu imaginii. De aceea nu avem poze sau statui ale zeului nostru. Ar fi un păcat.

Băiețelul nu părea convins.

- Îmi place să mă uit la imagini și la statui, adăugă el, în timp ce altă întrebare îi trecu prin minte.

- Vrea Zamolxis să-i ucidem pe romani?

- Oh, aceasta este o întrebare foarte bună, spuse Vezina, uitându-se spre marginea grupului în care stăteau Decebal și Andrada.

- Poate că Generalul Decebal ar vrea să răspundă la această întrebare?

Decebal s-a apropiat și s-a așezat lângă Marele Preot, ca să nu se înalțe deasupra copiilor. Acesta captă întreaga lor atenție, așa cum se aștepta și Vezina.

- Zamolxis ne învață să ne înțelegem unii cu ceilalți și cu toți vecinii noștri. Cu toate acestea, spuse Decebal cu un efect de pauză, tot el ne învață și că trebuie să ne ucidem dușmanii. Este datoria sfântă a fiecărui dac, a fiecărui bărbat și a fiecărei femei, să omoare dușmanii.

- Cine sunt dușmanii noștri? a întrebat o fetiță, părând puțin îngrijorată.

- Dușmanii noștri sunt cei care încearcă să ne ia libertatea sau pământul. Oamenii noștri au trăit în acești munți și pe aceste văi de mulți ani, de la începutul timpurilor. Dacia nu a fost niciodată învinsă de dușmanii noștri. Mereu trebuie să luptăm pentru a ne proteja pământul și libertatea.

- Este Roma dușmanul nostru?

- Da, răspunse Decebal pe un ton calm și serios. În acest moment, Roma este inamicul nostru. Romanii invadează și îi cuceresc pe mulți dintre vecinii noștri. Ei ucid mulți oameni sau îi vând ca sclavi. Ei iau comori și bogății de la alți oameni, iar mai apoi le trimit Romei.

- Vor veni și în Dacia?, întrebă cu o voce timidă o fată mică cu părul blond-căpșuniu.

Și-a auzit părinții vorbind despre asta și a speriat-o. Romanii erau aproape la fel de înfricoșători ca și strigoii, spirite rele ale oamenilor morți care rătăceau noaptea.

- Pot încerca să ne invadeze, răspunse Decebal. Dacă o fac, atunci trebuie să ne luptăm cu ei și să-i ucidem. De aceea, părinţii şi fraţii voştri se antrenează ca soldaţi, pregătindu-se de război.

Decebal văzu expresia speriată de pe chipul fetei, care părea aproape să izbucnească-n plâns.

- Nu-ţi face griji, copilă, vei fi în siguranţă. Dacă vin romanii, ne vom lupta cu ei şi îi vom opri.
- Promiţi?, întrebă fata, iar Decebal făcu o pauză.
- Cum te cheamă, copila mea?
- Salia.
- Da, Salia, promit!, spuse Decebal pe un ton solemn.
- Vom face tot ceea ce trebuie făcut pentru a vă ştii în siguranţă.
- De ce fac romanii asta? Ar trebui să ne lase în pace!, spuse cu pasiune Tarbus, cel cu părul creţ.
- Pentru că asta fac romanii, răspunse Vezina. De ce un roi de lăcuste invadează un câmp de grâu? Pentru că asta fac lăcustele. Romanii sunt foarte lacomi pe pământul şi comorile altor oameni.
- Romanii sunt nişte hoţi la drumul mare!, strigă un băiat aflat pe rândul din spate.
- Da, sunt, completă Vezina. De asemenea, romanii cred că zeii lor vor ca Roma să-i conducă pe toţi oamenii lumii. Este o prostie, desigur, dar le oferă o scuză pentru ceea ce fac.
- Când voi fi mai mare, îi voi ucide pe toţi romanii!, a declarat Tarbus, în timp ce Decebal zâmbi şi clătină din cap.
- Nu, băiatul meu curajos, nu trebuie să-i ucidem pe toţi romanii. Îi ucidem doar pe romanii care ne atacă şi care doresc să ne înrobească. Acei romani sunt duşmanii noştri.

Vezina se ridică şi bătu o dată din palme pentru a le atrage atenţia.

- Asta este tot pentru astăzi, copii. Acasă cu voi acum, la masa de prânz! Ne întâlnim din nou mâine. Aici, în acest loc, dacă vremea este bună, sau în interiorul templului dacă plouă.

Fiecare dintre copiii mai mari avea responsabilitatea de a veghea asupra unuia dintre copiii mai mici. Cei mai mari au preluat acum sarcina de a-și ghida frații mai mici și prietenii acasă.

- Copiii își fac griji, spuse Andrada, privindu-i cum se îndepărtează. Nu le place să audă de romani.

Decebal ridică din umeri.

- Ah, cred că vor fi bine. Copiii trebuie să cunoască adevărul, altfel cum pot deveni adulți onești și înțelepți?
- Așa este, a fost de acord Vezina. Adevărul este că suntem în război cu Roma. Tot adevăr este și că îi vom arunca înapoi, atunci când vor invada Dacia. Avem o mare experiență în a lupta împotriva lăcustelor.
- Voi, bărbații, păreți întotdeauna atât de siguri!, exclamă Andrada.
- Da, Doamna mea, da! a răspuns Decebal. Și întotdeauna trebuie să fim siguri. În ziua în care inimile noastre vor crede că suntem învinși, în acea zi suntem deja învinși.

Ea întinse mâna să-i atingă brațul.

- Atunci, bărbate, mă rog, ca acea zi să nu vină niciodată!

> Capitolul 5

Planificarea războiului

Naissus, Moesia, vara anului 86 d.Hr.

Generalul Cornelius Fuscus și-a scos pelerina prăfuită de la călărie și i-a dat-o unui servitor înainte de a intra în cortul Împăratului. Era o vară târzie, iar acum noroiul de astă primăvară al drumurilor moesiene era lut uscat și praf sub picioarele legiunilor sale. Călătoria nu a fost cu mult mai bună, deoarece a ridicat nori de praf și mai mari. Inginerii romani construiau kilometri întregi de drumuri romane solide, cele mai bune din lume, în opinia tuturor, dar construcția mergea încet în căldura verii.

O santinelă a deschis cortul, lăsându-l pe Cornelius înăuntru. Era umbros și mai răcoros în cort. Orificiile de ventilație permiteau trecerea liberă a aerului atunci când se agita o briză. Pe o masă în mijlocul cortului era o hartă mare și două carafe, una cu apă și una cu vin. Lângă peretele cortului se afla patul împăratului, burdușit cu perne de mătase, peste care o concubină trăgea un pui de somn, iar o alta se răcorea cu un mic evantai. Ambele femei erau frumoase și îmbrăcate într-un material mătăsos subțire pe care doar nobilimea și-l putea permite.

Domițian stătea în spatele mesei studiind harta. Și-a ridicat privirea când a intrat Fuscus. Împăratul era bine dispus. Își lăsase uniforma militară deoparte și purta doar o tunică ușoară.

- Ah! Cornelius! Te așteptam.

Fuscus și-a ridicat țanțoș brațul drept în fața lui, prezentând salutul roman.

- Ave, Caesar!
- Cum ți-a fost călătoria din Banat? Uite, bea niște vin, spuse Domițian arătând către carafele și paharele de argint de pe masă. Trebuie să te fi obosit călătoria făcută.
- Mulțumesc! Mi-e sete.

Fuscus își turnă un pahar cu apă și îl scurse. Apoi și-a turnat un șpriț, o băutură cu jumătate vin și jumătate apă.

- I-am scos pe daci din Singidunum.
- Excelent!, exclamă Domițian cu satisfacție.

Singidunum era un oraș de dimensiuni considerabile și un nod important de transport pentru comerț la sud de Dunăre.

- I-am alungat pe barbari din teritoriul roman, înapoi în pădurile și pe pășunile lor de oi din Dacia. Au rămas doar câteva grupuri împrăștiate de cercetași de cavalerie.

Amanta care dormea s-a trezit și se uita în jur buimăcită pentru a se orienta. Domițian făcu un semn politicos spre ușă și ambele femei se ridicară și ieșiră ascultătoare din cort.

Domițian îl strânse pe Fuscus de umăr.

- Bravo, Cornelius! Bine ai făcut! Ați gestionat foarte bine această campanie.

Fuscus și-a însușit laudele, turnându-și mai mult vin.

- Următorul pas, Împărate, este invadarea propriu-zisă a Daciei. De aceea am adus legiunile aici.
- Sunt pe deplin conștient de ce suntem aici, Cornelius.
- Desigur, Caesar. Nu m-aș gândi să pun la îndoială judecata dumneavoastră. Sunt curios, însă, de programul nostru pentru invadarea Daciei?

Turnându-și mai mult vin, Domițian anunță că a vorbit cu Gallus, Pegasus și Flavinus.

- Tu îi cunoști și știi că ei cunosc bine această zonă. Ei ne sfătuiesc să mai aducem două sau trei legiuni și să recrutăm mai multă cavalerie iazigă.

Împăratul făcu o pauză și se uită la Fuscus pentru a-i evalua reacția. Cornelius nu a fost mulțumit, dar a păstrat o mimă serioasă. Rubrius Gallus avea o vastă experiență în lupta împotriva triburilor sarmate din regiune. Quintus Pegasus și Marcus Pompeius Flavinus fuseseră amândoi guvernatori ai Dalmației. Fiecare dintre ei cunoștea bine locurile și aveau multă experiență în lupta cu triburile locale. Iazigii erau un trib cu o lungă istorie de ostilitate și conflicte militare cu Dacia. Erau nerăbdători să se alieze cu Roma împotriva Daciei, iar comandanții romani se bucurau pentru că armatele romane depindeau de triburile locale pentru furnizarea de cai și luptători de cavalerie.

- Dacă dorim să fim precauți, ar fi o strategie înțeleaptă, răspunse Fuscus gânditor. Ar întârzia invazia și am pierde vremea bună.
- Ai alte gânduri în minte, Cornelius?
- Da, Caesar! În prezent aici avem șase legiuni. Ar trebui să lăsăm o legiune în Moesia pentru a păstra pacea și să atacăm în Dacia, peste Danubius, cu cinci legiuni. Voi fi în fruntea Legiunii a V-a Alaudae și voi conduce atacul.
- Și cum îți propui să traversezi vara cu cinci legiuni peste Dunăre? Barbarii nu trec decât iarna, când râul este înghețat și poate fi traversat.
- Barbarii nu au ingineri romani, pufni Fuscus. Vom construi un pod de bărci peste râu. Am căutat deja o locație excelentă, aproape de Banat. Apoi, în două luni, pot mărșălui spre Sarmizegetusa.

Împăratul era impresionat de entuziasmul generalului său.

- Acesta este un plan îndrăzneț, Cornelius. Aplaud inițiativa ta. Va necesita un număr mare de bărci și un număr mare de ingineri.

- Va fi, Cezar! M-am ocupat deja de planificarea preliminară. Bărcile pot fi construite într-o săptămâna. Am deja inginerii care-mi trebuie, dar mai am nevoie doar de ordinul tău pentru a continua.

Domițian deveni tăcut și se opri să se gândească, cu ochii îndepărtați. Fuscus își simți speranțele scufundându-se. Împăratul nu părea convins, iar entuziasmul îi scădea. Cornelius a aștepta un dar, despre care știa că va veni.

- Cred că invazia trebuie să aștepte acum, spuse Domițian luând o înghițitură din paharul lui de argint și savurând vinul fin.

- Mâine plec la Roma. Sunt chestiuni de care trebuie să mă ocup. Am din nou probleme în Senat. Dușmanii mei devin mai îndrăzneți și mai activi atunci când nu sunt la Roma.

Fuscus nu și-a arătat profunda dezamăgire.

- Da, Caesar! Amândoi fiind aici, nu mă surprinde că cei care fac probleme la Roma stârnesc disidența.

Domițian se încruntă.

- Mă voi ocupa de cei care fac probleme la Roma, Cornelius. Vei rămâne aici să păstrezi pacea și vei continua cu pregătirile pentru invazie.

Nu puteai schimba decizia lui Domitian, odată ce se hotăra. Într-adevăr, împăratul considera asta un semn flagrant de neloialitate. Zeii ne salvează de regalitatea nebună și arogantă, se gândi Cornelius și, cu înțelepciune, a păstrat gândul pentru sine.

- Așa cum poruncești, Caesar!, spuse Fuscus. Voi rămâne și voi continua pregătirile aici.

- Prea bine!, proclamă Domițian. Construirea unui pod de bărci peste Dunăre este o idee excelentă. Stabiliți detaliile și fiți gata să-l construiți în scurt timp. Vom invada Dacia atunci când timpul și condițiile vor fi potrivite.

Lui Fuscus i se păru că împăratul nu era împotriva invadării Daciei, de fapt, chiar părea dornic de asta. Problema era că Domițian nu dorea ca invazia să continue atât timp cât el se afla la Roma. Asta l-ar priva pe Cezar de creditele victoriei.

- Desigur, Caesar!, spuse Cornelius. În scurt timp totul va fi pregătit pentru invazie. Voi aștepta porunca ta.

Munții din sudul Daciei în vara târzie a anului 86 d.Hr

Generalul Decebal și-a încheiat inspecția trupelor aflate în cetățile de munte, fiind mulțumit de pregătirea soldaților. Diegis, Drilgisa și Buri au mers cu el. Oriunde mergeau, erau întâmpinați cu bucurie de spadasini, lăncieri și arcași. Vizitarea taberelor militare era o parte importantă a misiunii lor. După planificarea strategiei, cea mai importantă sarcină a lui Decebal a fost să inspire luptătorilor încredere și speranță. Nu exista o modalitate mai bună decât să mergi printre bărbați și să vorbești cu ei.

Regele Duras și Vezina așteptau în afara cortului de comandă. Erau prea bătrâni pentru a urca și pentru a coborî versanții munților vizitând soldații în taberele lor. Chiar și așa, Regele a preferat întotdeauna aerul proaspăt de afară în detrimentul unui cort. Îi plăcea să privească copacii verzi și cerul albastru. Îi ridica starea de spirit și-l făcea să se simtă viu.

- Cum sunt oamenii?, întrebă Regele, în timp ce Decebal și Drilgisa se alătură lui și Marelui Preot.
- Oamenii sunt bine dispuși, Majestate! spuse Decebal. Moralul lor este la cote înalte, așa cum ne dorim.
- Sunt dornici să înfrunte inamicul, a adăugat Drilgisa. Majoritatea nu au luptat în Moesia și sunt dornici să dovedească în luptă.
- Care este puterea noastră actuală?, întrebă Duras. Văd că mai multe trupe ni s-au alăturat astăzi.

Decebal își luă un moment să se gândească.

- O mie de infanteriști și cinci sute de arcași ni s-au alăturat astăzi. Și tot astăzi au venit și vreo sută de cavaleri.

Se uită la Vezina, care ţinea socoteala. Vezina se întoarse, scoase un pergament din mâneca pelerinei şi se adresă regelui.

- În total, Majestate, avem opt mii de infanterişti, trei mii de arcaşi şi nouă sute cincizeci de cavaleri.

- Avem nevoie de mai mulţi oameni, spuse Regele Duras.

- În două săptămâni va sosi mai multă infanterie, unchiule, îi spuse Decebal. De asemenea, aduc provizii suplimentare pentru a hrăni armata pentru încă două luni.

- Aş vrea să vină romanii, a exclamat Drilgisa. Acum oamenii sunt pregătiţi şi dornici. Războinicii se ruginesc aşteptând.

Regele Duras se încruntă.

- Romanii vor ataca cu douăzeci şi cinci de mii de oameni, General Drilgisa! Eşti pregătit acum să lupţi cu acea armată?

- Vom fi pregătiţi, Majestate!, răspunse Drilgisa cu încredere.

Decebal dădu din cap.

- Ar trebui să avem destui oameni pentru a lupta în războiul pe care vrem să-l ducem.

- Întotdeauna este mai bine să ai mai multe trupe decât să fie insuficiente, răspunse Vezina, dar mă tem că nu va fi niciodată cazul în războiul nostru cu romanii. Ei aduc trupe din tot imperiul atunci când sunt angajaţi într-un război major.

- Este adevărat, aprobă Decebal. Este motivul pentru care încercarea de a ne lupta cu forţa brută, eşuează, împotriva armatelor romane.

Regele clătină din cap, frustrat.

- Nici germanii nu-i pot învinge cu forţa brută. Şi nu suntem la fel de mulţi ca germanii.

Se întoarse pentru a i se adresa lui Decebal.

- Trimite cercetaşi şi patrule regulate. Trebuie să ştim unde sunt romanii şi ceea ce fac.

- Am dat deja ordinele, Majestate, spuse Decebal. Nu vom fi luaţi prin surprindere.

Roma, sfârșitul verii anului 86 d.Hr

La Roma atmosfera era tensionată. Dispoziția acră și cinică a împăratului era îndreptată împotriva senatorilor care stârniseră opoziția în timp ce el se afla în Moesia. Nu erau mulțumiți de creșterea taxelor impuse cetățenilor romani bogați. Totuși, era de așteptat să existe văicăreli despre taxe, iar asta nu l-ar fi supărat pe împărat. Însă, cea mai serioasă crimă a fost să conteste sau chiar să pună la îndoială Legile lui Cezar pentru că asta era considerat ateism.

Așa cum l-a descris și lăudat atât de des Marțial în poeziile sale, Domițian era atât Împărat, cât și Dumnezeu. A pune la îndoială judecata lui Caesar însemna a-i pune la îndoială divinitatea. Bărbați și femei au fost exilați și uneori chiar executați pentru crima aceasta.

- Tu auzi tot ce se întâmplă, draga mea?, i-a spus Împăratul împărătesei Domiția Longina în timp ce se relaxau după cină.
- Cine dintre Senat și ce nobili au cârtit împotriva mea?

Domiția și-a aranjat cu grijă faldurile rochiei subțiri și elegante. Nominalizarea acelor nume echivala cu o sentință de trădare împotriva celor acuzați de neloialitate.

- Oamenilor le este prea frică să dea nume. Aud doar șușoteli, spuse ea, privindu-l cu simpatie. Nobili lacomi care nu s-ar da în lături să-ți ia averea, plus bogăția verbală obișnuită a filozofilor stoici care doresc să desființeze monarhia.
- Aboliți monarhia!, plânse teatral Domițian. Unde ar fi Roma fără Caesar? Roma este Caesar, iar Caesar este Roma.
- Desigur că ai dreptate, Cezar!, a răspuns ea zâmbind.
- Tatăl meu, divinul Vespasian, de două ori a considerat necesar să-i alunge pe acești filosofi blestemați din Roma. Domițian sorbi puțin din vinul său. Va trebui să-i urmez și eu exemplul, în curând.

Domiția dădu din cap în acord tăcut. Eforturile lui Vespasian nu au oprit mișcarea stoică și filozofia lor de viață simplă și cumpătată. Totuși, ei au contestat autoritatea Cezarului. La fel au făcut și creștinii, care creșteau rapid ca număr în Roma. La fel ca și Nero, Domițian îi disprețuia pe creștini.

- Despre ce mai șușotește acum Senatul?, întrebă Împăratul. Pe lângă bani, desigur!

- Desigur, a zâmbit Împărăteasa. Taxe mari și costurile ridicate ale jocurilor și ale proiectelor domniei voastre de construcție. Ca de obicei.

- Ar trebui să-mi mulțumească pentru proiectele mele de construcție. Sunt cel mai mare constructor din Roma de după Nero. Cum să fiu Cezar, întrebă el, cu vocea ridicată, și să nu construiesc lucrări mari, demne de Caesar?

- Într-adevăr. Mințile mici nu pot gândi ca tine, Cezar. Domiția privi prin fereastră spre lumina apusului. Cred că nobilii din familiile antice sunt supărați și geloși. Le diminuezi puterea numindu-ți prietenii și susținătorii în funcții înalte. Vechea nobilime romană este foarte indignată că puterea și influența lor le este diminuată.

- Când eram mai tânăr, cât timp tatăl meu era împărat, proștii ăia mă detestau. Am fost luat în râs și ridiculizat, spuse Domițian rânjind. Cine râde acum?

Împărăteasa se arătă compătimitoare, dar a păstrat tăcerea.

- Mâine va fi postată o listă cu senatori care urmează să fie trimiși în exil, a spus el cu satisfacție. Doar cinci de această dată, nu mulți, dar asta va trimite un mesaj. Trebuie să arăt pumn ferm cât sunt la Roma, altfel ei vor deveni și mai îndrăzneți.

- Cinci dintre senatorii mai bogați presupun?, întrebă Domiția, fără urmă de ironie în voce.

Nu exista un senator sărac, deoarece averea mare era una dintre cerințele pentru o astfel de funcție, dar unele familii erau infinit de bogate.

- Desigur, senatori bogați, a răspuns Împăratul. Cu o singură acțiune îmi ucid dușmanii și le iau banii. Trezoreria are nevoie de bani.

- Cum decurge campania de-a lungul Dunării?, întrebă Domiția, schimbând subiectul.
- Lucrurile sunt la locul lor. Fuscus devine nerăbdător și este dornic să atace Dacia. Trebuie să plec în curând și să mă alătur lui.
- Deci, Cornelius este încă omul tău?
- Este, spuse Domițian cu o voce fermă. Știu că m-ai sfătuit să-l aleg pe Agricola, dar Fuscus este foarte capabil.

Domiția ridică elegantul pahar cu vin și închină.

- Atunci, pentru Cornelius Fuscus! Să găsească glorie și bogăție în Dacia.

Naissus, Moesia, luna septembrie, anul 86 d.Hr

Generalul Cornelius Fuscus stătea lângă cortului său de comandă din Naissus și privea soarele scufundându-se încet sub orizont. Aerul serii devenea rece. Generalul era într-o dispoziție acră, așa cum era de multe săptămâni, în timp ce aștepta ordine de la Roma. Când va veni frigul, sezonul militar de campanie avea să se încheie, iar invazia Daciei trebuia să aștepte până în anul următor. Atunci, se poate să fie tot el la conducerea campaniei militare. Sau poate nu. Respiră adânc și făcu un efort să alunge gândurile întunecate și periculoase care-l bântuiau.

Călăreți se apropiau în grabă pe drumul dinspre vest, ieșind în evidență sub soarele roșu care apunea. Pe măsură ce se apropiau, Fuscus văzu că unii se prăbușiră în șa sau călăreau cu greu.

- Domnule, răniți se apropie! strigă Sextus Capito.

El era secundul lui Fuscus, un veteran testat în luptă, cu o cicatrice adâncă pe partea stângă a frunții. De-a lungul anilor, Capito a devenit cel mai de încredere ajutor al lui Cornelius, chiar înainte ca Fuscus să intre în grațiile favorabile ale împăratului.

Cei care se întorceau erau o duzină de călăreți din grupul cercetașilor de cavalerie. Capito ieși în întâmpinarea lor în timp ce aceștia descălecau. Răniții grav au fost duși la cortul medical. Sextus s-a întors cu un călăreț plin de praf și murdar, dar care nu părea rănit.

- Raportează!, ordonă Fuscus.
- Lucius Gavius, domnule!, salută brusc soldatul.
- Ce s-a întâmplat cu tine, Gavius?
- Patrula noastră a fost prinsă în ambuscadă de cavaleria inamicului. Arcași pe cai, domnule. Ne-am luptat cu ei, dar avem victime. Mai apoi au plecat spre vest, domnule.
- Ați capturat vreun prizonier?
- Fără prizonieri vii, domnule!, răspunse Gavius, știind că Fuscus va fi dezamăgit de răspuns.
- Ați identificat inamicul?, întrebă Capito.

Gavius părea nesigur.

- Sarmați sau daci, domnule. Nu puteam fi siguri. Caii nu purtau armură în stil sarmațian, dar cercetașii sarmați nu pun armuri pe cai. Îngreunează prea mult animalele, domnule.

Capito se uită la Fuscus și ridică o sprânceană. În mintea lor, amândoi își puneau aceeași întrebare.

- Oare este posibil să fi fost daci? Ia gândește-te, omule, insistă Fuscus.
- Da, ar fi putut fi daci, răspunse soldatul. A făcut o pauză, apoi a adăugat: Nu am observat tatuaje pe ei, domnule.
- Cum ar putea fi importante tatuajele?, întrebă Cornelius.
- Sarmații sunt adesea tatuați, dar cercetașii daci niciodată nu sunt tatuați, a explicat Gavius. Este doar unul dintre lucrurile pe care le-am observat, domnule.
- Foarte bine. Ești liber!, transmise Fuscus.

Gavius salută, se întoarse și se îndepărtă cu viteză.

- Dacii și sarmații, luptă adesea împreună, a spus Capito.
- L-ai auzit pe om. Fără tatuaje!, spuse Cornelius zâmbind. Prin urmare, cel mai probabil, erau daci.
- Generale, sunteți nerăbdător să inițiați campania împotriva dacilor!, observă Sextus, afirmând ceea ce era evident. La fel și eu. La fel și oamenii!

Fuscus se strâmbă.

- Stăm aici așteptând ordine de la Roma și continuăm să pierdem mai mulți oameni. Nu-mi place, Sextus.

Capito a zâmbit.

- Aceasta este cea de a treia ambuscadă de cavalerie din ultima săptămână. Dacii lansează o ofensivă, domnule?
- Așa mi se pare!, răspunse Generalul Fuscus.

A luat rapid o decizie tactică, apoi brusc s-a simțit mai bine decât se simțise în ultimele luni. Se pierduse deja prea mult timp. Nu mai putea continua așa

- Adună trupele, Sextus! A sosit momentul să luăm măsuri și să contracarăm aceste atacuri dacice.

Capitolul 6

O trădare regală

Banat, toamna anului 86 d.Hr

Chiar şi în cea mai îngustă deschidere a sa, râul Danubius, numit de barbari Istru, era un corp de apă descurajant de mare. Era mult prea lat şi prea adânc pentru a construi un pod convenţional peste el. Soluţia a fost construirea unui pod de pontoane, deasupra unui lung şir de bărci care se întindea de la un mal la celălalt al râului. Inginerii romani au legat cu frânghii groase bărcile împreună, iar apoi au construit un cadru de lemn deasupra bărcilor. Scânduri groase au fost bătute în cuie deasupra cadrelor din lemn pentru a construi podeaua podului şi pentru a oferi o bază netedă şi solidă.

Generalul Fuscus a ordonat ca podul să fie suficient de lat pentru a permite soldaţilor să mărşăluiască câte patru pe rând, având şi o marjă laterală de siguranţă. Armata lui era compusă din cinci legiuni cuprinzând douăzeci şi şase de mii de luptători. Acestora li se alăturau personalul suport care număra încă vreo două zeci de mii oameni, plus carele de aprovizionare şi căruţele pentru bagaje.

Caii de cavalerie au trecut podul pe rând, având capul şi ochii acoperiţi cu o glugă, astfel încât animalele să nu se sperie şi să intre în panică. Podul era suficient de rezistent pentru a permite artileriei cu roţi, balistelor şi catapultelor să fie trase de catâri şi boi. Podul era o minune a ingineriei romane.

A fost nevoie de câteva zile pentru a muta armata romană pe partea dacică, pe malul nordic al râului. Trecerea a fost fără vreo rezistenţă şi, într-adevăr, nu era nici urmă de vreun militar dac la vedere, în afară de un număr mic de cercetaşi de cavalerie care au stat la o distanţă sigură. Generalul Fuscus nu se aştepta să întâlnească o rezistenţa serioasă dacă până când armata sa nu se afla bine în interiorul Daciei. Decebal nu ar vrea să-l întâlnească pe teren deschis. Chiar dacă ar fi făcut-o, Fuscus l-ar fi zdrobit.

Romanii se aflau pe o vale largă de-a lungul râului. La nord se afla lanţul muntos care proteja graniţa de sud a Daciei. Drumul prin munţi, spre inima Daciei, era un defileu de munte foarte îngust, lung de aproape 13 kilometri. Intrarea în trecătoare era străjuită de un oraş dacic fortificat numit Tapae.

- Mâine vom fi gata să mărşăluim spre nord, Generale!, anunţă Sextus Capito. Soldaţii sunt dornici să meargă.

- Nu mai dornici decât sunt eu Sextus!, răspunse Fuscus. Plecăm la prima rază de lumină. M-am săturat să stau deoparte şi să pierd timpul.

Capito zâmbi.

- Acum noi facem regulile. Aşa cum ar trebui să fie.

- De ce Sextus? Ai grijă să nu încurajezi insubordonarea!, îl mustră Fuscus cu bunăvoinţă.

- Cezar are urechi lungi. Chiar şi aşa, da, de aceea am venit aici.

- Asediem Tapae?, întrebă Capito.

- Voi lua o decizie atunci când le voi vedea fortificaţiile din prima linie. În orice caz, nu va fi nevoie de cinci legiuni pentru a asedia un fort.

- Adevăr spui, Generale!, aprobă Capito. Ar trebui să mergem în Dacia înainte ca vremea să se schimbe.

Oraşul fortificat Tapae şi-a blocat porţile, şi-a baricadat zidurile şi s-a pregătit să reziste invadatorilor. Zidurile cetăţilor şi ale oraşelor dacice erau făcute din piatră, nu din terasamente şi palisade de lemn care erau uzuale în Galia şi în Germania. Un zid exterior de piatră era susţinut de un alt zid gros din pământ şi pietriş, întărit cu bârne de lemn, urmat mai apoi de încă un zid interior de piatră. Pereţii nu puteau fi dărâmaţi prin incendiere şi puteau rezista loviturilor berbecilor şi bolovanilor aruncaţi de baliste. Oraşul era bine aprovizionat cu alimente, pentru a rezista unui asediu îndelungat.

Romanii au înconjurat oraşul din trei părţi. Partea de nord a oraşului era construită în prelungirea unui versant montan. Au început asediul cu un bombardament de artilerie cu baliste şi scorpioni. Apărătorii s-au adăpostit în spatele meterezelor de piatră. Arcaşii daci nu puteau egala raza de acţiune a maşinăriilor romane de asediu, ci se puteau doar adăposti pentru a se proteja. Trebuiau să aştepte ca inamicul să vină la ei.

Generalul Fuscus şi Sextus Capito au făcut o evaluare a apărătorilor de pe zidurile oraşului. Cea mai mare parte dintre aceştia erau arcaşi şi lăncieri. Aproape niciunul nu purta armură. În mod surprinzător, alături de bărbaţi, erau mai mult de câteva femei care apărau zidurile. Aceasta era o forţă de apărare civilă, nu o forţă militară dacică.

- Câţi apără zidurile, Sextus?

- Între şapte şi opt sute domnule, răspunse acesta.

Cornelius aprobă din cap.

- Şapte sute, opt sute de civili, se pare. Chiar şi aşa sunt bine apărate. Dacă atacăm zidurile direct, vom avea multe victime.

- Aşa este domnule, răspunse Sextus. În schimb, ar trebui să-i lovim cu artilerie.

- Continuă atacul, Sextus!

După o zi cu atacuri de artilerie, a devenit clar că zidurile erau mult prea puternice şi se făceau prea puţine pagube. Generalul Fuscus luă o decizie rapidă.

- Mâine voi lua armata şi voi mărşălui spre nord. Vei rămâne aici şi vei asedia oraşul cu patru cohorte. Echipamentele de asediu şi vagoanele de aprovizionare rămân cu tine.

Capito încercă să nu-şi arate dezamăgirea. Două mii de oameni erau suficienţi pentru a purta un asediu lung, dar nu suficienţi de mulţi pentru a ataca zidurile unui oraş puternic fortificat.

- Da, domnule! S-ar putea să stăm aici multă vreme, Generale. Cel mai probabil va trebui să-i înfometăm pe nenorociţi.

- Acum tu eşti responsabil aici. Utilizezi strategia pe care o consideri cea mai bună. Dacă trebuie să-i înfometezi, atunci înfometează-i.

- Am înţeles, domnule!, răspunse Capito privindu-l pe Fuscus în ochi.

- Cu toate acestea, aş prefera să mă îndrept alături de dumneavoastră spre nord, domnule.

- Haide, Sextus, vei avea şi tu parte de prada din Dacia, îl asigură Fuscus, de parcă i-ar fi citit gândurile lui Capito.

- Deocamdată, pentru această treabă importantă, am nevoie de tine aici. Vei cuceri Tapae şi vei conduce oraşul până la întoarcerea mea. Pe acolo este ruta principală spre Dacia, deci trebuie păzită.

- Desigur. Înţeleg misiunea mea, domnule. Voi urma întocmai ordinele dumneavoastră, ca întotdeauna.

- Plec mâine, continuă Fuscus. Legiunea a V-a Alaudae va fi în avangardă. Marşul va fi lent, sunt sigur. Nu există drumuri bune care să meargă spre nord prin munţi, pentru că dacii nu sunt constructori de drumuri.

- Fă-le o potecă pentru căprioare prin pădure şi vor fi fericiţi, răspunse Capito cu un rânjet.

- Indiferent de starea drumurilor, vreau să atac cu putere, răspunse Fuscus blestemându-l în tăcere pe Împărat pentru că întârziase atât de mult. Vremea de vară trecuse.

Sextus aprobă din cap.

- Noroc, domnule! Voi conduce asediul aici.

Roma, toamna anului 86 d.Hr

La Roma, Împăratul Domițian era într-o predispoziție proastă și periculoasă. Zvonurile despre un complot împotriva lui s-au dovedit a fi adevărate. A considerat necesar să execute patru senatori pentru trădare și să le sechestreze proprietățile. Alți unsprezece nobili bogați au fost exilați, iar proprietățile le-au fost confiscate. Oferind astfel o mică alinare financiară pentru vistieria imperială.

Domițian privea peste apele calme și răcoroase ale unei mari fântâni construită în grădinile sale, atunci când Marțial se apropie. Poetul regal era foarte bun la judecarea stărilor de spirit ale împăratului și la ridicarea moralului acestuia, atunci când i se înecau corăbiile. Marțial zâmbi și se înclină.

-	Domnul meu și Dumnezeul meu, mă bucur să te văd din nou!, spuse el cu sinceritate inocentă.

Marțial era renumit pentru talentele sale, atât cele poetice, cât și cele pentru lingușire extremă, mândrindu-se cu ambele. La urma urmei, ce era până la urmă poezia, cumpăni poetul, decât arta de a înălța spiritul uman?

-	Aș vrea să mă pot bucura, Marcus, spuse Domițian sumbru. Sunt vremuri nefaste!

-	Într-adevăr, Caesar! a fost de acord poetul. Totuși, Roma încă se bucură să-l vadă pe Cezar trimițându-i pe trădători în mormintele lor, iar de alții descotorosindu-se prin colțurile îndepărtate ale Imperiului.

-	Mai există zvonuri de trădare?, întrebă Domițian.

-	Nu, Caesar!, îl asigură Marțial. Oamenii Romei ți se închină. Ești cel mai mare comandant al Pământului și Tată-l lumesc!

Împăratul se încruntă.

-	Deci, un singur trădător rămâne? Ai fost martor la interogatoriul lui?

-	Da, Domnule! Sub tortură a mărturisit toate crimele de care era acuzat.

Marțial făcu o pauză, arătând o expresie de dezgust pe chip.

- Pe cât de profan este omul, pe atât este de nesăbuit. S-a lăudat în public...

Poetul se opri, părând stânjenit. Domițian îi aruncă o privire ascuțită.

- Cu ce s-a lăudat în public?

Marțial se uită în jos la pietrele de marmură strălucitoare din jurul fântânii.

- Aș prefera să mor decât să-ți provoc durere, Domnul meu!

- Îmi vei spune, Marcus! Eu comand.

- Omul s-a lăudat..., spuse Marcus cu o privire posomorâtă, ... s-a lăudat cu talentele Împărătesei de satisfacere orală.

Domițian făcu o grimasă dureroasă. Nu se îndoia de adevărul rapoartelor. Își permise un zâmbet subțire, apoi se întoarse spre o ușă, făcând un semn de chemare cu mâna dreaptă.

Patru Gărzi Pretoriene au escortat-o pe Împărăteasa Domiția Longina și pe cele mai apropiate slugi ale ei. Slujnicele, servitoare loiale de mulți ani, păreau palide și îngrozite. Domiția și-a ridicat capul, păstrându-și calmul regal. Era de viță nobilă și fiica unui general roman celebru. Orice ar fi, ea nu putea fi speriată.

- Vino, draga mea!, spuse Domițian, trăgându-i un scaun lângă el. Stai cu mine. Vreau să fii martoră.

- La ce trebuie să fiu martoră, Cezar? întrebă ea precaută.

În loc să răspundă, Domițian făcu semn de chemare dinspre o ușă opusă grădinii. Apăru un soldat târând un bărbat cu o frânghie legată în jurul gâtului. Mâinile bărbatului erau legate la spate. Alți trei soldați au urmat, fiecare purtând câte o bâtă grea.

Împărăteasa gâfâi convulsiv, iar culoarea se pierduse de pe chipul ei frumos. Prizonierul bătut și însângerat era Paris, cel mai faimos actor din Roma. Considerat a fi cel mai frumos bărbat din oraș, trupul lui bătut era acum acoperit de tăieturi, arsuri și vânătăi. Unghiile de la mâini și de la picioare îi fuseseră smulse. Nasul îi arăta ca un terci însângerat, buzele-i erau tăiate, cu ochi ieșiți din orbită și față desfigurată. Domiția simți cum i se întoarce stomacul, dar se strădui să-și rețină dorința puternică de a lepăda ceea ce mâncase.

- Ai pregătit ultimele cuvinte pentru iubitul tău, draga mea?, întrebă Domițian, cu vocea tristă, dar surprinzător de blândă.

Împărăteasa se uită drept înainte, fără să răspundă. Domițian oftă, apoi se întoarse și încuviință din cap către unul dintre bărbații care țineau o bâtă.

Soldatul se lăsă pe spate și-l lovi cu sete pe Paris peste omoplați. Actorul se clătină și căzu în genunchi. Un alt bărbat îl lovi puternic în coaste azvârlindu-l pe o parte. Toți cei trei bătăuși au început să-i care bărbatului căzut lovituri puternice în fiecare parte a corpului. Cu mâinile încă legate la spate, Paris era neputincios să reziste sau să se protejeze de bâtele care cădeau din toate părțile. Și-a strâns genunchii la piept, resemnându-se cu moartea. Sângele care-i curgea din cap acoperi curând piatra de marmură.

Îngrozită, Domiția abia se ținea-n picioare, sprijinită ferm pe loc de doi paznici. Și ea devenise prizonieră, și-a dat seama. Privirea și-a fixat-o într-un loc izolat din orizont, nemaifiind dispusă să privească brutalitatea care se desfășoară în fața ei. Paris, actorul, a încetat să se mai miște, apoi a încetat să mai respire. Iubitul ei trist și nefericit se îndură să moară.

- Ia-l!, porunci Domițian. Nu-l ardeți. Aruncați-i trupul la câini!

Domiția Longina se întoarse într-o parte să-l înfrunte, cu palidul ei chip, dar încă liniștită.

- Și cu mine cum rămâne, Caesar? Sunt la fel de vinovată.

Domițian se ridică de pe scaun și se uită la ea.

- Da, draga mea, ești la fel de vinovată. Cu toate acestea, nu vei suferi aceeași pedeapsă. Fața lui deveni tristă. Vei fi exilată din Roma. Vei pleca azi!

- Așa cum poruncești, Caesar!, răspunse împărăteasa, cu vocea amorțită. Pentru un nobil roman, a fi exilat din Roma echivala cu o sentință la moarte.

- Și servitoarele mei?, întrebă ea.

Domițian se întoarse cu dispreț spre cele două femei.

- Astea două au fost fără îndoială complice la trădarea ta. Pentru crima lor își vor pierde capul.

Una dintre femei și-a coborât fața în palme și a început să plângă. Cealaltă se uită rugător la Împărăteasă, dar acolo nu era nicio speranță de mântuire. Au fost repede aruncate afară de paznicii lor.

- După cum poruncești, Cezare!, repetă Domiția Longina. Cu inima înghețată era resemnată cu soarta ei.

Munții din sudul Daciei, toamna anului 86 d.Hr

Tsiru, căpitanul cercetașilor de cavalerie, îi găsi pe Regele Duras și pe Generalul Decebal reanalizând planurile de luptă. Marele Preot Vezina, Drilgisa și Diegis li s-au alăturat pentru a asculta raportul său.

- Care sunt veștile dinspre Tapae?, întrebă Regele.

- Orașul e sub asediu, Majestate. Romanii atacă cu artileria, dar încă nu atacă cu infanterie. Acestea sunt informațiile noastre de ieri.

- Tapae poate rezista săptămâni întregi unui atac de artilerie, spuse Duras, în timp ce Decebal dădu din cap aprobator.

- Chiar câteva luni, sau mai mult, dacă e nevoie. Sunt bine aprovizionați cu hrană, iar apa se găsește în fântânile orașului.

- Romanii încă nu au luat cu asalt zidurile, Tsiru?

- Ieri încă nu, Generale. Ceea ce știm astăzi este că Generalul Fuscus mărșăluiește spre nord cu patru legiuni.

Drilgisa zâmbi.

- Nenorocit nerăbdător, nu-i așa?

- Nerăbdător sau nu, armata lui depășește numeric cu mult infanteria noastră, spuse Decebal.

- Cavaleria noastră i-ar putea egala, dar nu avem nimic cu care să contracarăm artileria lor.

- Deci, trebuie să anihilăm artileria lor, completă Vezina. Asta se poate face într-un pas îngust de munte, unde nu au loc pentru manevre.

-        Ar trebui să avem propria noastră artilerie, spuse Diegis. Le oferim un avantaj prea mare.

-        Sunt de acord, frate, a răspuns Decebal. Și o vom face, în timp. Dar nu în această bătălie!

Regele Duras devenea nerăbdător.

-        Trebuie să-i oprim acum, aici, la Tapae! Nu vreau să mai aud despre artilerie sau alte bătălii viitoare!

-        Îi vom opri, Majestate!, îl asigură Decebal.

Supărarea regelui era de înțeles. Aceasta era prima armată care ataca pământul dacic în mulți ani și toți au simțit urgent nevoia să o oprească. Aceasta era o luptă pentru supraviețuirea Daciei.

> Capitolul 7

Prima bătălie de la Tapae

Tapae, Dacia, toamna anului 86 d.Hr.

Trecătoarea montană aflată la nord de Tapae a devenit noroioasă pe măsură ce vremea a devenit umedă. Pe ambele părți ale trecătoarei, păduri seculare se îndreptau spre munte. Terenul era prea îngust pentru a permite trecerea în formațiuni mari, așa că legionarii au mărșăluit înșiruiți câte șase, unii după alții. Aceasta era formația romană standard de marș, dar întindea armata pe kilometri întregi de drum noroios și nu oferea spații de manevră.

Coloana se mișca anevoios, căci în spate se afla artileria grea și carele cu bagaje trase de boi. În cel mai bun caz, boii mergeau la un pas de vreo trei kilometri pe oră. După o jumătate de zi de marș, armata progresase lent și încă se afla în trecătoare.

Generalul Fuscus călărea în față cu Legiunea a V-a Alaudae. Aceasta era legiunea Gărzii Pretoriene, Legiunea Împăratului. Erau unitățile de elită ale armatei romane, cel mai bine înarmate, cel mai bine antrenate și cel mai bine plătite. Împăratul Domițian plătea legionarilor douăsprezece monede de aur pe an, în timp ce legionarii din Garda Pretoriană erau plătiți dublu. Erau privilegiați și erau foarte mândri de acest fapt.

Chiar înaintea lui Fuscus era o unitate de cavalerie. În spatele lui veneau purtătorii de stindarde, care purtau cu mândrie steagurile imperiale și Vulturul de aur al Legiunii. Vulturul strălucea puternic în vârful stâlpului său atunci când razele soarelui de după-amiază treceau printre copaci. Toboșarii băteau o cadență de marș lentă și constantă. În spatele stegarilor, pe kilometri întregi mărșăluiau unități de legionari.

Generalul Fuscus era nemulțumit de ritmul marșului, dar nu era nimic neobișnuit. Armata mergea întotdeauna prea încet. Nu exista nicio modalitate de a face boii și alte animale din jug să meargă mai repede.

Fuscus nu era preocupat de posibila amenințare a inamicului, aici, pe acest teren îngust și limitat. Se arătă însă iritat de lipsa rapoartelor de la cercetașii săi avansați. L-a chemat pe Metellus Varro, ofițerul responsabil de cavalerie, care s-a grăbit să se alăture Generalului.

- Varro, grupul tău de cercetători întârzie! se plânse Fuscus.
- Da, domnule! răspunse Metellus. Aveam același gând, Generale.
- Cercetașii principali au lucrat în echipe de câte șase. Detaliile sunt dificil de aflat și sunt mai greu de raportat. O să fiu atent să nu se mai întâmple, domnule! spuse Varro.
- Ai grijă de asta! răspunse Fuscus nerăbdător. Mai trimite o echipă!

Varro și-a îmboldit calul spre înainte să dea noile ordine, dar văzu că în față călăreții se opriseră. Drumul era ușor curbat înainte, iar Varro se grăbi să investigheze. Acum, secțiune cu secțiune, întreaga coloană s-a oprit, iar fiecare unitate aflată în coloană era blocată să avanseze.

- Fără întârzieri!, strigă Generalul Fuscus, înghiontindu-și calul înainte pentru a-l ajunge din urmă pe Varro.
- Suntem blocați, domnule! a explicat Varro.

Fuscus ajuns la cotul drumului privi în sus și înjură printre dinți. În fața lor, blocând complet trecerea, se afla o armată solidă de cavalerie și infanterie dacică. Chiar în fața lor era un călăreț înalt pe un roib mare, castaniu. Călărețul îi făcu semn unui gornist, care din puterea pieptului dădu un semnal străpungător, răsunând în sus pe creasta muntelui şi pe lungimea trecătorii. Imediat a urmat un răspuns sonor la fel de puternic.

Semnalul goarnelor a adus un roi de săgeţi şi o ploaie de suliţe pe coloana romană. Atacul a pornit din dreptul copacilor aflaţi pe ambele părţi ale trecătoarei, dar şi de mai sus de pe versanţii împăduriţi. Pe toată lungimea coloanei, în faţă şi în spate, oameni şi cai au fost loviţi, căzând însângeraţi printre urlete de durere.

Fuscus şi-a îmboldit calul pe potecă, înapoi, lăsându-l pe Varro la conducerea cavaleriei. Era furios pe unităţile de cercetaşi că nu i-au furnizat un avertisment prealabil asupra inamicului, dar asta, precum şi discuţia cu Varro putea să aştepte. Mai întâi, trebuie să-şi organizeze infanteria pentru a respinge acest atac. Inamicul a dat dovadă de o în-drăzneală la care nu se aştepta, dar nici asta nu-l îngrijora. Fuscus era încrezător că are o armată mult superioară.

Testudo! au strigat centurionii comanda familiară, deşi bărbaţii nu aveau nevoie să li se mai spună şi deja luau măsuri defensive. S-au strâns împreună, ridicându-şi scuturile deasupra capului în formaţiu-nea *testudo*, de broască ţestoasă. Scuturile suprapuse i-au adăpostit de ploaia de săgeţi şi suliţe care coborau din copaci. Siguranţa lor a fost de scurtă durată.

- Omoară-i!, strigă Drilgisa, în timp ce alerga pe pantă spre ar-mata romană, acum, dezorganizată.

Era un strigăt de luptă, închegător de sânge. Mii de infanterişti daci se alăturară, strigându-şi ţipetele de luptă şi urlând ca lupii în timp ce alergau cu el la vale, fluturând în aer suliţe, falcşi, săbii şi topoare. Au lovit violent trupele romane, nepregătite şi copleşite.

Legionarii au ripostat cu disperare, dar totul era un haos. Coloana romană era întinsă prea mult şi era prea subţire. Au fost atacaţi din două direcţii, atât de pe versantul vestic, cât şi de pe cel estic al mun-ţilor. Numărul masiv al atacatorilor, precum şi impulsul alergării în jos, i-au copleşit pe apărători acolo unde coloana era cea mai subţire.

Drilgisa a ajuns în fugă la coloană, îngropându-şi suliţa în lateralul unui soldat roman care se uita în altă parte şi nu l-a văzut niciodată venind. S-a dat un pic înapoi şi şi-a scos sica, sabia dacică cu vârful curbat, repezindu-se înainte să atace un alt bărbat. Romanul ţinea un lăncier cu scutul său, în timp ce cu gladiusul se lupta pentru a-l respinge pe Drilgisa. În această secţiune de linie, atacatorii daci au depăşit apărătorii romani cu trei la unu.

Sica dacică era mai uşoară decât sabia romană, fiind potrivită atât pentru tăiere, cât şi pentru înjunghiere. Drilgisa făcu un pas spre stânga lui pentru a se eschiva de un gladius, apoi cu sica ascuţită tăie în partea laterală gâtul dezvăluit al unui roman. Lama tăie adânc şi Drilgisa a fost stropit cu sânge. Legionarul a căzut la pământ fără să scoată niciun sunet.

- Aici!, strigă un ofiţer roman, încercând să organizeze o apărare. Adunaţi-vă în jurul meu!

Treizeci de legionari au format un perimetru în jurul centurionului. Acum se puteau proteja mai bine împotriva dacilor dezlănţuiţi. Pentru moment, spaţiul din faţa şi din spatele lor era gol, apoi se umplu cu roiuri de infanterie dacică. Legionarii s-au trezit înconjuraţi. Luptându-se cu disperare să ţină departe atacul infanteriei, aceştia nu aveau nicio apărare împotriva arcaşilor daci care trăgeau asupra lor de mai sus, de pe versanţii munţilor. În apropiere, la distanţe scurte de douăzeci sau treizeci de paşi, arcaşii au găsit ţinte uşoare, neprotejate de armurile legionare.

Aflat pe versanţii împăduriţi în fruntea unui grup mare de infanterie, Diegis a coborât în spatele coloanei romane. Misiunea lui era să împiedice retragerea romană şi să ţină legiunile blocate în pasul de munte. Ariergarda romană, o cohortă de infanterie şi un număr mic de cavalerie, era acolo pentru a proteja trenul de bagaje şi proviziile armatei. Ariergarda nu era menite să ducă o bătălie majoră. Acum, foarte brusc, s-au trezit într-o luptă cu valuri de daci care ţipau coborând din pădurile aflate pe ambele părţi ale trecătorii montane.

Căpitanul unității de cavalerie romană și-a dat rapid seama că armata era implicată într-o bătălie majoră și nu doar într-un raid asupra trenului de aprovizionare. Dacii atacau din ambele părți și se adunau în spatele lui. Se întoarse către un grup de zece călăreți și strigă un ordin.

- Anunțați la Tapae și informați-l pe Capito! Acum! Plecați!

Călăreții au plecat în galop îndreptându-se spre sud. Diegis și o linie de daci înarmați cu sulițe și falcși le blocau drumul.

- Formați o linie și sprijiniți lăncile în pământ! strigă Diegis.

Se lăsă pe un genunchi sprijinind patul suliței de pământ, înclinată înainte și cu vârful îndreptat în sus. Alții s-au aliniat cu el și au făcut la fel. Știau că un zid de țepi nu va fi trecut de cai doar dacă erau în panică totală. Pichetul de sulițe funcționa sau cel puțin a funcționat de cele mai multe ori.

Cavaleria romană se îndrepta direct spre ei, caii luând viteză cu fiecare pas. Diegis strânse din dinți și rămase în formație. În ultima secundă cei patru cai aflați în fruntea grupului au încercat să evite zidul de sulițe. Caii din spate s-au izbit de ei. Doi dintre caii din față au căzut lateral peste lăncierii daci, strivindu-i pe unii dintre ei. Patru cai aflați în spate au sărit peste, căzând împreună cu cei care îi călăreau în sulițe și falxuri. Patru dintre călăreții fugari au evitat caii căzuți, găsind goluri în linia de sulițe a dacilor. Arcașii au doborât doi dintre călăreții care fugeau.

Diegis ridicându-se în picioare văzu cum cei doi dintre romani rămași se îndepărtau în galop spre Tapae, caii aruncând în spate noroiul din copite. Nu avea cavalerie care să-i urmărească, deci nu puteau fi prinși. Nu conta acum. În schimb și-a îndreptat atenția către dacii care încă ieșeau dintre copaci.

- Formați o linie aici!, strigă Diegis. Nu-i lăsați să se retragă!

La capătul nordic al trecătorii montane, granița teritoriului dac, Generalul Decebal s-a apropiat pe jos de apriga luptă. Buri mergea lângă el, mereu atent la orice amenințări. Pământul era acoperit cu trupurile morţilor şi al muribunzilor, romani şi daci. Pe solul umed şi noroios se formaseră bălţi de sânge.

Trupele romane erau destrămate în grupuri care deveneau din ce în ce mai mici. Cavalerii daci au intrat şi ei în bătăliei. Prin tragerile lor extrem de precise, arcaşii pe cai s-au alăturat arcaşilor de pe versanţii munţilor. Legionarii asediaţi au căzut câte unul sau chiar câte doi oameni deodată. Nu era niciun adăpost şi niciun loc unde să scape de asalturile dacilor.

Decebal a observat chiar în faţă un grup de legionari ducând o luptă aprigă. Steagul Imperial Roman şi Vulturul de aur, standardul militar al Legiunii a V-a Alaudae, au fost înălţate deasupra capetelor lor. Soldatul care ţinea Vulturul a căzut străpuns de o săgeată prin gât. Un alt legionar a smuls rapid stâlpul, înainte ca Vulturul să cadă în noroi. Aceşti soldaţi aveau să lupte până la ultimul om pentru a-şi proteja stindardul legiunii.

Decebal şi-a încrucişat privirea cu un bărbat aflat în mijlocul grupului, fiind protejat de cei din jur. Cunoştea acea privire din ochii bărbatului. Era aspectul de mândrie care venea cu înalta autoritate.

- Încetaţi lupta!, strigă Decebal către dacii din jurul lui, ridicându-şi sabia peste cap pentru a le atrage atenţia.

- Opriţi-vă! Îmi doresc să vorbesc!

Soldaţii daci au oprit atacul, făcând câţiva paşi precauţi înapoi. Romanii au încetat şi ei lupta, bucuroşi de răgazul oferit pentru a-şi trage răsuflarea, dar îi urmăreau cu prudenţă pe daci.

- Sunteţi Generalul Cornelius Fuscus?, îl întrebă direct Decebal pe mândrul roman din mijlocul grupului.

Fuscus făcu un pas înainte.

- Eu sunt. Sunteţi Generalul Decebal?

- Sunt Generalul Decebal, a răspuns el pe un ton uniform. Cei doi bărbaţi au rămas în tăcere preţ de o clipă, măsurându-se reciproc din priviri.

Decebal arătă prin semne că bătălia continua mai jos în trecătoare.

- Poziția dumneavoastră s-a pierdut, Generale Fuscus. Armata dumneavoastră este ruptă-n bucăți și înconjurată. S-a vărsat suficient sânge. Cedați, Generale?

Fuscus își ridică ușor bărbia, cu o privire mândră și sfidătoare.

- Nu cedez! Generalii Romani nu cedează. Mulți dintre legionarii care stăteau în apropiere au rânjit sau și-au strigat aprobarea.
- Îți ofer șansa de a-ți salva oamenii, a continuat Decebal. Vor fi prizonieri, dar nu cadavre. Vei fi răscumpărat și eliberat, așa cum se cuvine unuia care are titlului tău.

Fuscus pufni un râs scurt și disprețuitor.

- Nu sunt un nobil și nu am o familie bogată pentru a-mi plăti răscumpărarea. Cât despre oamenii mei, făcând semn către cei din jur, ei luptă pentru Roma și pentru onoare.

Decebal auzi mândria și hotărârea încăpățânată în vocea bărbatului. A făcut o ultimă încercare.

- Fii rezonabil, Fuscus. Aceasta este o ofertă pe care regret că nu i-am putut-o face Guvernatorului Oppius Sabinus. A fost ucis în luptă înainte să putem vorbi.

Fuscus a zâmbit sumbru.

- Ah, înțeleg. Aceasta este o ofertă pe care Sabinus ar fi acceptat-o!?

A scuturat din cap.

- Eu nu sunt Sabinus!

Decebal dădu din cap, știind că discuția a eșuat.

- Atunci, foarte bine, Generale! Acum terminăm bătălia. Își îndreptă sabia înainte.
- Atac!

Soldații daci au reluat strigătul de luptă și s-au așezat din nou pentru asalt. Romanii și-au pregătit poziții defensive, iar bătălia a început din nou, acum chiar mai înverșunată decât înainte. Generalul Fuscus a făcut un pas înainte, intrând în luptă cu sabia și apărat de scut.

Un soldat roman alergă spre Decebal, care lupta la doar câțiva pași depărtare. Bărbatul a răcnit în timp ce încerca hotărât să-l scoată din luptă pe liderul dac. Decebal i-a blocat gladiusul cu scutul său, iar mai apoi şi-a ridicat sica, legănând-o deasupra, încercă să lovească spre capul romanului. Într-o mişcare rapidă, legionarul şi-a ridicat scutul şi a blocat lovitura.

Buri, aflat în stânga lui Decebal, mânui într-un arc de cerc toporul ascuţit de luptă, tăind de la umăr braţul cu care legionarul mânuia sabia. Bărbatul căzu spre înapoi, în agonie şi şoc.

Cornelius Fuscus lupta şi el cu o energie disperată. A dat deoparte o suliţă cu scutul, apoi a făcut un pas înainte pentru a împinge adânc gladiusul în pântecele unui dac. Tăişul sabiei era bine ascuţit, pentru a nu se lipi în măruntaiele bărbatului în timp ce o scotea. O săgeată îl lovit sus, în partea dreaptă a pieptului, străpungându-i armura.

- Fuscus!

Strigătul venea din stânga lui Cornelius, iar acesta se întoarse să-l vadă pe Decebal îndreptându-se spre el. Fuscus a zâmbit, foarte mulţumit să accepte această provocare. Le-a făcut cu mâna legionarilor din apropiere.

- Decebal este lupta mea! Nu interveniţi!

Printr-o înţelegere nerostită, comună tuturor soldaţilor, soldaţii daci şi legionarii romani au încetat lupta, făcând câţiva paşi înapoi. Acesta era acum un duel de onoare, între doi generali şi comandanţi de armată. Era un rit sacru de luptă pe care fiecare soldat de acolo l-a înţeles şi l-a acceptat.

Fuscus s-a pregătit şi aştepta calm. Purta pe braţul stâng un scut mare roman numit *scutum*. În mâna dreaptă strângea mânerul acoperit cu piele al gladius-ului său, armă atât de familiară, după atâtea ore de antrenament şi nenumărate bătălii, încât se simţea ca o prelungire naturală a braţului său. Purta un coif roman robust şi cea mai modernă armură din plăci pentru a-şi proteja trunchiul.

Decebal lupta cu *sica*, sabia dacică. Pe braţul stâng purta scutul dacic rotund, mai mic şi mai uşor comparativ cu scutul roman din lemn de stejar acoperit cu aramă. Purta armură de solzi, mai veche şi mai puțin eficientă decât armura romană de plăci. Pe cap purta coiful rotund de oțel al infanteriei dacice.

Ambii erau soldați excepțional de bine pregătiți și de experimentați. În frenezia luptei, amândoi omorâseră zeci de oameni cu rang mai mic. Însă, această luptă nu era condusă de furie și frenezie. Fiecare om își reprezenta națiunea, iar aceasta era o luptă pentru mândrie și onoare.

Fuscus ținea gladiusul lângă el, invitând la atac. Decebal făcu rapid un pas înainte, atacând spre fața romanului, dar Fuscus blocă cu ușurință lovitura cu scutul său. Contraatacă lovind jos cu gladiusul, la piciorul lui Decebal. Decebal se apără cu sica, respingând sabia. Gladiusul era mai greu și mai robust, sica era mai ușoara și mult mai manevrabilă.

Ambii bărbați se roteau în luptă, căutând o slăbiciune de cealaltă parte. Decebal făcu o fentă spre dreapta lui, dar Fuscus rămase ferm și nu a reacționat. Lovi în schimb spre fața lui Decebal. Dacul și-a ridicat scutul pentru a bloca gladiusul și s-a retras spre stânga lui, tăind cu sica mâna lui Fuscus în care ținea sabia. Vârful curbat al sicii prinse mâna dreaptă a lui Fuscus, însângerând-o.

Fuscus făcu un pas înapoi. Tăietura de pe mâna cu care mânuia sabia nu era foarte adâncă, dar sângera în mod constant. Încă mai putea ține cu fermitate gladiusul, dar știa că în scurt timp mâna cu care ținea mânerul de piele al sabiei aveau să fie alunecoasă cu propriul său sânge. Era mai bine să termine rapid lupta. Dacul era mai tânăr și mai rapid, așa că trebuia să-l învingă cu puterea.

Fuscus atacă agresiv cu o serie de mișcări scurte și rapide de înjunghiere. Decebal cedă teren, retrăgându-se. Piciorul drept i se scufundă-n noroi și aproape că a căzut în genunchi. Fuscus se aruncă înainte cu gladiusul spre gâtul lipsit de protecție al lui Decebal. Instinctiv, scutul rotund al dacului se mișcă fulgerător pentru a bloca vârful sabiei și, dintr-o mișcare rapidă, Decebal sări în picioare, mutându-se în stânga lui Fuscus.

Rapid, într-o clipire, sica tăie spatele neprotejat al coapsei stângi a lui Fuscus. Romanul s-a întors şi lovi sălbatic cu gladiusul, dar Decebal deja se ferise înapoi.

Fuscus se dezechilibră spre înapoi, păşind cu greu pe piciorul rănit. Tăietura din coapsă îi provoca o durere arzătoare şi sângera abundent pe picior. Acum Decebal îl avea la mila lui. Cornelius lupta într-un picior şi cu o mână de sabie rănită.

- Capitulaţi, Generale!, îl îndemnă Decebal cu o voce blajină, dar fermă. Nu vreau să te ucid pe tine sau şi mai mulţi dintre oamenii tăi. Această bătălie este deja încheiată.
- Du-te în Hades!, scuipă Fuscus cu amărăciune. Onoarea nu-i permitea să cedeze. Se aruncă înainte cu vârful gladiusului îndreptat spre măruntaiele lui Decebal.

Dacul a făcut un pas rapid în lateral, ocolind cu uşurinţă lovitura sabiei. Fuscus s-a împiedicat şi aproape căzu, în timp ce Decebal a tăiat puternic cu lama ascuţită a sicăi peste ceafa romanului. Fuscus căzu nemişcat cu faţa înainte pe pământul noroios. O baltă de sânge s-a format rapid în jurul capului său.

Decebal se întoarse acum spre trupele romane descurajate care urmăreau lupta. Îşi îndreptă spre ei sabia pătată de sânge.

- Predaţi-vă şi trăiţi!

O duzină de legionari nu au mai avut în ei tăria să lupte. Şi-au lăsat armele jos şi s-au predat. Ceilalţi au făcut sfidător un pas înapoi, acolo unde alte trupe romane continuau să lupte pentru viaţa lor. Infanteria şi cavaleria au lovit asupra soldaţilor care se retrăgeau, la fel cum lupii atacă oile. Dacii puteau gusta şi mirosi victoria acum, iar asta i-a împins la o şi mai mare frenezie de luptă.

Unii legionari s-au adunat într-un grupul mic care apăra Steagul legiunii şi Vulturul de aur. Mulţi dintre ei, înconjuraţi de daci, au căzut sub un baraj de săgeţi tras de arcaşi aflaţi pe cai. Aflaţi la distanţă mică, arcaşii au nimerit cu uşurinţă oameni neprotejaţi de scuturi sau armuri. Romanii ştiau că duc o bătălie pierdută, dar au refuzat să renunţe, căzând unul câte unul. În cele din urmă, dacii au atacat cu infanteria pentru a-i doborî pe ultimii apărători.

Buri văzu că un legionar mort se ținea încă de stâlpul însângerat pe care era montat Vulturului legiunii. Îl trase din mâinile mortului și ridică stâlpul spre cer, uitându-se la el cu mirare.

Decebal încă stătea lângă trupul lui Cornelius Fuscus atunci când Buri, însoțit de alți câțiva soldați daci, s-au îndreptat spre el purtând mândri Vulturul capturat. A fost un moment solemn pentru că toți bărbații au înțeles imediat semnificația acestui moment istoric al războaielor Daciei cu Roma.

- Domnule General, Vulturul Legiunii a V-a Alaudae este al dumneavoastră prin cucerire, spuse Buri cu un strop de uimire în voce.

Decebal luă stindardul și privi în sus spre Vulturul de aur. Dintre toate bătăliile pe care le dusese în lunga sa viață de războinic, acesta era momentul cel mai glorios. Legiunea de elită romană a Gărzii Pretoriene nu mai exista.

Diegis încă ducea o luptă prelungită împotriva ultimelor trupe romane care se retrăgeau spre sud, rătăciții căutând să evadeze spre orașul Tapae. Chiar și propriile unități militare dacice se răreau și obosiseră. Se apropia amurgul. Două sunete de goarnă, lungi și ascuțite, răsunau de pe versanții munților dacici. Urmă o pauză, apoi încă trei sunete. Acesta a fost semnalul de a pune capăt ostilităților.

- Suficient! strigă Diegis oamenilor săi.

- Încetați lupta, dacă nu sunteți atacați! Protejați carele de aprovizionare!

Legionarii răniți și epuizați s-au predat și-au fost dezarmați. Bătălia se încheiase și nu mai era nicio cale de scăpare. Prizonierii au fost adunați în grupuri mici și puși sub pază militară.

Odată cu lăsarea amurgului, soldații daci au început să descopere cu entuziasm comorile, armele, alimentele și alte materiale din șirul foarte lung al carelor romane de aprovizionare care se întindea pe aproape un kilometru. Mărfurile erau destinate să aprovizioneze douăzeci de mii de luptători romani și alți zece mii de oameni cu rol de sprijin. Toate acestea erau acum capturate de daci.

Decebal plecă alături de cavaleria dacică. Buri călărea lângă el. În capătul nordic al trecătorii, cu Regele Duras și grupul regal a rămas capturat și Vulturul Legiunii.

Decebal descălecă, se îndreptă spre Diegis și îl îmbrățișă strâns, precum un urs, ridicându-l în aer.

- Bravo, frate! Am reușit! Am învins această armată romană.

- Zdrobiți total, completă Diegis zâmbind. Acum lasă-mă jos!

Făcu semn spre șirul de care.

- Toate proviziile lor sunt ale noastre. Mâncare, arme, materiale. Le va lua multe luni pentru a se reaproviziona.

- Mult mai mult decât atât, spuse Decebal. Am distrus egalul a două legiuni și am capturat mii de oameni. Un alt atac al Romei nu va mai avea loc pentru mult timp.

Auzind asta Buri deveni fericit.

- Sper să fie așa, Decebal! Poate că de această dată o să-mi pot cultiva pământurile și să-mi îngrijesc livezile un sezon întreg.

- Cred că da, Buri!, îl asigură Decebal. Ți-ai câștigat acest drept, la fel de mult ca orice bărbat. Mai mult decât majoritatea.

- Și acum ce facem? se întrebă Diegis.

- Acum luăm prizonierii și protejăm proviziile. Și încă ceva, frate! Mai știi artileria pe care ți-o dorești de mult?, întrebă Decebal zâmbind.

- O avem acum?!, răspunse mormăind Diegis.

Decebal își întinse brațul spre văzduh, acoperind lungul șir al carelor de aprovizionare și artilerie pe roți.

- O avem acum, împreună cu ingineri romani pentru a le întreține. Găsiți inginerii printre prizonieri și asigurați-vă că sunt tratați bine.

- Voi fi bucuros! Mi-aş dori şi eu un curs de instruire despre artileria romană.
- În două zile ne întâlnim la Tapae. Regele doreşte să vadă că oraşul este în siguranţă şi mai vrea să organizeze o sărbătoare în cinstea armatei.
- O sărbătoare binemeritată!, răspunse Diegis.

Da, cu prisosinţă!, a fost de acord Decebal. Şi, de asemenea, câştigată cu greu. Am suferit multe pierderi pentru a obţine această victorie, Diegis. Dar pentru romani, acesta e un dezastru.

Capitolul 8

Noul rege

Tapae, Dacia, toamna anului 86 d.Hr.

După înfrângerea Generalului Cornelius Fuscus, Sextus Capito a abandonat asediul asupra orașului Tapae. El și-a condus trupele aflate sub comanda sa spre sud, până la Danubius. Au mărșăluit înapoi spre podul de bărci, hărțuiți intermitent pe parcurs de arcașii daci. Oamenii și legionarii săi care au supraviețuit bătăliei s-au considerat norocoși să scape de soarta generalului lor.

Orașul Tapae a suferit doar mici pagube. Romanii nu au luat niciodată cu asalt zidurile orașului și astfel apărătorii acestora au avut puține victime. După ce armata lui Capito a plecat, oamenii din Tapae au deschis porțile orașului, primindu-l cu bucurie pe Regele Duras și pe armata sa dacică.

În oraș, ceremonialul victoriei a fost o sărbătoare magnifică, servindu-se delicatese locale combinate cu proviziile capturate de la romani. Boii, oile, carnea de porc, gâștele și găinile erau gătite în aromele condimentelor luate de la romani. Nu au lipsit legumele și fructele. Femeile din Tapae au copt coș după coș cu plăcinte pufoase dacice făcute cu unt, miere și umplutură de fructe, nuci și diverse tipuri de brânză.

În timp ce adulții lucrau să pregătească sărbătoarea, copiii se jucau și se întreceau în curse și concursuri atletice. Seara a fost dedicată cântecelor și dansurilor. Tradițiile dacice era bogate în cântări și dansuri care se potriveau fiecărei ocazii. Sărbătorirea unei mari victorii militare presupunea intonarea de cântece și istorisirea unor povești legendare epice. Noi cântări erau compuse pentru a descrie victoria de la Tapae.

Cu două ore înainte de apus, urmând ordinele Regelui Duras, armata și orășenii s-au adunat în afara orașului pe un câmp de iarbă întins. Erau mult prea mulți oameni ca să încapă cu toții în interiorul zidurilor orașului. O scenă de lemn a fost ridicată lângă zidul orașului, astfel încât toți să-l poată vedea și auzi pe rege. Un tron ocupa mijlocul platformei. Drapeluri dacice și steaguri colorate fluturau în briza dupăamiezii. *Dracoul* dacic cu cap de lup zbura sus în spatele platformei.

Regele Duras, Generalul Decebal, Marele Preot Vezina și Diegis au venit pe scenă privind spre mulțimea fericită. Vezina primise ultimile informații adunate de la cercetași și le prezentă în cadrul acestui ceremonial regal.

- Romanii se retrag înapoi spre Banat. De îndată ce vor trece Istrul își vor demonta și podul de bărci, sunt sigur. Nu-și vor dori să continuăm urmărirea, spuse Vezina. O inginerie iscusită, acel pod cu bărci.

Regele Duras aprobă din cap.

- Atunci când romanii nu distrug, ei pot fi constructori foarte eficienți. Își merită laudele pentru asta.

- Sunt înfrânți deocamdată, a continuat Vezina. Cât mi-aș fi dorit să fiu în Moesia, atunci când această veste va ajunge la Împărat!

- Domițian este în Moesia? întrebă Decebal, surprins.

- Da, s-a întors recent în Moesia, răspunse Vezina. Este în Naissus cu o legiune.

Regele Duras râse.

- Cred că a vrut să culeagă creditele pentru victoria Generalului Fuscus în Dacia, nu-i așa?

- Cel mai probabil, Domnule, răspunse Decebal. A fost încântat să vadă că regele avea o sclipire în ochi şi era într-o dispoziţie neobişnuit de bună. Era o încântare să-l văd pe bătrân fericit.

- Te vei adresa oamenilor, unchiule? întrebă Diegis.

- Da, nepoate. O voi face, a răspuns Regele.

- Cu ce mesaj?, întrebă Diegis. Este o zi măreaţă în istoria Daciei. Se vor cânta cântece, iar cuvintele tale vor fi amintite, unchiule.

- Nepoate, voi vorbi despre una şi despre alta. Despre asta şi despre cealaltă, răspunse Duras zâmbind.

Diegis aruncă o privire spre Decebal, aşezat lângă rege. Decebal ridică din umeri şi privi spre mulţime. Oamenii erau deja aşezaţi şi într-o dispoziţie vorbăreţ, festivă.

- Să începem, Sfinţia Voastră, i s-a adresat Regele lui Vezina.

Marele Preot s-a ridicat şi a mers în faţa scenei. A ridicat ambele braţe deasupra capului pentru a atrage atenţia mulţimii. Pe măsură ce oamenii l-au observat, vorbirea lor s-a liniştit.

- Oameni din Dacia! Copii ai lui Zamolxis!, vorbi Vezina cu o voce tare şi clară, care ajungea până în spatele mulţimii.

- Sărbătorim astăzi, aici, o mare victorie asupra armatelor Romei! Suntem recunoscători eroilor care au dus această luptă! Suntem îndatoraţi martirilor care şi-au dat viaţa pentru a câştiga această bătălie şi ne bucurăm de acest moment solemn pe care-l sărbătoresc şi ei în împărăţia cerească a lui Zamolxis!

Nu au existat urale sau strigăte de victorie. Momentul de ceremonie merita o tăcere comemorativă.

- Oameni din Dacia! Copii a lui Zamolxis! Suntem recunoscători Regelui nostru, care ne-a pregătit armata pentru luptă şi a câştigat această victorie!

Vezina se opri o clipă.

- Acum, să-i urăm bun venit Regelui nostru! Regele Duras!

Mulţimea a prins imediat viaţă. Duras s-a ridicat de pe tron, în sunetul unor urale puternice care deveneau mai puternice cu fiecare secundă trecută și merse lângă Marele Preot. Vezina s-a înclinat în fața regelui, iar mai apoi s-a întors să se așeze lângă Decebal și Diegis.

Duras se bucura de uralele mulțimii. Le-a oferit timp să sărbătorească momentul. Fiecare persoană de acolo își va aminti această zi până în ziua morții lor. După un timp, Regele și-a ridicat mâinile pentru tăcere.

- Oameni din Dacia!, spuse Regele Duras cu o voce tare și încă puternică la vârsta lui.

- Dacia a obținut o mare victorie aici, la Tapae! Această victorie va fi amintită timp de o sută de ani!

Aclamațiile entuziaste s-au reluat. După un timp, Regele își ridică din nou brațul pentru a-i liniști.

- Această victorie a fost obținută cu greu, asupra unui inamic puternic!

Tonul regelui era solemn, nu lăudăros.

- Aceasta bătălie câștigată este o strașnică victorie, dar vă spun acum că vor urma multe alte bătălii grele! Roma este un dușman puternic și este un inamic răzbunător!

Mulțimea a devenit mai liniștită.

- Ce spune Regele?, întrebă un cetățean al orașului.

- Am onoarea să slujesc Daciei ca monarh al său. Cu adevărat, poporul meu, nimeni nu poate avea o cinste mai mare!

Regele Duras se opri să respire.

- Acum este onoarea mea să vă fac un cadou! Un cadou care va menține Dacia puternică! Puternică și sigură pentru zilele ce au să vină!

Decebal a întors capul surprinzând privirea lui Vezina. Marele Preot îi transmise un zâmbet cu subînțeles, reconcentrându-și atenția înapoi asupra discursului regal.

Regele Duras se îndepărtă de mulțime și reveni lângă tronul său să stea.

- Generale Decebal și Sfinția Voastră, vă veți alătura mie, aici!, le ordonă Duras bărbaților ce stăteau lângă el, iar ei au făcut-o.

Vezina cu un echilibru perfect calm, iar Decebal părând nedumerit. Duras își puse mâna pe umărul lui Decebal.

- Stai pe tron, Generale Decebal!, porunci Regele.

- Domnule!, începu Decebal.

Apoi cuvintele s-au pierdut.

- Fă cum îți spun, nepoate!, ordonă Duras, cu vocea puternică și hotărâtă.

Decebal s-a întors spre mulțime, apoi s-a așezat pe tron. S-a uitat înspre mulțimea colorată de oameni din fața sa, armata lui și, de asemenea, cetățenii din Tapae. Vezina stătea de o parte a tronului, iar Regele de cealaltă parte. Abia acum unii oameni din mulțime au înțeles ce a spus Regele și murmurele emoționate au început să se răspândească.

Regele Duras ridică ambele mâini pentru a-și lua coroana de pe cap. Mișcându-se încet și cu o demnitate solemnă, a așezat-o pe capul lui Decebal. Duras se întoarse cu fața spre mulțimea care aștepta cu răsuflarea tăiată, anticipând momentul.

- Oameni din Dacia! Vi-l dau pe noul vostru Rege!

Îi făcu semn calm lui Decebal să se ridice.

- Regele Decebal!

Mulțimea care stătea emoționată a izbucnit în urale, strigând din răsputeri. Diegis sări și el în picioare. Oamenii au strigat, au bătut din palme și au sărit în sus de bucurie. Era o încoronare neașteptată, dar întâmpinată cu aprobare populară entuziasmantă.

Duras și Vezina l-au condus pe nou-încoronatul Rege Decebal în fața scenei pentru a vedea susținerea plină de bucurie a mulțimii. Sunetul uralelor și a strigătelor lor s-a transformat într-un crescendo care s-a umflat și a umplut valea.

- Decebal!

- Decebal!

- Decebal!
- Decebal!

Sarmizegetusa, primăvara anului 87 d.Hr

Regele Decebal se uita pe fereastra din camera tronului său. În fiecare primăvară era o bucurie simplă să privescă Pământul revenind la viaţă. Copacii şi arbuştii înmugureau cu frunze noi, iar după o iarnă adormită, iarba se transforma într-o culoare bogată de verde. Arţarul înalt şi maiestuos din curte creştea o coroană de frunze noi. Mieluţi şi mânzi abia născuţi zburdau pe câmp.

Decebal şi unchiul său, Duras, purtau o conversaţie obişnuită atunci când Vezina intră în cameră. Înaltul şi slăbuţul Mare Preot era într-o bună dispoziţie evidentă. Le-a oferit amuzat un zâmbet.

- Veşti de la Roma? întrebă Duras. Cunosc această expresie de pe faţa ta, Vezina. Ce s-a întâmplat?
- Multe veşti de la Roma, începu Vezina. Împăratul Domiţian s-a întors în Roma declarând o mare victorie asupra Daciei.

Decebal îi aruncă o privire nedumerită.

- Ce mare victorie asupra Daciei?
- Ah! O întrebare perfect de bună, Domnule. Povestea împăratului pentru Senat şi poporul Romei este că a avut o mare victorie asupra Daciei. Şi nu numai atât, Domiţian a convins Senatul să-l recompenseze cu un triumf. De fapt, un dublu triumf!
- Un triumf? Pentru ce?, întrebă Decebal.

Un triumf roman era acordat de Senatul Romei pentru a sărbători marile victorii militare. Acesta includea o paradă fastuoasă pe străzile Romei şi un mare festival pe cheltuiala statului, din vistieria publică.

- Ce a făcut Domiţian pentru a câştiga un dublu triumf?, întrebă Duras, la fel de surprins.
- În mare parte, el îşi sărbătoreşte victoria din războiul de acum vreo patru ani împotriva triburilor chatti din Germania. El

sărbătoreşte, de asemenea, victoriile lui Cornelius Fuscus de anul trecut pentru a recuceri forturile romane aflate la sud de Istru. Desigur, Împăratul îşi atribuie toate meritele pentru el însuşi. Poeţii săi de curte îl laudă ca pe un erou militar.

Decebal se lăsă în scaun pe spate şi râse.

- Un erou militar! A rămas în cortul imperial cu amantele sale şi ulcioare lui de vin, în timp ce Fuscus ducea toată lupta!

- Şi ce se aude despre pierderea Generalului Fuscus şi a armatei sale?, întrebă Duras.

Vezina chicoti.

- Împăratul Domiţian ar vrea să se creadă că bătălia de la Tapae nu a avut loc niciodată. De asemenea, Senatul consideră că este o ruşine pentru Roma. Nu este un subiect de discuţie publică, aşa că toată lumea pretinde că nu există.

Duras se încruntă, chipul lui arătând dezgustul.

- Acest împărat este un şarlatan mincinos. Nu are realizări proprii, aşa că inventează victorii prefăcute.

- Se pare că are talent pentru asta, completă Decebal. Vezina, ne-ai spus mai demult cum Domiţian s-a întors odată dintr-o campanie eşuată în Germania, fără prizonieri şi fără pradă capturată. Dar, totuşi, a sărbătorit un triumf folosind, în parada sa, sclavi îmbrăcaţi în prizonieri germani?

- Îmi amintesc asta, spuse Duras. A folosit mobilier şi comori împrumutate din depozitele regale pentru a pretinde că a fost pradă capturată din Germania. Omul este un mincinos înnăscut!

- Ah, dar trebuie să vă mai spun, continuă Vezina, încă amuzat.

- Împăratul a prezentat Senatului o scrisoare de la tine, Rege Decebal, semnată de tine, jurându-ţi loialitatea faţă de Roma şi acceptând să nu mai urmezi nicio acţiune ostilă împotriva Imperiului Roman.

- Ce?, întrebă uimit Decebal. Nu am scris o astfel de scrisoare!

Duras clătină din cap şi chicoti.

- Se pare că există unii în Senat care cred că scrisoarea este reală, iar alții cred că e un fals, a explicat Vezina.
- Fără îndoială că pot fi împărți în două tabere, cei care caută favoarea lui Domițian și cei care nu o fac, conchise Decebal.
- Exact așa, Domnule! Mulți senatori tratează scrisoarea ca pe o înșelăciune, dar se tem să spună acest lucru în public. Disprețul lor față de împărat este exprimat doar în privat. În public, ei rămân tăcuți.
- Ar fi periculos pentru orice roman să-l numească pe Domițian mincinos, a spus Duras. Riscă să-și piardă gâtul. Se pare că așa este întotdeauna între dictatorii romani și senatorii Romei.
- Totuși s-ar putea să mai existe câțiva cu coloană în ei!, a continuat Vezina. Împăratul a vrut să i se acorde titlul de *Dacicus*. Cu alte cuvinte, cuceritorul Daciei. Senatul i-a refuzat cererea.
- Ireverențios om!, scuipă Duras, cu fața înroșită.

Decebal râse din nou.

- Unchiule, asta e comedie, nu tragedie. Omul este disperat pentru recunoaștere, dar tot ce face este să-și aducă mai mult dispreț asupra lui însuși.
- El este încă împărat al Romei, spuse Duras, fără să mai râdă. S-ar putea să facă pe prostul, dar totuși este periculos.

Decebal dădu din cap aprobator.

- Desigur, ai dreptate, unchiule. Înțeleg că trebuie să-l luăm în serios. El reprezintă Roma, iar Roma va fi întotdeauna periculoasă.
- Întotdeauna periculoasă este corect, spuse Vezina. Motiv pentru care continuăm să ne pregătim pentru următorul atac.
- Această muncă de pregătire nu se oprește niciodată, spuse Regele. Instruim infanteria și cavaleria. Înmulțim caii din ce în ce mai mult și chiar vom cumpăra și mai mulți de la sarmați. Inginerii romani pe care i-am capturat la Tapae deja îi învață pe oamenii noștri să folosească și să întrețină artileria.

- Foarte bine!, spuse Duras. Avem nevoie de toate astea, dar şi de altele.

Decebal se lăsă pe spate şi deveni gânditor.

- Domiţian este umilit, dar trebuia să pretindă că e învingător. Asta explică mica lui farsă cu Senatul.
- O farsă care arată doar eşecul şi slăbiciunea lui, spuse Duras.
- Într-adevăr, unchiule. Totuşi mai important decât mândria lui Domiţian este că însăşi Roma a fost umilită. Acest lucru îi va face acum şi mai ostili faţă de Dacia.

Vezina îşi mângâie barba albă şi lungă.

- Ai mare grijă la fiara rănită. Romanii îşi vor linge rănile, iar apoi vor veni din nou după noi.
- Aşa că ne pregătim de război şi stăm în alertă, spuse Decebal. Unchiule, mă vei ajuta să negociez mai multe alianţe cu vecinii noştri. La fel de mult ca şi pentru noi, Roma este o ameninţare şi pentru ei.
- Da, sunt o ameninţare, conveni Duras. Să începem cu Şeful Attalu al marcomanilor şi Prinţul Davi al roxolanilor. Victoria ta de la Tapae i-a încurajat pe vecinii noştri să-şi sporească împotrivirea faţă de Roma. Au văzut că armatele Romei pot fi învinse.

Decebal s-a întors către Marele Preot şi consilier principal al Regelui.

- Şi Vezina? Misiunea ta este oarecum diferită.
- Da, domnule?
- Angajează mai mulţi spioni.

> Capitolul 9

Liniștea dinaintea furtuni

Roma, primăvara anului 88 d.Hr.

Un an mai n an mai târziu, Împăratul Domițian încă se pregătea pentru următorul război cu dacii. Noul său comandant de armată, Generalul Tettius Julianus, este fostul Guvernator al Moesiei. El cunoștea teritoriul și triburile din regiunea fluviului Danubius, inclusiv pe aliații și pe inamicii Daciei.

Julianus a fost, de asemenea, un comandant serios și realistic. Unii îl comparau cu legendarul general roman Gaius Marius, unchiul lui Iulius Caesar, care a modernizat armata romană și a salvat de mai multe ori Roma de la distrugere. După nesăbuita conducere militară a lui Cornelius Fuscus, Tettius Julianus era exact genul de comandant dur și disciplinat pe care împăratul și-l dorea la conducerea unei armate cu care avea să invadeze Dacia.

Domițian se plimba prin grădinile palatului său, vorbind cu senatorul Marcus Paullus, cel mai mare susținător politic al său din Senat, când generalul Julianus a sosit exact la ora stabilită. Alături de el mergea un soldat care îi părea vag familiar lui Domițian. Bărbatul avea treizeci de ani, păr negru și ochii căprui deschis.

- Acum te voi lăsa să te ocupi de treburile militare, Caesar, spuse grăsuțul senator Paullus, pe picior de plecare. Banii pentru jocuri vor fi alocați în următoarea ședință a Senatului.

- Am încredere că o vor face, Marcus, spuse Domițian. Întotdeauna ai reușit să-ți respecți promisiunile.

- Îți prețuiesc încrederea, ca întotdeauna, Caesar, răspunse Paullus, înclinând capul și salutându-l pe Julianus, la plecare.

- Noi jocuri, mărite Caesar?, întrebă nevinovat de sincer Tettius.

Împăratul era iubit de oamenii de rând pentru jocurile fastuoase pe care le organiza spre distracția cetățenilor romani. Era antipatic Senatului pentru cheltuielile generoase pe care aceste jocuri le presupuneau, dar cheltuielile erau inevitabile. Caesar nu ar permite ca din cauza costurilor mari să scadă calitatea jocurilor sale.

- Zece zile de jocuri, Tettius!, spuse Domițian radiind de bucurie.

- Întreceri ale carelor de război, gladiatori, inclusiv gladiatori femei și gladiatori pitici.

- Oamenii se satură de aceleași lucruri vechi. Vom aduce niște creștini pentru a hrăni leii, pentru că asta provoacă întotdeauna o reacție bună.

- Te invit să-mi fii oaspete! Dar, el cine e?

- Caesar, acesta este tribunul meu principal, spuse Julianus. El e Titus Lucullus.

Titus își îndreptă spatele și salută mieros.

- Ave, Caesar!

Domițian îl privi curios.

- De ce-mi pari cunoscut? Totuși, nu te pot identifica, Lucullus.

- Am slujit cu Guvernatorul Oppius Sabinus în Moesia, Caesar, explică Titus.

- Ah, da! Sărmanul Sabinus. Decebal a fost mai inteligent decât el și asta l-a costat capul. Nu-i așa?

- Da, Caesar, așa este!, răspunse Lucullus, cu o oarecare tristețe pe chip.

Îl respectase pe Sabinus, în ciuda încăpățânării și a aroganței aristocratice de care dădea dovadă. El știa că aristocrația și aroganța mergeau împreună, iar Oppius Sabinus nu era diferit de majoritatea celorlalți oameni din rangul său social.

Domițian ridică din sprânceană.

- Și crezi că îl poți sluji pe Julianus mai bine decât l-ai servit pe Sabinus?

Fața lui Titus se înroși.

- Da, Caesar! Îmi voi face datoria cât pot de bine!

Intervenind în discuție, Julianus își dădu cu părerea:

- Lucullus este un planificator strategic excelent, Caesar. Cunoaște bine Moesia și Banatul, dar și triburile locale, precum și pe căpeteniile acestora. De asemenea, îl cunoaște pe Regele Decebal mai bine decât majoritatea și, chiar odată, l-a înfruntat în luptă.

Împăratul nu părea impresionat.

- Foarte bine! Atunci am încredere că următoarea ta bătălie împotriva lui Decebal, va merge mai bine, decât ultima bătălie, așa e, Lucullus?

- Da, Caesar!

Domițian arătă spre două bănci aflate la umbra unui plop.

- Vino să stai și spune-mi cum plănuiești să-l învingi pe acest rege barbar care a însângerat Roma de două ori, chiar înainte să fie încoronat ca rege.

- Adunăm nouă legiuni în Banat, Caesar!, începu povestea Julianus, odată ce s-au așezat.

- Legiunea a V-a Flavia Felix merge spre vest din Dalmația. Legiunea a VI-a Victrix și Legiunea a XIII-a Gemina mărșăluiesc spre est de Germania.

- Nu cumva slăbim Germania prea mult de dragul războiului cu dacii?, întrebă Domițian.

- Cei din Senat încă mă învinovățesc că am pierdut nordul Britanniei pentru a-i oferi mai multe legiuni lui Fuscus.

Tettius clătină din cap.

- Nu, nu cred asta, Caesar! Cred că trupele din Germania vor putea păstra pacea acolo.

- Nu am nevoie să te gândești, Julianus! Am nevoie să fii sigur!

Împăratul se întoarse către Titus.

- Tu ce crezi, Lucullus?

- Sunt de acord cu generalul, Caesar! Triburile germanice sunt mereu agitate și trebuie să fim cu ochii pe ele. Cu toate acestea, cred că ne sunt necesare nouă legiuni pentru invadarea Daciei.

- Foarte bine! Îmi place să văd că îți folosești creierul și nu-mi spui imediat doar ceea ce crezi tu că vreau să aud.

Titus nu știa cum să răspundă la asta, așa că a tăcut cu înțelepciune.

- Mulțumită negocierilor lui Caesar, a întrerupt Julianus dialogul, avem și o mie de cai luați de la iazigi, triburi care au devenit adesea aliați ai Romei împotriva Daciei.

- Ah, vești excelente!, exclamă Domițian, foarte mulțumit de această evoluție.

Roma era renumită pentru infanterie, dar nu și pentru cavalerie. Cavaleria era costisitor de antrenat și întreținut. Caii nu rezistau atunci când erau nevoiți să călătorească pe distanțe lungi. Din motive economice și logistice, era mult mai bine să recruteze cavalerie dintre triburile locale aliate cu Roma.

- Atacul ar trebui să înceapă în vară, imediat ce trupele noastre vor fi pregătite, a spus Julianus.

- Cu cât mai devreme, cu atât mai bine, răspunse Domițian cu forță. Dacia trebuie pedepsită, iar tu trebuie să recuperezi stindardele legiunii pierdute de Fuscus.

Fața Împăratului deveni sumbră.

- Acea umilință trebuie ștearsă!

- Da, Caesar! O vom șterge!, se angajă Tettius.

Cucerirea Daciei era la fel de importantă pentru el ca și pentru Domițian.

- Trecem Danubiusul pe vreme bună și luăm Sarmizegetusa în două luni, înainte ca vremea să se răcească. Nu putem lupta în acei munți iarna.

- Și cum vei trece Dunărea, Tettius?

- Pe un pod de bărci, la fel ca Fuscus. Acesta a fost un lucru pe care Cornelius l-a făcut foarte bine. Mai avem bărcile și sprijiniți de inginerii în zonă le putem asambla în scurt timp.
- Păcat că Fuscus nu a fost un general atât de bun pe cât a fost ca inginer. Nu mă dezamăgi, așa cum a făcut el, Julianus!
- Nu voi da greș, Caesar!, se jură Julianus.
- Bine! Asigură-te de asta, Tettius! În următoarea mea paradă de triumf, aș vrea să-l văd pe Decebal mărșăluind în lanțuri pe străzile Romei.
- Consideră că e rezolvat, Caesar!, promise generalul.

Întâlnirea se terminase. Cei doi soldați s-au ridicat, întorcându-se să plece.

- Lucullus!, strigă împăratul brusc, făcându-i semn să se oprească și să se întoarcă spre el.
- Da, Caesar?
- Spune-mi, Titus, din moment ce cunoști bine Dacia. Este adevărat că străzile din Sarmizegetusa sunt pavate cu aur?

Lucullus a fost surprins. Cu siguranță împăratul nu putea vorbi serios?

- Cred că este o exagerare, Caesar. Cu toate acestea, este adevărat că Dacia este un pământ bogat. Sunt bogați în cereale și au multe vite. Munții lor sunt foarte bogați în minerale, exploatând acești munți de sute de ani. Este cunoscut faptul că Decebal posedă cantități mari de aur și de argint.
- Ah, un răspuns sincer!, spuse Domițian zâmbind. Știu că aceste lucruri sunt adevărate, Lucullus. Dar răspunde-mi: de ce nu a luat nimeni aceste comori până acum?
- Unii au încercat, dar nimeni nu a reușit.
- Este evident, răspunse Domițian, aruncându-le ambilor bărbați o privire dură. Acum ascultați bine, aceasta este porunca mea. Aduceți-mi acele comori dacice de aur și de argint!
- Da, Caesar!, răspunse Tettius cu respect.

- Acest lucru este imperativ, Julianus! spuse Domiţian. Este imperativ! Trezoreria statului este aproape goală, la fel ca şi hambarele publice pentru cereale. Trebuie să cumpărăm mai multe cereale şi trebuie să ne plătim legiunile. Cu orice cost, adu-mi aurul dacic!

Când în sfârşit a rămas singur, Domiţian plecă într-o plimbare lungă prin grădinile palatului său. Era cel mai fericit în momente ca acestea, când putea fi singur cu gândurile lui. El, şi numai el, era pe deplin conştient de marea povară purtată de Cezar, conducătorul lumii. El purta cea mai grea povară dintre toţi oamenii Imperiului Roman.

Menţinerea vastului imperiu al Romei era apocaliptic de costisitoare. Trezoreria statului era mai mereu aproape goală. Plata soldelor militare era monstruos de scumpă, dar armata trebuia plătită, altfel imperiul s-ar prăbuşi. Divinul Augustus, în marea sa înţelepciune, a redus numărul total al legiunilor Romei la jumătate, dar totuşi, chiar şi aşa, cheltuielile militare erau colosale.

Pur şi simplu, Roma nu avea suficiente legiuni pentru a face faţă tuturor campaniilor militare, ceea ce făcea necesar mutarea acestora ca nişte piese pe o tablă de şah. De fiecare dată când trebuia să facă asta, primea multe critici venite de la proştii Senatului. Considerau Britannia câştigată, iar mai apoi am retras trupele, în timp ce unii cârteau fără nici un argument. Proştii nu puteau înţelege că Dacia şi Germania erau mai importante.

Împăratul credea cu fermitate că el conducea identic ca predecesorii săi, incluzându-i aici pe Titus, Vespasian şi pe ceilalţi împăraţi dinaintea lor. Timp de peste două sute de ani, conducătorii Romei au ştiut că trebuie făcute două lucruri. Armata trebuia plătită, iar oamenilor de rând trebuie să li se asigure pâine şi circ. Aceste lucruri au fost esenţiale pentru supravieţuirea conducătorilor şi, într-adevăr, pentru supravieţuirea statului.

Recunoştea cu amărăciune că până acum, în domnia sa de Caesar, Domiţian a arătat prea puţin talent pentru succesul militar. Asta îl necăjea permanent. Amintirile tatălui său, Vespasian, şi ale fratelui său, Titus, îi rodeau pe stomac, precum arde sulful. De multe ori au fost sărbătoriţi pentru numeroasele lor victorii militare. El era dispreţuit pentru luptele sale chinuitoare împotriva Germaniei şi, acum, a Daciei. Cucerirea Daciei avea să pună capăt acelor chinuri. Ar plăti orice preţ şi ar sacrifica orice pentru a atinge acest scop.

Domiţian ştia foarte bine că talentul lui înnăscut era să creeze cele mai atractive jocuri şi cele mai inventive distracţii pentru oameni. Era un geniu la asta. Lupte de gladiatori, inclusiv cu bărbaţi, femei şi pitici, oameni de toate culorile, înrobiţi din toate colţurile lumii, erau aduşi la Roma pentru jocurile împăratului. Bătălii recreate de infanterie. Bătălii de cavalerie. Bătălii pe mare. Vânători care implicau sute de fiare sălbatice. Execuţia publică a creştinilor, dar şi a altor criminali.

Mergând pe culoarul deschis de Împăratului Nero, a da vina pe creştini, pentru multe dintre relele Romei, a fost o idee genială. Mulţimea din Colosseum aplauda sălbatic, atunci când creştinii au fost puşi în arenă cu lei flămânzi şi alte fiare sălbatice. Oamenii erau cei mai fericiţi atunci când se vărsa sânge. Cu cât mai mult sânge curgea, cu atât era mai bine. Le distrăgea atenţia de la problemele şi de la grijile lor curente. Îi abătea atenţia, chiar şi lui Caesar, de la poverile grele ale conducerii lumii.

În mintea lui, Domiţian, cântărea foarte mult faptul că împărăteasa Domiţia Longina era încă exilată pe insula *Pandateria*. Trăia o existenţă singuratică, cu câţiva servitori loiali şi un mic contingent de paznici. Unii senatori îl sfătuiau pe Domiţian să o aducă înapoi la Roma, dar mândria lui Domiţian nu-i permitea să-i ofere această satisfacţie.

Păşind dincolo de colţul grădinii, Împăratul întrezări o frumuseţe fermecătoare sub soarele strălucitor. Nepoata sa, Julia Flavia, singura fiică a fratelui său, Titus, stătea pe o bancă de piatră citind o carte. Julia avea douăzeci şi patru de ani şi era căsătorită cu Titus Flavius Sabinus, fratele consulului Flavius Clemens. Era zveltă, cu ochi albaştri deschis şi păr blond ondulat, care lucea ca aurul în soarele strălucitor.

Julia îl auzi apropiindu-se şi îşi ridică privirea cu un zâmbet timid.

- Ce citești, nepoată?, întrebă Domițian, așezându-se pe bancă lângă ea.

Ea ridică cartea.

- Epigramele lui Marcus Valerius Martialis, Caesar. El îți cântă laudele în cel mai admirabil mod cu putință.

Împăratul râse.

- Așa ar și trebui, și nu doar pentru că îl plătesc bine. Mă numește stăpân și zeu al său și este foarte sincer în închinarea sa față de mine.

- Toți romanii sunt sinceri în închinarea lor față de Caesar, spuse încrezătoare în adevăr Julia.

Domițian era împărat și, de asemenea, divin. Era un zeu.

- Ah, ar trebuie să te pun să vorbești cu dușmanii mei din Senat!, exclamă Domițian cu un prefăcut entuziasm. Dacă ți-ai îndrepta farmecul tău asupra lor, poate că voi fi scutit de problemele și nevoile mele de-ai exila sau de-ai ucide, nu crezi?

Julia simți tensiunea din vocea lui, dincolo de umorul ascuns al cuvintelor sale.

- Nu există romani loiali care să-ți fie dușmani, Caesar!

Domițian se apropie de tânără și-o privi în ochii ei albaștri pal. Julia era fermecătoare și putea vedea în sufletul lui. El, îi luă mâna și o strânse ușor între mâinile sale.

- Dar, să nu vorbim de politică, draga mea!

Julia își coborî ochii rușinată. A fost surprinsă de atenția bruscă a Împăratului. Nu era alarmată, ci doar confuză că unchiul Domițian, obișnuit să o ignore, era atât de interesat de ea.

- Spune-mi, continuă Domițian cu o voce mieroasă, cum decurge căsătoria ta cu Titus Flavius?

Sarmizegetusa, vara anului 88 d.Hr

Andrada își privea fiicele alergând prin iarbă. Se urmăreau una pe alta într-un joc de-a prinselea jucat cu alți câțiva copii de vârsta lor. Mezina,

Adila, în vârstă de trei anişori, nu putea ţine pasul cu Zia, care avea cinci, dar era hotărâtă să încerce. Surorile se înţelegeau bine între ele, dar ambele erau şi foarte competitive una cu cealaltă. În zilele liniştite, Zia o învăţa pe sora ei mai mică cuvinte noi sau jocuri captivante de jucat.

Tatăl lor, regele, lipsea din nou. Adesea pleca în călătorii pentru a se ocupa de chestiuni militare sau politice. Dacia construia noi forturi şi îşi întărea cetăţile existente, la hotarele ei, dar şi la munte. Zidurile trebuiau construite şi constant reparate. Trupele de infanterie, de cavalerie, dar şi de arcaşii trebuiau antrenate. Mari cantităţi de provizii şi echipamente trebuiau depozitate acolo unde cel mai probabil ar fi nevoie de ele.

După bătălia de la Tapae, un număr considerabil de dezertori romani, peste două sute, se alăturaseră forţelor dacice. Decebal îi plătea mult mai bine şi, spre deosebire de Roma, îi plătea constant pe soldaţi. Aceşti dezertori s-au dovedit a fi foarte valoroşi în a-i învăţa pe soldaţii daci cum să lupte cu legionarii romani. Antrenamentele erau neîntrerupte, iar Regele Decebal îşi supraveghea şi revedea de mai multe ori trupele sale.

Chiar dacă nu au mai avut loc ciocniri militare de amploare timp de peste un an şi jumătate după bătălia de la Tapae, Dacia trebuia să nu facă greşeala de a uita că este în război. Liderii dacilor ştiau că Roma pregăteşte o campanie militară la scară mare. Au făcut toate eforturile pentru a se asigura că, nici armata şi nici poporul, nu deveneau neglijenţi, complăcându-se în această acalmie.

Reveria Andradei a fost întreruptă tânguirea Adilei. Copila era căzută la pământ, smiorcăindu-se, în timp ce sora ei mai mare încerca să o ajute să se ridice. Tarbus, prietenul lor, încerca şi el să o consoleze pe Adila.

- Tarbus m-a împins!, se plânse Adila, printre suspine.

Avea o julitură uşoară la genunchiul stâng din cauza căderii în iarbă.

- Nu a făcut asta! explică Zia. V-aţi lovit unul de altul. Nu a vrut să te împingă.

- Vino aici, fetița mea curajoasă!, spuse Andrada întinzând
brațele.

Privi în jos pentru a examina genunchiul Adilei.

- Nu arată rău. Îl vom spăla cu apă curată, iar genunchiul tău va
fi ca nou.

- M-a împins!, stărui fata, încercând să-i convingă că are drep-
tate.

- Ne liniștim acum, Adila. Tarbus este un băiat bun. Nu ar încerca
să te rănească. A fost un mic accident și asta e tot.

Înainte ca prințesa să se poată tângui încă o dată, atenția le-a fost
atrasă de șapte călăreți care se apropiau. Șase dintre ei purtau
echipament militar.

Zia sări entuziasmată.

- Acela e tata, vine acasă?

Adila s-a oprit din plâns și îi urmărea cu privirea. Andrada a observat
figura feminină din mijlocul grupului și făcu o plecăciune din cap.

- Nu, nu e tata. E mătușa ta, Tanidela.

Călăreții a venit în sus la ei. Tanidela a descălecat, mulțumind
însoțitorilor și demobilizând escorta. Oamenii au făcut o plecăciune din
șa și au plecat să ducă caii la grajduri.

- Mătușică! Mătușică!, strigau fetele în timp ce alergau spre
tânăra lor mătușa, care s-a aplecat și le-a prins pe amândouă
într-o mare îmbrățișare. Nu le văzuse pe fete de luni de zile.

Tanidela era mezina lui Decebal și a lui Diegis. Avea douăzeci și trei
de ani, părul castaniu deschis și ochii de un verde frapant. Hainele ei
ușoare și confortabile de călărie îi accentuau silueta zveltă.

În timp ce Andrada se apropie să o întâmpine, Tanidela s-a ridicat
și i-a făcut o mică plecăciune.

- Regina mea, mă bucur să te văd din nou!, a spus ea cu un zâm-
bet relaxat.

- Regina mea, asemenea prostii!, a spus Andrada râzând. Familia
nu se înclină în fața familiei. Nu în cazul meu, oricum. Ce mai
faci surioară?

Andrada era cu trei ani mai mare decât cumnata ei. Întotdeauna se trataseră ca două surori.

- Sunt foarte obosită, după atâta timp petrecut în şa, a răspuns ea, întinzându-se să smotocească părul nepoatelor ei. Dar, sunt foarte fericită să fiu acasă şi să vă revăd pe toţi.
- Aduci vreo veste? întrebă Andrada.

Tanidela ştia exact ce veşti aştepta.

- Da. Mi-am lăsat fraţii la Pelendava. De acolo vor pleca la Tapae.

Andrada trase aer în piept.

- Ce este, mami?, spuse neliniştită Zia în timp ce-şi ridica privirea.

Andrada le-a zâmbit fetelor.

- Nimic care să te îngrijoreze pe tine, draga mea. Acum o vom conduce pe Tanidela înăuntru să-i urăm bun venit acasă. Cred că îşi doreşte foarte mult o baie.
- Da!, spuse Tanidela pe un ton plângăreţ, apoi luă fetele de mână, conducându-le spre intrarea palatului.
- O baie este exact ceea ce am nevoie, iar mai apoi o masă bună. Mi-e atât de foame încât aş putea mânca un ponei!, expresie care le-a făcut pe fetiţe să chicotească de hazliul situaţiei.

Andrada păşea în spatele lor, dar gândurile îi era deja la soţul ei. Pelendava era un fort între dealurile sudice ale Daciei. Tapae era prima linie de apărare împotriva inamicilor care traversau Isterul spre nord, în Dacia. Singurul motiv pentru care Decebal putea să-şi conducă armata acolo era pentru că romanii îşi pregăteau invazia acolo. Războiul cu Roma era pe cale să reînceapă.

Capitolul 10

Asediul

Banat, toamna anului 88 d.Hr.

Generalul Tettius Julianus urmărea cu nerăbdare cum ultimele piese grele de artilerie erau trase de boi peste podul de bărci. Cu ele ar putea lupta contra forturilor și orașelor bine apărate. Artileria și alte echipamente de asediu, inclusiv baliste, scorpioni și berbeci, erau esențiale pentru succesul armatei. Producerea unor arme în număr suficient de mare pentru a înarma bine nouă legiuni a fost enorm de costisitoare. Împăratul a protestat, dar Julianus nu a acceptat ca răspuns un nu.

Acum nu mai rămânea decât să aducă restul coloanei de bagaje și proviziile peste râu. Carele de aprovizionare erau mai ușoare decât mașinile de asediu, iar munca avea să meargă mult mai repede. Chiar și așa, o armată mare avea nevoie de o cantitate ridicată de provizii pentru a călători prin teritoriul inamic. Întotdeauna îi lua mai mult să se miște decât și-ar fi dorit.

- În două zile ar trebui fie gata, Titus?, îl întrebă Julianus pe tribunul său.

Lucullus era responsabil de planificarea transportului pentru că avea o minte bună pentru numere și organizare.

- Da, domnule, răspunse Titus. Nu mai mult de două zile și vom avea toată armata pe partea de nord a râului.
- Bravo, Titus! Fără tine această armată s-ar mișca ca un melc.

Lucullus îndrăzni să zâmbească.

- Un melc foarte mare, generale. Melcii nu sunt recunoscuţi pentru viteză, mai ales cei mari.
- Într-adevăr, nu. Cu toate acestea, va trebui să împingem această armată în mijlocul Daciei pentru a ajunge la Sarmizegetusa. Şi va trebui să zdrobim orice ne stă în cale.
- Da, domnule! Tapae va fi un test bun. Zidurile sale sunt la fel de puternice ca oricare dintre cele mai puternice forturi ale lor.
- Nu contează cât de puternice sunt, Titus. Vom supune oraşul, apoi vom trece prin munţi şi o vom face cum trebuie, replică Tettius. Fuscus a fost nerăbdător. Nu vom călători în orb şi nu vom lăsa un inamic în spatele nostru.
- Nu, domnule!, aprobă Lucullus.

Acest bătrân nu era un prost. Spre deosebire de atâţia alţi nobili romani care se dădeau genii militari. Şi-a păstrat pentru sine ultimul gând.

Tapae, Dacia, toamna anului 88 d.Hr

Regele Decebal, Marele Preot Vezina şi Diegis se aflau într-o casă situată în interiorul zidurilor cetăţii Tapae. Tsiru, căpitanul cercetaşilor de cavalerie, prezintă raportul.

- Am numătat nouă legiuni, cu putere maximă, cu echipamente complete de artilerie şi maşini de asediu, domnule. Par bine organizaţi şi mărşăluiesc în ritm bun.

Vezina dădu din cap.

- La asta ne şi aşteptam. Sunt conduşi de Generalul Tettius Julianus, care a fost Guvernator al Moesiei. Este un general experimentat, dar şi o vulpe bătrână şi vicleană.
- Câtă cavalerie au?, întrebă Decebal.
- Cel mai probabil, în jur de două mii, domnule. Şi aşa cum era de bănuit, Iazigii sunt din nou în castrul roman. Ei alcătuiesc

cea mai mare parte a cavaleriei lor, a spus Tsiru cu o expresie de dezgust pe față.

De-a lungul anilor a purtat mai multe bătălii împotriva călăreților lazigi, care erau considerați trădători pentru că s-au alăturat Romei.

- Bravo, Tsiru, spuse Decebal. Eşti liber!

- Da, domnule!

Tsiru s-a întors şi a părăsit camera. A venit însoțit de mai mulți cercetaşi, iar munca lor nu se termina niciodată.

- E multă cavalerie, observă Diegis.

Decebal îi făcu semn.

- Nu ne vom lupta cu ei pe teren deschis. Dar da, au multă cavalerie, iar mobilitatea lor ne va pune probleme, chiar şi la munte.

Vezina se aplecă înainte, în timp ce pe frunte îi apărură riduri de îngrijorare.

- Tapae nu poate rezista împotriva unei armate de asemenea dimensiuni. Întrebarea este cât poate rezista oraşul?

- Voi rămâne aici şi voi organiza apărarea oraşului, a spus Diegis. Frate, îi putem reține pe romani o săptămână, poate două, în timp ce tu mobilizezi armata în munți. În fiecare zi sosesc mai multe trupe.

Regele clătină din cap.

- Nu, nu poți rămâne aici! Am nevoie de tine şi de Drilgisa cu infanteria, lăsând să se înțeleagă că a fost o comandă şi nu o sugestie.

- Voi rămâne şi voi organiza apărarea oraşului!, spuse Vezina. Prima treabă este să evacuez copiii şi pe acele femei care nu pot lupta. Iar asta trebuie să înceapă astăzi.

Decizia lui Vezina îl luă pe Diegis prin surprindere.

- Tu?

- Fiule, explică Vezina cu răbdare, preoții din Zamolxis au condus campanii militare de sute de ani. Nu ai fost atent la lecțiile mele când erai băiat?

- Era atent la fete, spuse Decebal zâmbind şi continuînd. Foarte bine, Vezina, stai şi aperi oraşul. Dă-ne o săptămână pentru a primi întăriri!
- Îi vom reţine timp de o săptămână, a răspuns Marele Preot.
- Ascultă bine, Vezina, continuă Decebal. O saptămână! După aceea găseşti o cale de evadare prin munte. Cunoşti căile de evacuare prin tunel mai bine decât oricare dintre noi.
- Într-adevăr, Domnule, le-am conceput pe cele mai bune, a recunoscut Vezina. Vom ţine oraşul timp de o săptămână. Şi după asta, puf! Voi dispărea într-un nor de fum, lăsându-i pe romani să se întrebe unde m-am dus?

Diegis rânji.

- Ai grijă să meargă, Vezina! Dacă te prind romanii, norul acela de fum va veni de la focul pe care l-au pus sub picioarele tale, cu tine legat de un stâlp.
- Oh, ho, ho!, se plânse Vezina râzând. O altă lecţie pe care evident ai ratat-o, tinere, a fost cea despre respectarea bătrânilor!
- Această întâlnire s-a încheiat, a declarat Decebal. Diegis, îl vei ajuta pe Vezina să organizeze evacuarea copiilor şi a femeilor necombatante care pot călători. Lăsaţi-i escortaţi la Argidava, fiindcă poate trece ceva timp până când se pot reîntoarce aici.
- Da, Domnule!, aprobă Diegis.

Decebal se ridică şi se întoarse spre uşă.

- Nu avem timp de pierdut. Sunt nouă legiuni romane care vin aici, armata noastră încă soseşte zi de zi, dar mai avem multă muncă de făcut.

Bombardarea cu artileria de asediu a cetăţii Tapae a început a doua zi în zori. Pietre mari aruncate de baliste au lovit zidul de vest şi poarta principală a oraşului. Zidurile de piatră erau foarte groase şi nu puteau fi doborâte de artilerie. Scopul atacului a fost să slăbească apărarea de pe zidurile din Tapae, să provoace pagube în interiorul oraşului şi să-i demoralizeze pe locuitorii. Scorpionii au lansat cuie de la sute de metri distanță, având suficientă rază de acțiune pentru a-i lovi pe unii dintre bărbații care stăteau de pază deasupra zidurilor orașului.

Zidurile erau apărate de trei sute de infanteriști daci plus populația civilă suficient de în vârstă și suficient de aptă pentru a lupta. Peste două sute de femei, înarmate cu arcuri și sulițe, erau în grupul de apărare. Bărbații și femeile erau în egală măsură responsabili pentru a-și apăra pământul și familiile lor.

Vezina, îmbrăcat în haine civile simple, privea din vârful crenelului construit peste poarta principală. În afara zidurilor, o mare de legiuni romane și taberele lor se întindeau cât se vedea cu ochii. În toți anii săi, nu văzuse niciodată o armată apropiată ca mărime de vastitatea acestei armate romane.

Apărătorii săi dețineau câțiva dintre scorpionii mai mici capturați în trecut de la armata lui Cornelius Fuscus în prima bătălie de la Tapae. Vezina i-a poziționat deasupra zidului, dar nu se potriveau cu numărul de artilerie romană sau cu gama mașinilor de luptă mai mari. Scorpionii dacilor aveau să fie mai eficienți mai târziu, atunci când atacatorii vor veni să ia cu asalt zidurile.

- Vor ataca astăzi, Prea-Sfinția voastră?, întrebă o santinelă care stătea lângă Marele Preot.
- Nu, nu astăzi, a răspuns Vezina. Încă mai construiesc scări și turnuri de asediu. Poate mâine sau poimâine.

Vezina și soldatul s-au ferit din instinct, în timp ce un bolovan mare lansat dintr-o balistă romană a zburat deasupra capetelor lor. Pietroiul s-a prăbușit într-o casă din spatele lor cu un zgomot puternic, prăbușind acoperișul.

Câțiva oameni din interiorul orașului au murit zdrobiți de bolovani și străpunși de cuie. Cuiele erau trase de la sute de metri distanță din baliste și scorpioni. Traversau câmpul de luptă mult prea repede pentru ca ochiul să le poată urmări, iar victimele nu le vedeau niciodată venind.

Soldatul care stătea lângă Vezina indică cu mâna spre patru șantiere aflate în fața liniilor romane.

- Acele turnuri de asediu se ridică repede.
- Așa este, a fost de acord Vezina. Romanii au adus materialele cu ei. Astfel ei pot asambla rapid turnurile la fața locului.
- Nenorociții ăstia cunosc luptele astea, se strâmbă soldatul. Nu e timp de pierdut, așa e?

Vezina se întoarse spre bărbat și îl strânse de umăr.

- Cunoaștem și noi această luptă. Când se vor apropia cu turnurile lor, le vom da foc. Când vor aduce un berbec la porțile noastre, îi vom zdrobi sub o grămadă de bolovani și îi vom arde cu săgeți de foc și uleiuri arzătoare.

Soldatul mormăi de acord. Amândoi știau, totuși, că șansele erau puternic împotriva lor. Ei aveau să opună rezistență pentru a da timp Regelui Decebal și armatei să organizeze o apărare în munții aflați mai la nord de oraș. Aceasta era misiunea lor și trebuia făcută indiferent de cost.

În munții aflați mai la nord de Tapae, toamna anului 88 d.Hr

- Îmi permiteți să conduc un grup de atac împotriva taberei romane, Domnule? l-a întrebat Sinna pe Rege în ședința consiliului de război.

Au fost adunați într-o poiană din pădure, împreună cu Drilgisa și Diegis. Decebal s-a gândit doar câteva clipe.

- Ai permisiunea mea! Nu-i lăsa pe romani să se simtă prea confortabil pe pământ dacic. Mergi cu arcași-cai, loviți și fugiți!
- Da, Domnule! Voi lua trei sute de cai și îi voi lovi în două sau trei locuri. Dacă văd oportunitatea potrivită, îi voi elimina pe câțiva dintre soldații lor de artilerie.
- Lovește și fugi, Sinna!, a avertizat Decebal. Nu fi prea ambiţios, iar mai apoi să fii înconjurat și prins în capcană.
- Am înțeles, Domnule!

Decebal se întoarse către Diegis.

- Câți noi veniți avem astăzi?
- Trei mii de infanteriști și aproape o sută de cavaleri ni s-au alăturat astăzi. În total, am avea aproximativ vreo cincisprezece mii de infanteriști și vreo șase sute de cavaleri.
- Cinci sute optzeci de cavaleri, clarifică Sinna.

Decebal deveni gânditor.

- Julianus atacă Tapae cu o singură legiune. Asta înseamnă că trimite opt legiuni să vină împotriva noastră. Adică aproximativ patruzeci de mii de oameni. Odată ce Tapae va cădea, va mai avea încă o mare parte a unei alte legiuni sub comanda lui.
- Ceea ce înseamnă, spuse Drilgisa, că trebuie să ținem piept unei armate de patruzeci de mii cu cei cincisprezece mii de soldați ai noștri.

Ofițerii au devenit gânditori atunci când au luat în considerare acele cifre. Era adevărat că apărătorii au un avantaj în luptă, dar nu a existat nicio victorie împotriva unor armate copleșitoare.

- În zece zile ni se vor alătura alți zece mii de infanteriști și arcași, a spus Diegis.
- Julianus nu va aștepta zece zile pentru a ataca nordul, a declarat Decebal. Chiar dacă Tapae rezistă atât de mult, va dori să ne atace mai devreme. Și oricum, Tapae nu poate rezista atât de mult.
- De ce să nu-i surprinzi și să-i ataci? întrebă Drilgisa, cu ochii lui negri sclipind. Dă-le ceva la care nu se așteaptă, nu?
- Nu atacăm poziții fixe romane, Drilgisa. Știi asta, spuse Decebal exasperat. În fiecare zi, romanii mărșăluiesc și în fiecare seară construiesc fortificații pentru a-și proteja trupele. Chiar și atunci când nu este niciun dușman la vedere. În fiecare zi!
- Desigur, aveți dreptate, Domnule!, recunoscu Drilgisa, ridicând din umeri. Sunt prea dornic.

Decebal a renunțat la scuze.

- Există un timp pentru a fi dornici și un timp pentru o strategie solidă. Acesta este un moment pentru o strategie solidă. Suntem cu mult depășiți numeric.
- Oamenii noștri sunt în poziții de apărare pe munte, a subliniat Diegis. Ce strategie propuneți?

Decebal făcu o pauză pentru a-și aduna gândurile.

- Julianus nu va repeta greșelile lui Fuscus. Nu va mărșălui încolonat direct în fălcile leului.
- Nu, nu o va face, aprobă Drilgisa. Eu am comanda versantului vestic, iar Diegis are comanda estului. Putem contracara un atac roman mai complex.
- Exact asta trebuie să facem, Drilgisa. Julianus va ataca pe drumul din trecătoare și de-a lungul flancurilor sale prin pădure. Așa că, deși avem mai puțini oameni, trebuie să învingem un atac mai complex decât ceea ce a încercat Cornelius Fuscus.
- Vom fi foarte întinși pe lungime, dar și foarte răsfirați, observă Sinna.

Decebal se uită la fiecare dintre bărbații din jurul lui.

- Nu avem altă opțiune, frații mei. Trebuie să ducem o bătălie defensivă în pas și în pădurea de pe versanții de jos ai munților. Dă-le teren când trebuie, dar nu-i lăsați pe romani să pătrundă. Ține-ți-vă mesagerii în apropiere, comunicați inteligent și nu-i lăsați să vă depășească.
- Tu vei apăra pasul de trecere, frate? întrebă Diegis.
- Da. Cu Sinna vom lua cinci mii de infanteriști plus cavaleria și îi voi opri pe romani să înainteze prin pas spre nord. Trecătoarea este îngustă, ceea ce este în avantajul nostru.

Drilgisa se încruntă.

- Cu cele opt legiuni, Julianus te va zvânta.
- Poate, dar nu fără să plătească un preț mare. Amintiți-vă, ducem o luptă defensivă și eliberăm teren în retragere, atunci când trebuie.

- Avem nevoie ca întăririle noastre să ajungă la noi cât mai curând, a exclamat Diegis!
- Dacă Zamolxis dorește, așa va fi!, răspunse Decebal.
- Dacă nenorociții aceia ar mărșălui mai repede, ne-ar ajuta!, se scăpă vorbind Drilgisa printre dinți.

S-a ales cu o privire aspră din partea regelui și-și ridică mâinile în semn de vinovăție.

- Ah, iertați-mă, fraților, sunt nerăbdător astăzi.
- Ești mereu nerăbdătoare, Drilgisa! Te vei simți mai bine după ce vei ucide câțiva romani. Vei avea șansa ta foarte curând.

> Capitolul 11

Zbor pentru viață

Tapae, Dacia, toamna anului 88 d.Hr.

Î n dimineața celei de-a doua zile a asediului de la Tapae, artileria romană și-a oprit bombardamentul. Fluturând un steag de negociere, Titus Lucullus s-a apropiat călare de poarta principală. Și-a oprit calul când se afla la o distanță de strigăt, fără să țină seama că putea fi o țintă ușoară pentru un arcaș bun, chiar dacă era sub un steag de tratative.

Titus ridică privirea spre parapetul de deasupra porții, unde un bătrân singuratic stătea calm și îl urmărea apropiindu-se. Bărbatul îmbrăcat în haine civile simple era înalt și slab, având o barbă lungă și albă.

- Oameni din Tapae! Generalul Tettius Julianus vă oferă condiții pentru pace!, a strigat Lucullus la apărători, știind totuși că publicul său principal era silueta singură și înaltă care stătea deasupra porții.

- Predați orașul acum și toți cei dinăuntru vor fi cruțați! Copii, femei și bărbați!, apoi Titus făcu o scurtă pauză.

- Aveți un ceas pentru a accepta această ofertă!

Bătrânul de pe zid răspunse cu o voce surprinzător de clară și de puternică. Era vocea autorității.

- Romane! Dacii nu se predau sclaviei!

- Ascultă-mă bine! Predați orașul sau toți vor muri! Acesta este cuvântul Generalului Tettius Julianus!

Titus nu se aștepta sincer să-i convingă, dar trebuia să facă acest efort. Ar preveni un măcel inutil și ar salva multe vieți romane care ar pieri într-un atac împotriva zidurilor bine apărate.

- Nu ne este frică să murim, romane! Sufletele noastre sunt nemuritoare!, veni răspunsul puternic.

- Dacii aleg moartea în locul sclaviei! Așa a fost întotdeauna!

Această declarație sfidătoare a bătrânului a atras urale puternice din partea apărătorilor de pe ziduri, inspirându-i la o și mai mare sfidare.

- Aveți o oră să deschideți porțile și să vă predați! O ora!

Bătrânul nu răspunse, ci pur și simplu s-a întors și a plecat. Lucullus și-a întors și el calul revenind spre liniile romane de atac. Nu a băgat în seamă insultele și batjocurile venite de la apărători daci cățărați pe ziduri.

Generalul Julianus îl aștepta lângă unul dintre turnurile de asediu.

- Câți apărători sunt pe ziduri, după estimarea ta?, întrebă generalul.

- Nu mai mult de opt sute, domnule, răspunse Lucullus.

- Pare să fie corect, aprobă Julianus. Se văd mulți civili cu sulițe și arcuri. Și mai mult de câteva femei printre ei.

- Da, domnule! Femeile din Dacia sunt învățate să lupte alături de bărbați. Desigur, nu sunt luptători la fel de eficienți ca bărbații, dar unele pot fi la fel de letale. Pot trage cu arcul satisfăcător, iar unele pot mânui o suliță suficient de bine pentru a ucide.

- Ce e asta? Cum să nu-ți fie frică să mori?, întrebă Tettius cu un dispreț evident. Sună ca o prostie barbară.

- Domnule, pentru ei nu este o prostie, a explicat Titus. Religia lor, a lui Zamolxis, se bazează pe nemurirea sufletului. Ei cred că atunci când corpul lor pământesc moare, spiritele lor merg pe tărâmul lui Zamolxis, iar sufletele vor trăi acolo pentru totdeauna.

- Prostii!, răspunse Julianus disprețuitor.
- Așa o fi, domnule, dar cu ochii mei am văzut soldații daci râzând când erau îmbrățișați de moarte. Pentru ei, moartea în luptă înseamnă nemurire.

Titus ridică din umeri.

- Pe mulți dintre ei, asta îi face luptători ai naibii de fantastici.
- Mor la fel, scuipă Julianus, întorcându-și privirea spre zidurile orașului.
- Zici că nu se vor preda?
- Nu, domnule, nu se vor preda.
- Păcat de asta, mormăi Julianus. Ne vor întârzia și mai mult, iar eu nu mai vreau întârzieri.
- Prea bine, domnule! Voi da ordin să se reia atacul.
- Bine! Să-i facem fericiți pe acești daci și să-i trimitem ofrandă zeilor lor, completă sumbru generalul.
- Oamenii noștri vor fi fericiți să facă exact așa, generale!
- Ah, Titus!
- Da, domnule?
- Dă un ordin! Când ajungem în interiorul zidurilor, fără milă.

La mijlocul dimineții celei de a doua zi a asediului din Tapae, s-a dat ordin ca zidurile orașului să fie luate cu asalt. Mai devreme, un berbec fusese trimis împotriva porții orașului, dar a făcut foarte puține pagube înainte de a fi incendiat de apărătorii de pe zid. Orice mașină de asediu care se apropia de zidurile orașului era întâmpinată cu găleți cu ulei încins și săgeți de foc.

Nici poarta robustă a orașului și nici zidurile groase nu puteau fi sparte, a decis generalul Julianus, așa că singura cale de intrare în oraș era peste ziduri. Acest lucru a necesitat trimiterea multor oameni curajoși la moarte sigură, urcând pe scări, în timp ce săgețile, sulițele, pietrele și gălețile cu lichide arzătoare le curgeau peste cap. Cei care au ajuns sus s-au confruntat cu apărători neînfricați, care luptau cu disperare mânuind sulițe, topoare, falcși și săbii.

Titus Lucullus privea cum cele patru turnuri de asediu erau împinse spre ziduri. Structurile înalte din lemn erau protejate de scuturi metalice, dar chiar și așa săgețile de foc au găsit lemn neprotejat, declanșând incendii care trebuiau stinse cu găleți de apă transportate în turnuri. Odată ce erau suficient de aproape de zid, turnurile de atac își lăsau rampele de lemn peste partea de sus a zidului defensiv, eliberând foarte repede zeci de legionari. Nu era la fel de bine precum o breșă în zid, dar totuși era foarte eficient.

- Arcași! strigă Vezina. Aliniați-vă aici! Vreau o ploaie foc peste acel turn și vreau să-l transformați într-un rug aprins!

Treizeci de arcași s-au aliniat rapid de-a lungul unei segment de zid, îndrumați de Marele Preot. Jumătate dintre ei erau femei, iar una era chiar o fată ce nu avea mai mult de treisprezece ani. Multe femei din Dacia exersau trasul cu arcul din fragedă pruncie și erau la fel de precise ca și bărbații.

Legionarii care urcau pe scări erau ținte ușoare. Existau întotdeauna locuri neprotejate în zona feței, a gâtului și a picioarelor. Executarea de la mică distanță a unui foc încrucișat asupra atacatorilor aflați de-a lungul pereților era mai ușor decât a vâna veverițele dintr-un copac. Ceea ce făcea acțiunea mai dificilă, desigur, era că unele dintre veverițele romane de sub ziduri trăgeau săgeți înapoi.

Vârfurile săgeților de foc erau înfășurate strâns cu lână, înmuiate în ulei și aprinse cu torțe mânuite de *purtătorii de foc*. Cei treizeci de arcași aruncau foc în turnul de asediu care se apropia. Mai mulți arcași eliberau râuri de săgeți asupra bărbaților care trăgeau frânghiile de tractare a turnului de atac spre înainte. Cu cât turnul se apropia mai mult, cu atât era mai ușor să găsești punctele slabe și neprotejate. Erau pornite mai multe incendii decât se puteau stinge. Fumul devenise atât de gros încât legionarii din interior erau nevoiți să iasă afară și să-l abandoneze.

- Bravo, războinicii mei!, îi lăudă Vezina. Bine lucrat!

O săgeată fluieră foarte aproape de capul lui. Arcașii daci și-au îndreptat săgețile spre un grup de arcași romani întinși pe pământ. Romanii erau ținte ușoare și au suferit pierderi mari. După un timp scurt, s-au retras în afara razei arcașilor de pe ziduri.

Pe măsură ce se lăsa amurgul, peste două sute de apărători daci au fost uciși sau răniți. De trei ori mai mulți atacatori din tabăra romană au fost uciși sau răniți. Apărătorii aveau avantajul de a se adăposti în spatele meterezelor de piatră și de a lupta împotriva unor atacatori care trebuiau să se cațere vertical pentru a ajunge la ei. Atacatorii aveau avantajul mărimii. Această luptă semăna cu o competiție, ce urma să fie câștigat de cei care aveau un număr mai ridicat de soldați. Asta știa și Vezina.

Dintre cele patru turnuri de asediu romane, două au ajuns epave în flăcări, iar alte două au fost avariate și imobilizate. Atacul ar trebui să fie continuat pe calea grea, cea mai grea, de către bărbați pe scări. În amurg, atacul s-a oprit. Legionarii s-au retras peste noapte pentru a se regrupa și a se reaproviziona.

Vezina făcu un tur în interiorul zidurilor orașului pentru a evalua pagubele. Dar și mai important, trebuia să-i încurajeze pe războinicii care luptaseră până la epuizare, atât pe bărbați, cât și pe femei. Garnizoana orașului pierduse aproape o treime dintre oameni, jumătate dintre victime erau morți, iar cealaltă jumătate erau răniți. Pentru a înrăutăți situația și mai mult, acele victime includeau mulți dintre războinicii din prima linie care și-au asumat cele mai mari riscuri și au dus cele mai grele lupte.

Tapae a supraviețuit unui atac brutal purtat în cea mai mare parte din zi. Romanii aveau să se întoarcă mâine, într-un număr mai mare decât cel de astăzi. Construiau și mai multe scări și aveau să trimită mai multe sute de oameni.

O tânără cu o față foarte drăguță, cu păr lung și negru păși în fața lui Vezina pentru a-i atrage atenția. S-a oprit, surprins să-și găsească drumul blocat.

- Mă iertați, Sfinția Voastră, dar trebuie să vă odihniți, spuse tânăra.

Marele Preot făcu o pauză. Nu doar că era foarte obosit, dar și-a dat seama că era și foarte flămând. Încă de la primele ore ale dimineții nu avuse timp pentru mâncare. Un mic grup de oameni s-au adunat lângă zid, împărțind câteva alimente și un ulcior cu apă. Tânăra l-a luat pe preot de braț și l-a condus acolo.

- Mulțumesc, copila mea, spuse Vezina. Sunt foarte flămând. Cum te numești?
- Andrada, răspunse tânăra.
- Ah, Andrada, zâmbi el. Mai cunosc o femeie cu acest nume. Îmi aduci aminte de ea.

Pentru că a fost comparată cu regina, tânăra a luat vorbele preotului ca pe un compliment și i-a zâmbit înapoi.

- Uite, ia ceva de mâncare.

Cineva aduse tăvi cu pâine, brânză și fructe. Totodată, Vezina a fost mulțumit să vadă o tingire cu plăcinte. Atunci când femeile dace erau îngrijorate, coceau.

Oamenii din jurul lui au fost atenți, oferindu-i timp să mănânce în tihnă. În cele din urmă, un bărbat de vârstă mijlocie nu și-a mai putut ține curiozitatea.

- Iertați-mă, Sfinție, dar de ce nu sunteți împreună cu Regele nostru?

Vezina termină de mestecat plăcinta cu cireșe, scuturându-se de câteva firimituri rătăcite.

- Regele Decebal adună armata în munți pentru a-i opri pe romanii să mărșăluiască în Dacia. Prin ceea ce facem noi aici, îi dă timp să pregătească armata. Regele m-a numit să conduc apărarea din Tapae.

- Atunci o să murim pentru o cauză bună, a declarat tânăra Andrada.

Vezina se uită la ea şi simţi că i se frânge inima.

- Luptăm pentru o cauză bună, copila mea. Te-ai luptat azi?
- Nu, răspunse, clătinând din cap. Sunt unul dintre vindecători. Îngrijesc răniţii şi îi oblojesc pe cei bolnavi.
- Ah, foarte bine. La fel ca regina noastră, Andrada. Îngrijirea este la fel de importantă ca şi lupta.
- Când romanii vor intra în oraş, voi lupta, continuă tânăra. Şi dacă nu pot lupta, voi urca în vârful zidului şi voi sări spre moarte.

Făcu o pauză, cu expresia de pe chip tristă, dar hotărâtă.

- Nu voi fi o sclavă!

Vezina întinse mâna şi cu două degete o atinse uşor pe frunte.

- Fie ca Zamolxis să te protejeze, copila mea!
- Şi pe Dumneavoastră, răspunse ea.
- Acum trebuie să merg să-mi termin rondul!, spuse Marele Preot, luându-şi rămas bun de la ei.
- Mâine trebuie să luptăm din nou, la fel de tare ca şi astăzi. Luptăm pentru libertatea noastră, copiii mei. Aceasta este întotdeauna cauza noastră cea mai dreaptă.

Până după prânzul zilei următoare, apărătorii de pe ziduri erau mult prea puţini pentru a umple toate golurile. Legionarii se adunau în grupuri, grupuri pe metereze, alungând apărătorii de pe ziduri. Dacii au dus o bătălie disperată, dar au fost cu mult depăşiţi numeric şi în curând cu toţi au ştiut că oraşul era pierdut.

Vezina era în agonie. Decebal îi ceruse ca apărarea din Tapae să reziste o săptămână, dar reuşise să-i acorde doar trei zile. Nu s-a putut altfel. Dimensiunea armatei romane a fost pur şi simplu mult prea copleşitoare, iar numărul forţelor trimise împotriva lui era prea ridicat pentru a rezista. Şi nu era doar despre agonia sa, era mult mai îngrijorat de pregătirea armatei în Munţii Daciei.

Nu putea face nimic mai mult pentru apărarea orașului. Soldații romani erau deja pe străzi, începând haosul și măcelul. Nu i s-a arătat milă unui oraș care a refuzat să se predea unei armate romane. Această politică era menită să încurajeze alte orașe, din alte locuri, să se predea.

Vezina a pornit repede spre partea de nord a orașului, o zonă construită pe marginea muntelui. El aduna oameni cu el, în timp ce mergea.

- Vino cu mine!, le-a poruncit unora, încurajându-i pe alții.

- Pe aici! Vino cu mine! Pe aici!

Au intrat într-un hambar vechi de la marginea orașului, construit pe coasta muntelui. Mica mulțime l-a urmat înăuntru. Într-un colț al hambarului, mutând o bancă veche, a găsit toporul ascuns în podea și i la dat unui om cu pieptul lat.

- Înlătură acele scânduri!, porunci el, arătând după bancă, spre peretele din spate al hambarului.

- Grăbește-te!

Scândurile s-au rupt și au căzut după doar câteva lovituri puternice de topor, pentru că în spatele lor era un gol. A apărut un hol întunecat, suficient de înalt și îndeajuns de larg pentru ca două persoane să treacă prin el. Acesta era un tunel care pătrundea adânc în munte și ieșea mai la nord în pădure.

Vezina a deschis cutia de lemn din apropiere, înșirând o grămadă de torțe pe pământul uscat. Cineva a strâns câteva paie și a încropit rapid un mic foc pentru aprinderea torțelor.

- Plecați!, le-a spus Vezina oamenilor din față.

- Tunelul vă duce în pădure! Armata noastră vă va găsi! Mergeți acum! Grăbiți-vă și nu vă opriți!

În timp ce oamenii își aprindeau torțele, intrând în tunel, Marele Preot s-a întors la ușa hambarului. Pe stradă, alți oamenii alergau panicați, în sus și în jos.

- Pe aici! le făcea semn bătrânul, stând în fața intrării în hambar.

- Pe aici, spre siguranță! Grăbiți-vă!

Veneau singuri sau în grupuri mici, fiind direcţionaţi rapid spre calea de evacuare. Strigăte de panică şi urlete de durere se auzeau din ce în ce mai aproape. Nu mai era nicio luptă acum, era doar un măcel direct al celor care nu se puteau apăra.

Un bărbat şi o femeie fugeau pe stradă, cu câte doi copii de mână. Vezina a condus spre hambar cuplul panicat şi pe copiii lor.

- Pe aici! Există un tunel în spate! Aprinde-ţi-vă o torţă şi plecaţi! Grăbiţi-vă!

Ar trebui să plec şi eu, îşi spuse el. Este prea periculos şi nu mai este nimic de făcut. Dar, de după colţ se auzeau paşi repezi venind. Vezina ezită. Aceştia ar fi ultimii.

Şase bărbaţi trecură colţul, văzându-l imediat. Purtau uniformele legionarilor romani. Vezina a trebuit să ia o decizie rapidă, în acel moment. A intra în hambar era imposibil, deoarece avea să conducă soldaţii spre tunel, iar cei scăpaţi urmau să fie vânaţi. Se întoarse rapid, într-o direcţie opusă, alergând pe o stradă, departe de hambar, urmat de legionari. Era iepurele care ducea câinii departe.

Cei şase legionari veniţi după el, purtau fiecare câte un gladius pătat de sânge. Nu alergau, ci mai de grabă mergeau repede. Acum era oraşul lor şi, oricum, bătrânul nu avea unde să fugă.

Vezina nu ştia unde fuge, doar alerga. A trecut de un colţ, a văzut o uşă deschisă care ducea într-o casă şi a intrat înăuntru. A ajuns rapid în spate într-o mică grădină de legume. Inima îi bătea suficient de repede încât să-i sară din piept şi s-a oprit să-şi tragă respiraţia. Nu mai auzea paşi venind după el. Un bătrân singuratic nu merita urmărit de şase legionari, sau aşa spera el.

Vezina se afla acum la trei-patru străzi distanţă de hambar şi de tunelul de evacuare, dar în frenezia evadării sale îşi pierduse simţul direcţiei. Ştia doar că trebuie să ajungă în tunel. Oamenii încă ţipau şi mureau, iar soldaţii Romei erau pe fiecare stradă. Auzi un zgomot venind din interiorul casei, paşi, apoi s-a mutat rapid şi în tăcere în grădina casei de alături.

Pe ușa deschisă din spatele casei, Vezina intră. S-a oprit, pentru moment șocat. Trei cadavre zăceau pe podea într-o mare baltă de sânge. O femeie mai în vârstă, o femeie mai tânără și un bărbat trecut de floarea vârstei. Muriseră lipiți unul de celălalt. Rănile fiecărui trup trădau opera de înjunghiere a unui gladius roman.

Se întoarse să plece, dar auzi pași apropiindu-se prin grădină. Calea lui de scăpare era acum blocată.

Marele Preot în haine normale se așeză în balta de sânge a celor trei cadavre. Între două bătăi ale inimii se întinse pe spate pentru a lăsa sângele să intre în haine și să înmoaie părul, apoi se răsuci pe burtă. Pașii care se apropiau din grădină au intrat în cameră. Vezina închise ochii liniștit, ținându-și respirația. Aștepta.

-   Orașul este ocupat! îl informă Titus Lucullus pe Tettius Julianus.

Generalul stătea la o masă în afara cortului său de comandă. Atacul final asupra zidurilor orașului fusese brutal și foarte costisitor pentru atacatorii romani.

-   Prizonieri?, întrebă Julianus.
-   Un mic număr de tinere pentru piața de sclavi. Se pare că majoritatea femeilor și copiilor au fost evacuați înainte de atacul nostru.

S-a oprit pentru a-și turna apă într-o cană și a băut-o însetat.

-   Ați reușit să capturați vreun ofiter militar?, întrebă Julianus nerăbdător.

Femeile și copiii nu îl preocupau. Avea nevoie de informații despre armata dacă.

-   Toți apărătorii au fost trași prin sabie!, raportă Lucullus.
-   Luptătorii nu s-au lăsat prinși, domnule, nici măcar femeile. Dacă nu i-am omorât noi s-au sinucis ei. Un cuțit peste gât, rapid și eficient. Multe femei pur și simplu au sărit de pe zidurile înalte, zburând spre moarte.

Generalul dădu din cap, înțelegând.

- Ai avut dreptate, Titus. Se luptă ca niște fanatici. Am mai văzut înainte această febră a luptei, atunci când eram în Germania. În câmp deschis funcționează în avantajul nostru, pentru că se grăbesc, precum nebunii.
- Iată, făcu un semn către oraș, când apără zidurile orașului funcționează în avantajul lor.
- Mai sunt multe forturi ca acesta, domnule General, după cum știți. Toate au ziduri de piatră și toate vor fi apărate la fel de feroce.
- Sunt conștient de asta, Titus, spuse Tettius Julianus. Și le vom curăța pe toate, unul după altul, în marșul nostru către Sarmizegetusa.

Lucullus luă poziția de drepți.

- Îmi cer scuze, Domnule, dacă m-a luat gura pe dinainte.

Julianus dădu deoparte scuzele cu mâna.

- Simte-te întotdeauna liber să-ți spui părerea, tribun Lucullus, altfel nu mi-ai fi de folos.
- Da, Generale! Mulțumesc, domnule!
- Înțeleg că ești nemulțumit de pierderile noastre de aici, Titus, și da, sunt grele. Cu toate acestea, știți că ați făcut o treabă bună ocupând orașul atât de repede. Nu puteam amâna atacul împotriva lui Decebal, așa că a trebuit să atacăm frontal împotriva zidurilor orașului.
- Așa este, domnule!
- Securizează orașul cu câțiva oameni de pază. Nu a mai rămas nicio rezistență. Mâine lansăm atacul principal. Adu-mi câțiva prizonieri să-i pot interoga, Titus. De preferință, cu grad de ofițer.
- Da, Domnule!, răspunse Lucullus, știind că asta era mai mult decât o sugestie.
- Bătrânul acela, cel de pe zidul orașului. Era purtătorul lor de cuvânt?, întrebă Julianus.
- Vreun semn de la el?

- Nu l-am găsit, răspunse Titus. Cel mai probabil este ucis. In orice caz…

- Totuși, Titus?

- Am găsit un tunel de evacuare, domnule, ascuns într-un hambar. Se duce în munte şi, fără îndoială, iese pe undeva prin pădure, pe versantul estic.

- Au folosit tunelul? întrebă Julianus încruntat, nemulţumit de această ultimă veste.

- Da, domnule! Am descoperit tunelul repede, dar oamenii fugiseră deja prin el. Nu ştiu dacă bătrânul a fost unul dintre ei.

- Păcat dacă era. Ar fi fost un prizonier util.

- Într-adevăr, domnule! Am ordonat ca tunelul să fie blocat cu piatră şi scânduri, iar paznici sunt postaţi la intrare, a explicat Lucullus. Nu va mai putea fi folosit ca poartă de scăpare.

Vezina a rămas nemişcat din locul lui pe podeaua plină de sânge, până când s-a lăsat întunericul. Uneori, patrule de legionari romani intrau la întâmplare. În ochii romanilor, el trebuia să pară doar încă un stârv într-un oraş cu sute de cadavre proaspăt ucise.

Îi era foarte sete şi gâtul îi era uscat, dar nu exista acum remediu pentru asta. A rămas la fel de tăcut şi împietrit ca cele trei cadavre reale din mica odaie. Asculta tăcerea, respirând mirosul morţii.

În timp ce aştepta, Vezina îşi plănuia evadarea în noapte. Era de aşteptat ca, mâine, cioclii romani să scape de aceste cadavre. Ar avea o şansă de scăpare, doar în această noapte. Dacă nu va exista nicio şansă de evadare, atunci trebuie să-şi curme viaţa.

A deveni prizonier roman nu era o opţiune, pentru că era prea bine informat despre secretele militare dacice. Tortura romană de interogare a prizonierilor era făcută cu atenţie la detalii, iar statutul înalt pe care îl avea Vezina nu l-ar fi protejat atunci când Generalul Julianus a decis că vrea informaţii de la nivel înalt. Poate că Diegis avusese dreptate, şi-a asumat un risc prea mare rămânând în Tapae. Renunţă să se mai gândească la asta. Un singur lucru conta acum. Evadarea.

Pe măsură ce se lăsa întunericul, oraşul devenea singuratic. Legionarii aveau să fie în taberele lor, să mănânce şi să-şi cureţe armele. Să păzeşti un oraş de cadavre, nu era nicio prioritate. Orice merita să fie luat, fusese deja jefuit. O scurtă vreme a rămas singur, sau cel puţin aşa spera.

Spre seară târziu, când era complet întuneric, Vezina a decis în sfârşit să treacă la acţiune. S-a ridicat încet, dezmorţindu-şi braţele şi picioarele, scăpând astfel de rigiditatea dureroasă. Hainele-i erau împietrite de sânge uscat. Nu se auzea niciun sunet din exteriorul casei. Şi-a scos sandalele, pentru că mersul desculţi pe străzile pavate cu piatră ar fi mult mai puţin zgomotos.

Trebuia să evite străzile, aşa că a ieşit pe uşa care dădea în grădina din spate. Era recunoscător că semiluna nopţii sclipea puţin pe străzile din jurul lui şi pe clădirii. În depărtare, singurele focuri se vedeau în apropierea zidurilor. Mergea încet, prin umbrele adânci de ziduri şi de case sau alte clădiri. Camuflarea era mai importantă decât viteza.

Vezina bănuia că e foarte probabil ca tunelul de evacuare, ascuns în hambar, să fi fost descoperit deja. Dacă era aşa, acum ar fi păzit. A merge acolo ar însemna să mergi într-o capcană.

S-a îndreptat în schimb spre altă parte a oraşului, la câteva străzi distanţă, chiar spre coasta muntelui. Natura oferea mai mult spaţiu deschis aici, cu pâlcuri de copaci şi arbuşti. S-a ghemuit la umbra unei case, privind cu atenţie la cei câţiva copaci aflaţi la vreo sută de paşi îndepărtare. Aceea era destinaţia lui imediată. Nu se vedea mişcare înspre copaci şi nici pe stradă.

Trebuia să renunţe la camuflare, fiind expus pe acea distanţa scurtă, dar nu avea altă opţiune. În picioarele goale, se îndreptă rapid către copaci, precaut în evitarea foşnetelor, cu ochii deschişi şi urechile ciulite, atent la orice mişcare sau zgomot. A ajuns la copaci şi s-a lăsat în spatele unui ulm. Făcu o pauză să-şi tragă răsuflarea.

Vezina trebuia să-şi găsească următoarea destinaţie din memorie, în întuneric. Nicio rază a lunii nu pătrundea prin frunzişul copacilor, iar întunericul era aproape complet. A luat-o pieptiş pe coasta muntelui, ținând ambele mâini în față pentru a se asigura că nu se va lovi de arbori sau ramuri joase.

Un zgomot brusc din dreapta îl făcu pe Vezina să înghețe pe loc. Ceva se mișca repede printre copaci și venea direct spre el. Inima îi bătea sălbatic. Vezina se întoarse cu fața spre amenințare, ghemuindu-se într-o poziție de apărare, cu mâinile întinse în pumni. Ceva s-a izbit de piciorul lui drept și a simțit o limbă mare și udă lingându-i mâna dreaptă. Apoi, câinele a încetat să-l lingă și începu să latre zgomotos.

Era un lătrat prietenos, nu agresiv, dar se auzea departe în aerul liniștit al nopții, răcindu-i sângele în vene. S-a lăsat în jos, găsind spinarea câinelui l-a mângâiat ușor pentru a calma animalul.

- Shhh!, șopti el liniștitor. Shhh! Fii cuminte!

Câinele gâfâia încet. Cumva, cumva scăpase de moarte și, fără îndoială, îi era foame și frică. Cel ce s-a ocupat de el era de mult mort. Vezina nu avea ce să-i dea.

- Shhh!, repetă Vezina. Hai cu mine!

A încercat să ghideze câinele în direcția spre care se îndrepta. Nu era mult de mers, dar abia putea vedea în întuneric, iar mersul era încâlcit. Câinele îl urmărea, încă gâfâind, dar, din fericire, nu mai lătra.

Curând după aceea, copacii s-au rărit și Vezina a văzut lumina lunii strălucind pe suprafața stâncoasă a muntelui. Putea distinge stejarul cel mare de la marginea tufișurilor și boschetii cei groși care creșteau în umbra lui. Și-a croit drum prin tufișul înalt, putând să vadă mai bine acum în lumina slabă a lunii. A găsit scândurile de lemn care blocau gaura săpată în versantul muntelui. Intrarea în tunel era mai mică decât tunelul în sine, pentru o camuflare mai bună, trebuind să te lași pe mâini și în genunchi pentru a putea intra.

Acesta era un tunel mult mai mic decât cel din hambar, îngust și abia suficient de încăpător pentru un adult. Un om înalt trebuia să se adune și să-și plece capul. Era, totuși, un preț mic de plătit pentru a putea scăpa din oraș și de a evada în pădure.

Vezina îndepărtă scândurile de la intrare. Tunelul era complet întunecat în beznă. Nu avea nicio torță și nici nu avea cum să facă foc.

Trebuia să-şi ghideze drumul înainte şi să navigheze prin tunel doar prin atingere. Pasajul era suficient de îngust încât nu existe posibilitatea de a te întoarce. Nu se putea merge, decât înainte. Va rămâne cu nişte zgârieturi şi vânătăi din întuneric, dar va fi un preţ mic de plătit pentru a scăpa cu viaţă.

Câinele cel prietenos încă gâfâia şi îl privea în timp ce lucra. În lumina slabă a lunii, acum putea vedea că era un câine de talie medie, maroniu, de rasă mixtă. Vezina se aplecă şi îi mângâie capul.

-	Nu pot face nimic pentru tine acum! Nu mă poţi urma într-un tunel întunecat, aşa că du-te! Du-te şi caută-ţi scăparea!

A încercat să alunge câinele cu mâna. A dat un pas înapoi, dar nu a plecat.

Marele Preot din Zamolxis s-a lăsat în genunchi, aplecat pe mâini, intrând în tunel. Odată intrat înăuntru, avea loc să stea în picioare, dar i se păru înţelept să rămână ghemuit. Îşi întinse mâna stângă drept în faţă, iar pe cea dreaptă o sprijinea pe partea laterală a peretelui tunelului. Făcea paşi mici şi atenţi înainte. În spatele lui câinele mai lătră de câteva ori. Asta nu mai conta acum. Tot ce conta era următorul pas, înainte în întuneric. Tot ce conta era supravieţuirea.

Capitolul 12

A doua bătălie de la Tapae

Tapae, Dacia, toamna anului 88 d.Hr.

Dacii au construit o barieră mare și înaltă din copaci tăiați și lucrări din pământ pentru a bloca trecătoarea aflată la nord de Tapae. Bariera era de înălțimea omului. O armată care se deplasa spre nordul pasului montan trebuia să se cațere și să se chinuie pentru a depăși acest obstacol. Regele Decebal, împreună cu opt mii de soldați de infanterie și alți o mie de cavalerie, ar putea apăra această blocadă.

La o oarecare distanță în spatele acestei bariere, Decebal amplasase o baterie de scorpioni. Aceștia erau mânuiți de soldații daci care fuseseră instruiți de inginerii romani. Scorpionii erau suficient de puternici pentru a lansa cuiele la câteva sute de metri distanță, peste buștenii și peste bariera de pământ, lovind astfel trupele romane care înaintau.

Diegis și Drilgisa comandau fiecare, pe ambele flancuri, armate de aproximativ șapte mii de oameni, poziționate pe versanții inferiori ai munților, deasupra trecătorii. Aveau misiunea să hărțuiască legiunile care se deplasau spre nord și să protejeze împotriva atacurilor din flanc. Deși depășiți numeric, soldații aveau încredere în conducătorii lor și în tacticile acestora.

Aici era casa dacilor, iar ei cunoșteau bine terenul. Puteau să se miște mai repede decât romanii, să se ascundă mai bine și să aleagă cele mai bune locații pentru atacurile de ambuscadă. Romanii trebuiau să exploreze încet drumul din față, folosind atacuri de test, pe măsură ce înaintau în teritoriul dac.

Regele Decebal vorbea cu Tsiru atunci când Diegis s-a apropiat de ei. Rezerviștii proaspăt sosiți au fost poziționați la locul lor și au primit ordinele. Acum, așteptau sosirea romanilor.

- Vreo veste de la Tapae?, îl întrebă Diegis pe Decebal.

În loc de răspuns, Regele își îndreptă privirea către Tsiru. Șeful cercetașilor a colectat toate informațiile primite de la toți cei aflați în subordine, precum și cele de la oamenii sosiți din oraș.

- Din ceea ce știm, o cohortă de legionari și-au ridicat deja tabăra în interiorul orașului, raportă Tsiru.

- Asta e tot?, întrebă Diegis. Oare cum plănuiesc să-i liniștească pe localnici și să apere orașul cu doar cinci sute de oameni?

- Nu mai sunt localnici, a spus Decebal.

A fost nevoie de o bătaie de inimă în plus pentru ca sensul să se înglobeze și să fie înțeles pe deplin.

- Nemernicii! blestemă Diegis, furios.

- Unele tinere au fost luate în sclavie. Restul oamenilor au fost trecuți prin sabie, explică Tsiru.

- Unii au scăpat prin tuneluri, în jur de vreo trei sute. Vorbim cu cât de mulți dintre ei putem, chiar acum.

- Despre Vezina? Ai vreo veste?

Tsiru clatină din cap.

- Nici măcar un cuvânt. Știm că el a organizat apărarea orașului, iar mai apoi, când orașul a căzut, a condus evadările. A fost văzut ultima oară îndreptând oamenii către tunel. În acest timp, romanii jefuiau interiorul orașului.

Diegis scăpă o înjurătură.

- L-am avertizat pe bătrân să nu se lase capturat!, iar apoi se întoarse spre Rege.

- Eu ar fi trebuit să fiu cel care să rămână să apere orașul!

- Nu!, răspunse Decebal hotărât. Ești mai important aici la comanda armatei. Vezina cunoștea riscurile și le-a acceptat. El poate fi mort deja, sau capturat, sau poate fi încă liber. El este foarte ingenios, după cum știți.

- Cât de ager trebuie să fii pentru a scăpa de o întreagă armată romană?, întrebă Diegis sceptic.

Decebal îi aruncă o privire dură.

- Exact atât, cât este necesar. Acum să ne concentrăm asupra atacului roman care urmează. Mă pot baza pe tine, frate?

Diegis îl liniști.

- Desigur. Ce știm despre pozițiile romane?

- Generalul Julianus pare dornic să înceapă atacul. Armata principală avansează prin trecătoare, explică Decebal. Ne vor lovi cu artileria, ne vor înmuia apărarea, iar mai apoi vor aduce infanteria.

- Și în timp ce ne lovește, noi îl vom lovi înapoi, completă Diegis. Nu va fi atât de ușor pentru el, pe cât se așteptă.

- Nu știm la ce se așteaptă, Diegis. Știm doar că nu-i un prost, așa că rămâneți la strategia noastră, așa cum am planificat-o.

- Am înțeles! Ți-am spus că poți conta pe mine!

Un strigăt dacic răsună în ecou de două ori pe versantul muntelui. Decebal ridică privirea.

- Începe bătălia, spuse el, întinzând mâna spre sabia. Zamolxis să fie cu tine!

Cei trei bărbați s-au grăbit la posturile lor de comandă.

Scorpionii și balistele romane au început atacul asupra zidului dacic improvizat pe drum. Bărbații s-au ascuns în spatele unei protecții solide pentru a evita barajul de cuie și mici bolovani aruncați asupra lor. Unii ghinioniști au fost prinși în aer liber de cuiele care au lovit cu o viteză fulgerătoare. Un cui de scorpion putea parcurge și două sute cincizeci de metri, iar soldatul inamic nu-l vedea niciodată venind.

Scorpionii daci ripostau și ei cu foc de artilerie. Erau într-un număr mai mic decât mașinile de luptă romane, iar soldații daci nu erau la fel de iscusiți precum soldații Romei. Totuși, dacii au reușit să dea câteva lovituri bune, făcând victime în rândul atacatorilor.

Infanteria romană a așteptat răbdătoare ca artileria lor să-și facă treaba. După o perioadă de bombardamente, aveau să asalteze zidul dacic. Erau sprijiniți de trupe care înaintau încet printre copaci, de fiecare parte a trecerii. Din pădure, de data aceasta, nu aveau să existe atacuri surpriză ale dacilor.

În sus, pe versantul muntelui, Drilgisa însoțit de cincizeci dintre oamenii săi așteptau, poziționați pentru o ambuscadă, ascunși în tufișurile dese. Sub aceste tufișuri se găsea o pădure rară, deschisă, prin care romanii aveau să avanseze. Pe teren montan, acești daci erau vânători pricepuți, aplicând aceleași abilități de ascundere și urmărire, atât la vânătoarea de căprioare, cât și la cea de oameni.

Drilgisa a permis legionarilor să ajungă la aceeași altitudine cu poziția sa. Într-un grup de atac roman erau șaptezeci, optzeci de oameni sau până într-o sută, era ceea ce romanii numeau *centuria*. Au înaintat cu încrederea soldaților care se așteptau să învingă cu ușurință orice dușman ar întâlni.

Fără a scoate vreun cuvânt, Drilgisa făcu semn oamenilor din jurul lui, apoi sări afară din tufișuri și se repezi spre cel mai apropiat inamic. Oamenii din spatele lui au fugit imediat, fiecare alegând câte o țintă romană pentru a o ataca. Dacii au avut avantajul surprizei, dar și avântul atacului spre vale.

Cei mai apropiați romani au fost luați prin surprindere și au fost doborâți cu ușurință. Ceilalți s-au întors și s-au pregătit să-i înfrunte pe atacatorii care se năpusteau. Pe terenul înclinat și plin de copaci, nu era loc suficient pentru a permite legionarilor să execute manevre de grup, așa că toate luptele au fost unu la unu și fiecare pentru el însuși.

Bătălia a fost aprigă și s-a încheiat rapid. Cincisprezece legionari au căzut secerați cu lovituri de *sică* și de lance, iar nouă daci au căzut răpuși de *gladius*. Întăririle au apărut rapid pentru a sprijini linia frontului roman. Încă doi daci au căzut, unul lovit de-un arcaș și unul cu intestinele înjunghiate.

- Înapoi!, comandă ascuțit Drilgisa, văzând că oamenii lui erau rapid depășiți numeric.

Soldații daci s-au făcut nevăzuți înapoi spre arbuști și copaci, apoi s-au deplasat rapid mai spre vest, pe un traseu prestabilit.

Un centurion dădea ordine oamenilor din subordine. Răniții au fost duși înapoi spre tabăra romană, dar ordinele lui erau să continue avansarea. Grupul lui de șaizeci de legionari rămași înainta din nou, dar precauți, nefamiliarizați cu terenul și fără nicio idee despre pericolele care îi pândeau înainte.

- Baricadele din lemn și pământ nu opresc o legiune romană, a conchis Julianus.

Artileria și arcașii săi îi forțaseră pe apărătorii daci din vârful zidului de apărare să se adăpostească.

- Trimite infanteria, Titus!
- Da, Domnule!, spuse Lucullus, care mai apoi făcu semn unui tribun, care a dat ordin oamenilor săi să înainteze.

Cu atacul artileriei romane oprit deocamdată pentru a nu-și lovi propriii oameni, arcașii și lăncierii daci reapărură pe zid. Legionarii au mărșăluit spre barieră în formația *testudo*, suprapunându-și scuturile peste creștet pentru a se proteja împotriva săgeților și a sulițelor.

Romanii s-au concentrat doar spre anumite zone ale barierei, astfel încât să-i poată copleși pe apărători. Lăncile și falcsurile au fost date înapoi, dar fluxul de întăriri legionare continua. Bătălia de pe zidul dacic a continuat în cea mai mare parte a zilei. Până la sfârșitul după-amiezii, infanteria romană a câștigat puncte de sprijin în unele secțiuni, iar legionarii au năvălit peste barieră. Acum, puteau ataca apărătorii de pe zid, din spate.

Din goarne, dacii sunau în retragere. Apărătorii și-au abandonat zidul improvizat și s-au mutat mai spre nord pentru a stabili o linie defensivă pe lângă artileria lor. De la mică distanță, scorpionii trăgeau cuie în atacatori. Atacul roman încetinise, oprindu-se pentru moment. Se apropia amurgul.

- Demolați gunoiul ăla!, ordonă din șaua calului său, Generalul Julianus, privind disprețuitor spre zidul dacic abandonat.
- Imediat, Domnule!, răspunse Titus Lucullus și se întoarse către un grup de soldați din apropiere.
- Hei, voi! Soldați! Îndepărtați acea baricadă și eliberați drumul. Acum, rapid!

Legionarii și-au lăsat jos scuturile și au sărit să se apuce de treabă. Unele secțiuni de zid au fost construite cu trunchiuri de copaci de dimensiuni mari și era nevoie de mulți oameni pentru a le muta. Inginerii cu unelte puteau termina treaba mai eficient, dar inginerii erau prea valoroși pentru a fi puși la lucru sub focul inamicului.

Un cercetaș a mers în spatele comandanților și l-a salutat pe general.

- Raportează!, porunci Tettius.
- Suntem atacați pe ambele flancuri, Domnule, a raportat cercetașul de cavalerie.
- Inamicul ne atacă și apoi se retrage. Oamenii noștri continuă să avanseze constant, Domnule.
- Câți morți avem?, întrebă Titus.
- Sub șase sute, Domnule.
- Foarte bine, spuse Julianus, eliberându-l de sarcini pe cercetaș. Se întoarse spre Lucullus.
- Decebal este dispus să cedeze încet teren. Folosește tactici de întârziere.
- Da, Domnule!, aprobă Titus. Totuși, nu ar trebui să presupunem că va continua să facă acest lucru. Omul ne-a mai surprins înainte.
- Nu s-a mai luptat cu mine până acum, Titus. Îl voi alunga din acești munți.
- Da, Domnule!

- Continuă atacul, Lucullus! Nu trebuie să încetinim. Rămânând
  în ofensivă și îl menținem pe Decebal în defensivă.
- Desigur, Domnule! Oamenii noștri au ordin să continue să
  avanseze.

Și-au îndreptat caii pe marginea trecătoarei pentru a permite unui grup mare de legionari să avanseze. După îndepărtarea acestui obstacol, armata va avansa în forță. Dacii i-ar putea încetini, dar atacul nu va putea fi oprit.

Centurionul Sextus Asprenas își conducea oamenii printre copaci, într-un ritm lent, cu toți ochii atenți la o posibilă ambuscadă a dacilor. Erau șaizeci de bărbați care se deplasau pe o linie, doisprezece bărbați pe flancul de mai sus și alți cinci soldați mai jos. Terenul avea o pantă moderată, fiind la o distanță măricică de trecătoarea de mai jos. Pădurea era calmă și liniștită. Păsările cântau una pentru cealaltă, dar amuțeau pe măsură ce oamenii se apropiau.

Undeva, în dreapta lor, o ciocănitoare a început brusc să facă zarvă, altoind ritmat trunchiul unui copac în căutarea insectelor. Câțiva dintre soldații mai tineri au tresărit involuntar. Legionarii încă nu întâlniseră forțe dacice, dar știau că inamicul era aproape.

Din stânga lor se auzi zgomotul unui buștean ce se rupea și un copac căzu în calea lor. Aici este ambuscada, se gândi Sextus. Nici nu-și încheie gândul că o ploaie de săgeți și sulițe cădeau deja asupra oamenilor săi din față și de mai sus pe munte.

- Intrați în formație!, strigă Asprenas, deși oamenii săi se adunau deja în grupuri pentru a-și uni scuturile împotriva grindinei de săgeți și sulițe. Totuși, nici un dac nu se vedea.
- Rămâneți în formație!, porunci Sextus.

Se aștepta ca în orice moment un val de lăncieri și luptători cu sabia, să pătrundă în jos spre ei pentru a le rupe liniile. Soldații s-au strâns unul lângă altul, în timp ce potopul de săgeți continua.

Atacul nu a venit de la lăncieri, ci de la un alt copac aflat în cădere, după ce fusese mai înainte tăiat aproape până la capăt și poziționat să se prăvălească exact spre poziția unde aveau să fie ei. Sextus și-a blestemat ziua pentru că a picat în capcană. Legionarii s-au grăbit să se împrăștie din formația lor strânsă, dar mulți au fost zdrobiți sub greutatea mare a trunchiului de copac ce tocmai s-a prăbușit.

În confuzia ce a urmat, infanteria dacă a trecut la atac. Nu doar că veneau de pe versanții superiori, ci atacau din toate direcțiile. Cei șaizeci de legionari erau tăbăciți de un număr dublu de lăncieri și spadasini daci înarmați cu câte o sică. Asprenas luă fluierul ce-i atârna de gât și suflă cu putere. Dacă nu primea rapid întăriri, oamenii lui erau condamnați.

Dacii păreau să se războiască cu o ciudată bucurie în luptă și fără teamă pentru propria lor siguranță. Unii dintre ei râdeau. Legionarii au luptat cu disperare pentru supraviețuire, în timp ce dacii luptau pentru a ucide. Sextus știa că în acest gen de bătălie atacatorul lupta cu mai multă energie, având avantaj.

Întăririle romane au sosit rapid, dar nu mai înainte ca jumătate dintre oamenii lui Sextus să fie la pământ, mulți morți și unii răniți. Căpitanul dac strigă o comandă și oamenii lui s-au împrăștiat repede în pădurea din jur. Niciun roman nu i-a urmărit, temându-se de alte capcane și ambuscade.

Regele Decebal își încalecă armăsarul de culoarea castanei până în zona corturilor medicale din spatele liniilor de apărare dacice. Pe o iapă cenușie, Buri călărea lângă el. Sute de răniți erau puși în căruțe pentru a fi transportați spre nord, până la fortul de la Muntele Singidava. După patru zile de lupte sângeroase, pierderile, atât pentru daci, cât și pentru romani, erau cu miile. Romanii câștigaseră teren, dar progresul lor încetinea.

Drilgisa s-a așezat pe o bancă în afara cortului medical pentru a i se bandaja umărul stâng. Sângele trecea deja prin bandaje. Decebal și Buri au descălecat și i s-au alăturat.

- O săgeată, din ceea ce am auzit?, presupuse Decebal.

Drilgisa se schimonosea de durere, în timp ce tămăduitorul lega strâns bandajele.

- Afurisit arcaș roman, să putrezească în Hades! Nici măcar nu l-am văzut. Nenorocitul mi-a pus o săgeată în umăr, confirmă Drilgisa.

Drilgisa tresări din nou, apoi izbucni într-un rânjet.

- Fără îndoială că țintea capul meu, dar eram în mișcare și a ratat.

Decebal se uită la doctor și-și ridică sprânceana în loc de întrebare.

- Este o rană curată pe umăr, spuse tămăduitorul. Fără leziuni osoase sau ale cartilajului. Am curățat rana și am aplicat un balsam.

Făcu o pauză pentru a-și privi pacientul în ochi.

- Generalul Drilgisa va păstra bandajul curat și îl va schimba zilnic. Ar trebui să fie ca nou în câteva săptămâni.

Drilgisa ridică din umeri.

- Da, bineînțeles că-l voi schimba, a fost de acord el.
- Am încredere că așa vei face, dacă vrei să lupți din nou, completă doctorul. Păstrează bandajul umezit cu apă și cu oțet. Revin-o mâine să-l schimbăm!

Făcu o plecăciune scurtă în direcția regelui, apoi plecă să aibă grijă de următorul pacient

- Nu te vei mai lupta pentru o vreme, i-a spus Decebal. Oricum, luptele au încetinit. Generalul Julianus va mai înainta un kilometru spre o altă ambuscadă, în timp ce-i vom căuta cadavrul. A pierdut deja vreo două mii de oameni.
- Și noi la fel, spuse Drilgisa sumbru.
- Și noi la fel, a răspuns Decebal.
- Dar el va avansa și se va crede victorios, a adăugă Drilgisa.
- Așa va crede, da!, încuviință Decebal. A luat Tapae și acum ne împinge înapoi. Va descoperi că trebuie să lupte cu alte cincisprezece forturi precum Tapae înainte de a ajunge la Sarmizegetusa.

- Nu vor ajunge niciodată la Sarmizegetusa!, mârâi Buri.

- Nu, Buri, nu vor ajunge!, confirmă și Decebal.

O voce familiară îi strigă de la distanță.

- Hei! Uite pe cine am găsit!, strigă Diegis apropiindu-se. Zâmbea cu gura până la urechi.

Mergând încet alături de el, și oarecum înțepenit, era o siluetă cunoscută, înaltă și slabă. Decebal a început să râdă și a țâșnit să-l întâmpine.

- Vezina! Sunt bucuros să te văd! Nu știam dacă mai ești viu sau ești mort.

- Domnule!

Vezina făcu o mică plecăciune în fața regelui, părând a se clătina pe picioare. Diegis l-a luat de brațe și l-a îndrumat să ia loc pe bancă alături de Drilgisa.

- Bine ai revenit!, îl salută Drilgisa fericit, ignorând durerea din umăr.

- Ierți-mă, Domnule!, începu Vezina. Nu am dormit de două zile. Nu am avut mâncare și am băut foarte puțină apă până am ajuns la trupele lui Diegis.

Decebal îl privi îngrijorat. Bătrânul era complet epuizat. Avea o tăietură adâncă pe frunte, care se transformase într-o crustă mare. Era îmbrăcat în haine simple, pătate cu sânge uscat.

- Ești rănit?, întrebă Decebal, arătând spre hainele îmbibate cu sânge.

- Ce ți s-a întâmplat?

Vezina clătină din cap.

- Nu este sângele meu, Domnule. A trebuit să mă ascund printre cadavre proaspete și să mă prefac a fi mort pentru a evita capturarea.

- Întotdeauna ești cel inteligent, a zâmbit Diegis, exprimându-și un sentiment de ușurare, simțit de toți.

- Deci ai fost aproape capturat?, întrebă Decebal.

- Aproape am dat mâna cu moartea, Domnule. O patrulă romană a trecut chiar pe lângă mine, confundându-mă cu un cadavru.

Făcu o pauză şi scoase un oftat.

- Tapae era deja plin de cadavre.
- Ce ai păţit la cap, Prea-Sfinte?, întrebă tămăduitorul care li s-a alăturat.
- Oh, aici!, spuse Vezina întinzând mâna spre frunte, dar fără să atingă crusta.
- M-am lovit cu capul de peretele tunelului. După ce m-am ascuns toată ziua, m-am strecurat afară în timpul nopţii şi m-am îndreptat spre unul dintre micile tuneluri pe care romanii nu le descoperiseră încă. Nu aveam torţă, aşa că a trebuit să caut drumul prin întuneric, lovind pereţii la fiecare pas.
- Nimic din toate acestea nu mai contează acum, spuse Regele şi îl strânse de umăr pe Vezina.
- Ceea ce contează este că eşti în siguranţă. Dacia se bucură de întoarcerea ta!
- Mulţumesc, Domnule!, a răspuns Vezina.
- Au fost momente în care m-am îndoit că voi reveni acasă vreodată.

> Capitolul 13

Impas

Sudul munților Daciei, noiembrie 88 d.Hr.

Cei douăzeci de legionari care căutau hrană s-au apropiat cu prudență de casa de la marginea pădurii. Nu era o casă potrivită standardelor romane, ci mai degrabă arăta ca o colibă mare și rotundă. Pereții erau din chirpici, iar acoperișul abrupt, în pantă, era din stuf. Era o singură intrare, o ușă joasă de lemn și o fereastră mică. Această locuință simplă a găzduit cel mai probabil familia unui cioban. Nu erau semne de oameni în jur.

Centurionul responsabil de conducerea grupului de căutare era într-o indispoziție vizibilă. Vremea devenise mai rece. Deja trebuia să fie noiembrie. Rezervele de alimente erau scăzute, iar rațiile au fost din nou reduse. O problemă și mai mare era lipsa fânului și a altor furaje pentru caii și animalele de tracțiune. Cu fiecare săptămână care trecea, animalele deveneau din ce în ce mai slabe și nu exista nicio speranță ca ele să reziste toată iarna în aceste condiții.

-    Căutați peste tot hrană și furaje!, porunci centurionul.

N-ar fi putea fi nimic altceva de valoare care să se găsească în acea casă. În orice caz, hrana și furajele erau mai valoroase decât aurul sau argintul în acest moment al campaniei. Aurul nu putea fi mâncat și nici nu le putea hrănii animalele, nefiind nimic de cumpărat cu el.

Centurionul observă o fântână de cealaltă parte a casei și și-a îndreptat pașii spre ea. Pe măsură ce se apropia, un miros îi spunea că apa nu era potabilă. Oricum, s-a uitat peste marginea de piatră și a privit în jos, în fântână, iar pe fundul acesteia văzu carcasa putrezită a unei oi plutind în apa întunecată. Fântâna a fost otrăvită în mod deliberat pentru a-i priva pe romani de apă potabilă, la fel ca aproape toate fântânile pe care le-au întâlnit.

- Barbari blestemați!, mârâi soldatul.

Când dacii s-au retras, au pustiit totul în urmă. Mâncarea și toate proviziile care nu au putut fi luate au fost arse. Hambare pline cu cereale au fost distruse până la temelii. Caii, catârii, caprele și oile le-au luat cu ei, dar boii și vitele mai lente erau uneori sacrificate și lăsate să putrezească pe câmp.

Coliba dacilor era pustie. Pare să fi fost cu noroc pentru cioban și familia lui, deoarece civilii daci care au fost capturați au plătit adesea cu viața pentru că au opus rezistență, cei mai mulți fiind trecuți prin gladius. Romanii erau din ce în ce mai înfometați, iar foamea îi făcea și mai răi.

În jurul colibei nu era mâncare și nimic altceva folositor. În apropiere, ceea ce odată fuseseră trei căpițe de fân, acum erau doar cenușă carbonizată prin care suflă vântul. Centurionul a ordonat să fie dărâmat acoperișul de paie. Din el puteau face un furaj impropriu pentru animale, dar care includea câteva uscături de paie, deci era mai bine decât nimic. Au încărcat paiele acoperișului pe spinarea a șase catâri aduși special pentru asta, iar mai apoi au plecat la deal, înapoi spre munte.

Regele Decebal servea prânzul, atunci când Buri îi atrase subtil atenția, dând din cap spre direcția din care legionari romani veneau pe poteca de munte.

- Iată că vin și mai mulți, spuse Drilgisa, mușcând dintr-o pară coaptă și folosind dosul mâinii pentru a-și șterge bărbia de sucul perei zemoase.

Cei cinci legionari încă purtau armura, dar erau dezarmați și escortați de o jumătate de duzină de soldați daci înarmați cu sulițe și săbii. Ei erau dezertori romani.

În timp ce aștepta vindecarea umărului, Drilgisa a fost însărcinat să se ocupe de dezertori. Era o muncă necesară și importantă. Ridicându-se, a aruncat cotorul perei, mergând câțiva pași mai în față pentru a întâmpina grupul care se apropia. Soldații romani s-au oprit în poziție de drepți înaintea sa.

- Care dintre voi este liderul?, întrebă Drilgisa. În fiecare revoltă există întotdeauna un lider.
- Eu sunt, domnule, a răspuns prompt unul dintre cei mai în vârstă. Sunt legionarul Cassius Danillo, din Legiunea a VI-a Victrix.

Drilgisa îl cercetă cu atenție. Danillo arăta a fi un soldat roman bine antrenat, un veteran experimentat. Era într-o formă excepțională după ani de marș, antrenamente și luptă.

- Danillo, nu mai ești legionar și nu mai ești nici membru al Legiunii a VI-a Victrix. Începând din acest moment ești doar prizonierul meu.
- Da, Domnule!, răspunse Cassius cu voce puternică pentru a-i capta atenția. Aș prefera totuși să fiu aliatul dumneavoastră, decât prizonier. La fel doresc și acești oameni aflați cu mine, Domnule.
- Spune-mi de ce vrei la schimb pentru a schimba tabăra, întrebă Drilgisa pe un ton uniform.

Danillo părea ușor surprins de întrebare, crezând că motivele erau evidente.

- Oamenii nu au de mâncare și nu sunt plătiți, Domnule. Fiecare om știe că Regele Decebal își plătește bine soldații.

Făcu o pauză și îl privi direct în ochi pe Drilgisa, ca de la un veteran la altul.

- Un soldat ar trebui să fie plătit pentru munca lui, Domnule.
- Într-adevăr, soldat, răspunse Drilgisa dând din cap.

- Generale! Adu-i pe acei oameni aici!

Ordinul a venit de la Regele Decebal, rămas așezat și continuând să mănânce, în timp ce romanii se apropiau de el.

- Ai spus că ai luptat în cadrul Legiunii a VI-a Victrix, Danillo?
- Da, Domnule! Am fost staționați în Germania până în vara trecută, apoi am venit în Dacia pentru a servi sub comanda Generalului Julianus.
- Și cum ți se pare Dacia până acum, Cassius?, întrebă Drilgisa neputându-și înăbuși un zâmbet.
- Friguroasă, lipsită de hrană și mortală, Generale.
- În ultimele câteva săptămâni, a continuat Decebal, observăm un flux de dezertori romani, precum sunteți și voi. Spune-mi, cum este spiritul oamenilor din armata Generalului Julianus? Mai păstrează loialitatea soldaților săi?

Danillo făcu o pauză pentru a-și aduna gândurile.

- Nu Generalul Julianus este problema, domnule. Eu, noi toți, arătând către ceilalți romani, am lupta cu bucurie pentru generalul Julianus. Totuși, spiritul oamenilor nu este bun în condițiile actuale, domnule. Oamenii nu sunt aprovizionați și nu suntem plătiți.

Decebal dădu din cap.

- Înțeleg. Foarte bine, iată oferta mea!
- Pentru serviciul în armata dacică vei fi plătit de două ori salariul pe care ți-l plătește Roma. Și vei fi plătit în aur dacic.

Fiecare roman a zâmbit auzind asta. Toți știau că monedele de aur dacic erau făcute doar din aur pur și erau mai valoroase decât monedele națiunilor vecine, incluzând chiar și monedele romane. De două ori vechiul lor salariu însemna două monede de aur pe lună în loc de una. Și spre deosebire de angajatorul lor roman, acest rege dac plătea atunci când plata era scadentă. Acesta a fost motivul pentru care au luat decizia dificilă de a schimba partea.

Danillo a vorbit din nou pentru toți.

- Mulţumim, Domnule! Ne vom depune jurământul în scris. Înţelegem că vieţile noastre sunt pierdute, dacă încălcăm acest jurământ!

Decebal dădu din cap în semn de acceptare.

- Serviţi Dacia cu devotament şi veţi avea o nouă viaţă aici! Trădaţi Dacia şi veţi fi executaţi imediat! Aţi înţeles?

Fiecare soldat şi-a dat acordul. Acum erau soldaţi în armata dacă şi nu mai era cale de întoarcere. Vieţile lor erau în mâinile Regelui Decebal.

- Puteţi pleca!, spuse Regele privind spre gărzile dacice care îi conduceau pe romani.

- Vin mulţi ca ei!, exclamă Buri. Oare chiar mor de foame acolo?

- Nu, nu mor de foame. Cel puţin nu încă! Câţi sunt până acum, Drilgisa?

- Trebuie să verific listele pentru un număr exact, dar aş spune că până acum sunt aproape trei sute de dezertori. Şi Buri are dreptate, lucrurile nu sunt bune pentru ei şi probabil că se înrăutăţesc. Soldaţii îmi spun că raţiile de hrană sunt scăzute, iar animalele lor mor.

Decebal făcu o pauză, ridicându-şi fruntea spre cer, un vechi obicei pe care-l avea atunci când trebuia să se gândească şi să ia o decizie.

- Poate că este timpul să avem o discuţie cu Generalul Julianus.

- Mă duc eu, se oferi Drilgisa cu o sclipire în ochi. Mi-ar plăcea să stau în faţa acelui ticălos roman şi să-l privesc în ochi.

- Nu, prietene, clătină Decebal din cap. Nu tu!

Castrul roman, Munţii Daciei, noiembrie 88 d.Hr

Generalul Tettius Julianus asculta rapoartele unităţii de la unul dintre tribunii juniori, atunci când Titus Lucullus a intrat în cortul de comandă.

- Domnule, avem vizitatori, anunţă Titus, cu o expresie surprinsă pe chip. A sosit o delegaţie a Regelui Decebal. Doi oameni. Aşteaptă afară.

- O delegație? Ce vor?
- Nu știu, Domnule!, răspunse Titus. Insistă să vorbească doar cu dumneavoastră.

Făcu o pauză și zâmbi.

- Pare a fi o delegație de foarte înaltă reprezentare.

Tettius se încruntă nerăbdător și îl urmă pe Lucullus afară. Era mijlocul lunii noiembrie, iar vremea devenise rece. Generalul și-a înfășurat strâns pe umeri mantia roșie de iarnă.

Lucullus pusese două bănci în afara cortului. Pe banca îndepărtată stăteau doi bărbați în haine civile la modă, care îi marcau ca parte a nobilimi dacice. Nici unul nu purta armă, acestea fiind lăsate cu caii.

Bărbatul mai tânăr arăta a războinic, aflat spre finalul celor douăzeci de ani, cu păr castaniu scurt și ochii căprui. Ochii lui arătau doar curiozitate, nicio teamă. Celălalt era un bărbat foarte solid, în vârstă de treizeci de ani, cu părul brun-roșcat și ochii verzi. Aducea foarte mult cu un fermier simplu, îmbrăcat inconfortabil pentru o ocazie formală.

- General Tettius Julianus, ți-l prezint pe Generalul Diegis, fratele Regelui Decebal al Daciei.
- Și acesta, făcându-i un semn lui Lucullus către omul mare, este Buri, Consilierul Regelui Decebal.
- Ei sunt într-o misiune delegată de Rege.
- Despre ce misiune este vorba?, întrebă Julianus.

Avusese deja o dimineață proastă și nu avea chef de discuții politice.

Diegis a vorbit pentru daci. Tonul lui era respectuos, dar ferm.

- Regele Decebal propune un armistițiu între armatele Daciei și armatele Romei.
- Un armistițiu?, întrebă Julianus indiferent. Înțeleg beneficiul unui armistițiu pentru armatele Daciei. Vă împingem mai departe peste munți, în fiecare săptămână.
- Dar spune-mi, General Diegis, care este beneficiul unui armistițiu pentru Roma?

Diegis se aștepta la întrebare și își păstra o expresie calmă pe față în timp ce dădea răspunsul.

- Beneficiul Romei, Generale Julianus, este că armata dumneavoastră se poate retrage în taberele voastre din Moesia înainte de venirea iernii și fără ca raidurile de atac dacic să ucidă mai mulți oameni la fiecare pas.

- Dacă nu te retragi din Dacia înainte ca zăpada abundentă să cadă, vei muri de foame și vei îngheța în acești munți, în timp ce noi vom ucide mai mulți oameni în fiecare zi.

Fața lui Julianus se încruntă la acest adevăr știut, dar nerostit. Titus îi aruncă lui Diegis o privire tâmpă, clătinând din cap. Nu-l antagoniza pe general, spunea privirea.

În loc să-i răspundă lui Diegis, Tettius i s-a adresat lui Buri.

- De ce trimite regele tău un puișor să-i negocieze tratatele? Unde îi este Marele lui Preot și Consilier Regal, Vezina?

Buri părea inconfortabil, dar nu spuse nimic.

- Vorbesc pentru Dacia, General Julianus, așa că adresați-mi mie întrebările dumneavoastră, spuse Diegis, cu vocea fermă, dar politicoasă.

- Iar, pentru a-ți răspunde la a doua întrebare, Marele Preot Vezina a scăpat deja o dată din ghearele Romei. L-ai prins în Tapae, dar s-a scurs printre degetele soldaților tăi. Am decis că o singură întâlnire cu voi a fost suficientă.

Ochii lui Titus s-au mărit puțin. Chiar se întrebase ce s-a întâmplat cu bărbatul înalt și slab, care stătea deasupra zidurilor din Tapae, vorbind despre nemurirea dacilor. Faptul că acel bărbat era chiar Vezina însuși era destul de uimitor pentru el.

Chiar dacă Julianus a fost surprins, nu a arătat-o.

- Nu mi-ai răspuns la prima întrebare, puișor, mârâi el.

Diegis înclină capul, vorbind calm, fără să pară o lăudăroșenie.

- Pentru a răspunde la prima ta întrebare, în ultimii trei ani, acest tânăr puișor a condus atacuri de infanterie care au ucis sau rănit aproximativ două mii de soldați romani.

Cei doi legionari care stăteau de pază şi-au boţit feţele, întorcându-se spre Diegis cu priviri ostile, gata să prindă de mânerul săbiilor. Buri tresări, dar rămase aşezat. Lucullus le făcu semn paznicilor să se calmeze, iar ei se executară.

- Ajunge cu această negociere!, a declarat Julianus. Îmi pui răbdarea la încercare, puişor de căţeluş, dar îţi voi acorda o muşcătură pentru a-ţi testa lătratul.
- Şi care este răspunsul dumneavoastră către Regele Decebal, Generale Julianus?

Julianus se ridică de pe bancă.

- Poţi să-i spui regelui tău că m-am hotărât să merg spre vest, iar mai apoi spre sud, nu spre nord. Asta îmi va duce armata în Moesia, nu în Sarmizegetusa. Aici încheiem discuţia noastră!

Diegis dădu din cap, mulţumit de răspuns. Buri părea uşurat că nu a existat vărsare de sânge. Julianus se întoarse şi plecă la cortul lui. Părea autoritar şi calm, dar în pasul lui era o oarecare oboseală.

- Oameni care v-au adus aici, vă vor escorta acum, în afara castrului roman, le-a spus Lucullus dacilor, făcând semn către micul grup de gardieni.
- La revedere, Diegis şi Buri!
- Mulţumesc, Titus!, spuse Diegis. La revedere!

Lucullus i-a urmărit pe daci plecând, simţindu-se frustrat şi foarte dezamăgit. Acesta era sfârşitul invaziei Daciei pentru acest an. Reveni la cortul de comandă unde îl aştepta Julianus.

- A fost o pierdere de timp, declară Tettius iritat.
- A fost, Domnule, aprobă Lucullus. Le-am dat ceea ce au cerut, de fapt, este exact ceea ce decisesem deja să facem, oricum. Acest lucru ne va uşura retragerea noastră în Moesia pentru iarnă şi, de asemenea, va preveni victime suplimentare.
- Fără îndoială, Decebal o va considera o victorie.

Titus ridică din umeri.

- Ar putea să facă asta. Totuşi, aceasta este decizia tactică corectă, Domnule!

- Decizia tactică evidentă, recunoscu Julianus.

- Este prea târziu pentru a ne intensifica atacul în această campanie. Trebuie să așteptăm până la primăvară sau poate chiar începutul verii. Cu siguranță nu putem aștepta iarna aici.

- Da, Domnule!, recunoscu Titus. Cred că împăratul va vedea raționamentul solid din spatele strategiei tale.

Julianus părea neîncrezător.

- Poate că da. Cezar nu este cel mai răbdător sau iertător dintre oameni.

- În continuare va dori Dacia cucerită, spuse Lucullus. Și e foarte sigur că încă vrea aurul Daciei. Acest lucru va rămâne neschimbat și anul viitor.

- Vom vedea ce ne aduce anul următor. Totuși, am o presimțire despre viitor, Titus.

- Ce anume, Domnule?

- Că doar unul dintre noi doi va putea să vadă Sarmizegetusa. Și nu cred că voi fi eu acela, spuse Julianus cu un zâmbet trist.

Capitolul 14

Rebeli și trădători

Sarmizegetusa, ianuarie 89 d.Hr.

n ianuarie, Regele Decebal și Marele Preot Vezina s-au întors acasă. Armata Generalului Tettius Julianus se retrăgea spre vest de-a lungul Râului Istru. Cavaleria dacică îi urmărea pe romani de la distanță și trimitea înapoi rapoarte regulate despre retragerea acestora.

Majoritatea trupelor dacice, conduse de Diegis și Drilgisa, s-au instalat în numeroasele forturi construite de romani de-a lungul drumurilor care duceau spre capitală. Spre deosebire de armata romană, trupele dacice erau bine aprovizionate pentru a rezista iernii.

Decebal nu a trimis niciun cuvânt pentru a-și anunța sosirea, dar odată ce grupul său de însoțitori a intrat în oraș, vestea că Regele s-a întors s-a răspândit foarte repede. Întotdeauna era o ocazie de bucurie pentru oraș, deoarece prezența acestuia făcea ca lucrurile să se simtă normale. Un rege era acasă cu poporul său, nu pe un câmp de luptă îndepărtat.

Primirea de care s-a bucurat Decebal, atunci când a intrat în palatul regal, era și mai mare. Adila, acum în vârstă de patru ani, a zburat prin cameră și i-a sărit în brațe, urmată imediat în spate chiar de sora ei mai mare, Zia. Reuniunile de familie cu tatăl lor erau întotdeauna momente de fericire pentru ele, deoarece el era plecat foarte des, săptămâni și uneori chiar luni la rând. L-au așezat să stea pe o canapea și i-au înăbușit fața cu sărutări.

- Bine ai venit acasă, iubite soț!, spuse Andrada, așezându-se lângă el.

Ea le permise fetelor să fie primele care să se bucure de revenirea tatălui lor. Cei doi aveau să aibă propria lor întâlnire ceva mai târziu. Deocamdată, Andrada era pur și simplu mulțumită și ușurată că s-a întors viu și nevătămat de la încă un război.

- Sunt fericit să fiu acasă. Arăți bine, dragostea mea!

- Mă țin ocupată, a zâmbit ea. Adila cere mereu să facă ceva, iar Zia crește pisici.

- Tata, Zia are trei pisoi, dar mie nu-mi dă niciunul!, spuse Adila bosumflată.

- Ia-ți și tu proprii pisoi!, răspunse Zia.

- Înțelegi ce vreau să-ți spun?, completă înțelegătoare Andrada dădu-și ochii peste cap.

- Fetelor, nu vă mai certați!, a spus Decebal cu seriozitate, dar fără supărare.

- Amândouă sunteți Prințese ale Daciei, iar prințesele nu se ceartă.

- Dar ea are trei și nu e corect!, se plânse Adila. Dacă eu aș avea pisoi, i-aș împărți, așa cum ne îndrumă mama.

- I-am găsit în hambar, așa că sunt ai mei, insistă Zia. Oricum, pisicile nu sunt ca prăjiturelele!

- Zia, Adila, opriți-vă!, insistă mama râzând. Tatăl vostru tocmai a ajuns acasă de la război și nu vrea să vă audă miorlăindu-vă pentru un pisoi!

Expresia l-a făcut pe Decebal să zâmbească.

- Aici nu pot fi de acord cu tine, draga mea. În ultimele săptămâni, am așteptat cu nerăbdare să-mi ascult fiicele certându-se de la un pisoi.

După cină, Decebal s-a dus să-și viziteze unchiul, fostul Rege Duras, la locuința acestuia din Palatul regal. Duras era bătrân și prea fragil pentru a mai călători în campanii militare. Totuși, mintea acestuia era încă foarte ascuțită. Decebal avea încredere în judecata sa, prețuindu-i bogăția de cunoștințe.

Duras se odihnea pe un scaun în fața șemineului, învelit într-o pătură. Șemineul dădea căldură și lumină suficientă pentru lectură, ambele apreciate de bătrân. Zilele acestea simții frigul iernii până în măduva oaselor.

-    Bine ai venit, nepoate!

Duras puse deoparte înscrisul pe care-l citea. Oricare ar fi vârsta sau titlul lui Decebal, pentru Duras avea să fie întotdeauna în primul rând nepotul lui.

-    Bine te-am găsit, unchiule! Arăți bine, spuse Decebal, creionând un zâmbet pe fața lui Duras.

-    Vezina a fost aici cu puțin timp în urmă și mi-a spus aceeași minciună.

-    Nu este o minciună, contraargumentă Decebal în timp ce se așeza pe un scaun lângă unchiul său.

-    Ce carte citești, unchiule?

-    O istorie a vieții Regelui Burebista, explică bătrânul rege, în timp ce îi întinse înscrisurile.

-    Le-am citit de trei ori și nu mai alte lecții de învățat din ele. Sunt ale tale acum.

-    Mulțumesc, unchiule! Fără îndoială că marele rege are multe lecții și pentru mine.

-    A fost un mare rege și a făcut din Dacia o națiune puternică. Dacia era cu mult mai mare și cu mult puternică atunci. Regatul Regelui Burebista se întindea inclusiv în ținuturile Moesiei și ale Panoniei, dar în cele din urmă a făcut o greșeală teribilă care i-a anulat toate lucrările mărețe, spuse Duras cu un oftat trist.

-    Te referi la faptul că le-a permis nobililor să-l trădeze?

-    Da. I-a făcut foarte bogați și puternici, iar la rândul lor, ingrații au devenit geloși pe puterea lui, fiind revoltați că erau conduși de un singur rege.

Decebal cunoștea istoria.

- Nobilii au aranjat ca Regele Burebista să fie asasinat, iar mai apoi au împărțit Dacia în patru regate mai mici. Dar, care este lecția pentru noi, unchiule?
- Prima și cea mai importantă lecție, nepoate, este să nu te lași asasinat!

Decebal râse.

- Și a doua lecție?
- A doua lecție importantă, a continuat Duras pe un ton serios, este că Dacia nu trebuie să se mai împartă niciodată. Regatul trebuie să aibă un rege puternic care să ne țină uniți.
- Sunt complet de acord, unchiule. Lucrez în fiecare zi pentru a uni toate triburile Daciei, dar și triburile vecine cu Dacia. Dacă nu ne unim, Roma ne va devora bucățică cu bucățică.
- Exact așa va fi!, spuse Duras. Și să știi că nu este un lucru simplu să ții atât de multe triburi diferite împreună.
- Trebuie făcut asta, unchiule. Armata noastră nu e nici pe jumătate din cea ce conducea Regele Burebista.

Duras aprobă din cap.

- Adevărat. Burebista avea un regat mai mare și conducea mult mai mulți oameni. Deci, trebuie să identifici mai multe resurse decât Burebista.
- Am înțeles. Dacia trebuie să redevină, ceea ce a fost.

Duras întinse mâinile spre foc pentru a le încălzi.

- Vezina mi-a spus că aproape și-a pierdut viața la Tapae.
- Da. A fost mai isteț decât romanii și a scăpat de sub nasul lor. S-a dovedit că este mai creativ decât oricare dintre noi.
- Ehei, nu am nicio îndoială, spuse Duras. Uneori, chiar crede că poate face imposibilul posibil.
- Nimic nu este imposibil, unchiule. Uneori imposibilul este chiar necesar. Un rege trebuie să găsească întotdeauna o cale, doar asta mi-ai spus tot timpul?

- Aşa este, spuse Duras. Dacia are noroc că într-un fel sau altul, Regele Decebal găseşte întotdeauna o cale.

Decebal privi spre scrierile din mâinile lui.

- Uneori se aşteaptă prea mult de la mine, unchiule. Nici măcar Regele Burebista nu a putut găsi întotdeauna o cale. A avut încredere în oameni nepotriviţi şi, în cele din urmă, a fost trădat.

- Da, a fost trădat. De aceea trebuie să învăţăm din istorie. Învaţă de la Burebista şi nu-i repeta greşelile.

Regele Decebal i-a zâmbit cald lui Duras şi s-a ridicat să plece.

- Îţi mulţumesc pentru lecţiile regale, unchiule. Voi face tot posibilul să nu fiu asasinat. Şi voi munci din greu pentru a construi alianţe şi a menţine Dacia puternică.

Duras aprobă din cap.

- Acelea sunt lecţii bune de care orice rege trebuie să ţină seama. Există totuşi şi o a treia lecţie pe care ne-o învaţă istoria lui Burebista.

- Şi care ar fi aceasta, unchiule?

- Ai grijă la nobilii lacomi şi geloşi.

Târziu, spre noapte, în dormitorul lor, regele şi regina au avut în sfârşit timp pentru o conversaţie neîntreruptă. Andrada a pus cea mai importantă întrebare care o neliniştea.

- Oare romanii cu adevărat nu se mai întorc?

- Nu în această iarna, cu siguranţă. Julianus pare mulţumit că în timpul retragerii sale ne-a mai distrus unele dintre forturile şi aşezările noastre mai mici, dar până aici este limita agresiunii sale. Îşi va duce trupele în garnizoanele din Moesia, unde se poate aproviziona pentru iarnă.

- Şi apoi? Când se termină iarna?

Încet şi gânditor, Decebal şi-a mângâiat părul lung şi negru.

- Abia atunci vom vedea cât de ambiţios se simte Împăratul Domiţian anul viitor.

- Cu Generalul Julianus a trimis nouă legiuni împotriva Daciei. Nouă legiuni! Aş spune că este ambiţios.
- Da, draga mea, este foarte ambiţios. Şi pentru asta i-am făcut să plătească un preţ mare pentru ambiţia lor.
- Da, aşa este, spuse Andrada, dar nu putea găsi nicio bucurie reală în pierderile romanilor.
- Şi care este preţul pe care l-am plătit noi?
- Prea mare, ca de obicei.
- Întotdeauna e prea mare, reflectă ea. Dar cât timp poate Dacia să facă asta, dragule?

Auzind îngrijorarea din vocea ei, s-a întors să o privească în ochi.

- Atâta timp cât este necesar. De fiecare dată când suntem ameninţaţi!

Andrada oftă.

- Ştiu. Nu avem de ales.
- Singurele alegeri sunt între libertate sau sclavie. Aleg libertatea. Pentru mine, pentru tine, pentru ei şi pentru ele. Acesta este motivul pentru care lupt.
- Pentru ei şi pentru ele? Te referi la fete?
- Da, mai ales pentru copiii noştri, dar şi pentru toţi ceilalţi.
- Ah!, exclamă Andrada. Vorbeşte Regele!
- Da, iubirea mea. Este o datorie de care nu voi putea scăpa niciodată.

Ea îl privi cu seriozitate.

- Dar ţi-ai dori?
- Nu, răspunse fără nicio ezitare. Cred că m-am născut să fiu rege. Este destinul pe care l-a ales Zamolxis pentru mine.
- Pare amuzant, spuse ea, dar eu nu aveam astfel de gânduri de a fi regină. Înainte eram pur şi simplu eu, bucurându-mă de viaţa mea simplă. Şi apoi m-am căsătorit cu tine!

Decebal râse.

- Poate că acesta este destinul pe care l-a ales Zamolxis şi pentru tine, Andrada.

Ea clătină din cap mofturoasă.

- Cine știe ce vor zeii. Uneori mă rog la ei, dar nu știu dacă mă aud.
- Pentru ce te rogi?, insistă el.
- M-am rugat să-i învingi pe romani. M-am rugat să te reîntorci cu bine la noi.

Decebal întinse mâna și o mângâie ușor pe obraz.

- Atunci, Zamolxis te-a ascultat.

Roma, ianuarie 89 d.Hr

Împăratul Domițian era disperat din cauza multiplelor provocări politice și militare. Din Dacia, armata sa condusă de Tettius Julianus s-a retras în Moesia pentru iarnă. Era ceva ce plănuiau să evite, dar acum acele planuri erau inutile.

Dacii erau un dușman militar mai bine organizat, mai hotărât și mai formidabil decât își închipuia Domițian. Îl subestimase de trei ori pe Decebal. Sabinus a pierdut o legiune. Fuscus a pierdut cea mai mare parte din patru legiuni într-o campanie despre care îi era prea rușine să vorbească. Julianus a intrat cu nouă legiuni, din care a pierdut apro-ape două înainte de a se retrage în Moesia. Deci, ar fi nevoie de mai mult de nouă legiuni și poate și de un general mai bun.

Domițian și-a scuturat furios capul, pentru a-și șterge din minte problema Daciei. Problema mai presantă în acest moment era o re-voltă în Germania. Generalul său Antoninus Saturninus, Guvernatorul Germaniei Superioare, îl trădase și se declarase în opoziție deschisă față de Împărat. Beneficiind de sprijinul legiunilor sale, s-a aliat cu pu-ernicele triburi chatti. Ei erau unul dintre triburile germanice cele mai mari, iar Domițian a condus personal un război împotriva lor înaintea războaielor cu dacii. Împreună cu Saturninus, romanii trădători provocau pierderi grele unităților armate loiale împăratului. Situația din Germania era proastă și se înrăutățea.

Domiţian a lăsat deoparte scrisoarea pe care o citea, atunci când în biroul său a intrat apropiatul său aliat politic, corpolentul şi amabilul senator Marcus Paullus. Paullus era întotdeauna într-o dispoziţie bună, atunci când era chemat să se întâlnească cu împăratul.

- Ave, Caesar!, îl salută Paullus.

Domiţian făcu semn spre canapeaua de lângă biroul lui.

- Stai jos, Marcus. Avem multe de discutat.

- Răzvrătirea asta a lui Saturninus este neplăcut de urâtă, Cezar. Omul ăsta trebuie să fie nebun!

- Are vreun sprijin în Senat, Marcus?

- Nimeni nu îndrăzneşte să iasă public în sprijinul lui, desigur. Chiar şi aşa, aş spune că foarte puţini senatori îl susţin pe trădător. Poziţia lui Saturninus este slabă. Ceea ce speră să obţină este absurd.

Domiţian îi aruncă o privire încruntată şi nerăbdătoare.

- Ce speră el să obţină?

- Dacă va deveni suficient de puternic în Germania şi va câştiga mai mult sprijin la Roma, se va declara împărat şi va mărşălui spre Roma.

Domiţian zâmbi palid şi clătină cu dispreţ din cap.

- După cum am spus, Caesar, bietul om este nebun!, îl asigură Paullus. Nu va câştiga niciodată suficient sprijin pentru a cuceri Roma.

Domiţian a devenit tăcut, adânc cufundat în gânduri tulburi.

- De ce am nevoie pentru a-mi consolida propriul sprijin în Senat, Marcus?

Paullus avea răspunsul pregătit pentru că a petrecut mult timp gândindu-se la el. Problemele lui Caesar cu Senatul erau o preocupare continuă. Mulţi îl detestau pe împărat. El îi ura, iar atunci când avea ocazia, îi pedepsea.

- În acest moment, cea mai bună stratagemă, Cezar, este să formezi o alianţă cu Marcus Nerva.

- Nerva?, spuse încruntat Domiţian. Nerva este un moş.

Paullus dădu din cap amabil.

- Poate că este, Cezar, dar este şi un maestru diplomat cu o minte politică foarte perspicace. Nu ţine partea nimănui şi aduce duşmanii împreună, făcând pace.
- În plus, spuse Marcus după o pauză prelungă pentru a sublinia ideea, aminteşte-ţi că la servit bine pe tatăl tău, Divinul Vespasian, ca sfătuitor.

Domiţian luă rapid o decizie practică.

- Foarte bine, Marcus, vorbeşte cu Nerva. Fă-i promisiuni! Dacă va reuşi să suprime opoziţia împotriva mea din Senat, atunci anul viitor îl voi face consulul meu.

Marcus Paullus era impresionat.

- Este o ofertă foarte generoasă, Cezar. Cred că va fi de acord.
- Dar, mai important, Saturninus trebuie oprit acum. Nu trebuie să i se permită să-şi sporească puterea. Chatti ne atacă de-a lungul Rinului, în vest, iar sarmaţii ne atacă în Moesia, în est.
- Suntem într-o situaţie dificilă, Cezar, recunoscu Paullus. Armatele noastre din provinciile din nord sunt răsfirate deja prea mult, într-un număr prea mic.

Domiţian trânti cu frustrare pumnul de blatul biroului, împrăştiindu-şi materialele de scris.

- Nu am suficiente legiuni pentru a răspunde la toate aceste atacuri!
- Nu avem bani să plătim pentru legiuni suplimentare, Cezar.

Paullus a reiterat în clar ceea ce Domiţian ştia deja.

- Singura soluţie este să le relocaţi.

Domiţian se încruntă.

- Ştiu asta şi deja am luat unele decizii.
- Desigur! Şi mai trebuie să-mi spui cum îl pot ajuta pe Cezar în aceste chestiuni.

Domiţian se lăsă pe spătarul fotoliului şi îl privi pe senator în ochi.

- Vei fi emisarul şi ambasadorul meu, Marcus.
- Sunt mereu în slujba ta, Cezar!

- Julianus este blocat. Îi iau patru dintre legiuni şi le voi muta în Germania pentru a se ocupa de problemele de acolo. El va rămâne în continuare cu suficiente trupe în Moesia pentru a se ocupa de problema sarmaţilor.
- Înţeleg, Cezar. Cu toate acestea, patru legiuni sunt jumătate din armata lui. Cum să reuşească şi invadarea Daciei?

Nu va mai face asta, răspunse ferm împăratul.

- Tu, Marcus, vei merge în Dacia. Vei fi trimisul meu şi vei vorbi cu Regele Decebal.

Acum aceasta a fost o adevărată surpriză.

- Să vorbesc cu Decebal, Cezar?
- Da!, exclamă Domiţian nerăbdător. Trebuie să facem pace cu Dacia în timp ce învingem rebeliunile din Germania şi Moesia. Vei negocia un tratat de pace cu Regele Decebal.
- Desigur, Cezar, declară Paullus, de parcă răspunsul ar fi fost evident tot timpul.
- Situaţia este periculoasă, Marcus!, spuse Domiţian cu o voce rece. Nu mă dezamăgi!

Paullus i se înclină.

- Jur pe viaţa mea, Cezar, că nu te voi dezamăgi!
- Trebuie să-l înlăturăm pe trădătorul Saturninus şi trebuie să o facem repede. Pe lângă legiunile luate de la Julianus, voi trimite în Germania şi trupe din Spania.
- Da, Cezar! Pot să întreb, pe cine trimiţi din Spania?
- Un tânăr general, un spaniol. El comandă noua Legiune a VII-a *Gemina*, explică Domiţian.
- Numele lui este Marcus Traianus. Oamenii lui îi spun Traian.

După întâlnirea cu Marcus Paullus, împăratul a chemat-o la el pe nepoata sa, Julia Flavia. Tânăra a intrat, acceptând politicos invitaţia de a se aşeza pe canapeaua împăratului. Purta vălul negru al unei femei proaspăt devenită văduvă.

Domiţian se apropie şi se aşeză lângă ea.

- Ce mai faci draga mea?

Ridicând privirea, Julia lăsă se vadă ochii de un albastru pal, încețoșați și plini de emoție.

- Sunt în doliu, Cezar. Altfel, sunt bine.
- Spune-mi, Julia, continuă Împăratul, înțelegi motivul pentru care Titus Sabinus a fost executat pentru trădare? Îmi doresc să înțelegi pe deplin acest lucru.
- Da, Cezar!, răspunse ea încet.
- Soțul meu conspira cu trădătorul Antoninus Saturninus, spuse Julia cu ochii înlăcrimați, după o pauză.
- Nu, nu trebuie să plângi pentru el, îl îndemnă Domițian. Oamenii mei din Senat au găsit dovezi că a fost un trădător al Romei. Totuși, nu ești complice la trădarea lui. Te consider complet nevinovată, Julia.
- Sunt recunoscătoare, Cezar!, spuse ridicând privirea spre el. Nu știam nimic despre niciun complot împotriva ta. Iertați-mă, dar ce dovezi ați găsit împotriva lui Titus?

Domițian clătină din cap cu răbdare.

- Nu pot să-ți spun asta, ar însemna dezvăluirea secretelor de stat.
- Am înțeles, aprobă Julia cu tristețe.
- Acum trebuie să uiți toată această aventură îngrozitoare. Nu vom mai vorbi despre ea, pentru că știu, că doar te va supăra.
- Așa cum poruncești, Cezar.

Domițian se uită în ochii ei.

- De acum înainte, draga mea, vei rămâne aici, în palat, cu mine. Voi avea grijă de tine să fii îngrijită, așa cum trebuie.

Julia făcu o scurtă pauză, surprinsă, apoi dădu încet din cap.

- Da, Cezar.

> Capitolul 15

Generalul spaniol

Moguntiacum, Germania, februarie 89 d.Hr.

La sfârșitul lunii februarie, Generalul Marcus Ulpius Traianus a sosit în Germania pentru a constata că revolta Guvernatorului Antoninus Saturninus fusese deja înăbușită. Eroul campaniei a fost Generalul Aulus Maximus, care a învins armata lui Saturninus înainte ca armatele Împăratului Domițian și ale Generalului Traian să ajungă acolo. A fost ajutat de un noroc chior, ce avea să fie povestit ulterior în legendele romane.

Chiar dacă a sosit prea târziu pentru a se alătura bătăliei, Traian avea să câștige recunoștința împăratului pentru viteza cu care și-a adus trupele din sudul Spaniei în Germania. Și-a îmboldit oamenii prin zonele montane, prin zăpadă și pe vreme de iarnă. Aceștia l-au urmat cu loialitate prin toate greutățile și necazurile.

Generalul Traian avea o reputație câștigată cu trudă, aceea de a fi plăcut și admirat de oamenii săi. El le-a arătat oamenilor din subordine că era unul dintre ei, acționând și trăind ca și ei. În calitate de comandant al armatei, a arătat o combinație rară de a fi la comandă fără a fi însă arogant. A fost un maestru tactician care și-a invitat ofițerii să participe la strategia de planificare. Era un conducător corect, care avea și o voință de fier atunci când era necesar.

Pentru cei care nu l-au cunoscut bine, Traian era o enigmă. Nu avea pretenții de nobil, deoarece nu exista o istorie trecută în acest sens. Familia lui avea origini modeste, venind dintr-un oraș din sudul Spaniei în care fusese lăsați la vatră veterani ai armatei romane pensionați după războaiele purtate în Africa. Nobilimea nu făcea parte dintre ei. Familia Traianus a devenit foarte bogată prin cultivarea măslinelor și exportul uleiului de măsline la Roma. Cineva înrudit cu el a fost, de asemenea, suficient de inteligent și de harnic pentru a construi o manufactură pentru fabricarea miilor de amfore de lut necesare în fiecare an pentru transportarea uleiul de măsline din regiunea spaniolă la Roma.

Tatăl său, Traianus, a fost general pentru Împăratul Vespasian în campania din Iudeea. Mai târziu i s-a acordat un triumf la Roma pentru victoria sa împotriva parților din Imperiulul Part. Traianus a câștigat încrederea și admirația lui Vespasian și, cu sprijinul împăratului, a ajuns în Senatul Romei, iar mai târziu a fost ales în funcția de Consul al Romei. Astfel, familia Traian și familia Flavia au devenit strâns aliate.

Traian a ajuns la Moguntiacum târziu după-amiaza. Militarii de rang înalt erau adesea uimiți să afle că el a mărșăluit alături de oamenii săi, refuzând un cal sau o trăsură. Deja înalt și bine construit la vârsta de treizeci și doi de ani, era excepțional de rezistent la marșurile lungi.

Noul venit din Spania a fost condus spre cortul împăratului, unde deja se adunaseră un grup de ofițeri cu rang superior. Singura persoană pe care Traian a recunoscut-o a fost însuși Domițian, deși nu-l mai văzuse pe împărat de câțiva ani. S-a apropiat și s-a prezentat.

- Ave Cezar! Am venit cât de repede am putut și cât mi-au permis condițiile de iarnă.

Domițian îl strânse de umăr, cu un zâmbet prietenos pe buze. Băuse ceva vin mai devreme și era bine dispus.

- Te laud pentru rapiditatea cu care ai venit, Traianus. Mi-aș dori ca toți generalii mei să poată fi atât de mobili!

Se întoarse către bărbatul de vârstă mijlocie, care stătea lângă el.

- Acesta este Aulus Maximus, care l-a învins pe trădătorul Satur-
ninus. Ne-a scutit de timpul și necazul de a ne descurca noi
înșine cu nenorocitul!
- Felicitări, domnule General, spuse Traian, sincer impresionat. A
învinge legiunile lui Saturninus și, de asemenea, pe membrii
tribului chatti, este o victorie formidabilă.

Maximus a primit complimentul cu o înclinare a capului.

- Saturninus a luptat bine. Cât despre chatti, ei nu s-au alăturat
niciodată bătăliei.

Traian a fost surprins.

- Nu au ajuns niciodată să lupte? Cum așa?
- Spune-i, Aulus!, spuse râzând gălăgios Domițian.

Era evident că Maximus spusese deja povestea de multe ori. De
asemenea, era clar că îi plăcea să o spună din nou, mai ales în fața
împăratului.

- Aproape de sfârșitul lunii ianuarie, am mărșăluit spre tabăra lui
Saturninus. El se aștepta ca armata chaților să i se alăture, un-
indu-și forțele. Împreună m-ar fi depășit cu trei la unu.
- Sărmanul Saturninus!

Domițian râse din nou.

- Dacă nu ar fi murit, îi aștepta și acum pe chați! Nu-i așa, Aulus?
- Într-adevăr, Cezar!, rânji Maximus.

Traian sorbi din vin și aștepta răbdător. Maximus și împăratul se
distrau, făcând spectacol.

 Aulus continuă.

- Am atacat cu trei legiuni, iar Saturninus nu a avea de ales, decât
să lupte.

După o pauză, zâmbi, și continuă.

- Chați au fost prinși de cealaltă parte a Rinului.

Marcus ridică o sprânceană.

- În ce fel au fost prinși?
- Un dezgheț sosit mai devreme!, exclamă Domițian bucuros.

- Gheața s-a topit și Rinul s-a dezghețat în ianuarie! Îți vine să crezi asta?

Traian clătină încet din cap.

- Este greu de înțeles, Cezar. Norocul din război, uneori, ia întorsături neașteptate.

Domițian îi șterse comentariul cu un gest al mâinii.

- Noroc în război, prostii! Acesta a fost un act al lui Marte, însuși. Zeul războiului a intervenit pentru a-i ține pe barbari pe malul lor de râu, permițându-i lui Maximus să-l aducă pe trădător în fața justiției!

- Da, Cezar! Am fost doar un instrument în mâinile lui Marte, aprobă cu umilință Maximus.

- Cu toții suntem în mâinile zeilor, spuse Traian gânditor, în timp ce Domițian îi aruncă lui Marcus o privire vicleană.

- Te pierzi în cuvinte, Traiane! Cezar este și el un zeu!, completă Marcus.

- Așa cum am spus, Cezar, cu toții suntem în mâinile zeilor. Nu suntem noi cu toți în mâinile Cezarului?, întrebă Traian cu un zâmbet plăcut.

- Foarte bine precizat!, spuse Maximus râzând. Suntem cu toții în mâinile lui Cezar. Și asta îi include și pe nenorociții de prizonieri pe care i-am luat dintre oamenii trădătorului.

Se întoarse spre Domițian.

- Pedeapsa lor va fi executată mâine, dacă aceasta este dorința Cezarului!

Domițian încuviință din cap.

- Cu cât mai devreme, cu atât mai bine, Aulus. Fă un exemplu din ei!, spuse în timp ce se întoarse din nou către Traian.

- Ai sosit exact la timp pentru a fi martor la dreptatea lui Cezar, Traianus. Vino acum, bea niște vin! Este o ocazie fericită.

Spre prânzul zilei următoare, soarele de iarnă se înălța strălucitor pe un cer albastru și limpede. Legiunile s-au adunat pentru a asista la dreptatea Împăratului. Douăzeci dintre ofiţerii capturaţi ai Guvernatorului Saturninus au fost aduşi în faţa trupelor adunate, care nu conteneau să-şi exprime dispreţul faţă de ei. Erau trădătorii care s-au răzvrătit împotriva Cezarului şi au luptat împotriva colegilor romani. Meritau pe bună dreptate orice pedeapsă li se pregătea.

Cei douăzeci de prizonieri erau aliniaţi în spatele a patru buşteni mari care în prealabil fuseseră curăţaţi de toate ramurile. Umilirea lor a început când au fost dezbrăcaţi, forţaţi să îngenuncheze pe pământul îngheţat, având mâinile legate şi înlănţuite de buşteanul din faţa lor. Pe lateral era un foc mărişor care ardea cărbune. Focul era aţâţat de burduf mânuit de un fierar şi de patru paznici.

Împăratul Domiţian, cu armura lui strălucitoare sub soarele amiezii, călărea încet prin faţa prizonierilor. Se uita pentru o scurtă clipă la fiecare dintre feţele prizonierilor, plasându-i în amintirea lui. Unii dintre prizonieri şi-au ridicat privirea spre el, dar cei mai mulţi şi-au ţinut ochii lipiţi de pământ. Erau oameni condamnaţi, resemnaţi cu pecetea destinului lor.

Domiţian stătea sus, în şa, şi se adresa trupelor cu voce tare. Cuvintele lui au fost repetate de-a lungul liniilor, astfel încât şi cei mai îndepărtaţi soldaţi să poată auzi.

- Aceşti oameni, strigă Împăratul, arătând spre prizonieri, sunt trădătorii Romei! Sunt mai răi decât mizeria! Sunt mai răi decât nemţii barbari pe care îi numesc aliaţi!

Bărbaţii din primele rânduri îi batjocoreau pe trădători. Bărbaţii din rândurile din spatele lor s-au alăturat şi îi huiduiau.

- Aceşti oameni s-au întors împotriva poporului Romei! S-au întors împotriva legiunilor romane! Ei s-au întors împotriva Cezarului, părintele Romei!

Batjocura devenea mai puternică şi huiduielile mai supărate. Soldaţii voiau sânge.

- Aceşti oameni sunt o scursură nenorocită în ochii zeilor! Care să fie pedeapsa lor?

- Omoară-i! Omoară-i!, strigau mulţimile din rânduri.

- Aceasta este pedeapsa pentru trădare!, țipă și Domițian.

- Pedeapsa pentru trădători! Fier și foc!

Fierarul, însoțit de cei patru paznici, s-au dus la primul prizonier dezbrăcat și îngenuncheat în zăpadă. Ținea în mâini o pereche mare de clești metalici, iar cleștii țineau o tijă lungă și subțire de fier, care lucea în roșu, chiar și în lumina soarelui strălucitor.

Cei patru paznici au apucat fiecare de unul dintre brațele sau picioarele bărbatului pentru a-l ține imobilizat. Legionarii care priveau din prima linie și-au strigat aprobarea. Unii îl înjurau cu voce tare, în timp ce alții râdeau.

Împăratul merse călare până în locul unde îl așteptau Traian și Maximus, descălecând să stea lângă ei. Primul prizonier răcnea de durere, atunci când fierul înroșit îi era introdus în părțile sale intime.

- O pedeapsă potrivită, nu crezi? întrebă Domițian.

- O pedeapsă potrivită pentru trădători, Cezar, răspunse Maximus.

Traian dădu din cap, dar rămase tăcut. A înțeles necesitatea pedepsei, dar era șocat de brutalitatea punerii în practică. Oamenii care au trădat în trecut, aveau să o facă din nou în viitor, dar pedepsele brutale ale Cezarilor nu păreau să facă nicio diferență.

Domițian a privit cum răcnetele primului prizonier devin în cele din urmă tăcute într-un corp fără viață. Fierarul s-a întors la focul său pentru a obține o nouă tijă de fier pentru următorul prizonier.

- Traianus?

- Da, Cezar?

- Acum că ți-ai adus legiunea aici, hai să-i punem la treabă. Mi s-a spus că bărbații nu au trecut prin testul gladiusului și au nevoie de niște antrenamente.

- Este corect, Cezar! Legiunea a VII-a *Gemina* este o legiune nouă, iar bărbații nu au avut încă șansa să vadă fiecare ce poate.

- Foarte bine, iată oportunitatea ta. Traian am nevoie de tine aici, nu în Spania. Vei lua Legiunea a VII-a *Gemina* plus încă două legiuni și vei face o campanie împotriva triburilor *chatti*. De asemenea, împotriva triburilor germanice de la frontiere, *Suebii Marcomanni*, care și-au încălcat tratatul cu Roma, atunci când mă luptam cu Decebal.

Traian era mulțumit. Asta era ceea ce aștepta.

- Sunt onorat de această oportunitate, Caesar!

- Bine! Toți acești barbari sunt mult prea dispuși să-și încalce tratatele cu Roma, și pur și simplu acest lucru nu poate fi tolerat.

Se opri în timp ce următorul prizonier țipa de agonie.

- Pedepsește-i pe chați și pe marcomani, Traianus. Nu mă dezamăgi!

- Nu dau greș niciodată, Caesar!, spuse Traian, cu umilință, ca o simplă declarație de fapt și încredere completă.

Capitolul 16

Roata vieții

Sarmizegetusa, aprilie 89 d.Hr.

Sala ala festivă a Palatului Regal de la Sarmizegetusa era plină cu copii gălăgioşi. Era zi de sărbătoare pentru prinţesa Zia, fiica cea mare a Regelui Decebal şi a Reginei Andrada, în semn de recunoaştere a celei de-a şasea aniversări. Decebal avea impresia că fiecare copil din cetate era invitat la această sărbătoare plină de viaţă. Mai mult decât atât, părea că fiecare copil are ceva de spus, ceva de cerut, ceva de care să se plângă sau ceva din cauza căruia chiar să plângă.

Adila, în vârstă de patru ani, mezina familiei, era la fel de emoţionată ca şi sora ei. Văzându-şi tatăl intrând în sala de banchet şi-a lăsat prietenii cu care se juca, alergând să-şi îmbrăţişeze părintele cu putere. Totuşi, majoritatea copiilor păstrau cu timiditate distanţa faţă de Rege.

- Tati!, strigă bucuroasă Adila. Unchiul Diegis spune că romanii vin aici!

Decebal râse.

- Eh, te tachinează doar! Vin câţiva romani care vor doar să-ţi vorbească, nu să se lupte.

Adila se înroşi la faţă încurcată.

- Ştiam eu că mă necăjeşte pentru că avea acel zâmbet glumeţ.

Auzind discuţia, mama ei, Andrada, a venit şi ea.

- Oh, draga mea copilă, Diegis glumeşte mult în aceste zile!

- Ce vrei să spui?, întrebă Decebal.

Ea dădu din cap, indicând spre zidul încăperii cel mai apropiat.

- Află singur! Uite-l acolo!

Diegis era prins adânc într-o conversație cu o tânără frumoasă. Păreau să fie în propria lor lume, conștientizând cu greu prezența zecilor de copii care alergau prin cameră.

- Cunosc privirea aceea, spuse Decebal. Deci, fratele meu are o nouă prietenă?
- Mai mult decât o prietenă, aș spune. Au devenit inseparabili.
- Of, of! Cred că era timpul!, a exclamat el. Diegis nu mai este chiar un tinerel și chiar cred că e timpul să se stabilească și el undeva.
- Așa îi spunem cu toții, râse ea. S-a săturat și el să tot audă asta. Dar ceea ce vezi acolo, făcu semn către cuplu, nu este datorită mie sau a surorilor tale.
- Hmmm!, asta pare grav. Când Diegis ia o decizie importantă, este doar pentru că sincer crede cu tărie în ea. Lasă-mă să-i salut și să mă întâlnesc cu noua sa prietenă.

Când Decebal se apropie de cuplu, Diegis ridică privirea, speriat. Tânăra făcu o scurtă reverență în fața Regelui.

- Salut, frate!, spuse Decebal.
- Salut, frate!, răspunse Diegis în mod agreabil. Ea este Mirela. Și Mirela, el este...

Râsul ei ușor îl întrerupse.

- Îmi cunosc Regele, prostuțule!, îl mustră ea. Domnule, spuse ea și se înclină încă o dată.
- Bine ai venit la noi în casă, Mirela!, spuse Decebal cu un zâmbet cald.

Tânăra nu avea mai mult de șaptesprezece ani, era de înălțime medie, cu părul lung și castaniu deschis, atârnând pe spate. Avea niște ochi căprui uimitori de culoare chihlimbarului. Părea să radieze magie și echilibru. Diegis, evident că era fermecat. Oare era și ea vrăjită de el?

- Diegis, diseară trebuie să o inviți pe Mirela la cină!, a spus Decebal.

- Desigur că ne vom alătura!

Se uită la Mirela, care zâmbi și încuviință cu o elegantă aplecare a capului. Apoi a fost luată brusc de mâna stângă și trasă de Zia, care o chema să o însoțească pentru un joc.

- Scuzați-mă, Domnule, au nevoie de mine în altă parte!, râse ea, privind înapoi peste umăr.

Mirela...?, se întrebă Decebal. Numele înseamnă...

- Înseamnă veșnic, răspunse Diegis.

- Ah, da!, admise Decebal. Este de o frumusețe nesfârșită. Iar tu, frate, pari încântat.

- Va fi soția mea, spuse simplu Diegis.

- Atunci mă bucur pentru tine!, răspunse Decebal. E timpul să-ți faci o familie!

- Asta îmi tot spun și surorile noastre, răspunse Diegis râzând. Chiar și Andrada! Dar e fără doar și poate că nu aveam nevoie de convingerea lor. Mirela este un motiv infinit mai bun!

- Acesta este cel mai bun motiv dintre toate pentru a te căsători.

- Tocmai am auzit de la Tsiru..., spuse Diegis, schimbând subiectul.

Tsiru era șeful cercetașilor de cavalerie dacică.

- Da?

- Trimișii romani sunt la cel mult o săptămână de mers distanță. Ambasadorul merge într-o trăsură, așa că se mișcă mai greu.

- Ah, înțeleg. Ar fi trebuit să te aștepți la asta, Diegis. Aristocrația romană cere o viață ușoară și în lux. Deci, avem o săptămână. Sunt curios să aflu ce are de spus acest ambasador. Sincer, cred că Împăratul caută un tratat.

- Mai este Domițian în Germania?

- Vezina crede că da. Domițian a înăbușit rebeliunea de acolo, iar acum luptă din nou cu *chații*.

Decebal se opri să ridice un copil care căzuse la picioarele lui.

- Hopa-sus! Şi fii mai atent, băiete!
- Romanii se vor lupta cu germanii până la sfârşitul timpurilor, a spus Diegis.
- Foarte probabil. Indiferent cât de agresivi ar fi romanii, pur şi simplu sunt prea mulţi germani pentru a-i ucide pe toţi.
- Aş vrea să pot spune acelaşi lucru despre noi, completă Diegis pe un ton sumbru. Cifrele nu funcţionează în favoarea noastră.
- Într-adevăr. Aşa că va trebui să fim mai isteţi şi să-i învingem pe nenorociţi, nu-i aşa?

După un timp, Decebal plecă de la aniversarea plină de viaţă, dar zgomotoasă, şi se rătăci afară prin curte. Îl căuta pe Cotiso şi l-a găsit alături de Drilgisa, exersând mânuirea sabiei. Sunetul de lemn al săbiilor de antrenament umpleau aerul rece.

Băiatul avea cincisprezece ani şi acum devenea bărbat. La vârsta lui, Decebal era deja soldat. Cotiso se înălţase bine, dar încă era firav ca trestia. Avea corpul subţire al mamei sale şi, se temea Decebal, că nu se va umple niciodată de muşchi. Ei bine, în acest caz, dacă nu avea să fie un soldat puternic, va deveni unul rapid şi iscusit. Nu putea să găsească un profesor mai bun decât Drilgisa.

- Loviturile de sus le blochezi cu scutul! spuse Drilgisa. Pe cele de jos le parezi cu sabia. Trebuie să faci asta instinctual, fără să stai pe gânduri!

A făcut un pas înainte, atacând spre gâtul lui Cotiso. Băiatul şi-a ridicat scutul pentru a bloca sabia, contraatacând imediat cu propria sabie de lemn spre piciorul din faţă a lui Drilgisa.

- Da! Asta e! l-a încurajat Drilgisa.

Cotiso tăie rapid prin aer cu sabia, încercând să-şi încurce adversarul cu mişcări teatrale.

Drilgisa se încruntă.

- Nu îţi consuma energia degeaba! În luptă, oamenii obosesc repede. Bărbaţii obosiţi devin lenţi şi neglijenţi, iar mai apoi mor! spuse acesta.

A făcut un pas înainte atacând spre coapsa lui Cotiso, mișcare pe care tânărul a parat-o ușor cu sabia.

- Fiecare mișcare pe care o faci ar trebui să aibă un scop, să ataci sau să te aperi! Orice altceva este energie risipită.
- Da, domnule!, aprobă Cotiso.

Tânărul a făcut o altă mișcare de atac spre mâna cu care ținea sabia, dar mai apoi, eschivând, s-a mutat rapid în exterior și atacă cu sabia partea laterală a corpului lui Drilgisa. A fost blocat de scutul bătrânului, dar Drilgisa a rânjit aprobator.

- Bine! Ești mai ușor și mai rapid decât un legionar. Sica ta este mai ușoară și îți oferă mai multe opțiuni, poți să tai sau să înjunghii cu ea. Gladiusul roman este mai greu, fiind bun mai ales pentru înjunghiere. Mișcă-te des și descoperă slăbiciunile! Apoi ataci!

Cu un strigăt de luptă, legănându-și sabia, Cotiso atacă sărind în aer și țintind spre capul lui Drilgisa. Războinicul a blocat cu ușurință lovitura cu scutul, lovind fața lui Cotiso cu mânerul sabiei. Lovitura l-a trimis pe băiat la pământ, aterizând cu spatele pe sol. Un mic firicel de sânge îi curgea dintr-o nară.

Imediat, Regele Decebal s-a ridicat și a venit deasupra lui.

- Care este lecție pe care tocmai ți-a predat-o Generalul Drilgisa, fiule?

Cotiso se ridică repede în picioare, trădând însă pe chip rușinea prin care trecuse.

- Nu sărim niciodată! A fost o prostie din partea mea!
- Da, a fost o prostie!, confirmă și Drilgisa. Atunci când sari nu ai echilibru! Nu poți schimba direcția, când sari! Într-o luptă adevărată, te-aș fi lovit cu putere peste față, nu doar cu un mic ghiont pe care tocmai ți l-am dat acum. Ai fi amețit și deveneai victimă sigură!

Făcu o pauză și îi aruncă o privire dură.

- Dar dacă știai asta, de ce ai sărit?

- M-am entuziasmat prea tare, spuse Cotiso ridicând din umeri. O greşeală prostească!

- Greşelile prosteşti te ucid în luptă, băiete!, strigă Drilgisa. Un războinic nu face greşeli nebuneşti. Nu vreau să mai văd asta niciodată, nici măcar în practică şi nici măcar în glumă!

- Da, domnule!, spuse Cotiso. Nu se va mai repeta!

- Orice lucru pe care Generalul Drilgisa te învaţă îţi poate salva viaţa într-o zi, i-a spus Decebal. Orice lucru mărunt. Aşa că ascultă-l cu mare atenţie şi ia aminte!

- Da, tată! Am înţeles!

Decebal îl îmbărbătă, lovindu-l uşor cu palma peste spate.

- Bine! Ai fost la ziua de naştere a surorii tale?

- Am fost o vreme, dar era prea mare gălăgia, aşa că i-am cerut o lecţie Generalului Drilgisa.

- Copiii sunt foarte gălăgioşi, dar hai să ne mai întoarcem puţin acolo!

Aruncă o privire şi spre Drilgisa.

- Vrei şi tu să ni te alături?

Drilgisa râse.

- Nu, mulţumesc! Mă duc să caut un catâr, care să mă lovească în cap! Cred că ar fi o durere mai simplă de cap!

- Am înţeles!, spuse râzând Decebal şi întorcându-se către fiul său au plecat spre zgomotul sărbătorii.

- Tată, pot să te întreb ceva?, spuse Cotiso în timp ce mergeau.

- Desigur! Despre ce este vorba?

- De ce ai nevoie pentru a deveni un mare războinic? Am vorbit despre asta cu prietenii mei, iar fiecare are un răspuns diferit.

- Înţeleg, încuviinţă Decebal din cap. Ei ce spun?

- Unii spun că e nevoie de curaj, iar alţii spun neînfricare. Unii spun că puterea fizică este cea mai importantă. Alţii spun că mânuirea sabiei.

Cotiso s-a oprit pentru a-şi privi tatăl.

- Astăzi, l-am întrebat și pe Generalul Drilgisa, dar el mi-a spus să te întreb pe tine.

Decebal auzi tonul serios din vocea fiului său. Băiatul căuta un răspuns serios. Îi făcu semn lui Cotiso să se așeze pe banca de lemn, așezându-se față în față lângă poteca pietruită pe care mergeau.

- Toate aceste lucruri sunt importante, fiule!, spuse Decebal.

- Fără curaj, bărbații fug. Fără putere fizică, ei sunt cu ușurință depășiți, iar mai apoi mor. Cei neîndemânatici în mânuirea sabiei, vor fi uciși curând de un războinic mai priceput.

- Da, așa este, sunt de acord! Dar ce este cel mai important?

- De ceea ce ai nevoie pentru a fi un mare luptător este în suflet!, răspunse Decebal.

Cu degetul arătător, bătu de două ori pieptul lui Cotiso.

- Aici, începe!

Apoi își ridică degetul mai sus și îl bătu pe frunte.

- Și, aici!

Tânărul căzu pe gânduri pentru o clipă.

- Explică-mi, fiule, de ce nu le este frică războinicilor daci să moară?

- Pentru că dacă murim în luptă, ajungem imediat în Raiul lui Zamolxis!, spuse Cotiso.

- Exact! Moartea este neînsemnată. A ști că sufletul tău este nemuritor, îți dă curajul să înfrunți orice pericol și să lupți cu orice dușman.

Băiatul dădu din cap.

- Da, înțeleg!

- Curajul vine din a trăi în libertate, Cotiso. De aceea luptăm pentru Dacia. Ca să fim liberi!

Decebal făcu o pauză, fiind mulțumit să vadă o privire calmă dar și hotărâre pe chipul fiului său.

- Și totuși unii bărbați trăiesc în subjugare, spuse Cotiso.

- Omul care trăiește în subjugare moare în fiecare zi, răspunse Decebal. Asta nu ni se va întâmpla nouă, niciodată! Niciodată, nici măcar pentru o singură zi!

- Sper ca nici mie să nu mi se întâmple, tată!

- Bine! Să crești puternic și exersează-ți măiestria sabiei și a tirului cu arcul, în fiecare zi! Și, fiule, întotdeauna să știi că în sufletul tău ești deja un mare războinic!

- Da, tată! Voi ține minte toate acestea!

Decebal îl luă de după umăr, ridicându-se de pe bancă.

- Haide acum, Cotiso! Familia ne așteaptă!

Patru zile mai târziu, Decebal a fost chemat la palatul unchiului său, Duras. Fostul rege se odihnea în pat, așa cum făcea în majoritatea zilelor. Era un bătrân de șaizeci și șapte de ani și puțini bărbați reușeau să trăiască viața până la o vârstă atât de înaintată. Mintea îi era la fel de ascuțită, ca întotdeauna, dar, slăbea și slăbea, pe zi ce trece.

O mică mulțime s-a adunat în curtea palatului. Regina Andrada, sora mai mare a lui Decebal, Dochia, sora sa mai mică, Tanidela, și o jumătate de duzină de nobili daci care stăteau și vorbeau între ei. Cu o singură privire, ochii Andradei i-au spus lui Decebal tot ceea ce trebuia să știe. Se apropia ceasul morții Regelui Duras.

Vezina stătea pe un scaun lângă patul lui Duras. Cei doi vechi prieteni păreau să fie prinși în conversație.

- Te salut, unchiule!, spuse Decebal. Se aplecă peste pat, îi ridică mâna și sărută dosul mâinii unchiului său. Era un gest tradițional dacic de respect față de bătrâni.

- Bună, nepoate!, răspunse Duras, cu ochii brusc mai strălucitori și mai atenți.

- Stau de vorbă cu Vezina. Alătură-te nou!

- Desigur, unchiule! Despre ce vorbiți?

Duras avu o sclipire în ochi, reușind, chiar, să zâmbească pe jumătate.

- Despre ultimele mele zile, nepoate! Despre ce altceva?

Vezina râse sfios.

- De asemenea, despre niște vremuri vechi, dar și despre zilele care urmează. Am vorbit și despre dumneavoastră, Domnule, dar și despre viitorul Daciei!

- Viitorul Daciei este sigur!, declară Decebal. L-ai făcut să fie puternic, unchiule!

Duras dădu cu mâna comentariul într-o parte.

- Viitorul Daciei este în mare pericol!

Îi privi pe Decebal, apoi pe Vezina, iar mai apoi se întoarse la Rege.

- Trebuie să faci Dacia și mai puternică! Suntem puternici de sute de ani! I-am învins pe toți atacatorii noștri!

Decebal dădu aprobator din cap.

- Da, unchiule! Și o vom face din nou!

Duras își lăsă capul într-o parte, tușind cu respirație sacadată. A închis ochii câteva clipe pentru a se odihni. Când i-a redeschis, ochii erau înlăcrimați, dar calmi.

- Roma este o fiară înfometată cu un apetit fără limite, a continuat Duras.

- Ei vor să conducă lumea, să înrobească lumea!

- Nici o fiară nu trăiește pentru totdeauna, spuse Vezina. Și orice fiară poate fi ucisă!

- Da, este adevărat, a fost de acord Decebal. De două ori, Roma a încercat să ne invadeze, și de două ori i-am însângerat, respingând atacurile înapoi.

Duras îi strânse mâna lui Decebal, îndatorat.

- Datorită modului cum ai condus armata, ai făcut posibile acele victorii!

Ochii i se încețoșau.

- Nu ți-am spus niciodată asta, dar am văzut-o în vis.

- În vis, unchiule?

- Cu o săptămână înaintea bătăliei de la Tapae, atunci când l-am atacat pe Generalul Fuscus, fratele meu, Scorilo, mi-a apărut în vis. Mi-a arătat marea victorie care urma să vină şi m-a sfătuit să-ţi dau coroana.

Decebal era uimit. Se uită la Vezina, care părea şi el la fel de surprins.

- Tatăl meu, într-un vis, te-a sfătuit să mă faci rege? Poate fi asta adevărat, unchiule?

Duras oftă.

- Poate că a fost Scorilo! Sau poate că a fost Zamolxis!

Făcu o pauză, cât pentru o bătaie a inimii, apoi, îi zâmbi lui Decebal.

- Nu contează, nepoate, pentru că deja luasem acea decizie eu însumi. Ştiam că tu eşti forţa Daciei!

- Îţi mulţumesc, unchiule!, spuse Decebal, cu recunoştinţă profundă. Îţi mulţumesc pentru încrederea pe care mi-ai acordato! Mi-aş da viaţa pentru a păstra Dacia liberă!

Vezina se aplecă spre Duras.

- Prietene, să ştii că este reconfortant să aflu că Regele Scorilo şi Zamolxis au aprobat decizia ta. Dar chiar şi aşa, se pare că întotdeauna ai luat deciziile corecte!

Duras se uită la cei doi bărbaţi, cu o expresie solemnă pe chip.

- Spune-mi, legat de acest tratat cu Roma. Romanii sosesc curând?

- Aşteptăm sosirea lor, oricând de acum, unchiule.

- Înţeleg, spuse Duras. Şi ce speraţi să realizaţi cu acest tratat?

- Un sfârşit al luptei!, răspunse Decebal. Trebuie să ne refacem puterile! Prea multe mii de vieţi au murit pentru a apăra Dacia!

Vezina dădu din cap în semn de acord.

- Da, trebuie să ne refacem forţele. În aceste momente, Domiţian are destule necazuri în altă parte, nu cred că ar mai vrea necazuri cu Dacia. Este momentul potrivit pentru un tratat.

- Bine!, a răspuns Duras. Semnează tratatul cu Roma, dar să-ţi aminteşti mereu asta! Fiara face pace, doar când este slabă sau rănită! Apoi, devine din nou fiară!

- Da, unchiule! Îmi voi aminti! Deocamdată, facem tratatul pentru că este și în interesul nostru. Dar, îți promit, unchiule! Îți promit asta! Nu voi uita niciodată că suntem într-o luptă pentru supraviețuire cu Roma!

Duras reuși să zâmbească.

- Îți mulțumesc, nepoate! Și îți mulțumesc, prietene Vezina!

Pleoapele îi tremurară ușor, apoi, deodată, păru foarte obosit. A închis ochii și adormi curând.

Duras, fostul Rege al Daciei, a murit împăcat și liniștit în somn. A fost jelit de oraș timp de trei zile. Oamenii s-au îmbrăcat funerar în negru. În fața Palatului Regal, multe femei au stat îngenuncheate ore în șir, bocind și plângând pentru a-și exprima durerea. Duras a fost jelit ca un rege corect și drept, care și-a dedicat viața poporului său.

În cea de a treia zi, Regele Duras a fost înmormântat lângă Sfântul Templu al lui Zamolxis. Prin tradiție, dacii erau îngropați în morminte simple, fără pietre funerare sau grupuri statuare. A fost îngropat acoperit într-un giulgiu, cu fața în sus și capul îndreptat spre est. Era îmbrăcat în cele mai frumoase haine. Sabia-i stătea lângă el.

Coroane înalte de flori proaspăt culese erau așezate peste mormântul lui. Erau puse acolo de oameni care au venit să aducă un ultim omagiu, unul după altul. Ziua înmormântării a fost comemorată ca zi sfântă de pomenire. În fiecare templu, preoții ardeau tămâie și glăsuiau cântări bisericești. Pe măsură ce soarele apunea spre vest, o mare pomană a fost împărțită în Palatul Regal pentru toți locuitorii din Sarmizegetusa.

Capitolul 17

Ne-ați numit barbari

Sarmizegetusa, mai 89 d.Hr.

D elegația Romei a ajuns la Sarmizegetusa câteva zile mai târziu. Pe drumurile lungi de munte au fost escortați de cavaleria dacică. Senatorul Paullus mergea în trăsura lui, iar ceilalți romani mergeau călare. Ar fi fost o călătorie mult prea lungă pentru un marș.

Titus Lucullus venea ca atașat diplomatic în delegația de călătorie a senatorului Paullus. Însă, înainte de toate, el era în primul rând un militar. Pe drumurile care duceau spre capitală, observase numeroasele forturi cu ziduri de piatră și știa că ar fi fost o luptă grea și sângeroasă să te lupți cu toate. Fiecare cetate impunea o bătălie separată, iar asta ar necesita transportarea unui număr mare de echipamente de artilerie de asediu prin munți. Ar fi fost necesară o campanie de câteva luni doar pentru a trece prin forturile montane, înainte de a ajunge la Sarmizegetusa.

Armata lui Tettius Julianus nu ar fi putut îndeplini această misiune. S-ar fi blocat în munți iarna, s-ar fi înfometat, s-ar fi chinuit și s-ar fi epuizat, încet. Cu toate acestea, Julianus avusese dreptate în privința unui lucru și gândul acesta îl făcea pe Lucullus să zâmbească. Titus ajungea primul la Sarmizegetusa, dar nu într-un mod în care ei și-ar fi putut închipui. Titus sosea aici ca emisar al păcii.

Oraşul Sarmizegetusa era construit pe marginea unui perete stâncos abrupt, iar asta, în sine, făcea dificil atacul. În timp ce se apropia de porţile masive ale oraşului, Titus se opri şi ridică uimit privirea spre zidurile de piatră, înalte de aproape 10 metri şi groase de aproape 3 metri. Zidurile erau construite din blocuri mari de piatră. Meterezele încăpătoare din partea de sus a zidurilor le-ar fi oferit apărătorilor un spaţiu generos de luptă pentru a respinge orice atac. Meterezele erau făcute din piatră calcaroasă şi andezit, o rocă vulcanică foarte tare. Câţiva dintre *scorpionii* şi *carobalistele* romane capturate erau plasate pe platforme de luptă situate deasupra zidului, pentru a proteja drumul principal care ducea în oraş.

Artileria de asediu nu ar fi putut doborî zidurile masive de la Sarmizegetusa, concluzionă Lucullus. Orice armată invadatoare trebuia, ori să treacă peste ziduri, ori să sape sub ele. Terenul stâncos făcea săpatul o misiune discutabilă. Ar fi trebuit ca oraşul să fie asediat şi înfometat. Cel mai probabil, asta ar fi transformat asediul într-o blocadă foarte lungă.

O parte a oraşului era strājuit de o coastă stâncoasă abruptă de munte pe care nu se putea escalada. O altă latură era construită pe marginea muntelui şi nici aceasta nu putea fi accesată. În interiorul zidurilor, Titus a văzut, în timp ce călăreau pe străzi, un oraş mare, întins, construit pe zeci de terase care se ridicau tot mai sus, pe măsură ce pătrundeau tot mai adânc în oraş.

În zonele inferioare ale oraşului erau construite locuinţe civile. Mai existau grânare, rezervoare de apă, hambare, păşuni şi ţarcuri pentru animale, grădini de legume şi livezi de pomi fructiferi, precum şi magazine şi ateliere meşteşugăreşti.

Mai sus, aproape de vârf, pe cea de a doua cea mai înaltă terasă era Palatul Regal. Terasa cea mai înaltă găzduia zonele sacre şi Templul Sfânt al lui Zamolxis. Construcţia a fost proiectată într-o formă rotundă. Era susţinută de opt stâlpi masivi de piatră care, în mod uimitor, erau acoperiţi cu un strat de aur.

Delegaţia romană a fost cazată în mai multe clădiri din apropierea Palatului Regal. Dacii aveau gărzi în împrejurime, dar romanii nu păreau a se afla sub pază.

Limba dacă vorbită de localnici era surprinzător de asemănătoare limbii latine. Dacii şi romanii au descoperit că puteau comunica cu uşurinţă între ei, fără a folosi interpreţi. Negustorii daci şi comercianţii romani au negociat condiţii şi au încheiat înţelegeri între ei, fără a folosi interpreţi.

Titus a fost uimit să descopere că Sarmizegetusa avea apă curentă. Oraşul avea un sistem de canalizare sub el. Străzile erau foarte curate. Titus trebuia să recunoască că era mult mai curat decât la Roma. Pentru a fi corect, Roma era un oraş foarte vechi şi extrem de aglomerat, dar chiar şi aşa, aceşti daci s-au gândit să-şi păstreze casele şi străzile ordonate şi curăţate de orice gunoi.

Oaspeţilor le-a fost oferită o masă bogată, ce a inclus o mare varietate de preparate tradiţionale. Acestea includeau legume cu carne de pasăre, miel sau peşte, dar şi condimentate pentru a spori aromele, însă fără a învinge ingredientele. După câteva săptămâni petrecute pe drum, în care au mâncat terci şi alte alimente fade din raţia armatei, mesagerii Romei s-au ospătat.

Diegis şi Buri au mers seara să viziteze emisarii. Erau însoţiţi de un tânăr îmbrăcat în hainele fine ale unui nobil dac. Titus deja îi cunoştea pe ambii soldaţi din întâlnirea lor anterioară ce avuse loc în tabăra Generalului Julianus.

- Salutări, Lucullus, ne întâlnim din nou!, spuse Diegis cu un zâmbet prietenos. Bine aţi venit la Sarmizegetusa!
- Bine te-am găsit, Diegis! Salut, Buri! De fiecare dată când mă întâlnesc cu voi doi, în curând urmează şi pacea. Sau, cel puţin, aşa se pare!
- Exact aşa îmi place să fie!, spuse Buri, surprinzându-l pe roman. Mă lupt atunci când e o luptă, dar sunt mai fericit să am grijă de livezile mele de meri şi de peri.

- Desigur, Buri! Vă doresc să aveți multe recolte bogate!, spuse Titus zâmbind.

Îl plăcea pe marele dac, dar știa că nu ar vrea să-l înfrunte pe un câmp de luptă.

Diegis făcu semn către tânărul nobil care-i însoțea.

- Tânărul aceste este Osan. El va fi ghidul tău cât timp vei fi în oraș. Există vreun loc pe care ai vrea să-l vizitezi, Titus?

Lucullus zâmbise ușor.

- După câteva săptămâni de mers călare pe cal, nimic nu mi-aș dori mai mult decât o baie romană relaxantă. Aveți vreuna în oraș?

- Nu tocmai, răspunse Diegis, dar avem niște băi dacice încântătoare. Nu le vei găsi cu mult diferite, față de cele din Roma. Osan te va conduce la cea mai apropiată.

- Excelent!, se arătă Titus încântat.

- Tinere, arată-mi drumul!

- Domnilor, ne vedem mâine la negocierile tratatului!

- Atunci, ne vedem mâine, Titus!

Senatorul Marcus Paullus a considerat că este o strategie înțeleaptă să înceapă discuțiile cu puțină lingușire. Privirea sa îi spunea lui Titus Lucullus: *„lasă-mă pe mine să mă ocup de asta!"* S-a întors spre Regele Decebal, așezat pe tronul său, Marele Preot Vezina și Regina Andrada așezați pe jilțuri alăturate, de ambele părți. Marcus stătea în picioare și își drese vocea pe tonul lin, de orator, folosit în dezbaterile Senatului. Încă din copilărie și până în tinerețe a fost școlit în artele frumoase ale oratoriei, la fel ca toți băieții nobilimii romane.

- Împăratul Domițian îți transmite salutări! Salută istoria mândră și multele bogății ale neamului dac!

Pentru efect, făcu și o foarte scurtă pauză.

- Atunci când Alexandru a trecut prin Dacia, acum vreo patru sute de ani, a numit-o: *„țara grâului și a mierii!"* Câmpuri bogate de cereale, cât se vedea cu ochii şi apicultori în fiecare sat. Aşa este?

Vezina îi răspunse un zâmbet agreabil.

- Fiecare copil din Dacia cunoaşte povestea lui Alexandru Macedon! Şi da, grâul creşte din belşug, iar albinele noastre sunt la fel de ocupate ca întotdeauna!

Paullus şi-a dres glasul şi a continuat.

- Pământul Italiei este ideal pentru cultivarea viilor, măslinilor şi a livezilor de fructe, dar nu avem solul bogat pentru recoltele de cereale de care vă bucuraţi voi. Din acest motiv, achiziţionăm cereale de la alte naţiuni. Dorim să cumpărăm şi din Dacia!

Decebal se reaşeză mai confortabil în tronul său, lăsându-se pe spate.

- Roma cumpără cereale din Egipt, Sicilia, Africa şi din alte locuri. Dacia va vinde şi ea cereale, la preţuri corecte.
- Mulţumesc, Maiestate!, spuse Marcus. Munţii Daciei sunt foarte bogaţi în resurse mari de fier, aur, argint, staniu, cupru şi sare gemă. Aurul dacic se revarsă din toate colţurile hărţii. Desigur că dorim să cumpărăm comorile dumneavoastră minerale sau să vă dăm altceva la schimb pentru ele.

Decebal aprobă cu un mic semn al capului.

- Foarte bine! Dar să trecem la subiectul dumneavoastră principal, domnule Senator. În afară de comerţ, ce condiţii mai caută Roma pentru un tratat cu Dacia?
- Aceste războaie nesfârşite sunt risipitoare pentru ambele naţiuni, explică Marcus cu o voce puternică şi sinceră.
- Este dorinţa lui Cezar să aibă tratate corecte şi drepte cu toate naţiunile barbare, în beneficiul reciproc al tuturor.

Andrada se mişcă supărată pe scaunul reginei.

- Toate naţiunile barbare?
- Da, Doamnă, toate naţiunile barbare, continuă Marcus, oarecum confuz de întrebarea ei.

- Prin asta mă refer la toate națiunile care nu sunt Roma.
- Nu suntem barbari, domnule Senator, spuse Andrada pe un ton neutru.
- Oamenii noștri au trăit și au prosperat pe aceste meleaguri de mii de ani, cu mult înainte ca Roma să fie chiar un sat.

Vezina schiță un mic zâmbet. Decebal se lăsă și mai pe spate, ca la spectacol, încrucișându-și picioarele peste genunchi. Știa ce urma și nimeni nu avea cum s-o cenzureze pe Regina.

Titus Lucullus răspunse un ton conciliant.

- Nu vrem să supărăm, Regină Andrada! Este doar un obicei roman să ne referim la alte națiuni, ca fiind națiuni barbare.
- Vă voi spune ce este barbar, spuse Andrada, trecând cu privirea de la un roman la altul.

Tonul ei a rămas uniform, dar în vocea ei ca fierul, era neclintită.

- La Roma femeia este considerată a fi proprietatea tatălui sau a soțului ei. Pot face orice cu ea, să o dea în căsătorie împotriva voinței ei sau chiar să o omoare dacă doresc. Dacă are avere, femeia nu poate face nimic cu ea, fără acordul unei rude de sex masculin sau al unui tutore.
- În Dacia femeile sunt libere, să se căsătorească sau să nu se căsătorească, după cum doresc, să-și folosească averea după cum doresc și să trăiască așa cum își doresc. Totuși, ne numiți barbari?
- Aceasta este vechea cutumă romană, explică Marcus. Uciderea femeilor este aleatoare și dezaprobată. Pe cuvânt vă spun, femeile romane nu se opun tradițiilor noastre.
- Poate că nu văd alte alternative, domnule Senator! Păsările crescute în captivitatea coliviei nu visează să zboare în înaltul cerului, în timp ce încă trăiesc în spatele gratiilor.

Marcus ridică indiferent din umeri.

- Poate.

Nonșalanța lui a alimentat și mai mult temperamentul Andradei.

- La Roma copiii sunt vânduţi ca sclavi, iar fetele şi băieţii sunt folosiţi pentru a satisface plăcerile sexuale ale bărbaţilor perverşi.
- În Dacia ne preţuim şi ne protejăm copiii. Totuşi, ne-aţi numit barbari?

Faţa lui Titus se inflamă.

- Un asemenea comportament nu este încurajat, Doamnă!
- Nu este încurajat, repetă ea, dar este acceptat. Se spune că însuşi Împăratul ţine un harem de fete şi băieţi.
- Da, se zvoneşte!, recunoscu Titus.
- La Roma, săracii şi unii dintre bătrânii voştri dorm în şanţuri şi mor de foame.
- În Dacia avem grijă de bătrânii noştri, arătându-le reverenţa cuvenită faţă de vârsta pe care o au. Am făcut asta dintotdeauna. Şi nimeni în Dacia nu trăieşte în şanţuri şi nici nu moare de foame. Totuşi, ne numiţi barbari?

Marcus Paullus a fost jignit de acest comentariu nedrept.

- Distribuţia publică de cereale a făcut mult pentru a preveni foametea, Doamnă! Prin generozitatea Împăratului, acesta oferă cereale gratuite pentru poporul Romei.

Andrada îl luă în râs.

- Generozitatea Împăratului împiedică revoltele din partea poporului Romei. Şi asta se întâmplă numai în anii în care Egiptul are o recoltă bună.

Ambii bărbaţi o priveau în tăcere. Revoltele alimentare au ridicat doar probleme ocazionale. Uneori, inundaţiile excesive, ori secetele de pe Nil, au generat recolte slabe de cereale, care au adus mai apoi foamete în Roma.

Andrada nu încheiase, încă.

- La Roma îi prigoniţi şi îi ucideţi pe cei care se închină altor zei. Îi răstigniţi pe creştini, hrănind leii şi alte fiare sălbatice pentru a distra mulţimile din arenele voastre.

Regina privi spre Matei, enoriaș creștin, aflat în apropiere. Acesta dădu din cap în semn de acord solemn.

- Omorâți creștinii și evreii, a continuat Regina. În Dacia ne închinăm lui Zamolxis, zeul nostru cel mai mare. Dar, Zamolxis nu este nici gelos, nici nu se teme de alți zei și nici nu ne poruncește să le ucidem adepții. Totuși, ne spuneți barbari?

Senatorul Paullus se ridică.

- Noi nu ucidem evrei, îi taxăm cu taxa evreiască! Dacă plătesc taxa, se pot închina zeului lor evreu. Îi ucidem pe creștini pentru că ei resping divinitatea lui Caesar! Îl urmează doar pe zeul lor, Isus. Asta e considerată trădare și sunt o amenințare pentru Roma.

- Și totuși, insistă Andrada cu exasperare, aici creștinii trăiesc liber printre noi și nu ne fac niciun rău. Cum își închipuie Împăratul că pot aceștia reprezenta o amenințare pentru puterea Imperiului Roman?

- Cezarul face ceea ce este mai bine pentru toți oamenii săi din Imperiu!, a răspuns Paullus, din ce în ce mai exasperat că e nevoit să de-a explicații unei femei.

- Creștinii sunt subversivi față de autoritatea și stăpânirea Romei.

Andrada îi aruncă un zâmbet de gheață.

- Și totuși, domnule Senator, ceea ce face Roma cel mai bine este să-și cucerească și să-și brutalizeze vecinii, apoi să justifice violențele ca fiind voința zeilor. Poate că, domniei Romei, ar trebui să i se opună rezistență!

Marcus a înțepenit auzind aceste insulte, dar nu a răspuns. Titus Lucullus părea uluit de nebunia cuvintelor ei. Nimeni nu îndrăznise să vorbească așa cu diplomații romani.

Andrada făcu o pauză pentru a-și recăpăta răsuflarea.

- Ei bine, domnule Senator, ascultă la asta, acum. Noi nu vom fi cuceriți sau maltratați. Nouă nu ne trebuie zeii voștri barbari și însetați de sânge. Nu avem nevoie de dreptul roman. Știm să ne facem bine cu propriile noastre puteri şi Roma ar fi cel mai bine servită părăsind Dacia în pace, ca să ne conducem propriile vieţi. Pune-ţi asta în tratatul vostru, domnule Senator!

Toţi cei din cameră deveniseră muţi. Andrada se ridică de pe tron, eliberată de furie. Făcu o mică plecăciune spre Rege şi spre Marele Preot, apoi, întorcându-se ieşi cu calm din Sala Tronului.

Marcus Paullus privea spre Decebal, în timp ce acesta, cu o jumătate de zâmbet pe chip, o privea pe regină părăsind încăperea. Ca răspuns la privirea interogativă a romanului, Regele a ridicat pur şi simplu din umeri.

- Regina Andrada gândeşte şi vorbeşte liber.
- Într-adevăr, Rege Decebal, spuse Paullus, morocănos.
- Acum, spuse Decebal, să discutăm despre termenii tratatului nostru!

Negocierile tratatului s-au încheiat într-o singură zi. Regele Decebal a acceptat să fie numit *rege client* al Romei, titlu care desemna un rege prieten şi aliat. Nu avea să primească ordine de la Roma, iar Roma nu avea nicio autoritate pe pământul dacic. Dacia nu îşi sacrifica independenţa.

Concesiunile au fost, în mare parte, în favoarea Daciei. Roma avea să furnizeze Daciei ingineri şi meşteri pricepuţi pentru a repara şi a construi forturi şi drumuri. Cel mai important era că Roma plătea Daciei opt milioane *de sesterţi* pe an pentru o perioadă nedeterminată de timp. Aceasta era o sumă importantă de bani pe care vistieria statului Roman şi-o putea permite cu foarte mare greutate.

Senatorul Paullus a fost de acord cu termenii Regelui Decebal pentru că Împăratul Domiţian se simţea presat să încheie pacea cu Dacia, scăpând astfel de o potenţială ameninţare militară. De fapt, el plătea Daciei să păstreze pacea.

Împăratul avea să primească, de asemenea, o scrisoare de la Regele Decebal pe care să o prezinte Senatului Roman, indicând astfel că Decebal era acum un *rege client* al Romei. De această dată, Împăratul avea să prezinte o scrisoare legitimă, nu o scrisoare falsă, așa cum folosise în anterioara ocazie. Domițian urma să declare apoi că aceasta este o mare victorie pentru Caesar și pentru Roma. Așa funcționa diplomația și politica.

Vezina și Diegis s-au oprit pentru a-și lua rămas bun, în timp ce delegația romană se pregătea să plece. Încrezutul senator Paullus era formal, dorind să-și vadă de drum. Titus Lucullus era mai prietenos.

- La revedere, tinere!, spuse Vezina. Îmi păreți a fi un roman onest și serios!

Titus a râs.

- Dacă este un compliment pentru mine, îl accept. Sau este o insultă la adresa romanilor?

Vezina zâmbi.

- Aș vrea să se înțeleagă în primul sens, un compliment pentru dumneavoastră. Nu am cunoscut atât de mulți romani încât să-i pot insulta pe toți la un loc.

- Sunt de acord cu Vezina, adăugă Diegis. Am știut că ești un roman cinstit chiar de atunci de când am vorbit lângă cortul Generalului Julianus.

- Cu siguranță îmi amintesc de acea întâlnire memorabilă, răspunse Titus. Te-aș sfătui să fii ceva mai precaut pe viitor, Diegis. Unii comandanți romani te-ar fi înjunghiat pentru insolența ta.

Diegis ridică neglijent din umeri.

- Am spus doar adevărul!

- Adevărul poate fi un lucru periculos, uneori!

Lucullus se întoarse către Marele Preot.

- Nu cred că vă aduceți aminte de mine, dar am vorbit și noi o dată.

Vezina ridică o sprânceană.

- Am făcut noi asta? Când? Mi-aș fi amintit.

- Eu am fost tribunul Generalului Julianus la Tapae, iar dumneavoastră, stând deasupra zidului, ați fost purtătorul de cuvânt al

oraşului. M-am dus până la poarta cetăţii pentru a vă da ulti-
matumul roman.

- Înţeleg!, spuse Vezina în timp ce mintea lui se întorcea spre acel
  moment nefericit.

- Da, acum îmi amintesc! Erai la distanţă pe cal şi purtai o cască.
  Nu am putut să-ţi desluşesc faţa!

- Într-adevăr! Dar spune-mi, cum ai scăpat din asediu? Oraşul a
  fost trecut prin sabie.

Chipul lui Vezina se înnegrii din cauza acelor amintiri dureroase. Era
o reamintire sumbră a motivului pentru care Roma a rămas inamicul.

- Magie, Titus! Magie!, răspunse Vezina. Un puf de fum, şi am
  dispărut!

Lucullus îl privi nedumerit pe Diegis.

Diegis râse.

- Tot îl rog să mă înveţe acel truc, dar el tot mă refuză mereu.
  Încăpăţinat şi egoist, îi spun eu!

Lucullus şi-a luat bagajul pentru a-l încărca în trăsura de bagaje.

- Sunteţi mulţumiţi de termenii tratatului?, îi întrebă degajat Lu-
  cullus pe cei doi bărbaţi.

- Dacă Regele e mulţumit, atunci şi eu sunt mulţumit!, răspunse
  Diegis. Şi Decebal pare mulţumit!

- Împăratul Domiţian va fi mulţumit de tratat? întrebă şi Vezina,
  la rândul său.

Lucullus îl privi cu prudenţă.

- Împăratul doreşte mai ales să declare victoria asupra Daciei! Îl
  va numi pe Regele Decebal drept *rege client* şi-şi va proclama
  victoria!

Nu ar trebui să spună mai mult, se gândi el. Avea de-a face cu un
maestru al informaţiei şi al intrigilor politice.

- Dar Senatul Roman ce va crede? întrebă Vezina.

Titus clătină din cap.

- Urmează să aflaţi mai multe decât ştiu eu despre ceea ce crede
  Senatul cu privire la tratat.

- Cred că aș paria pe asta, spuse Diegis zâmbind.
- La revedere, domnilor!, spuse Lucullus, chemând să i se aducă calul.
- Poate ne vom întâlni din nou! Afacerile Romei cu Dacia sunt departe de a fi încheiate!
- La revedere, Titus!, răspunse Vezina.
- Și în cazul în care continui să te întrebi, complimentul tău rămâne în valabil. Ești un roman cinstit!
-

> Capitolul 18

Călători

Roma, iulie 89 d.Hr.

mpăratul Domițian și Marcus Marțial, principalul bard al curții, își savurau vinul de după-amiază în grădina regală, așezați pe bănci de marmură sub un copac umbros. De obicei, romanii își amestecau vinul cu părți egale de apă, dar vinul sec și nebotezat îl făcea pe poet să fie mai amuzant, iar pe împărat îl făcea să-și uite mai repede frământările.

Împăratul era bine dispus. Se bucura de compania poeților săi, Marțial și Statius, fiind nemărginit de generos cu ei. Bunăvoința și generozitatea acestuia îi erau recompensate înzecit. El îi plătea din belșug, iar ei îi ridicau preamăriri. Domițian, cu adevărat credea, că moștenirea sa va fi pomenită pentru multe generații înainte prin două lucruri. Proiectele sale de construcție aveau să dureze de-a lungul veacurilor și, la fel aveau să fie, poeziile epice ale lui Marțial și Statius.

Marțial, în special, era deja admirat pentru numeroasele sale volume de epigrame, care, de acum cinci ani, au început să-i fie publicate. Cei mai înstăriți romani aveau obiceiul să-l invite la cină sau să-i trimită plocoane pentru a-i câștiga favoarea. La schimb, acesta ridica osanale celor pe care îi plăcea, denigrându-i pe cei care-i disprețuia. Cel mai important stăpân al său, desigur, era însuși Cezar.

- Recită ceva amuzant pentru mine, Marcus! a cerut Domițian.

- Ah! răspunse poetul zâmbind. Am scris câteva versuri despre Acerra. I-ar plăcea Cezarului să audă asta?

Domițian ridică din sprâncene.

- Serios?

Marțial se ridică și începu să recite cu o voce solemnă.

- Acel care crede că Acerra duhnește de la vinul de aseară se înșală. Acerra bea întotdeauna până la lumina zilei!

- Ha, ha, ha!, izbucni în râs Domițian, scuipând și puțin vin din gură.

- Pute din cauza vinului de azi dimineață! E scandalos!

- Sunt încântat că lui Cezar i se pare amuzant!, spuse poetul concomitent cu o scurtă plecăciune.

Acerra nu era unul dintre susținătorii lui Domițian, iar Marțial și-a folosit inteligența pentru a crea dispreț, precum și laudă. Și-a mai turnat niște vin și s-a așezat.

- Trebuie să-mi amintesc asta și să o spun Senatului la următoarea mea întâlnire, răspunse Domițian, zeflemitor.

- Aș fi profund onorat, Domnul și Dumnezeul meu, dacă ai face asta!

Marțial se înclină încă o dată.

- Și cum vă mai înțelegeți cu Senatul?

Domițian flutură din mâna disprețuitor.

- Ah, știi și tu cum merge asta! Plângerile lor sunt fără număr. De cele mai multe ori se lamentează de bani, dar în cele din urmă renunță, conformându-se cerințelor mele.

- Trebuie să-ți mărturisesc că noua ta vilă arată magnific, Caesar! Este de o frumusețe nemărginită! Va dăinui de-a lungul veacurilor ca o dovadă a strălucirii și a divinității tale!

- Puțini romani au sufletul atât de poetic precum îl ai tu, Marcus, încât să poată aprecia frumusețea artistică. Senatul se vaită doar de costurile teribile.

S-a încruntat.

- După cum probabil știi, unii îmi solicită să o aduc pe Domiția Longina înapoi la Roma.

- Serios? Hmmm.

Poetul făcu o pauză pentru a reflecta.

- Oamenii ar putea fi mai fericiți, dacă ea s-ar întoarce din exil, Caesar.

- Oh? Chiar crezi?

Marțial ridică neglijent din umeri.

- Oamenii de rând sunt o adunătură sentimentală și incapabilă. Dar, voi avea în vedere asta, spuse Domițian. Ar putea locui la palat, dar nu ca soție!

Marțial amuțise. Aranjamentele împăratului de a locui împreună cu nepoata sa, Julia Flavia, nu mai erau de mult un secret. Era totuși un subiect sensibil, mai ales, acum, că Julia era însărcinată. Domițian aspira ca publicul să-l vadă ca pe un om drept și virtuos.

- Mai sunt două poeme pe care vreau să le scrii, anunță împăratul.

- Este o fericire să fiu în slujba ta, Caesar!

- Vei scrie un poem magnific, lăudând victoria mea asupra trădătorilor care trăiesc în Roma. Aud zvonuri că ar fi prea mulți exilați și prea multe execuții.

- Desigur, Caesar, aprobă Marțial! Pedepsirea trădătorilor este dreptul Cezarului, iar oamenii ar trebui să înțeleagă și să aprobe motivele.

- Au fost multe exilări și execuții, dar vor fi și mai multe. Nu am ce face!, spuse Domițian.

- Sunt unii în care pur și simplu nu am încredere, așa că îi exilez și le iau averea.

- E de înțeles, Cezar! Este pentru binele Romei!

Confiscarea banilor și sechestrarea proprietăților bogătanilor exilați sau executați erau o sursă importantă de venituri pentru vistieria romană. Aceasta era o practică ce nu ar putea fi oprită prea curând.

- Ai menționat și o a doua poezie pe care dorești să o scriu, Cae-
sar?
- Da, Marcus! Vei scrie un poem despre victoria mea asupra Da-
ciei și despre capitularea regelui barbar Decebal.

Marțial se lumină.

- Cu plăcere, Caesar! Chiar am vrut să fac exact asta!
- Oare acest rege barbar poartă blănuri urât mirositoare și se
hrănește cu carne crudă, așa cum vorbesc oamenii?
- L-am chemat pe Regele Decebal la Roma, Marcus. Îl vei putea
vedea în persoană, cu proprii ochii.

Sarmizegetusa, iulie 89 d.Hr

Regele Decebal a convocat Consiliul de Coroană. Reuniți în jurul unei
mese mari din Sala Tronului, Marele Preot Vezina și Regina Andrada
stăteau în imediata apropiere a Regelui, la stânga și la dreapta aces-
tuia. Lor li s-au alăturat Diegis, Drilgisa, Sinna și Buri. Cel din urmă era
ușor nedumirit, dar totuși, Buri era mulțumit că a fost invitat la o astfel
de întâlnire la nivel înalt.

- Împăratul Domițian al Romei, anunță Decebal, l-a invitat pe Re-
gele Decebal al Daciei să călătorească la Roma.

Făcu o pauză pentru a urmări reacțiile mirate de pe fețele partici-
panților.

- Care este scopul acestei întâlniri de la Roma? întrebă Diegis.

Mirat, Vezina zâmbi amuzat.

- Cel mai probabil să-i ofere Împăratului ocazia de ai lua gâtul
Regelui Decebal.

Nimeni nu a râs. Toți știau că dacă Domițian ar avea această opor-
tunitate, sigur va profita de ea. Decebal continuă.

- Invitația oficială este ca Regele Daciei să viziteze Roma și acolo
să fie încoronat ca *Rege client* al Romei.
- Încoronarea este una simbolică, explică Vezina, dar ar trebui să
acceptăm invitația din motive pur diplomatice.

Drilgisa era indignat.

- Ce prostie! Nu poţi merge la Roma!
- Bineînţeles că Regele nu va merge la Roma, clarifică Andrada. Ar fi arestat de îndată şi imediat după aceea aruncat direct leilor. Decebal este încă o ameninţare la adresa Romei.
- Atunci cine va merge? a vrut Diegis să ştie.

Decebal îi zâmbi.

- Tu vei merge, frate! Vei fi trimisul meu la Roma şi vei primi coroana de la Domiţian.
- Eu?, întrebă Diegis nemulţumit. Dar eu trebuie să mă căsătoresc în curând.
- Nunta mai poate aştepta până când te vei întoarce. Eşti fratele meu şi eşti Prinţ al Daciei. Asta te face cel mai bun reprezentant.
- Oricine alt ambasador cu un rang inferior ar fi privit ca o insultă la adresa Romei, adăugă Vezina. Ar fi o acţiune diplomatică defectuoasă.

Diegis, resemnat, se lăsă pe spate în scaun, ştiind că aveau dreptate. Era de datoria lui, ca membru al familiei regale, să i se supună regelui său şi să-şi slujească neamul. Trebuia să călătorească la Roma.

Andrada îi zâmbi plină de compasiune.

- Sunt sigur că Mirela te va mai aştepta câteva luni. Ea înţelege îndatoririle regale.
- Da, mă voi duce!, concluzionă Diegis. Aşa cum a poruncit, Regele meu.
- Bine!, aprobă Decebal. Dar nu vei merge singur! De aceea v-am chemat pe toţi aici.

Acum le captase întreaga lor atenţie.

- Drilgisa, având în vedere experienţa acumulată, vei călăuzi delegaţia diplomatică. Eşti familiarizat, atât cu oraşul, cât şi cu obiceiurile romane. De asemenea, vei descuraja orice acte de agresiune împotriva fratelui meu.

Pentru o clipă, furia trecu prin fața ochilor lui Drilgisa, dar apoi dispăru repede. Supărarea lui nu a fost declanșată de Decebal, ci mai degrabă de amintirile sale despre Roma. Până la vârsta de doisprezece ani crescuse în Roma ca sclav, de unde, mai apoi, a fost cumpărat din robie de un negustor dac aflat în oraș. Acest bărbat la adus în Dacia, crescându-l ca parte a familiei sale. Drilgisa a ajuns să iubească Dacia, dar niciodată nu a uitat Roma.

- Da, Domnule! răspunse cu un ton al vocii normal. Voi fi cu ochii pe tânărul Diegis, aici de față, și mă voi asigura că nu va avea probleme!
- Excelent!, spuse Vezina. La nevoie îl vei călăuzi după cum este necesar, și totodată îi vei fi un străjer foarte capabil.

Decebal remarcase că Buri-l privea intens.

- Da, Buri, vei face și tu călătoria! Vei descuraja necazurile, dar mai important, tu vei fi trezorierul și vei duce aurul necesar pentru cheltuieli. De asemenea, prietene, consideră asta o recompensă pentru mulți ani de serviciu. Va fi în folosul tău să vezi lumea!
- Am înțeles, Domnule!, spuse Buri. Mulțumesc! Aurul va fi în siguranță cu mine.
- Mai am o sugestie, Domnule! interveni Vezina.
- Da, Sfinția Voastră?
- Ar fi înțelept să trimiți și un preot de-al lui Zamolxis la Roma!

Decebal luă în considerare sfatul.

- Ai dreptate, este o idee bună, spuse Decebal. Dar, acel preot nu poți fi tu, Vezina!
- Nu, zâmbi Vezina cu tristețe. Nu eu. Zamolxis a călătorit de tânăr prin lume și a învățat din înțelepciunea lumii, dar acesta nu este și destinul meu. Și în plus, am devenit prea bătrân pentru o călătorie atât de lungă.
- Atunci pe cine propui? întrebă Andrada.

- Unul dintre preoții mei mai tineri. Provine dintr-o familie nobilă, iar Diegis îl cunoaște. Sunteți de aceeași vârstă și ați crescut împreună. Numele lui este Mircea.
- Mircea? întrebă Diegis, încruntându-și sprâncenele.
- Da, îl cunosc, dar nu foarte bine. El s-a școlit să fie preot, iar eu m-am antrenat să fiu soldat, așa că nu aveam prea multe lucruri în comun. Totuși, pare un om bun.
- Este un om bun și are o minte ageră pentru diplomație. Va reprezenta Dacia cu bine!
- Așa să fie, atunci!, aprobă Decebal. Diegis, Drilgisa, Buri și Mircea. Și veți avea nevoie de escortă. Generalul Sinna?!

Sinna, comandantul cavaleriei, se adresă celor care plecau în călătorie.

- Veți lua cu voi o escortă formată din douăzeci de cavaleri. Voi alege eu personal oamenii!
- Atunci, mergem la Roma? întrebă Diegis.

Decebal făcu semn cu capul spre Vezina. Marele Preot a scos un pergament cu o hartă dintr-un buzunar al mantiei sale. Diegis și Drilgisa s-au apropiat de el pentru a arunca o privire pe hartă.

- Am planificat deja traseul călătoriei voastre, spuse Vezina. Jumătate din călătorie o veți face navigând pe râu, pentru că este mai rapid, iar cealaltă jumătate o veți face cu caii. Veți avea suficient aur pentru a vă plăti cheltuielile și pentru a cumpăra cai, atunci când veți avea nevoie.
- Pregătiți-vă! spuse Decebal. Plecați într-o săptămână. Vă vreau înapoi în Sarmizegetusa înainte ca vremea să se răcească. Și Diegis, cât timp ești plecat, poți să fi fără griji că vom face toate pregătirile pentru nunta ta. Doar să ai grijă de ceea ce faceți la Roma!

Preotul Mircea era un bărbat oarecum îndesat, cu păr negru, scurt, firav și cu ochii cenușii. Înveșmântat în hainele sale, albastre cu argintiu, de preot, arăta ca o versiune mai tânără, mai scundă și mai plinuță a lui Vezina. El încă nu avea încrederea sau echilibrul Marelui Preot, dar nimeni nu aștepta asta. Vezina a avut zeci de ani de învățare și acumulase experiență.

Chiar dacă aveau aceeași vârstă, Mircea avea puține lucruri în comun cu Diegis. Au crescut având interese separate, prieteni diferiți și o educație eterogenă. Mircea s-a născut într-o familie bogată, iar Diegis s-a născut într-o familie regală cu așteptări diferite, dar și cu responsabilități mai multe. Dincolo de toate acestea, cei doi bărbați aveau caractere diferite. Mircea era diplomat, în timp ce Diegis era un războinic.

Preotul era respectuos și politicos față de tovarășii săi de călătorie. Părea să se simtă cel mai confortabil alături de Buri. Uriașul avea o curiozitate firească în privința chestiunilor religioase și științifice, având și timp suficient pentru lungi discuții cu Mircea. În nopțile întunecate cu cer senin, studiau stelele, Buri asistând la adevărate cursuri de astronomie. Drilgisa, în schimb, nu avea prea multă răbdare pentru preoți. Își petrecea timpul cu trupele de cavalerie și cu Diegis.

Delegația diplomatică dacică însoțită de o escortă militară au călătorit spre Râul Timiș, de unde urmau să angajeze ambarcațiuni pentru a călători și mai spre sud, pentru a traversa Istrul. Pământul era plat, verde și fertil pe toată valea Râului Timiș. Râul avea pește din abundență, oferind posibilitatea unor mâncăruri rapide și ușoare, bărbații obișnuind să prăjească pește spre seară, când se odihneau. Pe maluri se aflau stoluri de gâște și rațe sălbatice, stârci, dar și felurite alte păsări de apă.

- Așa de mult pământ fertil, observă Mircea, în timp ce privea spre malul pe unde trecea barca.

Călătoreau spre sud prin Banat.

- De ce nu se stabilesc romanii aici, în loc să râvnească la Dacia?

Diegis era într-o dispoziție relaxată.

- Nu vor pământul Daciei, Mircea! Ei vor femeile, copiii și aurul Daciei.

- Da, ai dreptate!, spuse și Drilgisa. Ei vor sclavi pe care să-i vândă-n piețe, dar mai ales vor aurul Daciei. Romanii sunt niște ticăloși lacomi.
- Blestemați să fie! mârâi Buri. Nu vor putea avea femeile și copiii noștri, dar nici aurul nostru!

Diegis clătină din cap.

- Nu le vor avea, Buri! Ne-au atacat de două ori cu armate impunătoare și au eșuat. Acum suntem invitați la Roma pentru a face pace.

Se întoarse spre Drilgisa.

- La ce să ne așteptăm atunci când vom ajunge la Roma?

Drilgisa aruncă o flegmă peste marginea bărcii.

- O putoare pestilențială pe care nu ai mai întâlnit-o până acum.

Mircea îl privi amuzat, dar mai ales întrebător.

- Nu, părinte! Nu este o insultă, este pur și simplu un fapt! Nu poți ști cum put un milion de oameni înghesuiți într-un oraș, până nu mergi acolo. Majoritatea locuiesc în clădiri înalte și aglomerate. Sunt construite foarte aproape una de cealaltă, fapt ce nu permite adierea vântului.
- Dar, am auzit că au canalizare, sublinie Mircea.
- Da, au canalizare, dar canalizările nu acoperă tot orașul. În zonele sărace, oamenii își aruncă gălețile cu excremente direct în stradă. Aveți mare grijă pe unde călcați.

Buri părea îndoielnic.

- Am cocini pentru porci acasă. Mirosul nu mă va deranja.
- Vom fi înalți oaspeți ai Împăratului și ai Senatului Romei, spuse Diegis. Sunt sigur că ne vor oferi o găzduire potrivită.
- Și dacă nu o vor face ei, ne-o vom cumpăra noi, spuse Drilgisa, privindu-l pe Buri.

Sub cămașa albă și vesta lui de lână, Buri purta o cingătoare mare din piele tăbăcită cu monede din aur dacic. Aurul dacic era foarte apreciat deoarece monedele erau bătute cu aur pur, nebotezat și cu alte metale. Pot plăti cu el pentru cai, mâncare, provizii, cazare, dar şi pentru orice altceva de care ar putea avea nevoie.

Priveau pământul Daciei pierzându-se domol în zare, pregătiţi pentru zilele ce vor să vie. Niciunul dintre ei nu mai făcuse vreodată o călătorie atât de lungă.

Roma, septembrie 89 d.Hr

Întotdeauna Titus Lucullus se apropia de *vila* mare şi grandioasă a Împăratului din afara Romei cu un sentiment de nelinişte. *Vila* era amenajată mai opulent decât Palatul Regal din oraş. Domiţian îşi dorise o locuinţă de un lux extravagant, iar dorinţa i-a fost îndeplinită. Totul a fost construit pe cheltuiala statului, desigur, atrăgându-şi multe resentimente şi ostilitate în Senat. El era mult mai plăcut de către oamenii de rând, care se bucurau de frecventele lupte între gladiatori şi de întrecerile carelor de luptă organizate constant de împărat.

Titus a trecut călare prin porţile principale, straşnic păzite, înaintând către reşedinţa centrală. A descălecat şi a înmânat frâiele calului unui grăjdar. Două dintre gărzile pretoriene, în armură completă, l-au condus în antecamera sălii unde avea să-şi întâlnească împăratul. Camera era plină de grupuri statuare lucrate foarte fin, iar picturile bogate îi acopereau pereţii.

După o scurtă aşteptare a fost condus în sala de primire a lui Domiţian. Împăratul stătea pe o canapea, vorbind cu Marcus Paullus şi alţi doi senatori. Paullus îl văzu pe Titus apropiindu-se şi îi aruncă o privire acră. Cei doi senatori şi-au luat rămas bun de la Împărat şi au plecat, abia remarcând prezenţa lui Titus. Orice ar fi spus Paullus despre el, cel mai probabil era că nu au fost complimente.

-   Ave, Caesar! salută Lucullus regulamentar, eschivând şi un salut din cap către Marcus.
-   Raportează-mi! ordonă Domiţian. Ce veşti ai despre delegaţia dacică ce vine la mine?

- Cohorta lor se apropie, venind pe Via Flaminia, Caesar. Ar trebui să ajungă la Roma în cel mult o zi.
- Călătoresc însoțiți de cavalerie? întrebă Domițian.
- Sunt escortați de douăzeci de cavaleri, Caesar! raportă Lucullus pe un ton uniform. Vor să descurajeze orice agresiune, presupun. La urma urmei, îl însoțesc pe fratele Regelui Decebal.
- Înțeleg, încuviință Domițian din cap. Cei douăzeci de cavaleri vor fi folosi grajdurile din afara zidurilor orașului.
- Da, Caesar! Desigur!

Am auzit că aduc un preot cu ei?, interveni Paullus.

- Da, domnule senator. Nu pe Vezina, ci pe unul dintre asistenții lui. Mi s-a spus că îl cheamă Mircea.
- Și ce ar putea căuta acest preot eretic la Roma?, întrebă provocator Împăratul.

Orice preot care nu se închina zeilor romani era prin definiție un preot eretic.

- Nu știu, Caesar!
- E spion pentru Vezina, cel mai probabil, rânji Paullus.

Împăratul se încruntă. Din fire era suspicios și Marcus Paullus știa cum să hrănească asta.

- Lucullus, îi vei escorta personal pe acești daci atunci când vor fi la Roma!
- Da, Caesar!
- Îl vei supraveghea pe acest popă, Mircea. Dacă îl vezi spionând sau complotând cu vreun membru al Senatului, îi arestezi!
- Așa cum poruncești, Caesar!
- Acest frate, Diegis... continuă Domițian. Cum e? Marcus mi-a spus că nu prea a avut vreun cuvânt de spus atunci când voi doi ați negociat tratatul nostru de la Sarmizegetusa.

Titus se gândi o clipă, înainte să răspundă.

- Este general de infanterie, Caesar. Nu este diplomat. Singurul motiv pentru care el este aici, este pentru că este fratele lui Decebal.

- Este un ticălos!, pufni Paullus.
- Păcat că Regina nu a venit la Roma, continuă Domițian. Dacă ea este atât de feroce pe cât o descrie Marcus, mi-ar plăcea să o văd în luptele cu gladiatori.
- Vai, Caesar!, râse Marcus!
- Atât timp cât dacii vor fi la Roma, voi doi veți fi spionii mei! ordonă Domițian. Vreau să știu tot ce fac, pe unde merg și cu cine se văd. Am fost destul de clar?
- Ai fost foarte clar, Caesar!, recunoscu Titus.
- Așa cum poruncești, Cezare!, răspunse și Paullus cu o plecăciune.

> Capitolul 19

Când ești la Roma

Roma, septembrie 89 d.Hr.

itus Lucullus s-a întâlnit cu delegația dacică înainte de *Porta Flaminia*, poarta orașului folosită de călătorii care veneau din provinciile nordice. El i-a informat pe cei patru ambasadori că vor fi găzduiți într-un han de calitate superioară, în inima orașului. Cei douăzeci de cavaleri din escortă, împreună cu caii și căruțele cu bagaje, aveau să fie instalați în exteriorul orașului. Aceasta era politica pentru toți vizitatorii Romei, inclusiv pentru vizitatorii regali.

Au intrat prin poarta orașului, mergând spre sud pe *Via Flaminia*, pe lângă *Câmpul lui Marte*, în inima orașului. Lucullus s-a asigurat că cei patru delegați sunt cazați în hanul lor, mândrindu-se că le este ghid. I-a purtat într-un lung și sinuos tur, arătându-le principalele situri istorice de aici, din orașul lui, cel mai mare oraș din lume.

- Roma este construită pe șapte coline, domnilor, i-a informat el. Pe văile dintre coline se află drumurile principale, precum este cel pe care-l parcurgem acum, *Via Sacra*.
- Aici au loc marile parade atunci când Roma oferă un *Triumf* Împăratului sau unui general foarte distins, adăugă Drilgisa.
- Da, ai dreptate, spuse Titus. Iulius Caesar a mărșăluit pe aici. Augustus Caesar a mărșăluit și el pe aici.

- Împăratul Domițian a mărșăluit tot pe aici, spuse Drilgisa, păs-trând un chip serios.
- Da, așa este, confirmă Titus.

Făcu o scurtă pauză, apoi adăugă:

- Și va mărșălui din nou.

Buri se întoarse către Drilgisa.

- Mirosul nu este atât de rău, odată ce te obișnuiești cu el!
- Buri așteaptă să ajungem la *Subura!* Acolo locuiesc oamenii de rând.
- Nu aveți nici un motiv să vizitați *Subura*, domnilor!, le spuse Lu-cullus. Veți vedea cele mai frumoase locuri din Roma, iar eu voi fi ghidul vostru. Veți lua masa în casa senatorului Marcus Pa-ullus de pe Colina Palatină, dealul unde se află cel mai frumos cartier al Romei. Veți fi primiți de Împăratul Domițian în Palatul Regal.
- Mulțumim, Titus!, spuse Mircea cu o sinceră apreciere. Aceasta va fi o lecție pentru noi toți.
- Poate ai vrea să studiezi și într-unul dintre bordelurile Romei, Mircea?, spuse Drilgisa rânjind.

Preotul nu a răspuns tachinării, lucru care la încurajat pe Drilgisa să continue.

- Cu siguranță ai de unde alege. Câte sunt acum, Titus? O suta?
- Cam așa ceva sau poate mai multe, asta dacă le includeți și pe cele ilegale, care nu au licență de funcționare aprobată de Cae-sar, răspunse Lucullus pe un ton neutru.

Mircea părea contrariat.

- Sunteți sigur, o sută de bordeluri? De ce ar permite Împăratul asemenea acte de imoralitate?

Titus s-a întors spre Preot, adresându-i-se cu răbdare, de parcă ar fi vorbit unui copil.

- Bordelurile Romei nu sunt acte de imoralitate. Sunt o sursă ma-joră de venituri fiscale. Dacă Împăratul le-ar închide, vistieria statului ar pierde o mulțime de bani din taxele care nu vor mai fi încasate de la bordeluri.

Diegis râse ușor.

- Uite o lecție utilă pentru educația ta cu privire la Roma, Mircea!

Tânărul preot a rămas tăcut. S-au apropiat de un magnific și măreț arc de piatră, care radia în lumina strălucitoare a soarelui.

- Acesta, făcu semn Lucullus în sus, este *Arcul lui Titus*! A fost construit, desigur, de Împăratul Domițian pentru a-l onora pe fratele său, Împăratul Titus. Arcul celebrează victoria lui Titus în cucerirea Ierusalimului de după rebeliunea evreiască din Iudeea.

- Este impresionant, recunoscu Diegis. Poate că ar trebui să construim și noi unul pentru Regele Decebal, atunci când ne vom întoarce în Dacia.

- Poate că ar trebui, mai ales că marmura nu vă lipsește, încuviință Lucullus.

- Acolo, domnilor, acel templu circular este *Templul lui Venus*. Acolo, *vestalele* preotese virgine țin veșnic aprinsă flacăra Romei. Este focul sacru al *Vestei* și reprezintă viața Romei.

- Îmi place această tradiție mai mult decât cele o sută de bordeluri, proclamă Mircea zâmbind.

- Aha, acum înveți, părinte!, spuse Drilgisa. Roma este orașul tuturor. Are tot ce ți-ai putea dori și, de asemenea, tot ce nu ți-ai dori.

Titus părea și el mulțumit de comentariu.

- Așa este cu adevărat, Domnule General, din perspectivă filozofică!

- Este adevărat și din perspectivă practică, Titus.

Au ajuns într-un spațiu deschis foarte mare, care era înconjurat de temple magnifice și de clădiri publice cu fațadă din marmură. Titus le privea cu mândrie.

- Domnilor, acesta este...

- *Forumul*, interveni brusc Drilgisa.

Drilgisa făcu un semn spre stânga.

-   Şi în această direcţie este Templul lui Iulius Caesar. Sunt sigur
    că veţi fi impresionaţi de aceste coloane magnifice din mar-
    mură, foarte înalte, având deasupra statuile zeilor romani.

Luă o pauză pentru a-i lăsa pe ceilalţi daci să admire priveliştea,
zâmbind, privindu-l pe Buri cum se uita la cea mai înaltă coloană, având
gura uşor deschisă.

-   Desigur, spuse Drilgisa, statuia de pe cel mai înalt pilastru este
    statuia lui Jupiter. Acea platformă înălţată din faţa templului se
    numeşte *rostra*. Este folosită pentru a ţine discursuri publice şi
    pentru dezbateri.

Lucullus se uită la el, surprins.

-   Aţi mai vizitat Roma, General Drilgisa?
-   Am crescut aici, a răspuns Drilgisa, păşind mai în faţă pentru a
    încheia conversaţia.

Titus îl privi întrebător şi pe Diegis, dar nu a primit niciun răspuns.
Buri şi preotul Mircea păreau captivaţi de toate minunile care-i încon-
jurau. Era timpul să-şi conducă oaspeţii înapoi la han, hotărî el. Roma
era pur şi simplu prea mare pentru a fi explorată într-o singură zi.

Itinerarul delegaţiei dacice din ziua a doua cerea ca aceştia să fie invi-
taţi la cina în casa senatorului Marcus Paullus. Ceremonia cu Împăratul
Domiţian, unde coroana regelui client avea să-i fie înmânată lui Diegis,
avea să aibă loc în cea de a treia zi, iar ei aveau să plece din Roma
câteva zile după aceea.

În drum spre cina festivă programată în casa lui Paullus, dacii au
făcut un tur prin Forum şi prin împrejurimi. Aici au văzut câteva dintre
principalele atracţii din Roma. Templul lui *Jupiter Optimus Maximus* i-
a uimit prin mărimea şi splendoarea sa. Prin comparaţie, făcea ca Tem-
plul lui Zamolxis din Sarmizegetusa să pară mic.

Chiar în exteriorul *Curiei* sau Casa Senatului, Diegis a observat că
trecătorii evitau un anumit loc pe strada pavată cu marmură neagră.

Oamenii treceau pe lângă el, cu pioşenie, iar mai apoi îşi continuau drumul

- Acest loc foarte vechi, le-a spus Titus Lucullus, este sacru în Roma. Se numeşte Piatra Neagră.
- De ce este sacru?, întrebă Buri curios.

Titus se întoarse spre Drilgisa.

- Vrei să-i spui?

Drilgisa privi pentru o clipă strada. Nu mai văzuse Piatra Neagră de când era băiat. Însă, ca toţi copiii romani, a aflat povestea Pietrei Negre, de la o vârstă fragedă.

- Buri, chiar în acest loc, în vremuri străvechi, Regele Romulus a dispărut în timpul unei furtuni şi nu a mai fost văzut niciodată. Unii spun că s-a transformat într-un zeu, luându-şi zborul. Alţii spun că aici a fost ucis de cei care erau invidioşi pe puterea lui.
- Regele Romulus?, întrebă Buri. Nu cumva el a fost unul dintre gemenii crescuţi de o lupoaică?
- Aşa este, explică Titus. El şi-a ucis fratele geamăn, Remus, şi a devenit primul Rege al Romei.
- Regii romani par să-şi fi făcut un obicei din a-şi ucide fraţii, spuse Diegis ironic. Spre norocul meu, sunt dac.

Titus ignoră momeala. A face glume despre moartea Împăratului Titus sau despre zvonurile privind implicarea lui Domiţian în aceasta, însemna pierderea capului pentru oricine.

- Vino, urmaţi-mă!, spuse Titus. Casa Senatorului Paullus este în această direcţie.

Casa senatorului Marcus Paullus era o mare vilă aflată într-unul dintre cele mai exclusiviste cartiere din Roma. Aici locuiau doar cei mai bogaţi dintre nobilii bogaţi. Împăraţii şi-au construit şi ei palate aici. Paullus era una dintre cele mai vechi şi mai nobile familii romane.

Delegaţia dacică a fost întâmpinată în *atrium* de mai mulţi servitori, care erau impresionant de atenţi la fiecare nevoie pe care aceştia o exprimau. Servitorii erau bine instruiţi să urmeze până la perfecţiune toate regulile de comportament. Chiar și cel mai mic eșec din partea lor în a respecta întocmai, la virgulă, regulamentul de etichetă, atrăgea pedepse aspre din partea stăpânului, fiind recompensați cu biciuirea.

După degustarea unui vin și purtarea unei conversații în bibliotecă, oaspeții au fost conduși într-o sală mare pentru a servi cina. În accepțiune clasică, la o cină romană participau nouă persoane, având la dispoziție trei canapele pe care să se așeze. Asta conferea cinei suficientă intimitate, fiind, în același timp, și plină de viață. Pe lângă cei patru oaspeți daci însoțiți de Titus Lucullus, Paullus mai invitase încă doi dintre colegii săi senatori, Publius Albinus și Catalus Bibulus. Marcia, soția lui Paullus, s-a alăturat și ea cinei.

Locurile au fost alocate în funcție de statut. Diegis stătea pe partea dreaptă a canapelei lui Paullus, locul de onoare. Drilgisa și Titus stăteau așezați cu senatorul Bibulus pe cea de a doua canapea. Mircea și Buri au fost așezați cu senatorul Albinus pe cea de a treia.

Marcus Paullus a bătut o dată din palme, iar servitorii au adus primul fel de mâncare. Mâncarea a fost așezată pe măsuțele amplasate în fața canapelelor pe care stăteau confortabil oaspeții.

- Supă de linte!, exclamă Marcia către Diegis, care stătea lângă ea. Roma o adoră. Nu am putea exista fără ea.

Marcia era o doamnă ușor de îndrăgit, de viță nobilă, îmbrăcată elegant și machiată cu bun-gust.

- Ne place și în Dacia, Doamnă!, răspunse Diegis cu un zâmbet agreabil.

Supa era deasă și gustoasă, aromată subtil cu mirodenii și încălzită exact atât cât trebuie. O harpistă s-a alăturat cinei, luând loc într-un colț al camerei de unde a început să interpreteze o muzică liniștitoare pentru a ajuta digestia.

La al doilea fel s-a servit o varietate de fructe de mare. Buri privea mâncarea cu suspiciune, deoarece peștele și anghilele erau pregătite în sosuri pe care nu le mai gustase până atunci.

- Ah, peștele poate fi consumat în siguranță!, îl asigură Senatorul Albinus.

Era un bărbat cu părul cărunt, de vreo șaizeci de ani, care părea să aibă o sclipire perpetuă în ochi.

- Încearcă-l, sunt sigur că o să-ți placă!
- Sigur?, întrebă Buri, fără să pară convins.
- Sigur, sigur!, interveni Marcus Paullus. Există o singură rânduială strictă despre pește în Roma și această regulă nu este niciodată încălcată în casa mea.

Făcu o pauză, invitându-și, în tăcere, oaspeții să ceară mai multe detalii. Diegis îl obligă să le ofere.

- Și care este regula asta?
- Nu mânca niciodată nimic pescuit din Tibru!, spuse Publius Albinus râzând printre buze.

Bibulus și Paullus s-au alăturat râsetului și chiar și Titus Lucullus a zâmbit.

Buri chiar se întreba ce au peștii din Tibru, dar a considerat că este mai înțelept să păstreze tăcerea. S-a mai servit cu un pește întins într-un sos verde, care, într-adevăr, era foarte gustos. Au urmat mai apoi felurite platouri cu carne amestecată, șunci, jamboane și cârnați, asezonate cu legume coapte. Acestea erau mai pe gustul lui. Mai era un fel de mâncare, pulpe gigantice de pasăre care păreau a fi deosebite.

Marcia remarcă expresia nedumerită afișată pe chipul lui Buri. La căutat cu privirea pentru ai oferi clarificările necesare.

- Aceasta este pulpă de struț, fiartă în apă de mare până când devine foarte fragedă, iar mai apoi este servită într-un sos blând de ardei. Gustă-l și tu, este foarte bun!

Buri înclină ușor capul pentru a-și exprima recunoștința pentru explicația primită. Nimeni din delegația dacică nu părea interesat de acest preparat exotic. Titus nu avea astfel de rezerve și cu nerăbdare s-a autoservit dintr-o pulpă de pasăre.

Paullus observă că niciunul dintre oaspeții săi daci nu băuseră din vinul servit la cină. După standardele romane, gestul era considerat aproape scandalos.

- Prieteni, avem o selecție dintre cele mai bune vinuri. Strugurii crescuți pe versanții Muntelui *Falernus* fac vinul de *Falernum* să fie ca nectarul zeilor. Avem și *Picine*, *Sabine* și *Tiburtine*, dacă doriți să degustați?

Mircea își luă răgaz să ia o înghițitură de apă rece dintr-o cupă de argint.

- Într-adevăr, domnule Senator, în Dacia bem vinul cu moderație.

Asta a luat-o prin surprindere pe Marcia.

- Oh, ce întristare! Un vin bun este esențial pentru o masă bună. Nu-i așa, Marcus?

- Într-adevăr, draga mea, a fost de acord Paullus.

- Dar de ce o masă fără vin ar fi în mod indiscutabil necivilizată?, întrebă senatorul Bibulus.

Era un bărbat corpolent, aflat la începutul vârstei de patruzeci de ani. Nasul și obrajii săi înfloriți mărturiseau dragostea lui pentru vinul bun de orice soi.

- Zamolxis a descurajat consumul acestuia atunci când trăia pe Pământ, predicând că vinul îngreunează simțurile oamenilor, spuse Mircea.

- Aiurea!, protestă Albinus. Vinul intensifică simțurile bărbaților!

- Nu interzicem consumul de vin în Dacia, explică și Diegis. Pur și simplu descurajăm exagerarea.

- Voi servi *Falernum*!, spuse Drilgisa, întorcându-se către un servitor aflat în apropiere.

- Imediat, domnule! Preferați să vi-l servesc cu apă rece sau apă caldă?

- Sec!, răspunse Drilgisa. Îmi beau vinul nediluat.

- Oh, ho, ho!, exclamă entuziasmat senatorul Paullus. Iată un om care-și trăiește viața nechibzuit!

- Nu sunt de acord, domnule Senator!, zâmbi Drilgisa. Pur și simplu îmi place gustul vinului bun și nu vreau să-l diluez.

A luat pocalul cu vin adus de slujitor în fața sa și a băut cu ardoare jumătate din el.

- Acesta este un vin fermecător!

- Ce ați văzut până acum în Roma?, își întrebă Paullus oaspeții.

În calitate de gazdă, era de datoria lui să deschidă conversația.

- În plimbările de pe aici, am văzut Piatra Neagră sacră, spuse Mircea. Geneza acesteia este destul de intrigantă.

- Este într-adevăr sacră, confirmă Albinus. Regele Romulus a devenit un zeu chiar acolo.

- Se spune că ar fi dispărut în timpul unei furtuni, spuse Mircea. A fost lovit de fulger?

- Nimeni nu știe sigur, mărturisi senatorul Albinus. Era întuneric beznă. Într-o clipă, Regele Romulus a fost acolo, iar în clipa următoare nu a mai fost!

- Acest lucru s-a petrecut pe timpul zilei, explică Marcus Paullus, dar, s-a întunecat extrem de mult atunci când un nor a coborât și l-a acoperit în întregime pe Rege. Când norul s-a ridicat, Romulus dispăruse. Cel mai probabil s-a înălțat cu el la cer pentru a i se alătura tatălui său divin, Zeului Marte.

Mircea se cutremură.

- Atunci a fost un semn foarte rău pentru Roma!

- Cum așa?, se întrebă Titus. Romanii consideră circumstanțele când Romulus a devenit zeu, un moment divin.

- Dacii nu se tem de moarte, pentru că sufletele noastre sunt nemuritoare, începu Diegis. Singurul lucru de care ne temem este furia divinităților. Furia zeilor este exprimată prin nori întunecați, vreme furtunoasă și prin fulgere.

- Ce interesant, afirmă Marcia. Zeii se exprimă în moduri misterioase. Deci, vă este frică de fulgere?

Drilgisa clătină din cap.

- Nu ne temem de fulgere, Doamnă, ci ne temem de ceea ce reprezintă acestea. Sunt un mesaj de la zei că ei sunt nemulțumiți de noi.

- Sunt considerate un semn foarte rău, confirmă şi Mircea. Războaiele au fost oprite din cauza unor semne atât de rele. Tratatele au fost respinse.

Înainte de a fi servit desertul, două dansatoare au păşit în cameră pentru a distra invitaţii. Purtau neglijee subţiri, verzi şi albastre, confecţionate dintr-un material translucid care nu făcea nimic pentru a le ascunde siluetele flexibile. Dansul a fost lent şi frumos coregrafiat, potrivit pentru rolul jucat de fiecare dintre ele.

Desertul pregătit conţinea ciuperci îmbrăcate în miere şi prăjituri asortate. Pe masă au fost aduse ceşti umplute cu un sirop gros, mustos. Înaintea fiecărui invitat a fost aşezată câte o ceşcuţă.

- Prieteni trebuie să încercaţi vinul meu special de desert!, i-a invitat entuziasmant Paullus.

Senatorul Albinus ridică din sprâncene.

- Ce este, Marcus?

- O invenţie dulce, răspunse Paullus. Două părţi de miere şi cinci părţi de vin, asezonate cu boabe de piper şi un praf de şofran. Degustaţi-l!

Diegis duse ceaşca la buze şi sorbi o înghiţitură mică. Băutura era foarte dulce, mult mai dulce decât orice gustase el vreodată. Mircea părea să se bucure de ceaşcă, savurându-i conţinutul din plin. Drilgisa nu s-a atins de ceaşca lui, dar i-a atras atenţia unui servitor să-i umple încă o dată paharul cu vin.

Senatorul Bibulus, aflat la cea de a doua porţie de ciuperci cu miere, a scos un gâlgâit neaşteptat. Făcu semn unui servitor. Bărbatul se apropie calm, ajutându-l pe senator să se ridice, apoi l-a ghidat pe Bibulus printr-o uşă care dădea înspre terasă. Niciunul dintre romanii din cameră nu păreau să fie îngrijoraţi.

Buri i-a atras atenţia lui Titus Lucullus.

- Este bolnav?

Titus rămase fără răspuns, dar clătină foarte uşor din cap. Întrebarea lui Buri avea să primească răspuns în curând, zgomotul de vomă străpungea încăperea, de afară, de pe terasă, până la masă. Asta l-a făcut pe Marcus Paullus să-şi ridice privirea şi să privească în jur spre oaspeţii săi.

-   Mai doreşte cineva să se uşureze?, întrebă Paullus. Un servitor
    va fi bucuros să vă ajute.

Buri deveni brusc palid. Zgomotele scurgerii vomei pe terasă îl făceau să se simtă inconfortabil. Drilgisa îi zâmbi.

-   Aici aşa este obiceiul, Buri! Atunci când unul mănâncă sau bea
    prea mult, merge să se uşureze în *vomitorium*. Apoi continuă
    să mănânce şi să mai bea.

-   Da, aşa este!, confirmă şi Paullus cele spuse, îngrijorat de dis-
    confortul lui Buri.

-   Vrei să te ajute un sclav? întrebă gazda, indicând un semn de
    ajutor spre terasă.

-   Nu, nu!, răspunse Buri pe un ton hotărât.

Senatorul Bibulus a revenit, reluându-şi locul cu un zâmbet politicos şi continuând să bea.

-   Acesta este un vin de desert excelent, Marcus! Trebuie să-mi
    învăţ bucătarul să mi-l pregătească şi mie.

Diegis şi-a aşezat paharul cu vin pe masă, adresându-se gazdelor lor.

-   Vă mulţumim pentru mâncare şi pentru amabilitate! Totuşi,
    acum trebuie să plecăm! Mâine ne întâlnim cu Împăratul
    Domiţian!

-   Cezar aşteaptă cu nerăbdare să te vadă, spuse Paullus, mereu
    diplomatic, deşi ştia că nu era adevărat.

-   Este dornic să oficializeze tratatul nostru şi să-l declare pe Re-
    gele Decebal, Rege Client al Romei.

Delegaţia dacilor a zâmbit politicos şi au părăsit încăperea.

Capitolul 20

Jocurile Împăratului

Roma, septembrie 89 d.Hr.

Coordonarea afacerilor de stat din palatul său era o treabă mai convenabilă și mult mai plăcută decât vizitarea Senatului. Într-o zi frumoasă și însorită, ca cea de astăzi, Domițian a preferat să-și îndeplinească atribuțiile în aer liber din grădinile sale. Parcul palatului era atât de mare încât era greu de privit de la un capăt la celălalt. Copaci, amenajări florale și fântâni arteziene se aflau la tot pasul. Statui frumoase decorau fiecare alee. Coloane de marmură înconjurau perimetrul exterior al grădinii.

La această ceremonie de stat a fost convocat Senatul Romei, alături de membri importanți ai nobilimii romane și susținători ai Împăratului Domițian. Pentru confortul invitaților, scaunele au fost rânduite cu grijă pe gazonul parcului.

În fața grupului stătea Domițian îmbrăcat într-o togă albită până la un alb imaculat. Era flancat de zece gărzi pretoriene care purtau armuri strălucitoare, lustruite până la sclipire.

Delegația dacilor era așezată pe lateral, separată de Senat și de nobilimea romană. Cu această ocazie au ales să se gătească în haine tradiționale dacice. Cămăși albe și pantaloni strâmți din lână prinși cu o centură din piele și încălțăminte din piele moale de căprioară. Diegis și Mircea purtau pe cap un *pileus* dac, căciula din blană de miel, de culoare neagră, simbol al nobilimii dacilor. Drilgisa și Buri nu erau de viță nobilă, așa că au mers cu capul gol.

În discursul său, Împăratul Domiţian s-a adresat mulţimii romane, nu oaspeţilor invitaţi. El a descris cele două războaie purtate împotriva Daciei şi victoriile însuşite de Generalul Cornelius Fuscus şi Generalul Tettius Julianus. Aceste victorii, aşa cum le-a descris Domiţian, au fost conduse de el însuşi, Împăratul. Fiecare lucru bun care s-a întâmplat a fost planificat şi inspirat de Caesar.

- Sub comanda lui Cezar, care a călătorit în Moesia pentru a-şi conduce armata, păstrând tradiţia lui Iulius Caesar şi Augustus Caesar, a spus Împăratul audienţei sale, Generalul Cornelius Fuscus i-a alungat pe daci din Moesia şi din Banat.

Publicul prezent a ascultat binevoitor laudele de sine, incluzându-i aici chiar şi pe criticii lui Domiţian. Fuscus era bine cunoscut nobilimii şi fusese foarte apreciat şi respectat pentru serviciul său îndelungat în slujba Romei.

Domiţian îşi continuă discursul.

- Barbarii au fost înfrânţi! I-am trimis peste Danubius, înapoi în Dacia. Până în ziua de azi, respectaţi Senatori, dacii nu au mai deţinut vreun alt fort în teritoriul roman. De altfel, nici nu vor mai construi vreodată un alt fort pe pământul nostru!

 Domiţian a făcut o pauză, a zâmbit şi s-a bucurat de aplauzele susţinătorilor săi.

- Supunându-se ordinelor mele, Generalul Tettius Julianus a repurtat o mare victorie asupra dacilor la Tapae. I-am învins pe daci pe pământ dacic! În timpul măcelului de la Tapae, am trecut oraşul prin sabie.
- Aceasta este soarta dreaptă şi bine-meritată pentru orice naţiune barbară care se opune voinţei Romei!, strigă Domiţian.

Diegis se încruntă afişând o faţă severă. Sângele începu să-i fiarbă, amintindu-şi de masacrul civililor din Tapae.

Îşi aruncă pieziş privirea către Drilgisa şi, spre marea sa surprindere, văzu că acest fioros războinic dac părea acum relaxat şi chiar amuzat. Drilgisa îl observă şi el pe Diegis privindu-l. Îi răspunse cu un zâmbet obişnuit şi îi făcu cu ochiul.

Diegis a înțeles și încercă să se calmeze. Acesta era un discurs pur politic menit să-l glorifice pe Împărat și nimic mai mult. Toți cei din mulțime păreau să înțeleagă asta.

Susținătorii lui Domițian, așezați în primele rânduri, păreau încântați să recunoască măreția Cezarului, sau cel puțin au jucat bine rolul acesta. Ceilalți senatori stăteau politicos și liniștiți, nedorind să atragă atenția asupra lor. Domițian își cânta propriile laude, ei urmau să se ospăteze cu niște vin și mâncare, iar bufoneria asta urma să se încheie curând.

Dacii erau și ei acolo pentru a-și juca rolurile, trebuind să fie politicoși și să asculte cu respect. Erau doar parte din recuzită în această reprezentație.

Drilgisa nici că băga de seamă. Lui Buri i se părea mai interesant să privească în jur și să admire frumosul peisaj al Grădinii Regale. Mircea privea chipurile din mulțimea romană, încercând să le ghicească apartenența politică. Diegis, mult mai calm acum, aștepta răbdător să fie chemat, să-și joace rolul, în această mascaradă.

Domițian se apropia de finalul discursului său.

- Decebal, Regele Daciei, cere Romei acum un tratat de pace. El înțelege cu viclenie barbară, onorați Senatori, că împotrivirea față de Roma va duce la nimicirea sa și la distrugerea Daciei. El dă Romei jurăminte solemne că va înceta toate acțiunile ostile față de Roma și față de aliații acesteia. Își pleacă gâtul mândru și se jură că va sluji ca rege client al Romei.

Susținătorii împăratului aplaudau pentru a-și arăta aprobarea. După puțin timp, Domițian ridică mâna pentru a-i reduce la tăcere.

- Roma va acorda acest tratat Regelui Decebal și Daciei. Dorința Romei nu este de a distruge Dacia, ci mai degrabă de a pacifica Dacia. La fel cum Roma a pacificat Britannia.

Împăratul se uită cu severitate spre mulțimea din spate, provocând pe oricine să-l contrazică.

- Deci, vom pacifica Dacia.

Nimeni nu a răspuns provocării. Cezar era Roma, iar Roma era Cezar. Orice-și dorea Cezar, devenea lege.

- Regele Decebal este bolnav și slăbit, neputând face chiar el în-suși călătoria la Roma pentru a-și accepta coroana de rege client al Romei, așa că și-a trimis fratele să-l înlocuiască.

Domițian făcu nepăsător un semn spre delegația dacilor.

- Poate că-i este prea frică să vină singur!, strigă unul dintre sus-ținătorii Împăratului, ceea ce a provocat hohote de râs celor din jur.

Împăratul îi zâmbi omului. A fost o remarcă potrivită pentru a-i sus-ține încheierea discursului. Se întoarse și îi făcu semn lui Titus Lucullus, care stătea alături de daci.

Lucullus îi făcu semn din cap lui Diegis și, împreună, merseră în fața publicului pentru a sta în fața Împăratului.

- Ave, Caesar! Îl salută cu voce tare Titus pe Împărat, onorându-l și cu salutul roman făcut cu mâna.

- Vi-l prezint pe Diegis, fratele Regelui Decebal al Daciei!

Diegis îi făcu o mică plecăciune formală. Domițian îl privi din cap până-n picioare. Se uita curios la căciula din blană de miel, vopsită negru, pileatul specific dacilor aristocrați. Acest om nu arăta impresionant pentru un nobil și nici înfățișarea sa nu era la fel de regală precum a unui nobil roman purtând o togă adecvată.

- O să îngenunchezi înaintea Cezarului, îl informă Domițian.

Diegis ezită. Dacii nu au îngenuncheat în fața nimănui. Nobilii daci, în special, nu îngenuncheau.

- Trebuie să îngenunchezi înaintea Cezarului, i se adresă Lucullus cu voce șoptită.

Când Diegis a ezitat, Lucullus adăugă fără tragere de inimă:

- Este necesar, fiind un protocol diplomatic.

Nevrând să fie nediplomatic, Diegis se așeză pe genunchiul stâng. Considera că un singur genunchi era suficient.

Împăratul rânji mulțumit. Se întoarse și făcu semn către un servitor, care aduse o tavă de argint pe care se afla o coroniță subțire din aur. Domițian ridică coronița cu ambele mâini și o arătă către oamenii săi.

- Diegis, frate cu Decebal al Daciei! Acceptă cu umilință această diademă de aur în numele Regelui Daciei. Pentru ca toată lumea să o vadă, Regele Decebal va purta această coroană pentru a-și arăta statutul de rege client al Romei și pentru a-și demonstra loialitatea față de Roma!

Domițian s-a aplecat înmânându-i coronița dacului. Diegis a luat-o fără a spune vreun cuvânt. Ceremonia era mesajul, iar cuvintele sale nu erau necesare.

- Poți să te ridici în picioare, îi spuse Domițian.

Diegis se ridică, îi mai făcu Împăratului o mică plecăciune și se întoarse pentru a reveni la delegația dacilor. Titus Lucullus îl însoțea protocolar, mergând înțepat pe lângă el.

Diegis își reținu dorința de a râde. Făcuse această lungă călătorie pentru a servi timp de un minut drept recuzită a unui spectacol demagogic în exhibiția politică a lui Domițian pentru Senat.

Ceilalți daci au fost tăcuți. Buri a fost iritat, considerând procesiunea o pierdere de vreme.

Drilgisa îi aruncă lui Diegis o privire hilară, de parcă ar fi vrut să spună: „Ce? Te așteptai la altceva?!"

- Acum vom servi ceva băuturi revigorante, le-a spus Titus.

Era imposibil să nu le observe acreala stării de spirit.

- Fiți prietenoși și politicoși, vă rog! Aceasta este recepția Împăratului.

Slujitorii au intrat pe rând, purtând tăvi cu băuturi și aperitive. Senatorii și ceilalți invitați s-au adunat în grupuri mici pentru a discuta. Se cunoșteau prea bine și nu le lipseau temele de discuție, politice și personale. A vorbi despre Dacia era un subiect nefericit și cel mai bine era să lași tema deoparte.

Diegis ridică coronița subțire de aur.

- Îmi aduci și o straiță pentru asta, Titus?

Lucullus i-a răspuns cu o privire care cerea prudență, sperând să nu-i fi auzit cineva.

- Îți voi aduce o cutie pentru ea, căptușită cu mătase. Este un dar regal și trebuie tratat cu respect!

Drilgisa își luă un pahar cu vin de pe o tavă aflată în trecere.

- Dă-mi o coroană serioasă din aur cu bijuterii și o voi trata cu respect.

Mircea privea spre mulțimea de oameni care mișuna în jur.

- Ar trebui să vorbim cu unii dintre senatori. Regele și Vezina ar dori, fără îndoială, să audă ce au aceștia de spus.

Îngrijorat, Lucullus se întoarse spre el cu o privire alarmată.

- Nu, Mircea, ar fi neînțelept! Cu oricine vorbești și orice ai spune ar putea să te pună în mare pericol!

Mircea păru mirat inițial, dar apoi a înțeles. Cu o subtilă mișcare a capului, îi transmise un semn de apreciere lui Titus pentru avertisment.

Un servitor se apropie și se înclină respectuos.

- Cezar ar dori să vorbească cu delegația dacilor!

- Cu siguranță, ne alăturăm!, răspunse Diegis făcând semn și celorlalți să-l urmeze pe bărbat.

Domițian vorbea cu un mic grup de susținători, printre care Marcus Paullus și poeții de curte, Marțial și Statius. Poeții erau acolo pentru a preaslăvi triumful diplomatic al lui Cezar. Marțial povestea ceva care a făcut grupul să râdă.

Împăratul se întoarse cu fața spre oaspeții săi daci.

- Sunteți încântați de această șederea la Roma?, întrebă el pe un ton politicos.

- Suntem, Cezar!, răspunse Diegis, de asemenea politicos.

- Este o vizită concludentă, Cezar!, adăugă cu sinceritate Mircea. Roma are cultură bogată și o istorie măreață.

- Într-adevăr, așa este!, a fost de acord Domițian.

- Și scriem istoria chiar în acest moment. Nu-i așa, Statius?

- Da, Caesar!, a fost de acord poetul. Compun un elogiu pentru această ocazie, chiar acum, în timp ce vorbim.

Marţial îi făcu semn lui Diegis.

- Numele tău, Diegis al Daciei, va fi păstrat pentru posteritate alături de divinul Cezar.
- Oh, ce interesant, Diegis răspunse fără entuziasm.
- Aţi fost la Colosseum? întrebă Domiţian.
- Nu, Cezar, nu au fost!, răspunse Lucullus pentru ei.
- Aha!, exclamă Domiţian, arătând în sfârşit o scânteie de interes.
- Mâine este prima zi a jocurilor mele. Trebuie să veniţi!

Diegis mai făcu o mică plecăciune formală.

- Am fi onoraţi să participăm, Cezar! Oare ar putea cineva să viziteze Roma fără să vadă Colosseumul?

Diegis căută privirea lui Drilgisa pentru a obţine o confirmare. A fost uimit să vadă că Drilgisa privea năuc în depărtare. Era a o statuie vie, ignorând total discuţiile din jurul său. Privea în zare spre un grup de trei senatori care vorbeau la ceva depărtare.

- Cu siguranţă vom vedea jocurile de mâine!, răspunse Diegis. Acum, dacă Caesar ne va scuza, trebuie să ne luăm rămas bun.
- Foarte bine!, spuse Domiţian şi reveni la discuţia cu barzii săi romani.

Diegis se întoarse să plece şi-l luă pe Drilgisa de după braţ pentru a-l îndeparta. Drilgisa ieşi brusc din visare şi îl urmă. Titus Lucullus a observat si el comportamentul straniu, dar, din diplomaţie, nu a spus nimic.

După ce s-au îndepărtat ajungând la o distanţă sigură unde puteau vorbi fără să fie auziţi, Diegis se opri. Foarte discret i-a îndreptat atenţia lui Drilgisa spre grupul de trei senatori, care încă stăteau împreună şi vorbeau.

- Cine sunt acei bărbaţi?, întrebă Diegis.

Chipul lui Drilgisa era tensionat, dar a ridicat nepăsător din umeri.

- Îl cunosc pe unul dintre ei şi este un om foarte faimos, răspunse Lucullus.

- Bătrânul acela cu aspect distins, cel înalt şi slab, este Marcus Ciocceius Nerva. El este liderul Senatului.

Asta i-a atras atenţia lui Mircea. Se întoarse către Titus.

- Mă întreb oare dacă ar fi posibil să-i spun câteva cuvinte?

- Nu!, spuse Lucullus cu hotărâre. Nu trebuie să te apropii de el.

Diegis îi ignoră şi se întoarse către Drilgisa.

- Îl cunoşti pe senatorul Nerva?

- Nu, răspunse Drilgisa pe un ton indiferent.

Diegis ştia că întrebările lui vor rămâne fără rezultat. Privi o ultimă dată spre Împărat, care încă se bucura de atenţia admiratorilor săi, apoi se întoarse şi se îndreptă spre ieşire. Ceilalţi l-au urmat fără să mai spună ceva.

Drilgisa a fost sincer în a recunoaşte că nu-l cunoştea pe senatorul Marcus Nerva. Însă, ceea ce nu putea să spună era că îl cunoştea pe unul dintre ceilalţi bărbaţi care vorbeau cu Nerva. Un bărbat de vârstă mijlocie, bondoc, de înălţime medie, care purta o togă albă cu dungă lată şi roşie, specifică unui senator al Romei. Un bărbat subţire cu păr blond şi ochi verzi, uşor îngustaţi ca ochii de pisică. Un bărbat pe care îl văzuse ultima oară atunci când avea doisprezece ani.

Ziua desfăşurării Jocurilor Împăratului era o zi frumoasă şi însorită. Vremea bună era considerată ca fiind de bun augur pentru succesul jocurilor. Lucullus a ajuns dimineaţa devreme la hanul dacilor pentru a-i escorta pe oaspeţi la Colosseum. Era o experienţă pe care majoritatea vizitatorilor Romei o aşteptau cu mare nerăbdare.

Diegis, Buri şi Mircea au ieşit pe uşa hanului pentru a-şi întâlni ghidul roman. Mircea, în special, părea încântat să vadă arena, cea mai faimoasă construcţie a Romei.

- Unde este Generalul Drilgisa?, întrebă Titus.

Diegis clătină din cap.

- Generalul nu vine! Spune că a mai văzut Colosseumul. Şi, în plus, a mâncat o mâncare proastă aseară, care îl deranjează în această dimineaţă.

- Asta este regretabil!, spuse Titus, dezamăgit.
- Îndrumă-ne, Titus!, spuse Diegis deschizând drumul cu mâna. Poate că Drilgisa ni se va alătura mai târziu.

Drumul spre Colosseum era ușor de ghicit pentru că toată mulțimea mergea în acea direcție. Chiar și de la mare depărtare se vedea că era o structură impresionantă, devenind și mai grandioasă pe măsură ce te apropiai de ea.

Cel mai mare amfiteatru din lume a fost început de Împăratul Vespasian, a fost finalizat de fiul său, Împăratul Titus, dar cele mai frumoase și fastuoase jocuri și spectacole au fost realizate de către fiul cel mic al lui Vespasian, Domițian. Au fost pe drept recunoscute ca fiind mândria dinastiei Flaviilor.

În fața Colosseumului se afla cea mai mare statuie din lume. Aceasta era Colosul, o statuie gigantică din bronz a Zeului Soare, construită de Împăratul Nero. Localnicii se obișnuiseră să o vadă, dar, invariabil, vizitatorii orașului se opreau și stăteau cu gura căscată.

- Pe aici, spre lojele cu locurile mai bune, îi instrui Titus Lucullus. Nobilii stau în față, iar plebea stă în spate, ocupând locurile mai înalte. Sunteți oaspeții Cezarului, așa că veți fi așezați în față pe cele mai bune locuri.

Pe Buri îl pufni râsul.

- Niciodată nu am fost tratat ca alteță nobiliară, până acum. Există o prima dată pentru toate, nu-i așa?

Mircea privea mulțimea din jur, simțindu-se ușor dezorientat.

- Sunt atât de multe intrări. De unde știu oamenii unde să meargă?
- Există optzeci de intrări diferite, explică Titus. Toți oamenii știu unde le este locul.

S-au îndreptat spre un rând rezervat de scaune, nu departe de arena de joc a stadionului. Loja Împăratului era situată mai sus, dar nu foarte departe. Mulți oameni se înghesuiau. Vânzătorii comercializau mâncăruri înfipte pe băț.

Diegis ridică privirea spre tribune.

- Dacă toți acești oameni ar putea lupta, ți-ai face vreo zece legiuni noi, i-a spus în glumă Diegis lui Lucullus.

Titus dădu din cap.

- Ai ochii buni, Generale. Sunt vreo cincizeci de mii de romani aici, deci da, ar fi vreo nouă sau zece legiuni.

Făcu o pauză și zâmbi.

- Dacă ar fi toți gladiatori, ar fi de temut, ceea ce, desigur, nu sunt.
- Când îi vedem pe gladiatori?, întrebă Buri.
- Nu mai devreme de după-amiază, spuse Titus. Dimineața este pentru lupte și vânătoare de animale. La amiază au loc execuțiile oamenilor condamnați, a criminalilor și a trădătorilor.
- Ce fel de criminali?, întrebă Mircea.
- De toate felurile, răspunse Lucullus. Ucigași. Eretici.

O trapă s-a deschis în podeaua arenei. Un mecanism subteran cu troliu ridică la suprafață o platformă pe care era o creatură ciudată, asemănătoare unui cal, cam de mărimea unui ponei, cu dungi mari albe și negre pe tot corpul.

- Asta este o zebră, le-a spus Titus. Este adusă din Africa.

Speriat, animalul alerga rotindu-se în cerc, căutând căi de scăpare, dar nu găsi niciuna. A renunțat și a rămas nemișcat, uitându-se la oamenii din tribune care răcneau și aclamau în așteptarea a ceea ce voiau să vadă și urma să se întâmple curând.

Încă două trape s-au deschis, ridicând încet la suprafață alte două platforme. Pe fiecare rampă stătea câte un leu agitat și nerăbdător. De îndată ce platformele au ajuns la suprafață, ambii lei au țâșnit în goană spre zebră, încolțind vânatul. Nu fuseseră hrăniți și erau lihniți de foame.

Zebra s-a panicat, zbughind-o la goană prin arenă, de-a lungul zidului. A fost foarte rapidă și a izbândit să depășească leii. Mulți dintre cei adunați în stadion erau în picioare, chiuind entuziasmați. Au aplaudat leii, observă Diegis, nu zebra. Ei admirau prădătorii puternici și disprețuiau prada slabă.

Zebra avea viteză mai mare, dar leii lucrau în echipă. Instinctual, au încercat diferite tehnici de urmărire, încercând să încolțească zebra la perete. După o istovitoare goană, animalul a fost prins în capcană, pregătit pentru a fi ucis. Zebra rămase nemișcată, împietrită de frică, apoi, în ultima clipă posibilă, s-a aruncat înainte încercând să scape printre ei.

Ambii lei s-au aruncat concomitent asupra ei. Unul a aterizat pe spatele zebrei, dar a fost rapid aruncat de acolo. Cealaltă fiară își aruncă laba uriașă peste piciorul din spate al zebrei, lăsând crestături adânci și sângeroase.

Zebra se refugie în partea îndepărtată a arenei, dar acum sângera și șchiopăta. Mulțimea oftă adânc la evadarea zebrei, apoi începură din nou să aplaude, în timp ce leii o urmăreau și îi închideau rapid căile de scăpare.

- Nu este un competiție corectă, răbufni Buri.
- A pune lei împotriva zebrelor într-o arenă închisă, nu este un concurs, spuse Diegis. Este o execuție!

Priveau în jur spre mulțimea care-i înconjura.

- Asta au venit să vadă, o execuție.

Leii au încolțit-o încă o dată. Zebra mai încercă și ea o dată să scape fugind de-a lungul peretelui, dar acum era încetinită de piciorul rănit. Unul dintre lei a sărit și și-a înfipt colții într-unul dintre picioarele din spate ale zebrei. Celălalt s-a aruncat și a mușcat-o adânc de gâtlej.

Mulțimea ridicată în picioare aplauda frenetic. Zebra a căzut repede.

Leilor li s-a permis să se ospăteze din cadavrul zebrei pentru o scurtă perioadă de timp, apoi dresori de animale care mânuiau *pilumi* lungi și sulițe mai scurte au ieșit în arenă pentru a-i goni în cuștile de pe platforme.

Încet platformele au fost coborâte în nivelurile inferioare ale stadionului. Mulțimea aștepta cu nerăbdare începerea următorului spectacol.

În următoarele ore au fost organizate diferite tipuri de vânătoare de animale. Punctul culminant a fost atins de un mistreţ uriaş ce a fost vânat de bărbaţi pe cai. Mistreţul s-a dovedit a fi foarte greu de ucis, reuşind chiar să doboare un cal, sfâşiindu-l de moarte pe călăreţ, înainte ca alţi cinci lăncieri în cele din urmă să reuşească în sfârşit să-l omoare. Mulţimea aplauda delirant uciderea, atât a călăreţului, cât şi a mistreţului.

Titus Lucullus se întoarse spre daci.

- Priviţi acum! Acesta este ultimul spectacol înainte pauzei de prânz. De obicei e pregătit ceva special.

O platformă mare s-a ridicat din pământ, în mijlocul stadionului. Pe platformă era o cuşcă solidă cu gratii groase din fier. În cuşcă era un urs negru foarte mare. Mulţimea la aplaudat.

- Acesta e cel mai mare urs pe care l-am văzut eu vreodată, proclamă Buri.

- Ai văzut o mulţime de urşi, nu-i aşa? întrebă Titus.

- Desigur, foarte mulţi!, răspunse Buri din experienţă. Practic, trăim în munţi. Vânăm la munte.

- Buri vânează urşii cu mâinile goale, glumi Diegis.

Titus începu să râdă, dar mai apoi s-a oprit când a văzut o a doua cuşcă mare ridicându-se chiar de lângă cuşca ursului. În interiorul celei de-a doua cuşti se aflau patru lupi gri de munte.

Mulţimea aplauda zgomotos. Ei ştiau ce reprezintă lupii.

Diegis cu un rânjet pe faţă se întoarse către Lucullus.

- Împăratul ne trimite un mesaj, Titus?

Titus ridică stânjenit din umeri. Nu ştia ce să spună. Cu toate acestea, era clar că Împăratul juca un joc cu oaspeţii săi distrând în acelaşi timp şi mulţimea.

Zăbrelele care despărţeau cele două cuşti au fost ridicate, permiţând animalelor să aibă acces unele la celelalte. Cabotini ce mânuiau beţe lungi loviră ursul până când acesta se urni cu greutate spre cuşca în care erau ţinuţi lupii, apoi, gratiile cuştii lui au fost lăsate să se închidă în spatele ursului. Toate cele cinci animale erau acum ferecate în aceeași cușcă.

Lupii mârâiau dezvăluindu-și colții în fața intrusului, dar au păstrat o distanță de siguranță. Ursul s-a dus într-un colț și a rămas încremenit cu fața spre lupi. Nu era agresiv, ci pur și simplu s-a comportat ca și cum ar fi vrut să nu fie deranjat.

Animatorii care mânuiau bețele lungi au început să sâcâie toate cele cinci animale, împingându-le cu lemnele printre barele cuștii.

Lupii alergau pentru a scăpa de împunsăturile țepușelor. Unul dintre ei goni prea aproape de urs, forțând ursul să-l lovească. Forța extraordinară a ursului l-a ridicat pe lup de pe podeaua cuștii, azvârlindu-l în barele de fier ale cuștii. Cu spatele rupt, lupul schilodit răcni de durere.

Doi dintre ceilalți lupi s-au repezit la urs, mușcându-i labele. Un al treilea lup i-a sărit instinctiv spre beregată. Acum, înfuriat, ursul răgea furibund lovind cu laba din față lupul aflat în săritură spre gâtul său. Ghearele ascuțite au prins stomacul lupului, eviscerând animalul mai mic.

A fost o luptă scurtă și inegală, ca și cum ai vedea un bărbat în toată firea învingând patru copilași. Cu adversarii uciși sau aflați în chinurile morții, ursul s-a retras înapoi spre colțul său. Răcnind animalic, gloata își manifesta zgomotos aprobarea.

- Oare acei lupi de munte erau din Alpi?, îl întrebă curios Mircea pe Titus.
- Cel mai probabil că da, răspunse romanul.
- Aha, intervenii preotul cu bună știință, așa cred și eu, lupii dacici s-ar fi luptat mai bine!

Diegis izbucni în râs, lovind cu palma spatele lui Mircea. Buri răspunse și el cu un rânjet mare, arătându-și dinții.

Unii spectatori s-au ridicat în picioare pentru a pleca în pauza de masă. Lucullus se pregătea și el să se ridice, dar Diegis îi făcu semn să mai aștepte.

- Vreau să văd obiceiul roman de a executa criminalii, motivă Diegis.
- Cum vrei, a fost de acord Titus.

Patru bărbați și două femei au fost aduși de gardieni și conduși în centrul arenei. Mergeau împleticindu-se unii de alții pentru că erau încătușați împreună cu lanțuri prinse în jurul gleznelor. Un bărbat și o femeie păreau destul de tineri, ceilalți erau de vârstă mijlocie. Erau zdrențuiți și murdari din cauza timpului petrecut în închisoare. Niciunul nu arăta ca un criminal periculos.

Gărzile i-au lăsat acolo și au plecat. Cei șase prizonieri s-au strâns într-un mic cerc. Tânăra s-a întors spre bărbatul mai tânăr, lipindu-se de el într-o îmbrățișare foarte strânsă. El îi șoptea ceva la ureche. Ea tremura de frică. Mai apoi, prizonierii s-au lăsat încet pe genunchi, plecându-și capetele în ceea ce părea a fi o rugăciune. Unul dintre bătrâni conducea ruga.

- Cine sunt oamenii aceștia?, îl întrebă Diegis pe Lucullus.
- Niște creștini, răspunse Titus. Au fost condamnați pentru trădare și sunt osândiți la moarte.
- Și care este crima lor, pentru care au fost acuzați de trădare?, a vrut Mircea să știe.
- Nu vor să accepte divinitatea lui Cezar. În schimb, ei insistă să se închine zeului lor răstignit, Isus! a explicat Lucullus cu răbdare.
- Doar dacă l-ar recunoaște pe Cezar drept zeul lor, li s-ar permite să trăiască liber în Roma.
- Ar trăi, dar nu ar fi liberi!, spuse Mircea clătinând din cap.
- Preferă să moară, așadar?, întrebă Buri.
- Așa se pare, spuse Titus. Da, de obicei merg la moarte docili, ca mieii.

În jurul grupului de prizonieri, opt trape s-au deschis în podeaua stadionului. Opt cuști metalice au fost ridicate încet până la nivelul solului. Mulțimea își urla aprobarea. În interiorul fiecărei cuști se afla un leu curios de ceea ce îl înconjoară, dar, concentrându-se mai apoi asupra oamenilor care îngenuncheau la mică distanță. Leii știau din experiențele trecute la ce să se aștepte în continuare.

- Acest lucru trebuie oprit!, spuse Buri înfuriat la culme.

- Nu, Buri!, se încruntă Lucullus. Nimeni nu poate opri ceea ce se întâmplă, în afară de Caesar, iar ei mor din ordinul Cezarului.

La un semnal, însoțitorii animalelor au ridicat gratiile din fața fiecărei cuști, dând leilor cale liberă către condamnați. Uralele tribunelor creșteau în timp ce bărbați, femei și copii priveau cu atenție începerea măcelului. Niciunul dintre creștini nu s-a mișcat, împietriți ca statuile, concentrați în rugăciune.

- Nu le este frică să moară, a observat Mircea.

- Nu, nu le este frică!, a fost de acord Diegis. Nici nouă nu ne este frică să murim. Cel puțin sperăm să murim în luptă, dar acești oameni sunt neputincioși.

Diegis deveni tăcut în timp ce leii atacau prizonierii. Animalele nu fuseseră hrănite de zile întregi pentru a se asigura că sunt înfometate. Fulgerător toți cei opt lei s-au năpustit asupra creștinilor. Unul dintre lei l-a înșfăcat de ceafă pe unul dintre bărbați târându-l deoparte. Ceilalți oameni au fost acoperiți sub grămada leilor înfometați care îi sfâșiau. Instinctiv, leii le-au sfârtecat gâtul ca cea mai rapidă modalitate de a-și ucide prada. Au fost câteva țipete puternice de durere, dar mai apoi vocile au fost reduse la tăcere.

- Muriți, trădătorilor! Muriți!, urla în apropiere din toți rărunchii o femeie cu fața roșie de furie.

Vecinii acesteia răcneau și urlau împreună cu ea. Împăratul Domițian le spuse de nenumărate ori că acești creștini sunt aducători de pestă și ciumă, de boli și ghinioane și chiar de cutremure. Cu cât erau toți omorâți mai repede, cu atât era mai bine.

Diegis privea spre mulțimea din jurul lui, majoritatea aplauda. Asta l-a întristat și l-a dezgustat. Totuși, cine erau acești oameni? Barbari, așa cum i-a numit Regina Andrada.

Titus și-a îndepărtat privirea de la scena îngrozitoare. De obicei nu stătea să urmărească execuțiile. Buri se uita în pământ, arătând palid.

Mircea privea în tăcere. Avea o repulsie față de cumplita vărsare de sânge, dar a fost uimit de curajul victimelor din ultimele lor minute de viață. Ce fel de credință putea produce un asemenea curaj?

Diegis ridică privirea spre loja împăratului. Domițian și grupul lui dispăruseră. Împăratul rămăsese să privească omorul, dar nu avea niciun interes să vadă cum se hrănesc leii. Cel mai important lucru a fost uciderea creștinilor. Serveau drept exemplu pentru alții, fiind un factor de descurajare pentru ereticii și trădătorii viitori.

- Vreau să plec!, îi spuse Diegis lui Titus, ridicându-se de pe scaun.

Buri și Mircea i-au urmat exemplul, ridicându-se și ei să plece. Titus părea dezamăgit.

- Chiar vreți să plecați? Dar veți rata jocurile de după amiază. Luptele de gladiatori sunt programate imediat după pauza de prânz.

- Mulțumesc, dar nu!, spuse Diegis, clătinând din cap. Am omorât mulți oameni în luptă, dar nu vreau să văd cum se măcelăresc fără motiv unii pe alții, doar pentru a distra mulțimea.

Și-a înclinat capul spre leii care se hrăneau din arenă.

- Oare mai ții minte cum ar numi asta Regina noastră?

Titus se strâmbă. Amintirea acelei discuții de acum câteva luni din Sala Tronului de la Sarmizegetusa era încă proaspătă în memoria lui.

- Barbar, răspunse el.

- Da, aprobă Diegis.

Lucullus schimbă subiectul.

- Vă pregătiți să plecați în două zile?

- Da, ne pregătim!

- Atunci ne vedem mâine să facem pregătirile. Veți avea nevoie de provizii pentru călătorie.

- Da, îți mulțumim!, încuviință Diegis din cap. Rămâi cu bine!

Ceilalți și-au luat și ei rămas bun îndreptându-se către cea mai apropiată ieșire din Colosseum.

Buri avea un excelent simț al direcției, călăuzindu-i pe drum către hanul lor. Nu aveau nevoie de Titus sau de Drilgisa pentru îndrumare.

După ce au trecut de câteva străzi, Diegis se uită dezinvolt în jur, apoi se încruntă. Pe furiș, un omuleț îi urmărea de când au părăsit Colosseumul. Păstra o distanță suficient de mare, dar avea și grijă să nu-i piardă din vedere în aglomerația de oameni.

- Haide-ți pe aici, spuse Diegis și coti la dreapta pe strada următoare. Mircea și Buri l-au urmat. De îndată ce au trecut colțul, Diegis se opri și le făcu semn să tacă.

A durat doar câteva secunde până ce străinul care îi urmărea să vină, trecând repede și el colțul. Aproape că a dat peste Buri și s-a oprit, cu surpriză și uimire pe față.

Diegis l-a prins pe bărbat de partea din față a tunicii și l-a împins ferm de perete. Era un bărbat mai în vârstă, de statură mică, cu părul rar și încărunțit în jurul tâmplelor.

- Nu vrem probleme, prietene, dar de ce ne urmărești?, îl întrebă Diegis cu voce joasă și calmă.

- Nu vreau să vă fac probleme, prieteni daci, răspunse bărbatul cu o voce umilă.

- De unde știi că suntem daci?, întrebă Mircea.

Bărbatul înghiții în sec.

- Toată lumea știe că delegația dacilor vizitează Roma. Și, Preasfinția Voastră, spuse omul arătând spre Mircea, recunosc hainele unui preot din Zamolxis.

- Cine ești tu?, întrebă Diegis.

- Numele meu este Rigozus, răspunse el în grabă. M-am născut în Banat. Înainte să vin la Roma, am călătorit de multe ori în Dacia. Am locuit la Roma în ultimii douăzeci și cinci de ani. Sunt cizmar.

Diegis îl eliberă din strânsoarea tunicii, dar nu i-a lăsat loc să se îndepărteze.

- Încă nu mi-ai răspuns la întrebare. De ce ne urmărești?

- Eşti un spion roman?, întrebă Mircea, amintindu-şi avertismentul primit de la Titus Lucullus.

Rigozus părea şocat de întrebare.

- Nu, domnule, nu sunt un spion!, a răspuns el.

Vocea i s-a coborât într-o şoaptă.

- Sunt creştin!

A venit rândul lui Diegis să fie surprins. Se relaxă şi făcu un pas înapoi pentru a-i oferi bătrânului puţin spaţiu de respiraţie.

- Şi, domnilor, continuă Rigozus, privindu-i pe fiecare în parte, vă implor să-mi ajutaţi fiica!

Capitolul 21

Vechi obligații și noi începuturi

Roma, septembrie 89 d.Hr.

Drilgisa nu mai cunoștea drumurile din cea mai mare parte a Romei, fiind luat din oraș pe când era doar un copil. Cu toate acestea, el încă avea amintiri vii cu drumul de la Forum spre Dealul Palatin și casa familiei unde a crescut. Casa cu două etaje avea pereții vopsiți în galben, acoperiș cu țiglă roșie și ușa era de un roșu aprins. Era casa în care și-a petrecut primi ani ai copilăriei. Casa senatorului Rufus Mutilus.

După ce dacii au plecat să urmărească Jocurile Împăratului organizate la Colosseum, Drilgisa și-a schimbat rapid hainele, îmbrăcându-se într-o tunică maro simplă. Peste ea și-a pus o pelerină maro închis, care avea o glugă pentru a oferi protecție împotriva ploii sau a căldurii soarelui. Își cumpărase o pereche de pantofi simpli, ieftini, asemănători cu cei ce ar fi purtați de un funcționar sau de un comerciant. Și-a ascuțit cuțitul până ce tăișul avea lama ca cea a unui brici și l-a prins în centură. A ieșit din han având cu el doar un simplu sac de pânză. În sac erau hainele lui obișnuite.

Drilgisa porni de la han spre Forum. Soarele era foarte strălucitor, așa că și-a acoperit capul cu gluga de la pelerină. O vreme s-a plimbat în jurul unor tarabe comerciale privind la unele dintre mărfurile scoase la vânzare. A cumpărat o pâine pe care o ținea sub brațul stâng. Nu se grăbea și nu dorea să atragă atenția asupra lui.

Drilgisa a părăsit Forumul şi a plecat în plimbare spre strada care ducea în cartierul copilăriei sale de pe Dealul Palatin. Vechi amintiri despre case, răspântii de drumuri, copaci foarte bătrâni şi înalţi i-au revenit în timp ce mergea pe stradă. Aici erau cartierele bogate, înţesate de case frumoase care nu-şi schimbau foarte des proprietarii de-a lungul anilor.

Deşi priveliştile i se păreau familiare, într-un alt fel totul i se părea schimbat. Cartierul se simţea ca un loc diferit. Drilgisa zâmbea subtil pentru sine. Nu, cartierul nu se schimbase prea mult. El se schimbase. Băieţelul acela care a fost odată, dispăruse pentru totdeauna.

Drilgisa a trecut de colţul unei străzi bine cunoscute şi iat-o, la fel ca întotdeauna. Uşa vopsită în roşu aprins încă se sprijinea de pereţii vopsiţi în galben. Brusc a simţit o strângere în stomac, dar nu s-a oprit din mersul său în ritm lejer. Tot acolo, la marginea casei, crescând într-un petic îngust de pământ, încă mai era nucul cu ramurile joase pe care se căţărase atât de des pe când era un copilandru. Toamna, atunci când nucile se coceau, cădeau din pom pe pământ. Era un festin pentru veveriţe, dar mai ales pentru micii copii.

Trecu pe lângă uşa din faţă, despre care încă mai ştia că e încuiată. Din interiorul casei nu se auzea niciun zgomot. Trecu pe lângă casă mergând până la următoarea intersecţie, apoi se opri. Acum tot ce putea face era să aştepte şi să privească. Senatorul Mutilus ar putea fi acasă sau poate nu. S-ar putea să iasă sau ar putea reveni acasă de la o întâlnire. Dacă deja a plecat la Jocurile Împăratului, s-ar putea să nu se întoarcă până la apusul soarelui.

Toate acestea îi erau indiferente. Drilgisa avea răbdare. Tot ceea ce avea nevoie acum era un pic de noroc. A rupt pâinea în două şi a mâncat o jumătate în loc de mic dejun. În timp ce îşi mesteca pâinea, se gândea că nu ar fi greu să sară peste nişte pereţi şi să găsească o cale de intrare în casă, dar totuşi nu era o opţiune pe care să o poată alege. Era probabil ca servitorii şi sclavii să-i iasă în cale, iar unii dintre ei puteau fi răniţi sau ucişi.

Ba chiar mai mult decât atât, dacă un nobil roman era omorât în propria sa casă, se obișnuia ca toți sclavii și servitorii să fie uciși, indiferent de vină sau de nevinovăție în crimă. Pedeapsa capitală îi descuraja pe sclavi și pe servitori să le facă rău stăpânilor.

Nu-l putea ucide în casă, Drilgisa trebuia să-l prindă pe Rufus în afara vilei sale. Pentru asta avea nevoie de puțin noroc. Strada era aglomerată în timpul zilei fiindcă oamenii intrau sau ieșeau din casele de pe stradă. Erau slujitori care făceau comisioane. Oameni care făceau livrări. Rezidenți care veneau sau plecau cu treburi.

Nimeni nu-i dădea atenție lui Drilgisa. Era doar un alt chip de pe stradă.

Norocul părea să i se schimbe în acea dimineață târzie, atunci când ușa roșie s-a deschis. O servitoare a ieșit, iar mai apoi s-a îndreptat grăbită pe stradă spre Forum.

Totuși, dezamăgirea lui Drilgisa a fost de scurtă durată, căci doar câteva minute mai târziu ușa s-a deschis din nou și chiar însuși omul așteptat a apărut. Rufus nici măcar nu privi în direcția lui Drilgisa, ci o luă spre dreapta, îndreptându-se în josul dealului spre Forum, așa cum făcuse și servitoarea sa câteva minute mai devreme.

Drilgisa așteptă câteva clipe înainte să înceapă a-l urmări. Rufus era îmbrăcat lejer purtând o tunică albastră în nuanță deschisă, nu o togă oficială. Oricare ar fi fost motivul treburilor sale, părea mai degrabă o vizită ocazională, nu una formală. Era mult mai bine așa.

Mersul la vale a fost foarte rapid și într-un timp foarte scurt Mutilus ajunse la Forum. În spatele lui, Drilgisa îl urmă cu dezinvoltură. Odată ajuns la Forum, mulțimea de oamenii, dar și lipsa unor structuri fizice care să-l camufleze, l-au făcut să se apropie la o distanță mai mică.

Senatorul a ocolit zona centrală a Forumului și a cotit pe o stradă îngustă care urma linia văii. Părea că Mutilus își va petrece ziua în mahalalele ce ofereau chirii mizere. Se îndrepta spre nord-est, apucând-o înspre Subura.

Erau multe motive pentru care un nobil roman ar merge în acea periferie aglomerată, deși puține dintre aceste motive implicau cauze nobile. Afacerişti dubioşi operau în Subura. Tot acolo se găseau şi bordelurile cele mai exotice. Cunoscându-l pe Rufus, Drilgisa ar fi pariat că cea mai probabilă destinaţie a lui era un bordel exotic şi nicidecum întâlnirea cu un bişniţar ilegal de mărfuri dubioase.

Senatorul mergea repede cu un scop. Ştia unde merge şi era nerăbdător să ajungă acolo. Drilgisa era entuziasmat de această convenabilă întoarcere a norocului. Inima îi bătea un pic mai repede. A grăbit şi pasul, micşorând distanţa.

Mergeau pe o stradă îngustă. În faţă se vedea o alee şi mai îngustă, înghesuită între două clădiri cu locuinţe suprapuse. Chiar şi într-o zi senină, puţină lumină putea pătrundea printre acele clădiri înalte, iar la nivelul solului, aleea era întunecată.

Atunci când intrară pe alee, Rufus era la o întindere de braţ distanţă. Drilgisa îl apucă de umeri cu ambele mâini şi îl trase cu forţa într-un cotlon dintre clădiri. Rufus a scos un strigăt panicat, redus la tăcere imediat ce Drilgisa ia aplicat cu putere sub maxilar o lovitură crâncenă de pumn cu mâna dreaptă. S-ar fi prăbuşit la pământ, dar Drilgisa l-a menţinut în picioare, prinzându-l de partea din faţă a tunicii.

- Borseta e prinsă de centură, mormăi Rufus răguşit, recăpătându-şi vocea. Ai suficient de mulţi bani înăuntrul ei. Ia-i!

- Nu vreau banii tăi!, replică aspru Drilgisa, îndesându-l pe Mutilus în perete.

- Dar ce vrei? întrebă Rufus, deodată foarte înfricoşat.

- Vreau dreptate, rahăţel de melc ce eşti!, îi şopti Drilgisa la ureche.

- Ce vrei? Justiţie? Ce justiţie?, gâfâi Rufus, poticnindu-se.

- Nu-ţi mai aminteşti de mine, nu-i aşa?, spuse Drilgisa. Nu m-ai recunoscut nici la recepţia împăratului. Dar eu te-am recunoscut, senator de rahat.

Drilgisa şi-a folosit mâna dreaptă pentru a-şi trage înapoi pe cap gluga de la pelerină. Cu mâna stângă l-a ţintuit mai bine de perete pe Rufus.

Mutilus îl privea confuz. Vocea rece a atacatorului îl umplea de groază. Apoi a recunoscut ceva în privirea bărbatului. Ochii familiari.

- Nu este posibil!, gemu Rufus. Quintus? Quintus, tu ești?

Drilgisa îl ținea și mai puternic în perete. Rufus era năucit și sângera din spatele capului.

- Nu mai sunt Quintus!

Vocea era glacială și ciudat de calmă.

- Dar acum îți amintești de mine, așa-i?

Mutilus era în stare de șoc. Gâfâia.

- Întotdeauna ți-am fost un bun stăpân, Quintus. Ai fost prefer-
    atul meu, întotdeauna!, spuse el cu un geamăt, izbucnind în
    plâns.
- Întotdeauna ai fost un laș!, răspunse Drilgisa scuipându-l în
    față. Dar erai prea puternic pentru un băiețel. Toate acele zile
    și nopți când te-am implorat să nu mă rănești. Te-am implorat
    să mă lași în pace. Atunci erai un bun stăpân?
- Am fost stăpânul tău!, protestă Mutilus. Aveam dreptul legal!
- La fel și eu! răspunse Drilgisa. Acesta este dreptul meu!

Cu brațul stâng îl pironi pe senator de perete și cu o mișcare rapidă a brațului drept, ridică în aer cuțitul pe care-l strângea în mână, străpungând adânc gâtul lui Rufus Mutilus. Senatorul grohăia de șoc și durere, cu ochii pierduți în orbite. Apoi s-a prăbușit în stradă, atunci când genunchii i-au cedat.

Drilgisa se trase într-o parte a evita sângele care țâșnește cu putere, chiar dacă deja se mânjise pe mâneca dreaptă și pe partea din față a tunicii. Mutilus se zvârcolea la picioarele lui, apoi încremeni brusc.

O femeie care ducea o găleată plină trecuse colțul, apropiindu-se de ei. S-a oprit atunci când a văzut scena crimei și, pentru o clipă efemeră, ea și Drilgisa s-au privit ochi în ochi. Fără să scoată nici un sunet, femeia își lăsă găleata să cadă, grăbindu-se spre înapoi, în di-recția din care tocmai venea.

Drilgisa plecă pe alee în direcția opusă într-un ritm suficient de rapid pentru a se îndepărta, dar care în același timp să nu atragă atenția. Ajuns la jumătatea drumului care cobora, s-a oprit, și-a dezbrăcat hainele pătate de sânge și s-a îmbrăcat cu hainele curate pe care le avea în sac.

A folosit hainele murdare pentru a curăța sângele de pe cuțit, apoi și l-a pus sub centură. A abandonat hainele însângerate și sacul, pășind calm spre strada următoare. Mai sus pe alee, șobolanii deja se prânzeau din trupul lui Rufus Mutilus.

Drilgisa ajunse la han imediat dup prânz. A fost surprins să-l vadă pe Diegis, dar și pe ceilalți daci reveniți deja de la jocuri. Niciunul dintre ei nu părea foarte fericit.

- Cum de v-ați întors așa de repede?, întrebă dezinvolt Drilgisa. V-au dezamăgit Jocurile Împăratului?

Buri se încruntă, clătinând din cap cu tristețe.

- O pierdere de timp, asta a fost. Sărmanii oameni!

- Tu pe unde ai umblat?, întrebă Diegis. De dimineață zăceai lat în pat, dar când ne-am întors, deja erai plecat.

- Ce oameni sărmani?, îl întrebă Drilgisa pe Buri.

- Creștini, răspunse Mircea. Șase creștini, bărbați și femei, deopotrivă. Domițian și-a hrănit lei din arenă cu ei.

- Mi se face rău doar când mă gândesc la asta!, completă Buri.

Diegis se întoarse curios din nou spre Drilgisa.

- Întrebarea mea a rămas fără răspuns.

Drilgisa ridică destins din umeri.

- Sunt bine. Am fost la o plimbare.

- O plimbare?

- Da. Am fost să mă plimb prin oraș, răspunse el zâmbind. Am dat peste o veche cunoștință și totul s-a transformat într-o dimineață frumoasă.

- Aha, înțeleg!, se lămuri Diegis. Totuși, se pare că în timpul plimbării de dimineață te-ai ales cu ceva sânge în păr. Chiar acolo, deasupra urechii drepte.

Ridicându-și mâna, Drilgisa își trecu vârfurile degetelor chiar pe deasupra urechii drepte. Șuvițe de păr cu sânge coagulat ieșiră la iveală.

- Măi, măi, uită-te și la asta!, spuse el cu ușoară surpriză, dar fără a oferi vreo explicație suplimentară.
- Ce vom face în privința lui Rigozus?, întrebă Mircea, părând îngrijorat.
- În privința cui?
- Așează-te, Drilgisa!, spuse Diegis cu răbdare. Este o chestiune pe care trebuie să o discutăm.

S-au decis ca Buri să rămână la han pentru a străjui borseta cu bani și aurul. Presupunând că ceilalți ar fi arestați, el va fi cel care trebuie să mituiască sau să amenințe, în funcție de cum va fi necesar, pentru a izbuti eliberarea. De asemenea, trebuiau să fie discreți, dar datorită înălțimii sale, Buri atrăgea mereu atenția.

La scurt timp după apusul soarelui l-au întâlnit pe Rigozus în apropierea unei fântâni, undeva pe o stradă ce ducea spre Subura. Micuțul creștin părea foarte neliniștit, dar era nespus de bucuros să-i vadă.

- Prieteni, Slavă Domnului că sunteți aici!, îi salută acesta cu vădite semne de îngrijorare.

Se uită curios la nou-venitul Drilgisa, dar se gândi că e mai bine să nu pună întrebări. Diegis trecu pe lângă el, continuându-și drumul pe stradă.

- Haide, arată-ne drumul! Cu cât suntem mai invizibili și cu cât vorbim mai puțin, cu atât e mai bine!

Rigozus trecu în fruntea grupului, preluând conducere. Drilgisa mergea alături de el, atent la tot ceea ce îi înconjoară. Îi urmau Diegis și Mircea.

Mergeau pe o străduță îngustă și întunecată. După apusul soarelui, străzile din Subura erau goale.

-   Deci, acesta este un cartier rău famat? întrebă Mircea, dându-și seama că era intrigat de cultura romană. Totuși, nimeni nu este pe aici.

Drilgisa îl căută cu privirea, dar continuă să meargă.

-   Mircea, Subura este cunoscut pentru trei lucruri. Este celebru pentru frizerii de aici, dar și pentru prostituate.
-   Aha! M-am prins. Înțeleg că frizeriile nu sunt deschise noaptea? întrebă Mircea, zâmbind cu subînțeles.
-   Excelent părinte! Înveți repede!
-   Și care ar fi cel de-al treilea lucru pentru care mai este cunoscut Subura? Pe lângă frizeri și prostituate.
-   Ucigași, spuse Drilgisa pe un ton indiferent.

Mircea amuți. Întotdeauna cel mai bine e să nu-ți ispitești soarta.

-   Vă rog, opriți-vă din această discuție, prieteni!, îi rugă Rigozus. Sunt deja mort de frică!
-   Ascultă-mă bine, Rigozus!, mârâi Drilgisa. Ne aduci noaptea prin cartiere rău famate. Dacă ne trădezi, nu vei apuca să mai trăiești, nici măcar cinci secunde. Ai înțeles?

Creștinul părea afectat că intențiile sale îi erau puse la îndoială.

-   Nu vă faceți griji! Singurul lucru pe care îl vreau de la voi este ajutorul vostru.
-   Cât de mai avem de mers?
-   Nu mai e mult. Mai sunt câteva străzi.

Au ajuns la o dărăpănătură de bloc cu locuințe ridicate pe cinci nivele. Șandramaua era o clădire ce oferea găzduire cu chirie redusă într-un cartier cu chirii mici.

Rigozus îi conduse pe scări în sus, patru etaje, spre ultimul nivel. Jumătate din scările de lemn scârțâiau atunci când pășeai pe ele, dar nimeni nu s-a plâns.

La ultimul etaj, pe un hol îngust, Rigozus îi conduse până la ultima ușă din dreapta. Bătu încet, un cod secret. După o scurtă pauză, ușa a fost între-deschisă cu precauție de un bărbat în vârstă de douăzeci de ani, cu păr castaniu și ondulat. Părea ușurat să-l vadă pe Rigozus.

- Veniți înăuntru, repede!, spuse bărbatul, dându-se deoparte pentru a le face loc să intre. Imediat ce au ajuns înăuntru, omul închise ușa în urma lor, zăvorând-o cu un știft. Frica se putea mirosi în aer.

Se aflau într-o cameră înghesuită, care cu greu îi putea primi pe toți înăuntru. Aceasta nu era o cameră în care să poți locui, se gândi Diegis. Locul trebuie să fie o ascunzătoare.

O tânără femeie, cam de aceeași vârstă cu bărbatul, stătea într-un colț pe o saltea din paie. Rigozus o întâmpină cu un zâmbet cald și îi făcu semn să se ridice.

- Vino, Zelma, salută-i pe prietenii noștri!

Tânăra s-a ridicat, alăturându-se bărbatului cu părul castaniu, care evident era soțul ei. Părea să fie însărcinată, dar cu o sarcină nu prea avansată.

Diegis se întoarse către Rigozus.

- Presupun că aceasta este fiica ta. Acum, explică-ne totul, pe îndelete.

Rigozus părea copleșit de emoție, dar făcu un efort să se adune.

- Ea este fiica mea Zelma. Nicolae este soțul ei. Ei stau ascunși pentru că sunt persecutați.

Făcu o pauză și înghiți în sec.

- Fără ajutorul vostru, vor pieri.

- De ce sunteți persecutați?, întrebă Drilgisa, care stătea de pază lângă ușă.

- Pentru că suntem creștini, răspunse Nicolae. Toți creștinii sunt persecutați la Roma.

- Împăratul Domițian plătește recompense generoase turnătorilor pentru a-i raporta pe creștini, a explicat Zelma.

- Mulți oameni lacomi profită de aceste recompense. Vecina noastră este una dintre acești informatori și ne-a denunțat. Apoi ne-a spus ce a făcut, doar ca să ne batjocorească. Așa că am fugit.

Zelma făcu o pauză, mângâindu-și pântecul umflat.

-    Dar, fără ajutor, nu putem alerga mult timp.

Rigozus se uită la ei, cu ochii implorând.

-    Azi dimineață ai fost la Colosseum. Ai văzut ce se întâmplă cu creștinii care sunt arestați.

-    Da, am văzut!, spuse Mircea sumbru.

-    Și ce fel de ajutor căutați?, întrebă Diegis.

Ochii Zelmei au devenit mai strălucitori.

-    Vrem să mergem în Dacia, domnule! Dorim să mergem cu voi. Aici nu avem viitor. Și chiar dacă am avea, nu vreau ca pruncul meu să crească la Roma.

Nicolae și-a pus brațul protector în jurul soției.

-    Știm că vă cerem mult, domnule, dar asta ar fi salvarea noastră.

Făcu o pauză, iar mai apoi adăugă cu pasiune:

-    Pot lucra. Voi face tot ce este necesar pentru a vă sprijini.

Diegis îi aruncă lui Drilgisa o privire întrebătoare. Drilgisa ridică din umeri, dar părea sceptic. Misiunea lor nu cerea să ia civili cu el.

-    Ce știi să lucrezi, Nicolae?, întrebă Diegis.

-    Sunt cizmar, domnule. Repar pantofii și fac încălțăminte nouă. Acest om bun, indicând din cap către Rigozus, m-a învățat această meserie în ultimii cinci ani.

Mircea zâmbi.

-    Așa că ți-a dat o meserie, dar și o soție. Într-adevăr, un om bun!

-    Avem o lungă călătorie în față, gândi Diegis, cu voce tare. Un cizmar ar putea fi foarte util. Și tu, Zelma, cu ce te ocupi?

-    Sunt vindecătoare, domnule! răspunse ea cu umilință. Cunosc plantele medicinale. Nu sunt chirurg, dar pot repara rănile dacă nu sunt prea severe.

-    Un cizmar și un medic, ce ar putea fi mai bun? întrebă Diegis.

Își îndreptă întrebarea către Drilgisa, care nu văzu-se măcelul creștinilor din Colosseum, nefiind la fel de empatic cu situația acestora, precum era el și Mircea. Drilgisa nu avea nicio părere.

- Ce crezi, Mircea?

În loc să răspundă, preotul s-a întors spre tânără.

- Copila mea, numele tău este Zelma?
- Da, domnule.

Mircea i-a răspuns cu un zâmbet.

- I-ai putea spune Generalului Diegis care este semnificația numelui tău?

Ea a părut puțin surprinsă de întrebare, apoi și-a dres glasul și a răspuns.

- Zelma înseamnă *protejată de Dumnezeu*.

Drilgisa râse și clătină amuzat din cap.

- Până și zeii vor să faci această călătorie! Ești într-adevăr binecuvântată, copilă.

Diegis dădu din cap aprobator.

- Așa să fie! Zelma și Nicolae, veți călători alături de noi, fiind slujitorii mei și astfel veți fi sub protecția mea. Tu vei fi medicul nostru, iar tu vei fi cizmarul nostru. Când vom ajunge în Dacia, veți putea alege unde să locuiți.

Nicolae și Zelma s-au prins într-o îmbrățișare strânsă, viața lor căpăta brusc o nouă speranță.

Rigozus rămase tăcut, cu lacrimile curgându-i pe obraz.

- Și tu ce vei face, Rigozus? întrebă Mircea.
- Am făcut asta pentru fiica mea, pentru Nicolae și pentru nepotul meu nenăscut pe care nu îl voi vedea niciodată, răspunse Rigozus. În ceea ce mă privește, viața mea este aici. A doua mea soție este romană. O femeie bună, dar care niciodată nu ar părăsi Roma.
- Câți creștini mai sunt persecutați și arestați în Roma?, întrebă Mircea.
- Mulți, a răspuns Nicolae. Ne întâlnim în secret, în grupuri mici. Trăim cu frica de a fi prinși și dați în vileag, dar credința noastră este mult mai puternică decât frica noastră de romani.

- Văd asta și te cred, răspunse Mircea. O credință atât de puternică nu poate fi cucerită!
- Da, așa este, credința noastră nu poate fi cucerită!, confirmă Zelma, punându-și brațul în jurul taliei soțului ei. Nici prin moarte!

Rigozus îi captase privirea lui Diegis.

- Domnule? În ceea ce îi privește pe ceilalți creștini.

Diegis clătină din cap.

- Nu putem lua mai mulți oameni!
- Nu, domnule, nu e asta, explică bătrânul. Vă rog să-i spuneți Regelui Decebal despre creștinii din Roma. Au nevoie de un loc unde să meargă, dacă decid să plece de aici.
- Acum am înțeles!, răspunse Diegis. Regele Decebal și Regina Andrada sunt conștienți de situația creștinilor de aici. Spune-le oamenilor că sunt bineveniți în Dacia, dar trebuie să-și croiască singuri drumul până acolo.
- Mulțumesc! Le voi spune. Într-o bună zi, Roma va cădea, iar creștinii vor fi liberi. Dreptatea lui Dumnezeu va birui!
- Amin!, răspunseră împreună Nicolae și Zelma.

Titus Lucullus a escortat delegația dacilor până la Porta Flaminia, transmițând-și acolo urările de bine. Cum-necum, Diegis a găsit și și-a angajat doi cetățeni romani pentru a-i fi servitori, un cuplu tânăr care lucrau ca cizmar și medic. Nu a mai făcut nicio anchetă, dincolo de faptul că a aflat.

Niciunul dintre cei doi tineri nu putea să călărească în șaua unui cal, așa că urmau să călătorească așezați pe perne într-una dintre căruțele cu bagaje. Acest lucru a fost foarte apreciat, în special de tânăra aflată în stadiile mijlocii ale sarcinii.

Drilgisa a trecut la inspectarea escortelor de cavalerie și a echipamentului acestora. Fiecare bărbat a fost controlat. Nimeni nu avusese probleme, chiar însăși găzduirea în afara porților orașului a ajutat la reducerea ispitelor care puteau conduce la necazuri. Soldaţii s-au plictisit să tot joace la loteria zarurilor şi erau dornici să plece.

- Îţi mulţumesc pentru ospitalitate şi asistenţă, Titus! spuse Mircea. Această călătorie a fost foarte educativă pentru mine. În ceea ce te priveşte, eşti unul dintre cei mai capabili instructori.
- Întotdeauna vei fi binevenit Mircea! Transmite-i toate gândurile mele bune Marelui Preot, atunci când vă întoarceţi acasă.

Mircea dădu din cap.

- Aşa voi face! Te-a vorbit de bine în trecut.

Titus izbucni în râs.

- Da, mi-a spus că sunt un roman cinstit, îmi amintesc momentul.
- La revedere, Titus Lucullus!, spuse amabil Diegis.
- Încredinţează-i salutările mele fratelui tău, Regele Decebal, şi Reginei Andrada, spuse Lucullus, privindu-l pe Diegis drept în ochi. Ştiţi că Roma doreşte să păstreze pacea cu Dacia. Am încredere că şi ei ştiu asta şi vor onora tratatul dintre noi.
- Într-adevăr!, răspunse Diegis. Roma a suferit pierderi grele, la fel şi Dacia. O pace avantajează ambele părţi.
- Vă doresc o călătorie plăcută, domnule General!

Titus spera că tratatul va dura. În particular, avea îndoieli, pe care le ţinea pentru el. Grija lui nu erau dacii, chiar dacă Regele Decebal era foarte încăpăţânat şi independent. Nu, principala lui grijă era reacţia Senatului Romei, dar şi a altor romani puternici şi influenţi.

Mulţi dintre aceştia erau supăraţi pe împărat pentru concesiile oferite Daciei, printre care, nu în ultimul rând, era marea sumă de bani care trebuia plătită Daciei în fiecare an. Prin spatele lui Domiţian, ei numeau acest tratat al său, *pacea fără glorie*. Oare cât timp ar tolera romanii o asemenea insultă?

Cu Drilgisa şi căpitanul de cavalerie în frunte, escorta de călătorie s-a aliniat în coloană, îndreptându-se spre nord pe Via Flaminia.

Drilgisa părea să fie într-o dispoziţie mai fericită. Mircea a ales să călătorească însoţit de plăcutul cuplu de tineri creştini în căruciorul de bagaje pentru a putea discuta despre Zamolxis şi Iisus.

Se pare că ambii zei erau zei ai păcii, care propovăduiau toleranţa şi iubirea faţă de semeni. Mircea nu avea să uite niciodată curajul creştinilor care au înfruntat moartea în arenă. Într-o lume plină de violenţă şi moarte, acest tip de curaj era unic şi dorea să-l înţeleagă mai bine.

La fel ca toate drumurile romane, Via Flaminia era construită drept şi fără denivelări. În curând, marele oraş Roma a devenit doar o pată în orizontul sudic. Urmează săptămâni de călătorie.

Capitolul 22

Nunta

Sarmizegetusa, octombrie 89 d.Hr.

Regele Decebal își căuta soția. Putea pur și simplu să trimită un servitor să o caute, dar asta i se părea nefiresc de făcut, fiind vorba de propria lui soție, aflată chiar la el în casă.

Foarte probabil, în această perioadă dispoziția Reginei Andrada era oarecum mai puțin previzibilă, fiind din nou însărcinată și pregătită să înceapă cu pasiune noi proiecte, dar, totuși, era soția lui. Întotdeauna ambii știau unde se aflau atunci când erau amândoi acasă.

Doar că, în momentul de față, Regina nu era de găsit nicăieri.

Fiica lor, Zia, trecu pe acolo. Fata căra un pisoi alb spre bucătărie și părea că e în grabă. În treacăt, s-a uitat la chipul tatălui său și a ghicit motivul îngrijorării lui.

- E în Sala Tronului, tată. Alături de ea sunt mătușa Dochia și mătușa Tanidela.

Vreo doi pași mai târziu, își mai aminti ceva și privi înapoi peste umăr.

- Ah, și Mirela, de asemenea!
- Mulțumesc, Zia!, strigă Decebal după ea.

Desigur, în orice moment copiii sunt conștienți de locul unde se află mama lor.

Decebal a intrat pe un hol lung care-i lega locuința de Sala Tronului. În permanență erau postați gardieni la intrarea în Sala Tronului, iar accesul în spațiile de locuit era strict controlat. Străjerii s-au înclinat politicos în fața regelui, în timp ce acesta trecea.

Femeile s-au adunat în Sala Tronului deoarece aici era cea mai bună hartă a Daciei și a ținuturilor învecinate. Harta era întinsă pe una dintre mesele mari. Andrada era aplecată deasupra acesteia indicând locuri de pe hartă, în timp ce sora mai mică a lui Decebal, Tanidela, scria notițe cu un stilus pe o tabletă de ceară.

- Cu ce drept folosiți harta regelui?, le-a întrebat Decebal, apropiindu-se.

Andrada și surorile regelui, Dochia și Tanidela, știau că el le tachina. Mirela, cea care urma să se căsătorească cu Diegis, nu era la fel de sigură. Se ridică repede, puțin surprinsă.

- Harta regelui, pe bune?, răspunse Andrada calmă, fără a-și lua ochii de la hartă.

- Eu sunt Regina și este și harta mea!

Dochia puse o mână pe umărul Mirelei.

- Regele doar glumește, spuse ea zâmbind.

- Ah, desigur, răspunse Mirela.

A fi în preajma familiei regale era o experiență nouă pentru ea și încă nu se simțea în largul ei atunci când era în prezența regelui. Diegis încă nu se întorsese din călătoria sa la Roma, deși era de așteptat să ajungă acasă foarte curând.

- Ce căutați?, întrebă Decebal.

Tanidela i-a arătat tăblița de scris.

- Mai avem o sută de invitații de nuntă de trimis. Și asta doar în Dacia, fără ținuturile învecinate.

Îndreptându-și spatele, după ce a stat de ceva vreme aplecată deasupra hărții, Andrada scoase un oftat în timp ce își puse o mână în partea inferioară a spinării. Avea să nască în mai puțin de două luni și deja simțea greutatea sarcinii.

- De asemenea, vom avea încă o sută de oaspeți de dincolo de granițele noastre. Diegis este din familie regală, a adăugat Regina.

Indicând cu mâna spre harta cea mare, adăugă:

- Regii, nobilii și diferitele căpetenii se vor supăra dacă nu vor fi invitați.
- Într-adevăr, aprobă Decebal. Nu-i neglijați pe prinții și înalții nobili ai sarmaților, ai marcomanilor, ai sciților și ai bastarnilor.
- Câți invitați avem până acum?
- Cinci sute. Cu încă două sute ar trebui să acoperim pe toată lumea.
- Și vor veni toți?, întrebă Mirela îngrijorată.
- Vor veni trei din cinci, răspunse Andrada. Ceilalți vor trimite doar cadouri, dar chiar și așa, vor fi entuziasmați să fie invitați.
- Atât de mulți oameni!, exclamă tânăra mirată.

Decebal îi răspunse cu un zâmbet.

- Nunta ta cu Diegis va fi o sărbătoare, desigur, și un ospăț regal. Însă, dincolo de asta, este și o solemnitate de stat, dar și o adunare diplomatică a tuturor aliaților Daciei. Bun venit în familie, Mirela!

Zâmbind, Tanidela se întoarse și ea spre Mirela.

- Bine ai venit în politică, surioară!

Diegis și ceilalți trimiși ai dacilor ce au călătorit la Roma s-au întors la Sarmizegetusa într-o zi vântoasă și ploioasă. Călătorii erau uzi și obosiți după lunga călătorie. Soldații s-au retras imediat spre casele lor. Diegis a mers direct la reședința regală pentru a-i raporta regelui.

- Bine ai venit acasă, frate!, spuse Decebal bătându-l pe umăr și invitându-l să ia un loc în sala de mese.

Diegis s-a așezat și a acceptat cu recunoștință o cană cu apă fierbinte, aromatizată cu lămâie și îndulcită cu miere, ce i-a fost adusă de un servitor.

- Lungă călătorie!, spuse Diegis. Am văzut lumea și sunt fericit să mă întorc acasă în Dacia.
- Rapoartele primite îmi spun că ai avut o întâlnire de succes cu Domițian, spuse Decebal.

- Ah, nu prea a fost o mare întâlnire și aproape că nu s-a discutat nimic, răspunse Diegis. Împăratul ne-a vrut acolo doar pentru a apărea în fața Senatului.

În timp ce vorbeau, Diegis își înclină capul pentru a răspunde salutărilor lui Vezina și ale Andradei, care tocmai intraseră și li se alăturaseră.

- Nu este cu nimic diferit față de ceea ce ne așteptam să fie, completă Vezina. Totuși, era important să fii acolo pentru a reprezenta Dacia. Tratatul cu Roma ne avantajează la fel de mult pe cât îi avantajează și pe ei.

- Mulțumesc zeilor că v-ați întors, în siguranță și sănătoși, declară Regina despovărată.

- Îți mulțumesc, dragă soră!, răspunse Diegis.

Băgându-și mâna pe sub straie scoase un săculeț din pânză catifelată și îl împinse regelui peste masă.

- Asta este pentru tine, frate!

- Cadouri de la Roma?, întrebă Decebal zâmbind.

Vezina luă săculețul.

- Permiteți-mi să verific mai întâi dacă există vreo dovadă că ar fi otrăvit, Domnule, spuse el în glumă.

A dezlegat săculețul și a scos din el o diademă subțire confecționată din aur.

- Cât de generos din partea Împăratului!, spuse Vezina râzând.

- Să nu fim nerecunoscători, Vezina!, îndemnă Decebal. Se spune că vistieria împărătească este aproape goală în această perioadă.

- Depinde, răspunse Diegis.

- Depinde de ce?, întrebă Andrada.

- Depinde, draga mea Regină, de câți romani bogați a executat sub acuzații false de trădare și alte crime. Domițian îi ucide sau îi exilează, confiscându-le proprietățile pentru a-și plăti jocurile și vilele.

- Vai! Cât de înspăimântător trebuie să fie pentru acei oameni, exclamă Regina.

- Este un fel de obicei la Roma, Regina mea, explică Vezina. Domiţian nu este primul conducător care a folosit această strategie şi, cu siguranţă, nu va fi nici ultimul.

Decebal luă diadema, o examină pentru o secundă şi o aruncă înapoi pe masă.

- Asta se poate întoarce înapoi în sac. Este inutilă.

Vezina se întoarse spre Diegis.

- Cine sunt oamenii care aşteaptă afară alături de Mircea? Par obosiţi şi înfometaţi.

- Sunt oaspeţii mei, răspunse Diegis. Oaspeţii noştri. Refugiaţi din Roma.

- O, dar de ce să-i lăsăm să aştepte?, spuse Andrada întorcându-se către un servitor. Invită-i pe oaspeţii noştri să ni se alăture!

Nicolae şi Zelma au intrat împreună cu Mircea. Erau timizi şi nesiguri în abordarea pe care trebuiau să o aibă în faţa înalţilor oficiali, de altfel, de înţeles. Tânărul cuplu habar nu avea cum ar trebui să se comporte în faţa familiei regale.

Diegis a fost cel care a făcut prezentările.

- Rege Decebal şi Regină Andrada, aceştia sunt oaspeţii mei veniţi de la Roma. Nicolae şi Zelma sunt soţ şi soţie. Sunt creştini care au fost persecutaţi de Domiţian şi şi-ar fi înfruntat moartea dacă ar fi rămas la Roma.

Andrada observă imediat sarcina Zelmei, aflată cam în acelaşi stadiu cu sarcina ei, şi s-a ridicat să o salute.

- Vino, draga mea, şi aşază-te. Nişte supă fierbinte te va încălzi rapid.

Doi servitori au auzit-o şi s-au grăbit iute spre bucătărie. Noii sosiţi au luat loc pe scaune, înghesuindu-se şi ei în jurul mesei, uluiţi că le-a fost cerut atât de lejer să se alăture la masa regalităţii.

Nicolae a plecat capul în faţa lui Decebal şi al Andradei.

- Vă mulţumesc, Înălţimea Voastră! Generalul Diegis ne-a redat viaţa. Ne-a salvat de la o moarte în arenă. Dumnezeu vă va binecuvânta pe toţi pentru această bunătate!
- Bine aţi venit, Nicolae şi Zelma!, răspunse Decebal. Avem o mică comunitate de refugiaţi creştini în Sarmizegetusa. Vă puteţi alătura lor, dacă doriţi.
- Am ajuns să-i cunosc bine pe aceşti tineri în călătoria noastră, spuse Mircea, cu ochii strălucitori. Amândoi vor fi de mare ajutor oraşului. Nicolae face încălţăminte foarte bună. Zelma este pricepută în vindecare şi în medicina pe bază de plante.
- Minunat!, exclamă Andrada. Zelma, mă poţi ajuta la clinica mea medicală. Şi, de asemenea, în grădina mea de plante medicinale, deoarece îngrijirea ei în mod corespunzător necesită cunoştinţe şi pricepere.

Ea şi-a atins uşor burta umflată şi a început să râdă.

- După ce amândouă ne naştem copiii, desigur!

Zelma s-a uitat la soţul ei şi a văzut că şi el se simţea la fel de copleşit ca şi ea. Oare ce fel de regalitate era aceasta, atât de primitoare cu străinii de rând?

- Mulţumesc, Alteţă, spuse Zelma timid. Mă rog să fiu demnă de încrederea ce mi-o acordaţi.

La masă au fost aduse tăvi pe care erau castroane cu ciorbă şi pâine. Călătorii erau cu toţii înfometaţi. Conversaţia s-a mai domolit puţin în timp ce mâncau.

Andrada se întoarse spre Diegis.

- După ce vei termina de servit, să ştii că este o domnişoară care te aşteaptă cu nerăbdare.
- Desigur! Pe tot drumul de întoarcere, nu m-am putut gândi la nimic altceva.
- Nunta este programată peste două săptămâni de acum înainte, aşa că întoarcerea ta este potrivită, i-a spus Decebal. Am programat festivităţile în aşa fel încât să vă oferim timp

suficient şi, de asemenea, pentru a oferi timp de călătorie şi oaspeţilor noştri.

- Dar nu prea mult timp, completă Andrada zâmbind.
- O?, spuse Diegis privind către Regină. E cineva în grabă?
- Cu toţii am fost, răspunse Andrada. În special logodnica ta. Acum nu mai vorbi şi mănâncă. Şi aşa te-a aşteptat destul de mult.

Nunta lui Diegis, Prinţul Daciei, cu Mirela, fiica lui Sorin, un nobil dac bogat, a atras oaspeţi de departe, veniţi dinspre apus, din Germania, sau dinspre răsărit, din Sciţia. Patru sute de invitaţi s-au alăturat nuntaşilor din zonă pentru a participa la evenimentul organizat în aer liber, urmat de petrecerea de nuntă. Din fericire, vremea nu se răcise încă.

Ceremoniile de nuntă au început dimineaţa devreme. Incluzând ritualurile religioase, servitul mesei, cântatul şi dansul, petrecerea s-a întins până în dimineaţa zilei următoare.

Atât mirele, cât şi mireasa, au fost îmbrăcaţi în costume tradiţionale de nuntă, cu broderie bogată şi colorată. Pantalonii şi cămaşa lui Diegis, dar şi rochia Mirelei au fost realizate dintr-o ţesătură de lână albită până la un alb strălucitor. Ţinutele au fost decorate cu broderii din fir de mătase într-un curcubeu de culori. Părul ei lung, castaniu deschis, era împletit pe spate şi decorat cu flori. El purta pileus, cuşmă de tarabostes din piele de miel, semn distinctiv al nobilimii dacice.

Vezina a condus ceremonia religioasă şi rânduielile de nuntă pentru a se asigura că Zamolxis îşi oferă binecuvântarea pentru această unificare. Preoţii incantau ritualuri şi ardeau tămâie. Mirilor le-au fost interpretate cântece tradiţionale de nuntă.

După slujba religioasă, cuplului i-a fost adus colacul nunţii. Acesta era o pâine împletită foarte mare, special coaptă pentru a fi cu mult mai mare decât o pâine obişnuită. Mirii au rupt fiecare câte o bucată de pâine şi au mâncat-o. Acest lucru asigura că mariajul va fi unul prosper şi fertil. Restul colacului de nuntă a fost tăiat în mici bucăţele şi împărţit invitaţilor, ca simbol al fericirii şi al bunăvoinţei cuplului.

Sărbătoarea nunţii a fost un corn al abundenţei ce a inclus diferite tipuri de carne, preparate din pasăre, peşte proaspăt, pâine, legume, fructe şi nuci de tot felul. Deserturile au inclus o mare varietate de produse de patiserie, plăcinte şi prăjituri. Brutarii daci erau întotdeauna bine aprovizionaţi cu unt, smântână, miere, brânzeturi şi fructe, pe care le includeau cu generozitate în preparatele lor.

La sărbătorile de nuntă se consuma vin, mai mult decât în viaţa de zi cu zi, dar dacii consumau alcool cu moderaţie în comparaţie cu oaspeţii lor din triburile vecine. Învăţăturile lui Zamolxis aveau o influenţă puternică în viaţa dacilor. Se credea că utilizarea excesivă a alcoolului tocea minţile oamenilor şi le degrada caracterul. Alcoolul urma să fie folosit în primul rând pentru a sărbători ocazii speciale.

Regele Decebal şi Regina Andrada au urmărit festivităţile aşezaţi la masa regală poziţionată pe o scenă impozantă, ridicată la doi metri deasupra pământului. Familia lui Decebal, inclusiv copiii şi surorile lui, stăteau la mesele din apropiere, pe aceeaşi scenă.

Diferiţi nobili şi demnitari străini veneau la masa acestora pentru a saluta familia regală şi pentru a le prezenta omagiile. Unul dintre ei a fost Davi, prinţ al sarmaţilor roxolani. De-a lungul anilor, roxolanii şi dacii s-au dovedit a fi unii dintre aliaţii cei mai de încredere în lupta împotriva invadatorilor străini.

Davi era un chipeş războinic, îmbrăcat în pantaloni de lână asortaţi cu o cămaşă cei trecea peste şolduri şi o mantie de un albastru închis ce-i atârna peste umeri. Hainele tradiţionale sarmate erau foarte asemănătoare cu hainele dacice. Spre deosebire de daci, braţele lui Davi erau bogat decorate cu tatuaje. Dacii nu se tatuau.

    - Omagiile mele, Rege Decebal!, spuse Davi cu un zâmbet larg. Vă mulţumesc pentru invitaţie şi pentru această splendidă ceremonie. Orice sărbătoare dacică merită călătoria până aici şi, ori de câte ori am venit, niciodată nu am plecat dezamăgit.

- Bine ai venit, prietene!, răspunse Decebal. Îți mulțumesc că ai făcut această lungă călătorie. Mă bucur să te văd!
- Este o onoare, Regină Andrada!, spuse Davi, înclinându-se cu reverență în fața Andradei și constatând că purta o nouă viață în pântec. Am încredere că sunteți într-o stare de sănătate excelentă, Doamna mea?
- Sunt foarte bine, Davi, mulțumesc!, răspunse Andrada. Mă bucur să te văd. Sper că vă bucură festivitățile?
- Foarte mult!

Pentru un moment privi înspre masa mirilor.

- Trebuie să vă confirm că nu l-am văzut niciodată pe Diegis arătând atât de fericit.

Andrada începu să râdă de bucurie.

- Da, căsătoria, cred că va fi bună pentru el. În ceea ce vă privește pe dumneavoastră, Domnule? Tot necăsătorit?
- Tot necăsătorit, răspunse Davi.

Ochii i s-au rătăcit spre masa alăturată unde Tanidela vorbea cu alți oaspeți. Probabil și ea a simțit prezența lui Davi pentru că și-a îndreptat privirea în direcția lui. Andrada, la rândul ei, surprinse acest schimb de priviri.

- Da, încă este necăsătorită. Dacă ar avea ocazia, poate că i-ar plăcea să vorbească cu tine. Foarte rar vă avem ca oaspete aici, din păcate.
- Oare aș putea să vă pun eu la îndoială vreodată înțelepciunea, Doamnă? a răspuns întrebător Davi, zâmbind. Acum, vă rog să mă scuzați, mă voi duce să aflu.

Făcu o scurtă plecăciune înaintea Regelui, apoi se îndreptă spre masa Tanidelei.

Decebal se întoarse către soția sa.

- Cred că vă jucați de-a Dragobetele, nu-i așa?
- Șșhh! Nu este nimic în neregulă cu asta!, răspunse ea complice. Tanidela ar fi bucuroasă să găsească pe cineva potrivit pentru ea. Și Dochia, de altfel.

- Probabil că nu Dochia, spuse Decebal cu tristeţe în glas.

Dochia era sora lui mai mare cu doi ani. În urmă cu mai bine de opt ani, soţul ei a fost ucis în luptă. Apoi, singurul ei copil, un băiat de zece ani, a mers să înoate în râu şi s-a înecat. Sora lui era, din păcate, încă în doliu pentru amândoi. Îi plăcea să aibă grijă de copii, dar nu şi-a mai arătat interesul pentru o nouă căsătorie.

Ascultându-i tristeţea din glas, Andrada şi-a pus mâna pe braţul soţului.

- Nu vreau să crezi că am uitat asta, dar uneori oamenii se mai schimbă. Nu se ştie niciodată. Nu cred că este bine să trăieşti viaţa într-o stare de tristeţe.
- Mă rog să ai dreptate. Şi da, nu cred că este bine ca sora mea să-şi trăiască viaţa într-un doliu perpetuu. Dar ea este foarte mândră şi întotdeauna îşi urmează propriul cuget.
- Se pare că e moştenire de familie, bărbate.

Andrada rămase o clipă pe gânduri, apoi începu să râdă.

- O văd chiar şi la fiicele mele!
- Într-adevăr, răspunse Decebal zâmbind. Fiicele tale sunt ale tale, la fel de mult cum sunt şi ale mele.

Buri trecu însoţit de fiul său, Tarbus, aflat cu un pas mai în urmă. Băieţelul de zece ani îi moştenise părul creţ, dar şi temperamentul plăcut al acestuia. Era mare pentru vârsta lui, dar era puţin probabil să crească vreodată la fel de mare ca tatăl său. Buri era un gigant printre bărbaţi.

- Tarbus! Tarbus!, strigară Adila şi Zia, în timp ce îi făceau cu mâna băiatului.

Acesta le răspunse, făcându-le semne înapoi. Fetele au fugit la masa părinţilor lor.

- Mamă, poate Tarbus să stea cu noi?, întrebă Zia.
- Desigur că poate, răspunse ea. Dar poate că ar trebui să-l întrebi asta pe Tarbus, şi, de asemenea, pe tatăl lui?

Tarbus ridică o privirea mieroasă spre tatăl său. Buri îi zâmbi cu subînțeles.

- Du-te fiule, e în regulă. Te voi aștepta!

I-a privit pe copii fugind fericiți și a zâmbit.

- Oare și noi am fost la fel de fericiți pe când eram prichindei?, se întrebă Buri.

- Nu-mi amintesc să fi fost atât de tânăr, răspunse Vezina, apropiindu-se și luând loc lângă rege.

Marele Preot avea întotdeauna o invitație la masa regală.

- Dar ai fost vreodată tânăr?, îl întrebă șoptind Decebal. Îmi amintesc că deja erai bătrân, pe când mi-ai fost profesor în copilăria mea.

Vezina oftă.

- Într-adevăr, Domnule, este o binecuvântare să fii bătrân. Îmi place. Viața ne învață atât de multe lecții, iar eu sunt întotdeauna un student dornic de cunoaștere.

- Aha!, exclamă Regina, uitându-se la Decebal și la Buri. Ascultați-l cu atenție, tinerilor, pentru că așa glăsuiește înțelepciunea.

- Vă mulțumesc, Majestate!, răspunse zâmbind Vezina.

- Apreciez înțelepciunea ta, Vezina, spuse Decebal. Depind de asta. La fel cum a depins și unchiul meu, Regele, înaintea mea și așa cum a depins tatăl meu, Regele, înaintea lui.

Buri se întoarse zâmbind spre Marele Preot.

- Și ce ne spune înțelepciunea ta despre noul tip de pere care ne-au fost aduse din Galia? Sunt mai rotunde decât perele de pe la noi, încă mai sunt verzi atunci când sunt coapte și sunt foarte dulci.

- Înțelepciunea spune: „*Plantează semințele, Buri!*" Natura te va învăța restul.

- Buri, alătură-te nouă!, spuse Decebal. Lasă grijile deoparte pentru o zi, merii și perii tăi vor fi bine. Ai avut o recoltă excelentă anul acesta.

- Da, haide cu noi!, îl invită şi Andrada. Abia te-am văzut de când te-ai întors de la Roma.
- Of, Roma!, se încruntă Buri găsindu-şi un loc. Cum se simt tinerii din cuplul creştin? Zelma şi Nicolae?
- Sunt bine, a răspuns Vezina. Nicolae şi-a găsit de lucru într-un atelier de cizmărie şi face încălţăminte. Zelma încă nu a născut şi se mai odihneşte după călătoria ei de la Roma. Amândoi au fost primiţi cu braţele deschise de ceilalţi creştini din oraş.
- Diegis mi-a povestit despre prizonierii creştini, dar şi despre leii din arenă, spuse Decebal scuturând capul. A fost o experienţă terifiantă.
- Da, ei ar fi fost următorii, dacă nu intervenea Diegis, răspunse Buri. A salvat două vieţi în acea zi la Roma.
- Trei vieţi, îl corectă Andrada. În curând Zelma şi cu mine vom fi amândouă proaspete mămici. Ea pentru prima dată, eu pentru a treia oară.

Buri încuviinţă din cap.

- Aşa este, Regina mea, ai dreptate. Trei vieţi.
- Ah, uite!, spuse Vezina. Ceremonia darurilor este pe cale să înceapă. Cred că le va lua ceva vreme, având patru sute de invitaţi, nu-i aşa?
- Aşa este, aprobă Decebal. Cu toate astea, tradiţia va fi respectată.

Ceremonia de oferire a darurilor a început pe la mijlocul după-amiezii. Mirii s-au aşezat la o masă, iar fiecare nuntaş sosea pe rând să le ofere câte un cadou. Bogaţi şi săraci, nobili şi ţărani, fiecare oaspete şi-a adus darul. De la coliere şi bijuterii din aur şi argint, la cai rafinaţi sau la simple articole de uz casnic de care ar avea nevoie orice cuplu. Fiecare cadou a fost acceptat cu mulţumire profundă.

La sfârşitul ceremoniei de oferire a darurilor, Drilgisa s-a prezentat şi el cu o gloabă de măgar. Mârţoaga avea picioare subţiri şi un corp slăbuţ. Mirela era surprinsă şi nedumerită de acest cadou neobişnuit.

Diegis îl privi mai cu atenție, apoi se lăsă pe spate izbucnind în râs. Privi spre masa regală, acolo unde era Regele Decebal care privea și zâmbea.

Atârnat de gâtul măgarului era un semn pe care scria „Împărat." Pe creștetul capului, măgarul avea diadema din aur a lui Domițian.

Sărbătoarea nunții a durat toată ziua și toată noaptea. S-au cântat cântece tradiționale, apoi s-au cântat din nou, cu și mai mare ardoare. Muzicienii suflau în fluiere, băteau la tobe și cântau la instrumente cu coarde. Cel mai iubit joc tradițional de nuntă era *hora*, un dans de grup care implica un număr foarte mare de oameni care se țineau de mână și dansau în cerc. *Hora* a fost repetată de multe ori ca expresie a unității și bucuriei comune. Era un dans de care oamenii nu se mai săturau.

Seara târziu, mirii s-au retras spre dormitor pentru a-și petrece în privat noaptea nunții. Ceilalți petrecăreți au continuat până la răsăritul soarelui.

O lună mai târziu, Regina Andrada a născut un fiu. Avea părul negru strălucitor al mamei sale și ochii căprui închis ai tatălui său. L-au numit Dorin. Chiar a doua zi, Zelma a născut o fiică, pe care au numit-o Lia. Avea părul castaniu și ochii căprui ai mamei sale. Cu bucurie, Nicolae a făcut botoșei din blană de iepure pentru ambii bebeluși.

Zelma o ajuta pe regină în clinica ei și în grădina de plante medicinale, așa că, de la o vârstă fragedă, cei doi copilași s-au jucat împreună sub privirile atente ale mămicilor. Au învățat să meargă de-a bușilea împreună, să facă primii pași și să vorbească împreună. Pentru orice străin ei păreau frați gemeni. Au crescut considerându-se unul pe altul frate și soră.

Tratatul de pace cu Roma era respectat, chiar dacă au mai fost câteva ciocniri minore la graniță, dar nicio bătălie majoră. Împăratul era preocupat de problemele aflate mai aproape de casă, printre care, nu în ultimul rând, erau problemele financiare persistente, ale lui, dar și ale Romei. Paranoia lui Cezar și resentimentele față de nobilimea romană au dus la un tratament mai dur pentru toți cei în care nu avea încredere. Acest lucru a crescut foarte mult opoziția Senatului roman față de Împărat, precum și disprețul lor față de el.

Deocamdată, Domițian a renunțat la planurile de invadare a Daciei. El continua să plătească o importantă indemnizație anuală Regelui Decebal pentru a păstra pacea. Asta arăta că Împăratului îi era frică de Dacia, spuneau criticii săi. Deși aceste plăți erau privite cu profundă ostilitate de Senatul Romei, senatorii nu au avut de ales decât să fie de acord cu el. Sfidarea lui Cezar însemna în mod clar exilul sau execuția.

Ca urmare a tratatului lor, Decebal s-a folosit inginerii romani trimiși de Domițian pentru a întări forturile dacice și pentru a îmbunătăți drumurile. El a ordonat inginerilor să construiască mai multe ziduri de artilerie pentru a fi întebuințate în apărarea fortărețelor. El s-a folosit de sutele de dezertori romani din armata lui Tettius Julianus pentru a instrui soldații daci în contracararea tehnicilor romane de luptă. Când romanii vor ataca din nou, aveau să constate că Dacia era mai bine organizată și mai bine pregătită decât oricând.

Capitolul 23

Alianţe

Roma, vara anului 96 d.Hr.

Aulus Cotta era un lider în rândul grupului conservator de senatori care urmau cu stricteţe credinţa stoică a filozofilor Tacitus şi Pliniu. Stoicii credeau că trăiesc o viaţă dreaptă, cumpătată şi simplă. Ei s-au opus monarhiei şi au respins ideea divinităţii lui Caesar, care i-a făcut automat duşmani ai Împăratului. În special, ei priveau cu repulsie depravările morale şi excesele financiare ale lui Domiţian.

Stoicii şi-au păstrat opoziţia ascunsă faţă de toată lumea, cu excepţia cercului lor restrâns şi închis. A te opune public faţă de Împăratul Domiţian, aducea cu sine acuzaţii de trădare. Opozanţii îşi pierdeau proprietăţile şi, din ce în ce mai des, îşi pierdeau viaţa. Roma trăia în frică.

În această seară, Cotta şi-a invitat trei dintre colegii săi din Senat în casa lui, la cină. Senatorii stăteau întinşi pe trei canapele, aşezate într-un cerc apropiat. Cotta avea treizeci de ani, era subţirel şi plin de viaţă, atât în vorbă, cât şi în gesturile sale fizice. Quintus Matius avea şaizeci şi opt de ani. De cele mai multe ori, el era cel mai în vârstă senator prezent şi, prin urmare, era tratat cu cel mai mare respect. Publius Gabinius era un om corpolent la patruzeci de ani. Marcus Rubrius era un bărbat tăcut şi grijuliu, aflat spre finalul celor treizeci de ani. Ceea ce i-a făcut prieteni de încredere a fost filozofia pe care o împărtăşeau şi animozitatea lor profundă faţă de Domiţian.

Fideli filozofiei lor stoice, bărbații au mâncat cu moderație, servind o cină simplă cu pâine, brânză, măsline și apă. Slujitorii fuseseră trimiși de acasă. La Roma, zidurile aveau urechi.

La finalul cinei, Marcus Rubrius și-a ridicat paharul cu apă într-un toast solemn.

- Pentru Helvidius! Și Junius! Și Herrenius!

Toți și-au ridicat paharele în tăcere și au băut.

Subiecții toastului fuseseră executați de Domițian pentru credințele lor stoice și pentru opoziția față de Caesar. Multe dintre rudele lor și mulți dintre prietenii acelor bărbați au fost, de asemenea, persecutați și trimiși în exil.

Așa cum se întâmpla de obicei, atunci când senatorii se adunau, conversația lor ajungea inevitabil la bani.

- Care este starea trezoreriei, Quintus? întrebă Cotta. Cifrele reale, te rog, nu minciunile imperiale.

Quintus Matius era atent la finanțele statului. La fel ca și alți senatori care nu erau strâns aliniați cu Domițian, el era mereu într-o stare de îngrijorare. Împăratul și prietenii săi prosperau în detrimentul tuturor celorlalți.

- Avem suficient cât să plătim armata. Cezar niciodată nu uită cât de important e asta, răspunse Quintus. Dar, achizițiile noastre de cereale vor fi reduse cu o treime. Și Domițian, încă o dată, vrea mai mulți bani pentru jocurile lui.

- Mai multe jocuri!, strigă indignat senatorul Cotta. Omul ăsta este o risipă de bani mai mare decât Nero!

- Da, așa este. Și tocmai acesta este și scopul, a spus Publius Gabinius.

- Mai exact, care este scopul?, a vrut Cotta să știe.

- Domițian îl admiră pe Nero. De fapt, el dorește să-l depășească pe Nero prin numărul și prin grandoarea distracțiilor sale publice.

- Falimentând statul în acest proces, spuse Matius.

- Dacă zeii sunt drepţi, sper să aibă şi el aceeaşi soartă ca Nero!, spuse Rubrius furios.
- Ai grijă, Marcus, o astfel de simpatie sinceră te-ar putea costa gâtul, la avertizat Quintus Matius. Dar nu atâta timp cât eşti între prieteni, desigur.

Conversaţia a ajuns într-o pauză. Toţi împărtăşeau speranţele lui Rubrius cu privire la moartea împăratului, dar nu puteau face nimic. Domiţian era singura putere dictatorială din Roma şi toţi erau la mila lui.

- Ce este de făcut cu această domnie a terorii?, întrebă Gabinius.
- Domnia terorii este o exprimare adevărată, a fost de acord Cotta. Oricine dintre noi ar putea păşi pe urmele lui Flavius Clemens.

Execuţia lui Flavius Clemens din anul precedent a şocat şi a scandalizat Roma întreagă. Clemens fusese vărul lui Domiţian, numindu-l chiar consul imperial cu ceva ani de zile în urmă. Din moment ce Domiţian nu avea copii, el îi desemnase pe fii gemeni ai lui Clemens drept moştenitori.

La un moment dat, şi din motive necunoscute, împăratul a început să-l suspecteze pe Clemens şi pe soţia sa că *„au intrat pe căile evreieşti.”* Acest lucru a fost considerat de Domiţian ca însemnând neacceptarea divinităţii lui Cezar, iar asta i-a făcut vinovaţi de trădare. Apoi Flavius a fost executat. Soţia sa, Domitilla, care era şi verişoara lui Domiţian, a fost trimisă în exil. Fiii lor, moştenitorii lui Domiţian, au dispărut, presupunându-se că au fost ucişi.

După acest scandal şocant, niciun roman nu s-a mai putut simţi în siguranţă, nici măcar prietenii şi susţinătorii lui Domiţian. Execuţia fără sens a lui Flavius Clemens a deschis calea comparaţiilor dintre domnia lui Domiţian şi nebunia lui Nero.

Quintus Matius rupse tăcerea, cu vocea calmă şi raţională.

- Singura modalitate de a schimba lucrurile este ca noi să devenim mai puternici, prieteni. Avem nevoie de mai mulți aliați în Senat. Avem nevoie de aliați în armată.
- Şi, cel mai important, avem nevoie de aliați în Garda Pretoriană, a adăugat Aulus Cotta. Fără ajutor din interiorul Gărzii Pretoriene, nicio persoană cu intenții necurate nu s-ar putea apropia de Domițian.
- Oare e timpul să mă apropii de Marcus?, întrebă Gabinius.

Nimeni nu trebuia să întrebe la care Marcus se referea. Marcus Ciocceius Nerva era cel mai important senior din Senatului Romei. Era admirat de oameni. Avea sprijin în Senat și avea, de asemenea, legături în Garda Pretoriană. Nimeni nu a îndrăznit să rostească numele lui în legătură cu vreo opoziție față de Domițian, pentru că știau că asta îi va pune viața în pericol.

Quintus Matius trase cu putere aer în piept și îl eliberă încet.

- Aşa trebuie făcut. Voi vorbi cu Marcus. Îi vom urma sfaturile.

Se uită în jur la cei trei bărbați.

- Nimic nesăbuit! Nimic impulsiv!

Marcus Rubrius aprobă din cap.

- Desigur că nu. Nu suntem oameni nesăbuiți, dar trebuie să fim oameni de acțiune.
- Aşa este! Viitorul Romei stă pe umerii noştri!, a declarat Aulus Cotta, spunând cu voce tare ceea ce credeau cu toții.

Acum erau angajați să acționeze, chiar riscându-și propriile vieți. Schimbarea putea avea loc doar prin acțiune.

Sarmizegetusa, vara anului 96 d.Hr

Promisiunea pe care Regele Decebal i-a făcut-o unchiului său, Regele Duras, aflat pe patul de moarte, a rămas o parte cheie a strategiei Daciei de a lupta împotriva invaziei romane. În cei șapte ani de atunci, Regele Decebal a format alianțe cu zeci de triburi care au suferit în trecut din cauza agresiunii romane sau se temeau de o agresiune viitoare.

Victoriile împotriva armatelor romane i-au sporit lui Decebal foarte mult prestigiul în regiune. Asta a făcut mult mai ușoară construirea alianțelor. Cel mai important este că a întărit alianțele Daciei cu roxolani, cel mai puternic trib sarmat, dar și cu două dintre triburile germanice, bastarnii și marcomanii. De asemenea, a încheiat tratate cu triburile celtice aflat de la vest de Dacia și cu triburile din Sciția care locuiau la nord-est de Dacia.

Întâlnirea de stabilire a strategiei ce se desfășura în Sala Tronului Regelui Decebal îl includea pe Diegis, fratele său, pe Marele Preot Vezina, dar și pe alți câțiva aliați tribali importanți. Prințul Davi al roxolanilor avea aceeași vârstă cu Diegis și avea același temperament războinic și sfidător. Fynn era un conducător bastarn, care încă din tinerețe a fost un războinic voinic. Attalu era șef al marcomanilor, un mare trib al suebilor din Germania, trib care a fost din totdeauna un ghimpe în coasta Imperiului Roman.

- Sunt active patrulele romane de cercetare în Moesia?, l-a întrebat Regele Decebal pe Davi.

- În cea mai mare parte a timpului sunt cantonați în forturile lor, răspunse Davi. Sunt doar patrulări răzlețe și niciodată nu se apropie de trupele noastre.

- Încă își amintesc de bătaia pe care le-ați dat-o acum patru ani în Banat, spuse Diegis cu un zâmbet larg.

În ultima bătălie majoră cu trupele romane, o coaliție unită de roxolani și câțiva soldați daci au învins trupele romane, provocând pierderi masive unei întregi legiuni romane. Legiunea a fost mai apoi desființată, în loc să fie refăcută.

Regele Decebal a readus conversația la preocupările prezente.

- Romanii sunt docili, atât în Moesia, cât și în Banat, pentru că sunt pe poziție de apărare. Domițian nu este dornic să fie agresiv acolo.

Se întoarse către șeful marcomanilor.

- Care este situația cu Generalul Traian, Attalu?

Attalu ridică din umeri.

- Nu ne face probleme. În această perioadă este foarte preocupat de lupta cu chatti.

Chatti erau unul dintre cele mai importante triburi germanice, care, în mod repetat, s-au ciocnit cu armatele lui Domițian de-a lungul anilor.

- Generalul Traian este ambițios. Fii cu ochii pe romani și fii pregătit pentru agresiunea acestora!, la îndemnat Decebal. În acest moment, Împăratul Domițian nu este ambițios, dar asta s-ar putea schimba.

- Este foarte adevărat, Domnule!, spuse Vezina. Și dacă va veni un moment în care Împăratul Domițian va deveni ambițios, Generalul Traian va fi instrumentul cu care își va îndeplini ambițiile.

- Sunt de acord, Vezina. Așa că, așa cum i-am spus și lui Attalu, cel mai bine e să fii cu ochii pe el.

- Înțeleg, spuse Attalu. Totuși, ceea ce nu pot eu înțelege este asta. Cum puteți voi, dacii, să vorbiți și apoi iar să vorbiți și nici măcar un pahar de bere *ale* sau de vin să nu curgă?

- Și eu mă gândeam la același lucru, spuse Fynn râzând.

Diegis a râs împreună cu ei, adăugând:

- Nu facem noi bere, dar vă voi dovedi unde se găsește cel mai bun vin.

- Și cu această invitație, discuția noastră s-a încheiat!, spuse Decebal. Prinț Davi, stai o clipă?

- Desigur, Alteță.

Când ceilalți plecau, Decebal se întoarse către prinț.

- Sunt informat că sora mea se așteaptă să te vadă?

- Într-adevăr, așa este. Doamna Tanidela m-a invitat să mă alătur familiei regale pentru masa dumneavoastră de seară. Doar cu aprobarea dumneavoastră, desigur!

Decebal îl conducea spre ieșire.

- Aveţi aprobarea mea şi bun venit! Haideţi acum, nu ar trebui să lăsăm o doamnă să aştepte!

Roma, august 96 d.Hr

Împărăteasa Domiţia Longina a fost readusă la Roma după ce Iulia, nepoata Împăratului, murise brusc şi pe neaşteptate la o vârstă fragedă. Oamenii de rând au plâns-o pe Iulia şi au primit-o înapoi pe Domiţia. Era foarte apreciată şi admirată pentru frumuseţea şi graţia ei.

Domiţiei i s-a oferit în palat un apartament de locuit, dar separat de cel al Împăratului. Acest lucru a fost pe placul ei, de altfel şi pe al lui. Fiecare avea proprii slujitori şi activităţi separate, deci nu era necesar să fie împreună.

Stephanus, ispravnicul Împărătesei, a intrat în sufrageria ei imediat după ce servitorii au terminat debarasarea veselei folosite pentru servirea mic dejunului. Stephanus era un fost sclav al Domiţillei. După ce a fost eliberat de ea, el şi-a găsit un loc de muncă, chiar în slujba Împărătesei. Stephanus avea patruzeci de ani şi era un bărbat de înălţime medie şi subţirel la corp. Era complet devotat Domiţiei, siguranţei şi bunăstării ei. El era, de asemenea, mesagerul dintre Caesar şi Împărăteasă, atunci când era nevoie să comunice.

- Aţi dormit bine, Doamna mea? întrebă politicos Stephanus.
- Destul de bine, Stephanus!, spuse ea aşteptând până când servitorii au părăsit camera. Mă vei însoţi la o plimbare prin grădini?
- Desigur, Doamna mea! Este o dimineaţă superbă pentru o plimbare.

Domiţia voia să iasă în aer liber, unde să poată găsi intimitate pentru a vorbi. Nu era pentru nimeni sigur să vorbească deschis în palat despre chestiuni sensibile. Orice lucru care l-ar putea jigni pe Împărat trebuia tratat ca o chestiune sensibilă.

Starea de spirit din Roma era disperată. Încă cinci patricieni bogați fuseseră executați în săptămâna precedentă. Conform legilor *majestas,* ei au fost acuzați de trădare, dar nimeni nu credea că acele acuzații sunt adevărate. Cetățeni romani bogați erau uciși pentru ca Domițian să le poată lua pământurile și averea.

Domiția și Stephanus au mers într-un spațiu liniștit și larg, lângă o fântână de marmură. Apa clipocea ușor în timp ce se scurgea în bazinul fântânii prin gurile a doi pești sculptați în piatră. Soarele strălucitor al dimineții își oglindea razele de pe suprafața apei.

Domiția privea în depărtare, îngândurată. Apoi o expresie tristă și-a făcut apariția pe chipul ei.

- Am auzit ieri un zvon îngrozitor.

- Ce zvon, doamnă?

- În legătură cu Julia. Știi cumva cum a murit biata fată?

Stephanus se uită în ochii ei verzi triști, dar nu spuse nimic.

- Am auzit, spuse Domiția șoptind, că a murit din cauza unui avort eșuat. De asemenea, mi se spune că nu ar fi fost primul ei avort de când s-a dus în patul lui Cezar.

Stephanus se schimbă la față, înroșindu-se.

- Nu știu sigur dacă acele zvonuri sunt adevărate, Doamnă, dar oamenii vorbesc despre ele.

Împărăteasa se întoarse.

- Biata fată!, spuse ea cu o voce abia șoptită. Atât de multă moarte în acest palat.

Stephanus privi drept înainte către un loc aflat pe poteca din grădină. În amintirea sa purta încă vie tortura și execuția lui Paris, actorul. Fostul iubit al Domiției fusese ucis nu foarte departe de locul în care stăteau ei acum. Slujitor al Domitillei pe atunci, Stephanus a fost un martor al răzbunării lui Cezar.

Alungându-și tristețea, Domiția își îmbujoră chipul. Erau chestiuni mai importante la care să se gândească. Se întoarse către Stephanus și își reluă tonul vocal obișnuit.

- Ai discutat cu Petronius?

- Am vorbit, Doamna mea, răspunse Stephanus la fel de dezinvolt, de parcă ar fi discutat despre vreme. Este alarmat de jurnal, așa cum de altfel știați că va fi.

Petronius Secundus era unul dintre cei doi prefecți ai Gărzii Pretoriene. Existența unui „jurnal ținut sub perne" i-a fost dezvăluită în secret Domiției de către valetul lui Cezar, Parthenius. Înfășurat sub forma unui sul și păstrat sub pernele lui Domițian, acesta enumera numele mai multor oameni pe care împăratul îi suspecta de neloialitate. Aceștia erau oamenii care urmau să fie uciși pe măsură ce lucrurile evoluau. Din cauza paranoiei lui Domițian, lista era lungă și pe parcurs a tot crescut. Numele Împărătesei era unul dintre numele aflate pe listă.

- Petronius are toate motivele să fie îngrijorat, spuse Domiția pe un ton banal. Numele lui este în jurnal. De altfel, ca și al tău, Stephanus.
- Înțeleg, Doamna mea, a răspuns el sumbru. Petronius este de acord și simpatizează cu dumneavoastră. De asemenea, desigur că înțelege rolul Gărzii Pretoriene.
- Am încredere că o face. Are un rol esențial, spuse Domiția.

Se întoarse să-l privească pe Stephanus în ochi.

- Dar cu cât vorbim mai puțin despre aceste lucruri, cu atât mai bine. Fă ce trebuie făcut, Stephanus!
- Așa voi face, Doamna mea, promise el. Nu trebuie să-mi spuneți mai mult.

Stephanus i-a făcut o mică plecăciune respectuoasă și a plecat. Împărăteasa știa că încredere pe care i-o acorda era garantată cu viața ei, dar oare putea să aleagă altceva? Dacă Stephanus era suspectat și arestat, sub tortură el i-ar da numele ei. Dacă nu făcea nimic, cel mai probabil ar fi că urma să fie executată, la fel ca și mulți alții. Mai bine să lupte pentru viața ei, decât să meargă precum un miel la tăiere.

Domiția porni într-o plimbare lejeră spre următoarea fântână de pe alee. În ea înotau o mare diversitate de pești colorați, mulți aduși din

Africa. În zilele însorite, solzii lor străluceau orbitor în apa limpede precum cristalul.

O voce venită din spatele ei îi aduse fiori de gheață pe șira spinării.

- Este o zi minunată pentru o plimbare, draga mea.

Se întoarse spre Domițian, care cu doar câțiva pași mai repezi o ajunse din urmă. Nu-l auzise apropiindu-se.

- Într-adevăr, așa este, Caesar!

Împăratul părea să fie într-o dispoziție bună. El îi răspunse cu un zâmbet.

- Hai, haide să mergem! Gândesc mai bine atunci când mă plimb. Stephanus era cel cu care vorbeai adineauri?

Domiția și-a păstrat calmul pe chip, chiar dacă inima îi bătea cu putere.

- Da, a fost Stephanus. Îmi revizuiește conturile.

- Ai grijă cu el. Sunt zvonuri, spuse Domițian privind-o subtil, că mai deturnează fonduri, din când în când.

Împărăteasa îl privi direct în ochi. Era Domiția Longina, fiica mândră a fostului general și consul Gnaeus Corbulo, și nimeni nu o putea prosti. Nici măcar Cezar.

- Îți mulțumesc pentru sfat, Cezar, dar știi foarte bine că îmi conduc eficient servitorii.

Ochii ei străluceau de încredere și siguranță, fără nicio umbră de teamă.

Răspunsul ei îl făcu pe Domițian să zâmbească. Chiar și după exil, Împărăteasa încă era spirituală și frumoasă, ca întotdeauna.

- Stephanus este un politician pe interior, Domiția. Se pricepe să vorbească cu oamenii și să spună minciuni. Oare ți-a spus cum mai sunt apele prin Senat?

- Nu mi-a spus nimic mai mult decât de obicei, Caesar. Este evident că știi mai multe decât ceea ce știu eu.

Domițian se încruntă.

- Întotdeauna mă acuză pe mine. Dacă ceva nu este pe placul lor, eu sunt cel vinovat.

Ea dădu din cap înțelegătoare.

- Este un tratament nedrept, Cezar, dar, din păcate, este mult prea banal.

- Dacă mut legiuni din Britannia pentru a lupta în Dacia, mă acuză că am dat Britannia! Dacă mut legiuni din Moesia pentru a lupta cu trădătorul Saturninus în Germania, ei mă acuză că am slăbit Moesia și că le-am permis sarmaților să profite! Dacă fac un tratat cu Dacia, mă acuză că plătesc compensații paralizante Daciei!

- Compensații paralizante, imaginează-ți asta! Proștii ăia nu au nicio idee cât ne-ar costa să ținem cinci legiuni în coasta Daciei pentru a-l supraveghea pe Decebal!

Împărăteasa îl privi dintr-o parte.

- S-ar putea să fie într-o dispoziție mai îngăduitoare, Caesar, dacă...

- Dacă ce?, întrebă el cu nerăbdare.

Ea, în schimb, încercă să-și găsească cuvintele potrivite.

- Dacă nu i-ai ucide pe atât de mulți dintre ei, poate.

Domițian nu se amuză.

- Numai tu poți să-mi spui asta și să-ți păstrezi frumosul cap pe umeri.

- Îmi cer scuze, Caesar! Nu vreau să par ca și cum aș pune la îndoială înțelepciunea ta. A fost pur și simplu un gând.

Fața lui Domițian se întunecă.

- Cum să dau dovadă de clemență atunci când mi se pun la îndoială deciziile? Cum să iert trădarea? Niciodată! Cum să ignor aceste conspirații împotriva mea?

Domiția simți un alt fior, și mai rece, pe șira spinării, dar și de această dată și-a păstrat calmul.

- Ce conspirații, Cezar?

- Conspirații împotriva coroanei mele! Împotriva vieții mele! Ce alt fel de conspirații contează, femeie proastă ce ești?

Împărăteasa încremenii pe interior.

- Dacă sunt descoperite comploturi, Caesar, atunci cu siguranţă vor cădea capete.
- Oh, capete vor cădea într-adevăr, declară Domiţian. Se pare că deocamdată nimeni nu crede că zvonurile sunt adevărate. Dar, spune-mi, ştii de ce împăraţii sunt consideraţi oameni patetici?
- Nu, Caesar. Nu ştiu.

Domiţian o privi pe Împărăteasa în faţă şi îi aruncă un zâmbet fără haz.

- Pentru că doar asasinarea împăraţilor poate convinge publicul că uneltirile împotriva vieţii lor sunt adevărate.

Capitolul 24

O moarte la Roma

Sarmizegetusa, 18 septembrie 96 d.Hr.

n Dacia, în ziua de 18 septembrie era organizat un important festival de toamnă dedicat Zeului Zamolxis și Zeiței Bendis. Zamolxis era cel mai important zeu al dacilor, dar nu era singurul. Bendis era o zeiță foarte veche a Lunii, pădurilor și magiei. Femeile tinere o venerau pe Bendis și i se rugau acesteia să le ofere copii sănătoși.

Dimineața, Marele Preot Vezina a mers la reședința familiei regale pentru a discuta cu Regele Decebal despre planurile acestei zile de sărbătoare. Au fost distrași de zarva asurzitoare făcută de copilașii care se agitau în timp ce erau îmbrăcați în straiele lor de sărbătoare. Hainele special concepute pentru a fi purtate la sărbători importante erau confecționate din țesătură moale de lână albă, fiind brodate în diferite culori. Copiii au simțit această ocazia specială și în mod natural erau entuziasmați.

Regina Andrada se coordona cu asistenta ei, Zelma, pentru a-i îmbrăca pe „gemenii," Dorin și Lia, acum în vârstă de șase ani. Diegis și soția lui, Mirela, își pregăteau fiica în vârstă de cinci ani, Ana, pentru prima ei apariție în public la o sărbătoare. Ana moștenise de la mama ei părul castaniu deschis și ochii căprui ca de chihlimbar. Întotdeauna își asculta mama, dar atunci când se simțea supărată, căuta întotdeauna mângâiere de la tatăl ei.

Prinţesa Adila avea unsprezece ani şi deja era o veterană a acestor evenimente formale. Ea şi-a asumat rolul de soră mai mare pentru toţi copiii mai mici, dându-le instrucţiuni aici, într-un anumit moment, sau încurajându-i dincolo, în următorul moment. Prinţesa Zia stătea de-o parte. Avea treisprezece ani şi nu se mai considera copil. În câţiva ani de zile, se aştepta să devină, ea însăşi, mamă.

Decebal nu era deranjat de agitaţia zgomotoasă a familiei. Atunci când era în Sarmizegetusa, preţuia timpul petrecut în familie, cu cât mai zgomotos şi plin de viaţă, cu atât mai bine era. De această dată însă, trebuia să poată asculta şi să se poată face auzit. Îl conduse pe Vezina într-o altă cameră unde puteau discuta mai liniştiţi, apoi închise uşa în urma lor.

- Copiii sunt entuziasmaţi de sărbătoare, Domnule!, râse molcom Vezina. Mai ales cei mai mici.
- Da, aşa e!, aprobă Decebal. Şi cresc repede. Nu-mi vine să cred că micuţa Ana are deja cinci ani.
- Da, aprobă Vezina înclinând şi capul. Odată cu naşterea fetei, parcă şi Diegis a devenit un alt bărbat. Cred că e mai împăcat cu el însuşi.
- Deci, ceremonia începe la prânz?, întrebă Regele, schimbând subiectul către subiectul principal al discuţiei.
- Da, Domnule! La prânz voi începe o slujbă religioasă care va dura o oră. Apoi ne îndreptăm spre sărbătoarea publică. Înainte de a începe sărbătoarea, vă veţi adresa oamenilor. Cuvântarea va dura atâta timp cât consideraţi înţelept, Domnule!
- Oamenii înfometaţi nu au niciodată chef de discursuri lungi, aşa că voi fi scurt.

Vezina zâmbi.

- O politică foarte înţeleaptă!
- Dar, înainte să pleci, spuse Decebal în timp ce-l conducea pe Marele Preot spre uşă, spune-mi cum merge războiul din Pannonia? Crezi că suebii vor cere ajutor militar?

Vezina analiză cu rapiditate chestiunea expusă. Suebii erau un trib germanic ale cărui tratate cu Roma păreau să nu dureze niciodată foarte mult. Pe de altă parte, Dacia îşi întărea tratatele cu triburile din Germania şi regiunile învecinate.

- Campania Romei în Pannonia este regizată de Traian. Din ceea ce aud, campania lui merge bine. Omul are un dar pentru tactica militară, spuse Vezina.
- În ceea ce-i priveşte pe suebi, germanii nu ne-au cerut ajutorul şi nici nu mă aştept că o vor face. Se mândresc foarte mult că pot crea probleme Romei de unii singuri.
- Cred că ai dreptate. Să mă ţii la curent cu Pannonia!
- Ca întotdeauna, Domnule. Acum vă propun să mergem să le aducem omagii lui Zamolxis şi Zeiţei Bendis.

Pannonia, 18 septembrie 96 d.Hr

În dimineaţa târzie, Generalul Traian s-a întâlnit în cortul său cu un mic grup de ofiţeri pentru a revizui strategia. Legiunile intraseră în mici încăierări cu trupele adverse. Triburile germane nu dădeau semne că se pregătesc pentru o bătălie majoră. Acest lucru prelungea durata campaniei, dar era sigur că Roma va triumfa odată cu trecerea timpului.

- Nu cumva astăzi este 18 septembrie, Marcus?, întrebă Generalul Gnaeus Pompeius Longinus, cu un zâmbet jucăuş pe faţă.

Bătrânul îi fusese mult timp prieten apropiat şi mentor lui Traian.

- Aşa este, răspunse Traian, ştiind exact unde bate Gnaeus cu întrebarea.
- Ei bine, atunci, este ziua ta!, exclamă Longinus.

Asta atrase atenţia celorlalţi ofiţeri aflaţi în apropiere.

- Într-adevăr, confirmă Traian. Nu că aş vrea să fac un eveniment din asta.

Longinus nu putea fi oprit cu o remarcă atât de uşoară.

- Atunci, aminteşte-mi, a câta zi de naştere este asta? A treizeci
  şi şaptea? A treizeci si opta?

Traian râse.

- Este cea de-a patruzecea aniversare de la naştere, aşa după
  cum ştii deja! Acum îmi vei spune că îmbătrânesc?
- Absolut deloc!, protestă Gnaeus, în vârstă de cincizeci şi unu de
  ani.
- De ce aş face-o? Atunci când aveam patruzeci de ani, puteam
  să mărşăluiesc toată ziua, să beau toată noaptea şi în a doua
  dimineaţă să mă prind în luptă cu zece gali bărboşi. Şi toate
  acestea se întâmplau înainte de micul dejun, ia aminte!
- Desigur, răspunse Traian cu bunăvoinţă. Voi încerca să menţin
  pasul cu tine, Gnaeus!

Ofiţerii s-au apropiat pe rând pentru a-i strânge mâna lui Traian şi
pentru a-l felicita cu ocazia zilei sale de naştere. Zilele de naştere erau
o sărbătoare pentru toţi bărbaţii care se confruntau cu moartea, ca
parte a rutinei lor zilnice. Fiecare soldat se simţea norocos să servească
sub comanda lui Marcus Ulpius Trajanus. Traian era respectat şi admi-
rat, iar ei erau bucuroşi să-şi lege norocul de al lui.

Roma, 18 septembrie 96 d.Hr

La Roma ziua a început ca oricare alta. Împăratul Domiţian s-a întâlnit
cu un mic grup de susţinători. Cu toţii au servit masa de prânz în
grădinile regale şi s-au delectat cu sunetul liniştitor al muzicii de liră, în
timp ce, din propria colecţie, sorbeau cel mai bun vin *falernian* în-
vechit. Împăratul bea doar cele mai alese vinuri, iar strugurii de pe
versanţii Muntelui Falernus făceau ca vinul să fie precum nectarul
zeilor. După muzică şi vin îşi lua obişnuitul pui de somn de după-
amiază, apoi se bucura de ceva „lupte în pat" cu concubina lui prefer-
ată.

Cassius Norbanus, prefectul pretorian, însoţit de Petronius Secun-
dus, au vizitat şi au inspectat dormitoarele lui Caesar înainte ca

Împăratul să sosească. Totul părea să fie în ordine. Parthenius, valetul de multă vreme al lui Domițian, așternea patul regal cu ajutorul unei sclave. Întindeau cearceafuri din cea mai fină mătase și stivuiau numeroase perne. Văzând că Norbanus sosește, Parthenius a trimis sclava de o parte.

- Totul este pregătit?, întrebă calm Norbanus.
- Da!, a răspuns cu gingășie Parthenius.

De obicei era un om nervos, dar astăzi părea că se chinuie și mai mult să-și stăpânească nervii.

- Bine. Fă ceea ce ți s-a spus să faci, pur și simplu!
- Da, domnule!, răspunse Parthenius.

Privi cu o agerime subtilă către perna mare de mătase care străjuia la capătul patului împărătesc. Domițian ținea mereu o sabie sub acea pernă.

Nervozitatea valetului îl amuza pe Norbanus, iar acesta își puse o mână liniștitoare pe umărul lui Parthenius.

- Totul este bine, Parthenius. Trebuie doar să-ți îndeplinești rolul tău, *ad litteram*!

Parthenius încuviință din cap. Cum puteau rămâne acești ofițeri pretorieni atât de calmi? În venele lor curgea gheață. Asta era dincolo de puterea lui de înțelegere.

Împăratul Domițian intră în dormitor fiind cam somnoros de la prea mult vin. Era însoțit de Saturninus Saturius, cameristul său imperial. Saturius îi aruncă o privire lui Parthenius, apoi își întoarse privirea. Ei se cunoșteau bine după mulți ani de slujire sub Domițian. Sarcina lui Saturius era să-l ajute pe Împărat să se pregătească pentru somn.

Parthenius părăsi încăperea, ieșind pe hol după ce a trecut pe lângă cele patru gărzi pretoriene care străjuiau în fața intrării. La intrare era și o mică mulțime de nobili, cam o jumătate de duzină, petiționari care așteptau o audiență din partea lui Caesar. Unul dintre ei era tânărul senator Aulus Cotta, care îi trimisese o petiție lui Cezar în legătură cu niște terenuri în Campania.

Primul petiţionar care a păşit imediat în faţă a fost Stephanus, un slujitor al Împărătesei Domiţia. Bărbatul arăta îndurerat din cauza unei răni la braţul stâng. Braţul era încă straşnic înfăşurat într-un bandaj legat gros, chiar dacă trecuse în jur de vreo săptămână de când s-a rănit.

- Parthenius, pot avea o scurtă discuţie cu Cezar?, întrebă Stephanus.

Stăteau destul de aproape de uşă pentru ca cei din Gărzile Pretoriene să le audă conversaţia.

- Dacă este vorba despre chestiuni financiare, poate aştepta, Stephanus.

Stephanus clătină din cap.

- Nu, nu este vorba despre bani. Este o problemă urgentă cu privire la Caesar. Urgentă!

- Ce este aşa de urgent?

Stephanus coborî vocea.

- Am câteva nume, Parthenius. Nume ale conspiratorilor din înalta societate. Caesar îţi va fi recunoscător dacă îmi permiţi această întrevedere.

Parthenius părea să cedeze.

- Aşteaptă aici, spuse el şi se întoarse spre dormitoarele regale.

L-a găsit pe Domiţian aşezat pe marginea patului, îmbrăcat lejer într-un halat de dormit. Împăratul îşi întindea braţele, căscând leneş.

- Cezar, Stephanus imploră o audienţă. Mi-a spus că are nume de conspiratori. Nume foarte cunoscute.

Domiţian se încruntă.

- Singurul lucru bun pe care poate să-l facă acest nemernic este să răspândească zvonuri. Pe lângă asta, mai este şi furtul de bani.

Parthenius continuă.

- Insistă că este urgent, că acei oameni complotează.

Domiţian flutură nerăbdător din mână.

- Dacă are informații care merită să fie auzite, spune-i că îl voi asculta. Dar, dacă îmi voi pierde timpul cu el, anunță zâmbind Domițian, atunci spune-i că îi voi rupe și celălalt braț.
- Imediat îl anunț, Cezar.

Garda Pretoriană la controlat pentru a nu fi înarmat, apoi, lui Stephanus i s-a permis să intre în dormitorul regal. Apropiindu-se de pat, își susținea brațul stâng bandajat. Era înfășurat de la încheietură până la cot. Privirea din ochii lui, se gândi Domițian, nu era de durere. Părea că era altceva.

- Stephanus, brațul tău încă nu s-a vindecat? L-ai bandajat în urmă cu mai multe zile.
- Este o entorsă gravă, Caesar, răspunse Stephanus. Am fost neglijent și un cal m-a azvârlit din șa.
- Atunci, ar trebui să fii mai atent! Parthenius mi-a zis că ai ceva nume pentru mine. Spune! Ce nume ai?

Stephanus se mai apropie câțiva pași de pat.

- Mă întristează să-ți spun, Caesar, pentru că îți sunt dragi.
- Să nu-mi vorbești în ghicitori!, se lamentă iritat Împăratul. Mie să îmi spui clar!
- Am făcut o listă pentru tine. Iat-o!, spuse Stephanus, sprijinindu-și mâna pe sub bandajul gros, în timp ce se apropia să stea în fața lui Domițian.

Ceea ce a scos Stephanus de sub bandaj nu era un pergament cu o listă de nume notate, ci un pumnal lung și subțire. Ochii lui Domițian, speriați, se măriră-n orbite și Împăratul, din instinct, se retrase înapoi spre cearșafurile de mătase care-i acopereau patul. Stephanus făcu o fandare rapidă înainte, ajungând în burta Împăratului cu pumnalul. Domițian se răsuci pentru a scăpa, dar cuțitul i se înfipse și mai adânc în vintre. Împăratul răcni de durere.

- Gărzi! Asasinii! Ajutor!

Urlând, Domițian plonjă pe pat spre grămada lui de perne, dar și spre sabia ascunsă după acestea, în timp ce sângele deja se răspândea pe cearșafurile de mătase. Căută frenetic sub perna mare, locul unde îşi ţinea sabia pentru urgenţe de felul acesta. De sub pernă, în mâna lui apăru doar mânerul sabiei. Spre uimirea lui, lama sabiei fusese scoasă din teacă.

Privind spre Parthenius, Împăratul căuta frenetic după ajutor, dar, din nou, a fost uimit să-l vadă pe Parthenius stând tăcut în apropiere, doar urmărind atacul. Parthenius îl trădase. Scoase lama sabiei din teacă şi îl lăsase fără apărare.

Stephanus se aruncă într-un nou atac înainte, înjunghiindu-i muşchiul piciorului cu pumnalul. Domiţian răcni de durere încă o dată.

- Gărzi! Paznici!, strigă din nou Împăratul după ajutor.

Stephanus îl apucă de un picior şi îl târî afară din cearşafurile mătăsoase până ajunse pe pardoseală. Domiţian se aruncă disperat spre picioarele lui Stephanus, căzând amândoi pe podea. S-au luptat corp la corp pentru o vreme, încercând cu disperare să înşface pumnalul cu care era atacat, dar nu i l-a putut smulge.

Uşile dormitorului regal s-au deschis cu repeziciune. Cei patru bărbaţi care au năvălit înăuntru nu erau gărzi pretoriene, erau cei patru nobili romani care aşteptaseră pe hol. Aveau la ei cuţitele proprii. Aulus Cotta l-a tras pe Domiţian de lângă Stephanus, iar cei patru bărbaţi s-au năpustit şi ei sălbatic asupra Împăratului cu pumnalele lor.

Caesar Titus Flavius Domitianus a răcnit de groază şi de durere până când i s-a umplut gura de sânge, apoi a amuţit.

Cei cinci asasini abia îşi terminaseră treaba când, spre marea lor surpriză, au fost atacaţi brusc de o jumătate de duzină de servitori ai palatului. Slujitorii au fost aduşi acolo de ţipetele Împăratului şi au venit în fugă, purtând cuţite de bucătărie şi satâre. A izbucnit rapid o încăierare între ei şi asasini.

- Opriţi-vă!, a strigat Parthenius către servitori, fluturându-şi braţele în aer pentru a le atrage atenţia.

- Nu vă mai luptaţi! Opriţi-vă!

În emoţia şi confuzia generală, el nu putea fi auzit sau pur şi simplu a fost ignorat. În timp ce Stephanus se lupta cu unul dintre servitori, un altul i-a înfipt un cuţit ascuţit de bucătărie în partea laterală a gâtului. A căzut secerat şi i s-a alăturat pe podea lui Domiţian, aflat într-o baltă de sânge care încă se scurgea. Servitorii au fost imobilizaţi de asasini. În cele din urmă, văzând că Împăratul era mort, servitorii au rupt-o la fugă.

Niciun soldat din Garda Pretoriană nu a venit să-l apere pe Cezar. Odată ce atacul asupra lui Domiţian a fost început, soldaţii au fost reţinuţi de ofiţerul lor Cassius Norbanus, cel care mai târziu avea să raporteze că cei din Garda Pretoriană au fost păcăliţi şi nu au putut preveni atacul. Garda Pretoriană nu s-a alăturat asasinatului, dar nici nu a intervenit pentru a-l opri. În lunga tradiţie a Gărzii Pretoriene, aceştia din nou au jucat un rol cheie în tranziţia puterii de la Roma.

Vestea morţii Împăratului Domiţian s-a răspândit repede prin oraş. Plebeii erau în cea mai mare parte indiferenţi. Se aşteptau ca următorul Caesar să continue să facă ceea ce a făcut ultimul Caesar. Pâinea şi circul vor continua, iar viaţa va merge înainte, ca de obicei. La Roma, politica era, în mare parte, treaba nobilimii.

Reacţia din Senatul Romei a fost una euforică. Senatul a votat rapid ca fiecare statuie publică şi toate imaginile cu Domiţian să fie distruse. Statuile sale realizate din metale preţioase vor fi făcute lingouri şi duse în trezoreria statului. Numele lui va fi şters din toate inscripţiile publice şi eliminat din înregistrările statului. Au încercat să facă tot ce le stătea în putere pentru a îndepărta memoria Împăratului Domiţian din istoria Romei.

Împărăteasa Domiţia Longina s-a retras în apartamentele ei din Palatul Regal, însoţită de servitorii ei. Nu reprezenta un pericol pentru duşmanii lui Domiţian, iar locuitorii oraşului încă o admirau şi o iubeau. S-a gândit că este mai bine să stea departe de ochii publicului pentru o vreme, până când lucrurile s-au mai calmat.

Public, în doliu fiind, Domiţia avea să joace rolul văduvei lui Caesar. În privat, s-a simţit uşurată şi recunoscătoare că poate trăi în pace, fără teamă pentru viaţa ei. Ea supravieţuise nebuniei şi cruzimii lui Domiţian. Deşi existau ceva zvonuri despre implicarea ei în complotul împotriva Împăratului, nimeni nu a acuzat-o public şi nicio dovadă nu a fost prezentată vreodată.

Imediat în seara acelei zile de 18 septembrie, ziua asasinatului, Petronius Secundus s-a dus acasă la senatorului Marcus Ciocceius Nerva. Parthenius îl însoţea. Secundus, cel de-al doilea Prefect al Gărzii Pretoriene, a mers acolo pentru recunoaşterea oficială. Parthenius a mers acolo doar pentru a confirma personal cele întâmplate.

Un servitor i-a invitat înăuntru, conducându-i în biroul lui Nerva, acolo unde senatorul stătea calm şi citea o carte. Nu a fost deloc surprins să-i vadă.

- Cred că ştiţi motivul pentru care suntem aici, spuse Secundus după saluturile introductive.

- Ai fost ales să fii noul Caesar, Marcus! Vă bucuraţi de sprijinul Senatului, al Gărzii Pretoriene şi al armatei. Sunteţi bine cunoscut şi admirat, chiar şi de către plebe.

Nerva a primit încunoştinţarea cu o înclinare politicoasă din cap. Însă, în loc să-i răspundă lui Secundus, el s-a întors către Parthenius.

- Împăratul chiar a murit, Parthenius?

- Da, domnule Senator! Împăratul Domiţian a murit. Am fost acolo ca să văd că se întâmplă, iar mai apoi am examinat personal cadavrul.

Nerva răsuflă uşurat.

- Roma a devenit mai bună prin asta. Mi-a fost teamă că nu voi trăi suficient timp pentru a vedea ziua aceasta.

- Cu toţii ne bucurăm în această zi să te vedem în viaţă şi că eşti bine, spuse Petronius. Acum Roma are nevoie de conducerea ta. Tu eşti alegerea *princeps*. Vei accepta, Marcus?

Nerva zâmbi.

- Eu sunt alegerea de compromis, vrei să spui. Haide, putem fi sinceri, Petronius. Înainte ca Domiţian să fie ucis, din câţi oameni ai întrebat, câţi te-au refuzat, înainte să vii la mine?

Secundus clătină din cap.

- Asta nu are nicio relevanță. Nu ar trebui să-ți afecteze mândria, Marcus.

Nerva zâmbi subtil.

- Nu sunt un om mândru! Sunt pur și simplu curios.
- Ești cea mai bună alegere posibilă, a insistat Petronius. Trebuie să acceptați această onoarea, domnule Senator!
- Vă rog, dacă îmi permiteți, aș dori să adaug ceva, interveni Parthenius. Prefectul Secundus are dreptate. Roma are nevoie de înțelepciunea calmă pe care o aveți, dar și de serviciul dumneavoastră altruist, domnule senator Nerva. Nu există un alt roman care să fie o alegere mai bună.
- Atunci, sper ca să fiu demn de încrederea ta, Parthenius, spuse Nerva, ridicându-se de pe scaun. Veniți, domnilor! Să mergem să vorbim cu Senatul!

În acea seară, Senatul Romei a votat, cu urale, acordarea titlului de Caesar lui Marcus Nerva. Astfel, el a devenit noul *princeps,* primul cetățean între egali, tradiție stabilită de Augustus Caesar.

Împăratul Nerva a înlocuit imediat atmosfera de frică și teroare din Roma. El a promis că nu va fi tiran, fiind foarte clar pentru toată lumea ce a vrut să spună prin asta. Nu va fi un nou Domițian. Nu va exista răzbunare sau consecințe împotriva vechilor susținători ai lui Domițian. Nu-și va persecuta rivalii sau dușmanii politici. Va înceta exilul, uciderea nobililor și confiscarea averilor. Cei care au fost exilați pe nedrept, aveau să fie chemați înapoi la Roma.

Noul Împărat a promis că va menține în funcție pe toți comandanții militari, ceea ce a făcut armata fericită. A garantat că va continua să plătească salarii mari și va menține statutul de elită al Gărzii Pretoriene. A promis că va reduce taxele foarte mari care fuseseră impuse celor mai bogați romani de către Domițian.

În beneficiul oamenilor de rând, Împăratul Nerva a anunțat planuri de îmbunătățire a aprovizionării cu cereale pentru a preveni penuria de alimente. Într-un nou spirit de libertate și de reformă, a promis chiar că va încuviinţa reorganizarea spectacolelor de teatru şi pantomimă, reprezentaţii ce au fost interzise în timpul domniei lui Domiţian.

Curând a devenit clar pentru toată lumea că Împăratul Nerva nu era Împăratul Domiţian. Împărăţia terorii lui Domiţian se încheiase în sfârşit.

Capitolul 25

În mâinile zeilor

Sarmizegetusa, primăvara anului 97 d.Hr.

Regele Decebal conducea întrunirea Consiliului său superior din Sala Tronului. Vezina, Diegis și Drilgisa erau prezenți de fiecare dată. Problemele militare de la granița de vest a Daciei necesitau atenție. Evoluțiile politice din Roma necesitau discuții, iar strategia trebuia și ea planificată.

Vestea asasinării lui Domițian ajunsese în Dacia la sfârșitul lunii octombrie și inițial a creat o oarecare incertitudine. Nu se știau prea multe detalii despre senatorul Nerva, devenit acum Împăratul Nerva. Noul Caesar a șters orice îndoială trimițând cu repeziciune un mesager Regelui Decebal pentru a-l informa că Roma va continua să-și onoreze tratatul încheiat cu Dacia.

Vezina era responsabil cu strângerea informațiilor de la trecători, delegați și de la informatorii plătiți. A început prin a prezenta Consiliului superior un scurt raport.

- Împăratul Nerva a reușit până acum să mențină pacea la Roma, a spus Vezina. Tranziția puterii a fost remarcabil de lină și pașnică după standardele romane. De obicei, se măcelăreau unul pe altul pentru a determina cine devine noul Caesar.

- Uciderea Împăratului Domițian nu a fost doar o revoltă la palat, asta este clar, spuse Decebal. Asasinatul a fost planificat în prealabil de către cei care conduc Roma. Asta înseamnă că

Senatul, Armata şi Garda Pretoriană trebuie să fi fost de acord cu alegerea lui Nerva.

- Dar de ce Nerva?, întrebă Diegis. Împreună cu Drilgisa l-am văzut pentru scurt timp în timpul vizitei noastre la Roma, deşi nu aveam voie să vorbim cu el. Nu părea a fi o personalitate impresionantă.

- Păi tocmai acesta ar putea fi motivul pentru care a devenit alegerea lor, spuse Vezina.

- Ce vrei să spui cu asta, Vezina? Arată ca un bunic drăguţ.

- Exact asta este şi ideea!, exclamă Vezina. Senatorul Nerva nu este perceput ca fiind o ameninţare, pentru niciuna dintre părţile implicate. Tocmai de aceea nu am văzut conflicte şi nu a fost vărsare de sânge.

- Nu încă, spuse Drilgisa cu un zâmbet ironic, dar să le mai dăm ceva timp.

Decebal se întoarse spre Vezina.

- Câţi ani are noul Împărat?

- E trecut de şaizeci de ani. Şi din câte am auzit, nu pare a fi în cea mai bună stare de sănătate.

Decebal se lăsă pe spate în scaun.

- Nerva este o alegere temporară la Roma. El nu este o ameninţare pentru noi. Ameninţarea la adresa Daciei, sunt sigur, va fi Împăratul care îl va succeda pe Nerva.

- Foarte adevărat, confirmă şi Drilgisa. Dar oare cine ar fi cel mai probabil să urmeze?

Toate privirile s-au întors înspre Vezina. El clătină încet capul.

- Este mult prea devreme pentru a spune. Avem nevoie de mai multe informaţii de la Roma şi trebuie să urmărim îndeaproape cum se vor petrece evenimentele de acolo.

- Fii atent la Garda Pretoriană!, îl sfătui Drilgisa. Acei nenorociţi sunt de obicei în spatele schimbărilor de la putere.

- Aha!, exclamă Vezina cu un zâmbet înţelegător. Nenorociţii aceia, cum îi numeşti tu, au început deja.

Regele ridică curios din sprânceană.

- Ce vrei să spui?
- A fost o revoltă în rândul unora dintre trupele Gărzii Pretoriene, cei care erau susținători ai lui Domițian. S-au simțit trădați de ofițerii lor, care au stat deoparte și au permis ca asasinarea să aibă loc.
- Și cum s-a descurcat Nerva cu această rebeliune?, se întrebă Decebal. El nu este Domițian.
- I-a demis pe vechii prefecți, așa după cum au cerut rebelii, iar mai apoi i-a înlocuit cu un singur un singur prefect, Casperius Aelianus. Omul este un fost prefect de-a lui Domițian, fiind sus-ținut de către cei care s-au revoltat.

Drilgisa se încruntă.

- Eu nu aș fi făcut asta. Recompensarea răzvrătirii va duce la o nouă rebeliune.

Se întoarse spre Decebal.

- Nu-i așa?
- Destul de adevărat, Drilgisa. Tocmai de aceea, spuse Regele în glumă, niciodată nu-ți dau câștig de cauză.

Drilgisa râse.

- Nu ai de ce să-ți faci griji pentru mine. Dar dacă cineva se va lega vreodată de tine, eu îl voi curăța.
- Nerva a vrut să fie împăciuitor, spuse Vezina. De fapt, asta a fost ales să facă.
- Asta arată o gravă slăbiciune, insistă Drilgisa.

Vezina șterse cu mâna ultimul comentariu.

- Lasă-l pe Împăratul Nerva să se ocupe de problemele Romei. Deocamdată nu ne interesează. Domițian și-a pierdut pofta de a lupta cu Dacia, iar Nerva nu va fi mai agresiv.
- Nu, atâta timp cât nu va fi împins să facă asta, adăugă Decebal. Sunt destul de mulți la Roma care doresc să pună capăt trata-tului pe care îl au cu Dacia. Ei văd acest tratat ca pe o rană, considerându-l o insultă la adresa lor.

- Da, așa este!, spuse Vezina. Nu doar că îl percep ca pe o insultă adusă mândriei Romei, dar îl văd ca și o povară pentru vistieria statului.

Regele Decebal schimbă subiectul.

- Cum se descurcă germanicii în Pannonia?

- Le oferă romanilor o ripostă bună, spuse Drilgisa, ca urmare a informațiilor primite de la chatti și de alte triburi germanice. Cu toate acestea, Generalul Traian îi împinge spre vest. Vrea să-i scoată complet din Pannonia.

- Să-l inviți aici pe Șeful Fynn să vorbească cu noi, îi ordonă Decebal. Aș vrea să știu ce plănuiesc bastarnii.

- Da, Domnule! Voi trimite astăzi o solie, confirmă Drilgisa.

- Bine. Asta este tot, deocamdată, spuse Regele, încheind întâlnirea.

Apoi s-a întors către fratele său.

- Diegis, ai un moment?

- Da, ce este?, întrebă Diegis, după plecarea celorlalți.

- Arăți îngrijorător, frate. S-a întâmplat ceva?

Îngrijorarea se putea citi în ochii lui Diegis.

- Probleme de familie, spuse el.

- Ce probleme de familie? Ana e bine?

- Ana înflorește, ea crește precum o floare. Pentru Mirela îmi fac griji.

- Păi, ce te îngrijorează?

- Slăbește pe zi ce trece și este mereu obosită.

- Înțeleg, spuse Decebal, prinzându-l pe Diegis de după umăr. Trimite-o să vorbească cu Andrada!

- A făcut-o deja. Dar, o voi ruga să mai vorbească o dată cu ea.

- Bine! Orice va fi de făcut, Andrada va avea grijă să facă.

Clinica medicală era situată în apropierea Palatului Regal. Regina Andrada și asistentele ei ofereau sfaturi cu privire la alimentație și tratamente pe bază de plante pentru o mare varietate de boli și afecțiuni. Nu se bazau pe magie sau superstiție. Medicina alimentară naturistă era o formă de medicină care se dezvoltase din cele mai vechi timpuri, bazându-se pe cunoștințele acumulate de-a lungul timpului, dar și pe experiența lor în a oferi sfaturi care să ajute pacienții.

Regele Decebal ajunse la clinică în timp ce soarele apunea, înflăcărând cerul cu nuanțe de roșu și portocaliu. Unii dintre asistenții medicali erau încă la lucru, făcând ordine.

Pe Andrada și pe Zelma le-a găsit așezate pe un divan de lângă perete, prinse într-o conversație adâncă. Zelma se ridică și se înclină, atunci când Regele s-a apropiat.

Decebal îi făcu semn să se așeze.

- Te rog să rămâi, Zelma. Aș dori să vorbesc cu amândouă.

Andrada a văzut privirea din ochii regelui.

- Cred că ai vorbit cu Diegis?

- Da, în treacăt. Mi-a spus doar că soția lui este bolnavă, dar el pare foarte schimbat. Știi cumva mai multe?

- Își pierde vitalitatea mult prea repede pentru o femeie de vârsta ei, a început Regina. Are doar...

- Douăzeci și cinci de ani, spuse Zelma, văzând că Regina se străduia să-și amintească. Mult prea tânără pentru a fi obosită toată ziua. De asemenea, pierde din greutate, iar paloarea feței nu pare sănătoasă.

Decebal se încruntă.

- Ai vreun diagnostic?

Andrada clătină din cap.

- Nu ne grăbim să oferim un diagnostic. I-am dat turmeric, ghimbir și rozmarin. De asemenea, i-am recomandat să bea ceai din busuioc sfânt.

- Acest lucru o va ajuta la sânge și îi va crește energia, explică Zelma.

- Crezi că va fi mai bine?

- Timpul și răbdarea sunt mari vindecători, spuse Andrada. Medicina poate ajuta, dar organismul se vindecă singur.

Decebal știa că este adevărat. Corpul se vindecă singur. Zamolxis a predat acea lecție poporului său cu sute de ani în urmă. Tot ce puteau face muritorii era să practice obiceiuri nevătămătoare pentru o sănătate bună. Restul era în mâinile zeilor.

- Atunci va fi bine, dacă va vrea Zamolxis.

Se uită la Zelma.

- Oare Dumnezeul tău creștin ajută în astfel de situații?

- Da, Domnule!, răspunse tânăra. Mă voi ruga pentru sănătatea doamnei Mirela.

Când primăvara s-a transformat în vară, nici medicamentele, nici rugăciunile nu o ajutau pe Mirela să devină mai sănătoasă. Ea devenea mai slabă și mai slăbită cu fiecare zi ce trecea, până când a venit și ziua în care a rămas la pat.

Diegis era foarte necăjit și în același timp furios că nu putea face mai mult pentru ea. Stătea lângă ea, cât de mult putea. Fiica lor, Ana, în vârstă de șase ani, era îndrumată să se joace cu ceilalți copii, dar, chiar și așa, era conștientă de tristețea mamei și de îngrijorarea tatălui.

Ana a intrat în dormitorul părinților pentru a-și vedea mama, înainte să iasă la joacă. Aceasta era o parte importantă a rutinei ei, în fiecare dimineață și în fiecare seară. În timpul zilei, mama ei petrecea timp alături de tatăl ei, fiind ajutată de îngrijitorii ei. Mătușa Andrada o vizita și ea des.

Mirela avea mereu un zâmbet fericit pentru micuța ei fiică.

- Vino aici, fetița mea dragă. Oferă-i mamei tale un sărut!

Ana se apropie de ea și o sărută pe obraz.

- Te simți mai bine astăzi, mami?

- Da, puțin mai bine. Viviana are grijă de mine.

Viviana era însoțitoarea Mirelei, care stătea alături de ea, zi și noapte. Bătrâna i-a zâmbit cald Anei.

- Asta e bine, spuse Ana.

Mama ei arăta mereu palidă, iar asta o îngrijora.

- Zamolxis veghează asupra mea, așa că nu-ți face griji! Cu cine te vei juca azi?
- Lia mă așteaptă afară. Vom culege mere.

Lia era fiica Zelmei și era ceva mai mărișoară decât Ana.

- Sună minunat, Ana. Când reveniți să ne aduci câteva mere frumoase.
- Da, mami. Îți voi aduce cel mai bun măr din livadă.
- Tu ești fata mea dulce! Acum, du-te și joacă-te!, spuse Mirela.

Ana o sărută din nou pe obraz.

- La revedere, mamă!

În acea după-amiaza, Ana i-a lăsat pe ceilalți copii la joacă și s-a dus să vorbească cu mătușa ei, Andrada. Regina a avut răbdare cu ea, făcându-și timp să o asculte. Ana se simțea întotdeauna mai bine după discuțiile pe care le aveau.

Fetița a adus repede în discuție ceea ce o îngrijora.

- Mătușică, mama va muri curând?

Ana înțelese ce este moartea. De obicei, oamenii în vârstă mureau, erau îngropați și nu se mai întorceau niciodată. Adesea, bebelușii mureau imediat după ce s-au născut, dacă se îmbolnăveau. Unul dintre tinerii ei prieteni murise în iarnă din cauza febrei. Animalele de fermă mureau tot timpul pentru a oferi hrană oamenilor.

Chiar dacă era la o vârstă atât de fragedă, ea înțelese că în timp toate lucrurile mor. Gândul că mama ei urma să plece și să nu se mai întoarcă, totuși, era mult prea groaznic ca să îl accepte.

Andrada puse o mână pe brațul nepoțicii sale, căutând să o consoleze cu mângâierea ei.

- Mama ta este bolnavă.
- Știu asta, spuse fetița oftând. Vreau să știu dacă mama va muri în curând.
- Nu știu, copilul meu, răspunse Regina cu duioșie. Poate fi curând sau poate fi peste mult timp. Nu putem ști.

- Dar nu e corect!, spuse Ana, în timp ce lacrimile începură să-i cadă peste obraji.

Andrada se apropie de fetiță, prinzând-o într-o lungă îmbrățișare. Fetița plângea în brațe.

- E în regulă, îi șopti Regina. O să fie bine!

- De ce mor oamenii?

Andrada șterse lacrimile de pe obrajii fetei.

- Moartea face parte din viață, Ana. Ne naștem, trăim și murim. Este voința zeilor.

Andrada făcu o pauză pentru a-și șterge o lacrimă de pe propriul obraz.

- Este o parte tristă a vieții.

- Unde va ajunge mama?, întrebă Ana. După ce moare?

Andrada a luat fetița de mână și s-a uitat în ochii ei.

- Frumoasa ta mamă va merge în Regatul lui Zamolxis. Acolo merg toți dacii. Va fi fericită acolo. Și într-o zi, când vom muri, vom merge și noi acolo și o vom vedea din nou.

Ana zâmbi cu un zâmbet trist.

- Atunci o voi putea vedea din nou pe mama?

Andrada o mângâie cu delicatețe pe obraz.

- Da, desigur că o vei vedea din nou.

Lacrimile Anei s-au oprit, iar ea rămase tăcută pentru câteva clipe.

- Încă mă simt tristă, spuse fetița.

- Da, știu. Și eu mă simt tristă.

Regina făcu o pauză, iar mai apoi o privi din nou în ochi.

- Ascultă acum, iată ce vreau să faci.

- Ce ai vrea să fac, mătușică?

- Doua lucruri.

- Care sunt cele două lucruri?

- Săptămâna care urmează are loc Ceremonia mesagerului. Acela este momentul în care trimitem rugăciunile noastre către Zamolxis. Înțelegi?

- Cred că da, spuse Ana.

Era prea mică să-şi amintească de ultima Ceremonie a mesajelor, care a avut loc în urmă cu cinci ani, dar aflase despre ea, la fel ca toţi copiii daci.

- Bine, spuse Andrada. Vreau să-i oferi Mesagerului o rugăciune pentru Zamolxis. Cere-i lui Zamolxis să-ţi facă mama sănătoasă din nou.

- Bine, o voi face, spuse Ana, în timp ce faţa ei deveni puţin mai strălucitoare.

- Şi celălalt lucru pe care vreau să-l faci este să mergi acasă acum şi să-i spui mamei tale că o iubeşti foarte mult. Vei face asta?

- Da, mătuşică!

- Bine, spuse Andrada, oferindu-i Anei un sărut de rămas-bun pe frunte.

- Cotiso îşi exersează tirul cu arcul afară. Roagă-l să te conducă acasă.

Cotiso era verişorul mare al Anei.

- În regulă. La revedere, mătuşică!

După plecarea Anei, Regina s-a aşezat pe o canapea, pierdută într-un val de tristeţe şi frustrare. Mirela avea boala pe care unii o numeau *rac-păianjen*, pentru că oamenilor le creşteau tumori în interiorul corpului lor, tumori care arătau ca nişte păianjeni sau raci mari. Iar ea era neputincioasă în ai ajuta. Cu totul neputincioasă.

Ea le putea oferi oamenilor sfaturi şi medicamente pe bază de plante, iar adesea, asta îi ajuta. Totuşi, dincolo de asta, era doar voinţa zeilor. Uneori zeii ascultau. Spera ca şi de această dată să fie aşa.

Cotiso şi prietenul său Petipor concurau vitejeşte, unul împotriva celuilalt, în competiţia Mesagerului. Ambii erau tineri războinici maturi, puternici şi atletici. Ambii aveau un caracter înalt, minţi agere şi ascuţite. Amândoi aveau feţele frumoase şi pielea fără pată. Toate aceste lucruri erau importante, deoarece tânărului ales pentru a fi Mesagerul lui Zamolxis i se cerea să fie cel mai desăvârşit dintre toţi dacii.

Din cele mai vechi timpuri, o dată la cinci ani, Dacia alegea un tânăr pentru a-i duce lui Zamolxis cele mai mari dorințe și speranțe. Cel mai adesea zeul accepta cadoul de la poporul său, iar dorințele lor erau îndeplinite. Rareori cadoul nu era acceptat, fapt ce era considerat a fi un prevestitor foarte rău.

Tinerii războinici concurau pentru onoarea de a fi aleși să fie Mesager. Era totodată o cale către nemurire. Concursurile includeau întreceri de alergare și de călărie, testarea forței, aruncarea suliței, abilități de mânuire a cuțitelor, trageri la țintă și tir cu arcul de pe cal. Cel mai merituos războinic era ales de preoții Templului lui Zamolxis, pe baza aptitudinilor atletice și a aspectului fizic.

Regele Decebal și Marele Preot Vezina urmăreau din apropierea terenului de atletism cum primii cinci concurenți, rămași în competiție, terminau întrecerea de tir cu arcul. Petipor fusese cel mai bun sportiv al grupei, depășindu-și cu ușurință colegii în concursul de alergare, fiind și cel mai bun călăreț. Cotiso a fost arcașul cel mai bun, atât din picioare, cât și de pe cal. Amândoi erau la fel de apreciați de tinerele orașului. Ceilalți trei finaliști știau că șansele lor de victorie erau mici, dar au continuat să concureze datorită dăruirii și din simplă mândrie.

- Cotiso este specialist în mânuirea arcului, remarcă Vezina atunci când o altă săgeată de-a tânărului a găsit mijlocul țintei.

Decebal zâmbi.

- Mai degrabă este un bun arcaș decât un spadasin. Spre meritul lui, în fiecare zi, își petrece ore întregi exersându-și abilitățile de a trage cu arcul.

- Și eu am încredere în el, Domnule. Este un tânăr capabil.

- Atunci, ai vreun favorit? El sau Petipor? Sau poate pe unul dintre ceilalți?

Vezina deveni gânditor pentru o clipă.

- Astăzi, toți sunt egali, niciunul dintre ei nu îmi este favorit. Mâine, Zamolxis îmi va oferi îndrumări.

Decebal încuviință din cap, mulțumit de răspunsul sincer al Marelui Preot. Mâine, Mesagerul lui Zamolxis avea să fie ales de Vezina și preoții săi. Fiul său, Cotiso, ar putea fi cel ales sau poate nu. Alegere era în mâinile zeilor.

A doua zi, în toate cele patru zări, cerul era senin și luminos. Vezina declara că asta este de un foarte bun augur. Un cer întunecat arăta nemulțumirea zeilor, iar cerul luminos era un semn al aprobării lor. Era o zi bună pentru alegerea Mesagerului.

Cei cinci concurenți așteptau nerăbdători în fața Templului lui Zamolxis, în fața unei mulțime imense adunată pentru a urmări ceremonia. Purtau cele mai bune haine pe care le aveau, fiind pregătite cu atenție la detalii, special pentru această ocazie. Pe chipurile lor se vedea doar calmul, ascunzându-și emoțiile și trăirile din interior.

Regina Andrada stătea lângă Rege, ținându-l strâns de mână. Era emoționată.

- Oare pe cine va alege Vezina?, se întrebă ea cu voce tare.
- Alegerea este comună, a tuturor preoților, spuse Decebal.
- Da, știu asta, a răspuns nerăbdătoare Andrada. Totuși, Vezina este cel care anunță alegerea.

Vezina însoțit de alți cincizeci de preoți de-ai lui Zamolxis, toți purtând hainele lor albastre împodobite cu fir de argint, au ieșit din Templu și s-au aliniat în spatele celor cinci tineri. Vezina făcu un pas mai în față. Mulțimea a amuțit, respectând ocazia solemnă.

- Privește-l pe Cotiso!, pare atât de calm, spuse Andrada cu o voce blândă. Nu știu dacă eu aș putea fi atât de calmă.

Decebal era pierdut în gânduri și abia a auzit-o. A tras adânc aer în piept și la eliberat ușor.

Marele Preot a pășit în fața celor cinci războinici. Cotiso și Petipor stăteau unul lângă altul în mijlocul liniei. Vezina i-a privit pentru o clipă pe fiecare în parte, iar apoi a întins mâna dreaptă și a pus-o pe umărul lui Petipor. L-a scos pe tânăr din linie și l-a condus în fața mulțimii. Pe chipul lui Petipor se putea citi bucuria.

Chipul lui Cotiso nu trăda nicio emoție. Dezamăgirea lui era temperată de fericirea pe care o trăia în numele prietenului său. Știa cât de sacră era solemnitatea acestui moment, păstrându-şi echilibrul în timp ce Vezina vorbea mulţimii adunate. Pentru câteva clipe şi-a unit privirea cu cea a tatălui său, Regele, dar nu i-a putut citi expresia. Regina îl privea cu un zâmbet blând pe buze.

În următoarele trei zile, Petipor, Mesagerul ales al lui Zamolxis, a stat în templu, primind un lung şir de vizite venite din partea multor daci. El a ascultat cu răbdare dorinţele, speranţele şi rugăciunile fiecăruia dintre ei. A mers la el şi o fetiţă de şase ani pe nume Ana, nepoata Regelui, care îl roagă pe Zamolxis să-i facă din nou mama sănătoasă. Petipor i-a promis că Zamolxis îi va auzi mesajul.

Era datoria nobilă şi cea mai sfântă a Mesagerului de a duce dorinţele oamenilor către Zamolxis. El era darul poporului său către Zeul lor. Era războinicul perfect, un dar demn de un zeu. Niciun dac nu putea spera la o onoare mai mare.

În cea de a patra zi a fost săvârşită ceremonia Sacrului mesager trimis către Zamolxis. Din nou, o mare mulţime s-a adunat în faţa templului, chiar mai mare decât adunarea precedentă. În faţă a fost construit un podium lung, ridicat cam cât înălţimea unui bărbat.

Regele Decebal, Regina Andrada, Cotiso şi restul familiei regale au fost invitaţi să se aşeze lângă scenă. Oamenii din mulţime vorbeau în şoaptă între ei, în timp ce aşteptau sosirea preoţilor şi a Mesagerului.

Marele Preot Vezina însoţit de Mesager au părăsit templul, urmaţi de Mircea şi de un lung şir de preoţi care veneau în urma lor. Vezina l-a condus pe Petipor pe treptele care urcau până în vârful podiumului. Acolo, patru bărbaţi daci îi aşteptau, costumaţi în haine ceremoniale pline de culoare.

Petipor a păşit în faţa scenei, privind mulţimea cu ochii lui albaştri sclipind de emoţie. Chiar sub el, la nivelul pământului, în faţa scenei, văzu trei războinici care aşteptau. Fiecare dintre ei ţinea o suliţă foarte lungă.

Tânărul se întoarse spre Vezina şi zâmbi. Aceasta era soarta aleasă de Zamolxis pentru el şi o accepta cu bucurie. Marele Preot l-a mângâiat pe frunte și i-a dat din inimă o binecuvântare lungă. Apoi, Petipor se întinse așezat pe spate pe podeaua scenei. Își încrucișă brațele peste piept și închise ochii. Era împăcat.

La semnalul lui Vezina, cei patru bărbați de pe scenă au prins trupul tânărului, fiecare ținând de unul dintre brațele sau picioarele lui Petipor. L-au ridicat de pe podeaua scenei până la nivelul taliei. Sub ei, la nivelul pământului, cei trei războinici cu sulițele lungi erau și ei pregătiți.

Dacii de pe scenă l-au aruncat pe Mesager sus, spre cer, dar și peste marginea podiumului. Războinicii de pe pământ s-au așezat astfel încât corpul aflat în cădere să aterizeze direct pe vârfurile sulițelor lor. Toate cele trei sulițe au pătruns în pieptul lui Petipor. Unii oameni din mulțime au zvâcnit.

Cei trei lăncieri au coborât încet și grațios cadavrul la pământ. Mircea a îngenuncheat câteva clipe lângă Petipor, apoi întinzându-se peste el îi verifică respirația. Ridică privirea spre Vezina aflat sus pe scenă și își aplecă solemn capul. Mesagerul nu mai respira.

Marele Preot s-a întors cu fața către mulțime, a ridicat ambele brațe spre cer și a rostit o rugăciune. Zamolxis acceptase darul lor și totul avea să fie bine.

Două luni mai târziu, într-o zi mohorâtă și ploioasă, Mirela a pierdut lupta cu boala ei lungă și nemiloasă. A fost jelită de familia regală și de întreaga cetate. Cel mai mult a fost jelită de soțul ei, Diegis, și de fiica ei, Ana. A fost înmormântată două zile mai târziu purtând cea mai frumoasă rochie, împreună cu bijuteriile ei și câteva bunuri de preț.

Mirela a fost îngropată lângă mormântul Regelui Duras. A fost culcată în mormânt învelită într-un giulgiu, cu fața în sus, cu capul îndreptat spre est. Oamenii au plâns-o așa cum îl plânseră și pe Regele Duras. Durerea lor a fost și mai mare pentru că draga lor Mirela murise atât de tânără. Durerea pierderii este întotdeauna mai mare atunci când viața se termină mult prea devreme.

> Capitolul 26

Adevărata putere

Roma, august 97 d.Hr.

Caesar Nerva revizuia schițele de proiectare împreună cu arhitectul său șef, atunci când Garda Pretoriană a venit să-l areste. I-a dat imediat liber arhitectului speriat, alături de care lucra la planurile noilor hambare din Portul Romei. Bărbatul și-a luat desenele și a plecat în grabă.

Însuși Casperius Aelianus, prefectul reinstaurat în funcție al Gărzii Pretoriene, conducea un grup de douăzeci de soldați în apartamentele lui Nerva din interiorul Palatului Imperial. Erau îmbrăcați în armură și înarmați cu săbii, în interiorul reședințelor regale acesta fiind exclusiv doar dreptul Gărzii.

- Ce înseamnă asta? Nu te-am chemat!, îi spuse supărat Nerva lui Aelianus.

Aelianus s-a apropiat de Împărat, imperturbabil și foarte hotărât.

- Venim cu puterea noastră, Caesar. Nu avem nevoie de o citație. Garda Pretoriană cere dreptate pentru asasinarea nobilului Împărat Domițian. Până când se va face dreptate, Caesar, vei fi în custodia Gărzii!

Nerva se înroși la față.

- Eu sunt Caesar! Nu vei îndrăzni să mă arestezi! Vă ordon să plecați! Vă veți întoarce în cazarma voastră!

Prefectul insistă să rămână.

- Nu dorim să vă reținem, noi dorim doar cooperarea dumneavoastră în arestarea și pedepsirea asasinilor Împăratului Domițian.

Făcu semn unuia dintre locotenenții săi, care apropiindu-se de Cezar îi dădu un sul de *vellum*.

- Ce este asta?, întrebă Nerva indignat.

El știa că era în pericol, dar în același timp era și profund ofensat să i se dicteze de către oamenii care ar trebui să se trântească la picioarele lui, ascultându-i fiecare poruncă.

Aelianus a fost foarte direct.

- Aceasta este o listă cu numele trădătorilor și al asasinilor care au fost implicați în uciderea lui Domițian. Îi vei aduce la noi, aici, imediat. Atunci, Garda își va face dreptate.

Nerva a citit cu rapiditate numele scrise pe listă. Parthenius, valetul lui Domițian, care l-a dezarmat pe Împărat și a aranjat ca Stephanus să intre în dormitor. Petronius Secundus și Cassius Norbanus, foștii prefecți ai Gărzii Pretoriene care au fost complici, acceptând asasinarea. Saturninus Saturius, șambelan imperial, acuzat că a conspirat cu Parthenius. Senatorul Aulus Cotta și alți trei nobili romani care l-au înjunghiat pe Domițian împreună cu Stephanus.

Împăratul azvârli pergamentul pe jos.

- Nu!, strigă el.

Prefectul Aelianus ridică lista de pe podea și o înapoie lui Nerva.

- Vei ordona ca acești oameni să fie aduși aici. De îndată, Caesar! Îi vei condamna apoi la moarte pentru infracțiunea de trădare. Garda caută dreptate, nu crimă, și îi vom executa pe acești criminali sub autoritatea Cezarului.

- Nu voi permite ca acești oameni să fie executați!, declară Nerva cu tărie. Prefer să mor înaintea lor.

- Fii rezonabil, Caesar! Noi căutăm doar ajutorul tău, nu moartea ta.

- Până când nu vei aduce acești oameni să facem noi facem dreptate, spuse Aelianus aruncând Împăratului o privire dură, nu ai voie să mergi nicăieri și nimeni nu are voie să te vadă. Acestea sunt cerințele Gărzii Pretoriene.

- Acestea sunt pretențiile Gărzii Pretoriene?!

Nerva scuipă.

- Te-am numit Prefect al Gărzii, Aelianus. Prefectul urmează ordinele! El nu dă ordine lui Cezar!

Aelianus rămase ferm.

- Dă ordinele necesare, Caesar, sau stăm aici până când o vei face!
- Atunci să așteptăm, declară Împăratul cu încăpățânare.

După două zile de așteptare și gândire, Împăratul Nerva și-a dat seama că a fost învins și că poziția lui era fără speranță. Oamenii care au jurat să-l protejeze se întoarseră împotriva lui. Nu existau forțe în Roma suficient de puternice pentru a înfrunta Garda Pretoriană. Nu exista nicio armată care să mărșăluiască în interiorul Romei pentru a-l salva.

Acceptând umilința, Nerva a dat, fără tragere de inimă, ordinul ca oamenii trecuți pe listă să fie arestați și aduși la Palatul Imperial. Fostul prefect Norbanus și senatorul Cotta nu au putut fi localizați. Restul au fost târâți la reședință, unul câte unul, unii cu mai multe vânătăi sau având tăieturi pe față.

Prefectul Aelianus i-a dus în grădina regală, făcând ceea ce ar fi făcut și Domițian. Parthenius, Secundus, Saturius și cei trei nobili erau aliniați, cu mâinile legate la spate, în fața lui Nerva și a lui Aelianus. Au fost forțați să îngenuncheze. Toți, cu excepția lui Secundus, aveau pe față expresia tristă și resemnată a unor oameni condamnați.

- Dă ordinul, Caesar!, îl îndemnă Aelianus.

Nerva s-a uitat la prizonierii neputincioși și a clătinat încet din cap pentru a-și arăta repulsia și nemulțumirea. Parthenius își ridică privirea spre el, o privire disperată de confuzie și cu teamă în ochi. Secundus le-a aruncat gardienilor săi o privire furioasă și sfidătoare.

- Caesar primeşte ordine de la un Prefect al Gărzii?, întrebă Secundus cu dispreţ. Asta nu s-a întâmplat niciodată, cât am fost eu de gardă.

Aelianus răbufni.

- Împăratul a fost ucis, cât ai fost tu de gardă! Ai eşuat în datoria ta cea mai sfântă, trădătorule! Acum vei fi pedepsit pentru crima ta.

Nerva se întoarse spre el.

- Este de datoria instanţelor şi a judecătorilor romani să determine vinovăţia penală şi să dea pedepse. Este şi în puterea lui Caesar. Tu, Prefect Aelianus, nu ai acest drept!

Aelianus rămase ferm.

- Şi totuşi iată-ne. Trebuie să dai ordinul, Caesar, aşa cum am convenit! Garda nu se va odihni până când justiţia nu va fi aplicată acestor criminali!

Împăratul ridică privirea spre cer, de parcă ar căuta răspunsuri acolo. Zeii tăceau. Îşi întoarse înapoi privirea spre prizonieri, unii dintre ei implorau milă cu ochii. Scrâşni din dinţi şi clătină din cap dezgustat, dar nu vedea nicio ieşire.

- Îi condamn pe aceşti prizonieri la moarte fiind acuzaţi de înaltă trădare!, decretă în cele din urmă Nerva. Ei sunt vinovaţi de uciderea lui *Caesar Titus Flavius Domitianus*.

Petronius Secundus scuipă spre pământ pentru a-şi arăta dezgustul faţă de aceste formalităţi. Aelianus zâmbi neîndurător şi se îndreptă spre el, scoţând-şi sabia în timp ce se apropia.

- Petronius Secundus, ţi-ai trădat jurământul sacru de a-l proteja pe Caesar, trădându-i şi pe fraţii tăi din Gardă. Meriţi moartea ruşinoasă a unui trădător, dar, ca frate în Gardă, din milă, îţi voi acorda o moarte uşoară.

Petronius a refuzat să se uite la el, fixându-şi privirea drept în pământ. Aelianus şi-a ridicat gladiusul cu ambele mâini, apoi l-a coborât cu toată forţa spre partea din spate a gâtului neprotejat al lui Secundus. Lama îi reteză fulgerător coloana vertebrală şi Petronius

Secundus a murit instantaneu. Corpul i s-a prăbușit și a căzut spre dreapta, sângele stropind piciorul lui Parthenius. Parthenius era prea împietrit de frică ca să se mai miște.

Aelianus se întoarse spre el.

- În ceea ce te privește, Parthenius, tu, ești un ticălos aparte. Ai conspirat împotriva Cezarului, împreună cu dușmanii lui. Ai permis unui asasin, strecurat printre gărzi, să-l atace pe Caesar. Și, în cele din urmă, în cel mai laș mod cu putință, ai furat sabia lui Caesar, lăsându-l fără apărare. Oare ce pedeapsă ar fi potrivită pentru tine?

Parthenius tremura ca o frunză. Nu avea niciun răspuns.

- Cu Petronius am fost milos. Cu tine, Parthenius, voi fi aspru!, adăugă Prefectul, întorcându-se către cei doi gardieni care stăteau lângă prizonier.

- Dezbrăcați-l!

Oamenii și-au scos cuțitele tăind și rupând tunica lui Parthenius, iar mai apoi lenjeria de corp. În deplină umilință, el a fost pus să stea în fața lui Aelianus. Prefectul îl privi cu dezgust.

- Castrați-l!, ordonă el cu voce rece.

Parthenius răcni îngrozitor atunci când unul dintre paznici și-a folosit cuțitul pentru a îndeplini ordinul. Nerva întoarse capul dezgustat. Parthenius a încetat mai răcnească doar atunci când celălalt gardian, aflat în spatele lui, și-a încleștat ambele mâini în jurul gâtului, strângându-l cu putere. Parthenius a murit încet, sufocat, cu chipul schimonosit, căzut grămadă la pământ.

- Ajunge cu barbaria asta!, strigă Nerva. Aceasta nu este dreptate, este sălbăticie crudă!

- Acum vom trece la execuții!, spuse Aelianus.

Dădu ordin din cap către ceilalți gardieni și, unul câte unul, ceilalți prizonieri au fost eliminați cu un gladius trecut prin burtă sau prin gât.

Când în sfârșit omorurile s-au terminat, Împăratul Nerva îl privi buimăcit pe bărbatul pe care l-a numit Prefectul său Pretorian. A fost o numire pe care o regreta profund acum, dar ceea ce a fost făcut, a fost făcut.

- Acum ești mulțumit de dreptatea ta, Aelianus?

Prefectul afișă mulțumit zâmbetul unui învingător.

- Încă nu am terminat, Caesar! Mai ai un lucru de făcut pentru Gardă!

Ceva mai târziu, în aceeași zi, Împăratul Nerva stătea pe treptele Senatului, adresându-se unei mari mulțimi adunate în fața lui. În spatele Cezarului stăteau Casperius Aelianus și ceilalți douăzeci de membri ai plutonului de execuție din Garda Pretoriană.

Mulți senatori și nobili îl cunoșteau pe Nerva de zeci de ani de zile și îl cunoșteau foarte bine. Le era clar că Împăratul Nerva vorbea sub constrângere. Caesar nu era cel care deținea puterea, în această zi. Nimeni nu a îndrăznit să vorbească, în semn de protest.

- Acești oameni care stau alături de mine sunt cei mai buni și cei mai nobili oameni ai Gărzii Pretoriene, își începu Nerva discursul cu voce tare.

- Ei sunt tot ceea ce are Roma mai bun. Astăzi au răzbunat uciderea Împăratului Domițian, executându-i pe cei mai răi și pe cei mai ticăloși oameni care l-au asasinat pe Caesar!

Au fost câteva vociferări în mulțime, dar nimeni nu a reacționat cu vehemență. Oamenii stăteau în tăcere și priveau. Lui Casperius nu-i păsa de cum reacționa mulțimea, dar a vrut ca aceasta să audă următoarea parte. Își făcea datoria și proteja Garda.

Nerva a continuat discursul.

- Acești oameni au acționat la ordinele lui Caesar. Vreau să le mulțumesc acestor oameni curajoși pentru devotamentul lor față de onoare și justiție. Toți cetățenii Romei trebuie să le mulțumească! Acești oameni sunt eroi ai Romei!

După umilirea lui totală și completă, Împăratul Nerva s-a întors și a plecat. A fost un drum trist și singuratic înapoi spre Palatul Imperial. Pe drum a fost escortat de Garda Pretoriană, soldații jurând să-l slujească și să-l protejeze.

O săptămână mai târziu, senatorul Quintus Matius, în vârstă de șaptezeci de ani, de altfel, unul dintre puținii bărbați din Senat mai în vârstă decât Nerva, își savura vinul de după cină alături de Împărat. Prietenia lor din Senat se întindea de peste patruzeci de ani.

Quintus știa bine că vechiul său prieten era profund tulburat de recenta luptă pentru putere cu Garda Pretoriană. Umilirea publică a Împăratului a fost mai gravă, era o rană adâncă pe orgoliul unui om foarte mândru, care provenea dintr-o familie nobiliară foarte veche.

După o perioadă de reflecție liniștită, Nerva a pus cea mai importantă întrebare, care îl tot frământa.

- Crezi că ar trebui să abandonez de la coroana mea, Quintus?

Matius făcu o pauză, pentru a analiza această întrebare foarte serioasă.

- Nu, Marcus! Nu cred asta!

- De ce nu? Ei au arătat tuturor limitele puterii lui Caesar. Într-un mod cât se poate de umilitor și de înjositor, fără îndoială.

Matius dezaprobă din cap.

- Este prea devreme. Dacă renunți la mantia purpurie acum, vei aduce haos. Roma încă are nevoie de tine. De asemenea, și îți spun asta pentru că este foarte important pentru viitorul Romei, trebuie să lași o moștenire puternică, Marcus.

Nerva ridică din umeri.

- Nu am niciun moștenitor. Ce moștenire pot lăsa?

Matius continuă să insiste. Știa că are dreptate și asta îl făcea la fel de încăpățânat precum un câine ce roade un os doar pentru că are gust.

- Dacă ar fi să abdici acum, oamenii își vor aminti că ai renunțat și ai lăsat Roma în haos. Ar fi un testament teribil. Cu siguranță nu ar fi o moștenire demnă de tine.

Nerva tăcu din nou, adâncit profund în gânduri. Întotdeauna putea conta pe Matius că este vocea rațiunii.

- Foarte bine, Quintus! Ai dreptate, încă o dată! Moștenirea mea va fi că, înainte de a muri, voi conduce Roma într-o nouă direcție! Nu o voi lăsa să alunece în ruină!

- Foarte bine!, spuse Matius cu un zâmbet mulțumit. Am sperat că vei ajunge la această concluzie, Caesar.

Senatorul făcu o scurtă pauză, iar chipul i se întunecă.

- Dar cum rămâne cu Casperius Aelianus și prietenii săi?

Nerva ridică din sprâncene.

- Ce-i cu ei?

- Tratamentul lor față de Caesar a fost o gravă nedreptate. Ar trebui pedepsiți.

Împăratul zâmbi trist.

- Lumea este plină de nedreptate, prietene.

Se opri pentru a soarbe o înghițitură de vin.

- Casperius ne-a arătat că puterea Gărzii Pretoriene este mai mare decât însuși Caesar. Nu pot să-l condamn, pentru că nu este nimeni în Roma care să-mi poată executa ordinul și să-l pedepsească.

- Atunci, fie ca zeii să-l pedepsească!, spuse Quintus cu amărăciune. Această nedreptate nu poate continua. Caesar și Senatul Romei trebuie să conducă Roma, nu Garda Pretoriană!

Nerva își ridică paharul cu vin într-un toast și îi aruncă lui Matius un zâmbet ironic.

- Atunci, fie ca zeii să-l pedepsească!

În octombrie, Împăratul Nerva primi o scrisoare din Pannonia, de la Generalul Marcus Traian. Odată cu scrisoarea, Caesar a primit și o cunună de lauri pentru a sărbători victoria alungării triburilor germanice. Pannonia era acum provincie romană.

Nerva a mers la *Forum Romanum* și a montat *rostra*, o scenă înălțată de la care se făceau anunțuri publice importante. Curând s-a adunat o mulţime foarte mare, inclusiv Senatul Romei. Vestea s-a răspândit rapid că se aşteptau veşti importante de la Caesar.

Împăratul Nerva, purtând cununa de lauri, a descris cu mândrie marile victorii câştigate de Generalul Marcus Traian în Pannonia. A citit scrisoarea Generalului, care a arătat foarte clar că Traian l-a creditat şi pe Caesar Nerva pentru conducerea sa în campania militară. Mulţimea era într-o dispoziţie fericită, pregătită de sărbătoare.

Nerva şi-a încheiat discursul despre Pannonia, apoi a ridicat vocea pentru ca toată lumea să-l audă bine şi a făcut un ultim anunţ.

- Succesul să fie mereu de partea Senatului roman, alături de oamenii şi alături de mine! Declar că îl adopt pe *Marcus Ulpius Nerva Traian!*

Cu acest anunţ, Nerva a părăsit *rostra* şi a plecat înapoi spre Palatul Imperial. Senatorii s-au adunat în grupuri mici şi au început să discute. Quintus Matius stătea liniştit şi zâmbea pentru sine. Bunul său prieten, Marcus Nerva, tocmai îşi consolidase moştenirea şi stabilise direcţia Romei pentru viitor.

Moguntiacum, Germania, noiembrie 97 d.Hr

Generalul Marcus Traian era din nou în garnizoana sa din Germania, atunci când a primit vestea înfierii sale de către Împăratul Nerva. Mesagerul ales strategic de Nerva să ducă vestea a fost Hadrian, acum în vârstă de douăzeci şi unu de ani, fiul adoptiv al Generalului. Traian a devenit unul dintre cei doi tutori ai lui Hadrian, după moartea tatălui băiatului. Hadrian avea doar zece ani pe atunci, iar mai apoi a crescut în casa lui Traian.

Hadrian l-a găsit pe Traian alături de vechiul său prieten şi mentor, Gnaeus Pompeius Longinus. L-a salutat călduros pe Traian şi l-a salutat formal pe Generalul Longinus.

- Cine este acest tânăr herculeean venit în vizită?, întrebă binedispus Longinus.

Încă de tânăr, Hadrian era înalt și bine clădit. Avea părul des și creț, dar și o barbă tunsă scurt, în stil grecesc. Privirea inteligentă și ochii săi vioi reflectau bucuria lui față de viață.

- Gnaeus, îți mai amintești de protejatul meu, Publius Hadrianus. Îl strigam Hadrian.
- Îmi amintesc de un băiat care alerga mereu după profesorul său de greacă pentru a-l învăța mai multă filozofie și poezie greacă, răspunse Gnaeus. Uită-te la el acum!
- Domnilor Generali, s-a adresat Hadrian cu respect, sunt trimis de Caesar Nerva cu vești de la Roma!

Scoase geanta mare de piele pe care o purta sub braț și i-o întinse lui Traian.

- De la Caesar, Generale!
- Hadrian! Suntem o familie. În cortul meu poți să-mi spui Marcus.

Traian luă geanta de piele și o puse pe masă. Scoase din ea un inel foarte mare cu diamante, se uită scurt la el, punându-l repede deoparte. Apoi scoase o lungă scrisoare, scrisă pe un sul de pergament, și începu să citească în tăcere.

Longinus se întoarse către Hadrian.

- Din câte îmi amintesc, voi doi sunteți verișori?
- Tatăl meu și cu Marcus erau veri. Asta mă face un fel de rudă îndepărtată, presupun, spuse Hadrian zâmbind.

Traian începu să râdă, în timp ce citea. A lăsat scrisoarea pe masă și i-a aruncat lui Longinus o privire sobră.

- Sunt numit fiul adoptiv al Împăratului Nerva. Îmi acordă titlurile de *Caesar* și *Imperator*!

Uimit, Longinus fluieră din buze, arătându-și surprinderea.

- Într-adevăr aceasta este o veste importantă. Te numește succesorul lui!
- Exact, confirmă Hadrian cu entuziasm. Caesar a anunțat-o public, cu subiect și predicat, din *rostra*!

- Şi care a fost reacţia mulţimii? Cum a primit Senatul?, întrebă Traian.

Cu toată înfăţişarea sa exterioară modestă, omul ardea de o mândrie interioară aprigă.

- La început cei prezenţi au fost foarte surprinşi, pentru că a fost complet neaşteptat. Apoi totul a fost primit foarte bine. Toată lumea crede că eşti o alegere excelentă, Marcus. Nu ai opozanţi în Roma.
- Nici unul?, întrebă sceptic Traian.

Întotdeauna au existat facţiuni în război, atunci când a fost vorba de tranziţia puterii.

- Nici unul!, răspunse cu insistenţă Hadrian.

Traian făcu un semn înspre scrisoare.

- Caesar îmi scrie despre ceva probleme cu Garda Pretoriană. Mai există vreo altă problemă?

Hadrian clătină din cap.

- Nu, Marcus! A existat un incident neplăcut în care Cezar a fost forţat să ordone execuţia ucigaşilor Împăratului Domiţian. Totuşi, imediat ce ai fost numit moştenitorul lui Cezar, pretorienii au devenit mai ascultători.
- Nenorociţii!, scuipă spre pământ Traian, în timp ce interveni Longinus.
- Nu contează pretorienii! Aici se face istorie, domnilor!
- Poate că ai dreptate, încuviinţă Traian.
- Cine este considerat cel mai mare împărat din istoria Romei?, întrebă Longinus şi se întoarse către Hadrian. Eşti un tânăr bine educat şi ar trebui să ştii răspunsul!
- Divinul Augustus, răspunse Hadrian cu un răspuns standard de manual.
- Corect! Acum, continuă Longinus, spune-mi care a fost primul pas în ascensiunea Divinului Augustus la putere?

Hadrian clătină din cap, neavând un răspuns.

- Atunci când a fost adoptat de Iulius Cezar, a răspuns Traian.

- Exact! Suntem din nou în acel moment al istoriei. Sunt sigur de asta!

Traian începu să râdă.

- Marcus Nerva nu este Iulius Caesar.
- Nu, nu este, spuse Longinus. Dar poți deveni un alt Augustus!

> Capitolul 27

Dreptatea lui Traian

Sarmizegetusa, februarie 98 d.Hr.

Vezina a intrat cu pași grăbiți în sufrageria comună a Regelui Decebal și a Reginei Andrada.

- Vești de la Roma. Împăratul Nerva a murit. A murit luna trecută. Mi s-a spus că ar fi avut o sănătate șubredă de ceva vreme.

- Este după cum ai prezis, Vezina!, spuse Decebal, fără a fi luat prin surprindere. Nu a rezistat foarte mult în postura de nou Caesar.

- Este după cum ați anticipat și dumneavoastră, Domnule!, spuse Vezina, trăgând un scaun la masă. Nerva a fost o alegere sigură pentru ei până când au putut să decidă asupra unui nou împărat pe termen lung.

- Și cine este noul lor Împărat?, întrebă Andrada.

- Generalul spaniol, Traian. Este Guvernatorul Germaniei Superioare. Sau fostul Guvernator, ca să fiu mai exact. Acum este Împăratul Traian.

- Un lider militar foarte eficient, adăugă Decebal. I-a învins pe germani și i-a alungat din Pannonia.

- Va schimba asta lucrurile între Dacia și Roma?, întrebă Andrada. Chiar am preferat mai mult acești ani de pace de la ultimul război dus împotriva lui Domițian și a lui Iulian.

- Asta urmează să vedem, draga mea!, răspunse Decebal. Spune-mi Vezina, cum crezi va fi acest Traian ca împărat?

- Am pus această întrebare multor oameni, Domnule. Pare un om simplu şi, de asemenea, unul complicat.

- Dar oare nu toţi suntem la fel?, glumi Andrada, aruncând o privire spre Decebal.

Râsul o cuprinse, dar se opri şi se întoarse spre Vezina.

- Iertare că v-am întrerupt, Sfinţia Voastră! Vă rog să continuaţi.

- Se spune că nu ar fi educat foarte bine, dar şi că este foarte inteligent. Cu siguranţă nimeni nu pune la îndoială cunoştinţele sale militare. Este un soldat, dar nu un învăţat. Are o legătură emblematică cu oamenii. Soldaţii săi îi sunt foarte loiali.

- Crezi că este ambiţios?, întrebă Decebal.

- Oh, da, fără îndoială!, răspunse Vezina. Provine dintr-o familie modestă, nu dintr-o veche familie patriciană. El vine din Spania, deci nu din Roma şi nici măcar din Italia. Şi totuşi astăzi poartă numele de Caesar. Înţelegeţi, ce ambiţie extraordinară trebuie să fi avut, pentru a ajunge aici?!

Decebal dădu din cap în semn de acord.

- Am înţeles punctul tău de vedere. Dar, întrebarea mea este, unde îl va duce ambiţia lui?

- Oare îl va aduce în Dacia? întrebă Andrada.

- Cu timpul, cred că da, răspunse Vezina. Războaiele noastre cu Roma nu s-au încheiat, Regina mea.

Regele se rezemă pe spătarul scaunului, adunându-şi gândurile.

- Ar trebui să trimitem un sol care să-i ducă urările noastre de bine. Oare pe cine am putea trimite?

Toţi trei au rămas în tăcere. Cea mai potrivită alegere ar fi fost Diegis, ca membru de rang înalt al familiei regale. Însă, moartea soţiei sale, Mirela, în vara precedentă, l-a afectat enorm. După o perioadă de doliu, a decis să părăsească Sarmizegetusa pentru a inspecta forturile şi trupele cantonate la graniţă de-a lungul Isterului. Fiica sa, Ana, a fost practic adoptată în familia lui Decebal şi a Andradei. Acolo avea atenţia iubitoare a mătușilor sale, Dochia și Tanidela, surorile lui Diegis. Tot acolo avea și compania Liei, fiica Zelmei. Cele două au devenit rapid prietene nedespărțite de joacă.

Vezina rupse tăcerea.

- Să mai așteptăm, Domnule, și să vedem ce se întâmplă. Încă nu știm când va ajunge Traian la Roma.

- Prea bine, atunci!, aprobă Decebal. Dar, mare atenție, să urmăriți Germania și ceea ce face noul Împărat Traian. El nu este Nerva. Nici un Domițian, de altfel.

Moguntiacum, Germania, iulie 98 d.Hr

Cinci luni mai târziu, Împăratul Traian încă se afla tot în tabăra militară din Germania. Era multă muncă de făcut pentru întărirea apărării de-a lungul Rinului și al Danubiusului. De altfel, nici nu se grăbea să ajungă la Roma. Când avea să fie în sfârșit la Roma, toate lucrurile vor fi în ordine, așa cum le-a plănuit.

Traian își reorganiza conducerea militară provincială a armatelor din Germania, Banat și Moesia. Gnaeus Longinus avea să plece în curând pentru a comanda o armată în Banat, protejând granița Danubiusului cu Dacia. Împăratul era interesat să întărească apărarea de acolo, la fel de mult ca la granițele germane.

Traian îl instruia pe Hadrian pentru a ocupa o poziție de comandă. Tânărul era strălucitor și învăța foarte repede. Avea același dar, ca și Traian, de a sta în contact direct cu soldații săi. Mărșăluia cu ei alături, mâncau împreună alimentele lor simplă și dormea cu ei în aer liber de fiecare dată când se odihneau.

Hadrian încă mai avea câteva obiceiuri elene, dar, Traian punea asta pe seama soției sale, Plotina. Cum mai tot timpul era plecat în campanii, Plotina s-a ocupat de educația lui Hadrian. Acesta dezvoltase un interes nesănătos, în opinia lui Traian, pentru poezie, filozofie și arhitectură. Chiar și unii dintre ofițeri îl numeau „Grecul." Venind asta de la un roman, nu era tocmai un compliment.

- Vreau să ascult părerile tale despre Dacia, îi spuse Traian lui Longinus.

- Mai devreme sau mai târziu, trebuie să ne ocupăm de ei şi de Decebal, răspunse Longinus. După germani, ei sunt a doua cea mai mare problemă a noastră. Decebal are o armată puternică. Sunt bine organizaţi. Totodată a creat coaliţii puternice cu alte triburi din regiune.

- Da, destul de adevărat, încuviinţă Traian.

Zâmbea.

- Şi, să nu uităm că au mai mult aur şi argint decât au germanii.

- Cu mult mai mult aur şi argint, Marcus. Munţii lor sunt foarte bogaţi, atât în resurse de aur, cât şi de argint.

Traian şi-a mai turnat ceva vin. Avea o pasiune pentru vinul bun şi întotdeauna se asigura că depozitele lui sunt bine aprovizionate.

- Spune-mi, Gnaeus, în estimarea ta sinceră, de ce campaniile lui Domiţian împotriva lui Decebal au mers atât de prost?

- Sunt mai multe motive, dintre care, pe unele le-am discutat deja. Domiţian era arogant şi avea o gândire militară săracă. Comandanţi precum Cornelius Fuscus erau numiţi pentru că îi erau loiali.

- Tettius Julianus a fost un comandant de armată foarte capabil.

- Adevărat! Cu toate acestea, campania lui a fost amânată mult prea mult, iar Julianus a fost lipsit de personal.

- Lipsit de personal? Fără soldaţi, vrei să zici?, întrebă Traian, clătinând neîncrezător din cap. Julianus avea nouă legiuni!

Longinus ridică din umeri.

- Nouă legiuni au fost insuficiente. E evident! Decebal l-a împotmolit în Munţii Daciei. Julianus a fost forţat să se retragă pentru iarnă în Moesia.

Traian clătină din cap.

- Nu vom face aceleaşi greşeli.

- Cu siguranţă, nu! Decebal are o gândire militară superioară şi se foloseşte împotriva noastră de propria noastră tactică, aşa că trebuie să ne schimbăm tactica. De asemenea, trebuie să ne modificăm armurile şi armele.

În acel moment Hadrian a intrat în cort. Părea obosit, înfierbântat şi prăfuit.

- Hehe!, strigă Longinus. Tânărul Hercule s-a întors!

- Bine ai venit, Hadrian!, îl salută Traian. Cum a fost călătoria?

- La fel ca orice călătorie lungă făcută vara, Caesar!, răspunse obosit Hadrian. Arzătoare şi plină de praf!

- Într-adevăr. Vino, bea nişte apă! Sau poate vrei un vin?

- Apă e suficient, mulţumesc!

Şi-a umplut o cană mare cu apă şi a golit-o însetat.

- Îţi voi oferi un raport complet al misiunii mele la frontiera Danubiusului, Marcus! Dar, mai întâi am nevoie de o baie şi de o masă bună!

- Desigur! Eu şi Gnaeus tocmai ce discutam despre Dacia.

- Spuneam, continuă Longinus, că trebuie să facem nişte modificări la armura legionarilor. Oamenii noştri îşi pierd prea multe braţe şi picioare şi, uneori, chiar gâtul, tăiate mult prea uşor de falxul dac.

Traian dădu din cap.

- Gândesc la fel.

- Falxul este acea sabie lungă asamblată precum o coasă?, întrebă Hadrian.

- Nu este chiar o sabie. Dar da, este proiectată pe principiul coasei. Şi este letală împotriva armurii noastre în forma sa actuală.

- Vom face schimbări!, declară Traian.

- Am citit despre ce a păţit Cornelius Fuscus la Tapae, spuse Hadrian. În faţa Regelui Decebal, Roma a pierdut patru legiuni, cu tot cu steagurile lor de luptă.

- Pierderea va fi răzbunată!, anunţă Traian cu convingere.

Şi-a dres glasul.

- Pretorienii au venit cu tine?

- Da, Marcus. Sunt aici, așa cum ai comandat. Au venit de la Roma, iar eu i-am întâlnit pe drumul spre Moguntiacum. Am trimis un cercetaș înainte să te informeze.
- Bine ai făcut! Îi așteptam.

Împăratul se întoarse către Longinus.

- Ei bine, Gnaeus să mergem să-i vedem pe gardienii noștri loiali?

Casperius Aelianus, Prefectul Gărzii Pretoriene, însoțit de cinci dintre ofițerii săi cu rang superior stăteau la umbră sub un copac mare. Erau obosiți după lunga călătoria, dar încă așteptau să fie chemați de Caesar. Fiindcă Traian încă nu ajunsese la Roma, le-a ordonat acestor conducători ai Gărzii să vină ei în Germania.

Prefectul Aelianus nu avea nicio teamă. Încă de tânăr îl slujise pe tatăl lui Domițian, Vespasian, în Iudeea. Acolo servise și tatăl Împăratului Traian, iar cei doi bărbați se cunoșteau bine. Aelianus se considera un prieten, atât al familiei Flaviene, cât și al familiei Traianus. Cele două familii fuseseră întotdeauna aliate. Împăratul Traian, când era mai tânăr, îl slujise cu bine pe Domițian, atât ca un general abil, cât și din postura de guvernator al Germaniei Superioare.

Attius Suburanus, unul dintre ofițerii lui Traian, a adus cu el câțiva servitori pentru a servi apă și vin oamenilor care așteptau. Îl cunoscuse în mod întâmplător pe Aelianus, în timpul petrecut la Roma. S-a alăturat și el bărbaților pentru o stacană cu vin.

- Când intenționează Caesar să vină la Roma?, întrebă Prefectul. Oamenii sunt dornici să-l vadă și să-l onoreze.

Suburanus ridică din umeri.

- Cezar planifică totul în detaliu. Mai întâi trebuie să pună în ordine lucrurile de aici, de-a lungul Rinului. Apoi vom proceda la fel de-a lungul Danubiusului, în Banat și Moesia. Cât va mai dura, cine știe?
- Nu cred că aș avea așa de multă răbdare, răspunse Aelianus. Aș pleca la Roma, bucurându-mă de admirația oamenilor și punând ordine în Senat.

- Tu nu eşti Caesar!, spuse Attius calm. Împăratul Traian plănuieşte să facă lucruri măreţe, iar lucrurile mari nu se pot face în grabă.
- Uite, acum vine Caesar!, spuse Aelianus şi se ridică în picioare. Oamenii din subordinea lui au făcut la fel.

Traian, Longinus, Hadrian şi douăzeci dintre gărzile Împăratului s-au apropiat de ei, în pas alert. Aceasta era o surpriză. De obicei subordonaţii mergeau să-l vadă pe Caesar, nu invers.

- Ave, Caesar!, îl salută Aelianus. Oamenii din subordinea lui i-au urmat exemplul.

Împăratul Traian părea foarte sobru uitându-se spre ofiţerii din Garda Pretoriană.

- Prefect Aelianus! Ştii de ce eşti chemat aici?
- Nu, Caesar! Dar, aş crede că Cezarul doreşte să ne numească din nou ofiţerii lui în Garda Pretoriană.

Aelianus făcu o pauză şi îi făcu o mică plecăciune lui Traian.

- Desigur, dacă Cezar ne-ar acorda această onoare!

Chipul lui Traian se întunecă.

- Crezi că eşti apt să slujeşti ca ofiţer al Gărzii Pretoriene?

Asta la luat pe Aelianus prin surprindere.

- Într-adevăr, Caesar, chiar sunt! Sunt un prieten loial al familiei Flavian, dar şi al familiei Traian, de când am slujit cu tatăl tău.
- Voi gardienii, spuse furios Traian, făcând semn către pretorieni, aţi uzurpat autoritatea Cezarului, când, de fapt, aţi jurat să-l protejaţi pe Caesar!

Aelianus respiră adânc. Ceea ce se întâmpla nu era ceva care să fi fost anticipat de vreunul dintre ei.

- Am căutat dreptatea împotriva ucigaşilor Împăratului Domiţian!, explică Aelianus. Astfel, asasinii au fost pedepsiţi, oferind dreptatea. Împăratului Nerva nu i s-a făcut niciun rău!

Traian explodă.

- Nici un rău, zise el! Ai contestat autoritatea lui Caesar! Ai călcat peste demnitatea şi onoarea lui Caesar! L-ai umilit în public pe

Împăratul Nerva, tatăl meu adoptiv! Și, ai curajul să numești asta, nici un rău?

Aelianus rămase împietrit în fața fulgerătorului atac al lui Traian.

- Nu am intenționat să-i facem rău, Caesar! Am căutat doar dreptatea pentru un împărat ucis.

Împăratul ridică nervos privirea spre cer, apoi se uită pe rând la fața fiecărui pretorian.

- Nu ați fost chemați aici pentru a fi renumiți în funcțiile voastre. Nu aș lua un cuib de șerpi la sânul meu.

Aelianus înghițea cu greu ce auzea.

- Așa cum dorești, Caesar!

- Cu toții ați fost chemați aici pentru a fi pedepsiți pentru crimele voastre!

Traian făcu o pauză, pentru a lăsa mesajul să fie înțeles.

- Crima voastră este trădarea Cezarului și a poporului Romei!

Generalul Longinus făcu un semn din cap străjerilor care îi înconjuraseră deja pe pretorieni.

- Arestează-i!, a ordonat el.

În timp ce gărzile lui Traian îl luau în custodie, dezarmându-l de sabie, Aelianus a observat că șase soldați au scos frânghii lungi cu lațuri atârnate la capete. Au aruncat frânghiile peste două dintre ramurile mai groase ale copacului ce îi umbrise ceva mai devreme. Acesta urma să fie copacul pentru spânzurătoare.

- Pedeapsa pentru trădare este moartea!, anunță Împăratul Traian cu o voce puternică și fermă.

- Îi condamn pe acești oameni din Garda Pretoriană la moarte prin spânzurare!

Execuția a fost efectuată de îndată și eficient. Nu au existat proteste, nici rezistență. Casperius Aelianus nu a mai avut nimic de spus, acceptându-și soarta cu demnitate. Și-a ațintit ochii spre cer, în timp ce lațul spânzurătorii îi stingea viața.

Traian asistă la moartea bărbaților, apoi s-a reîntors calm spre cortul său. Lui i s-au alăturat Longinus, Hadrian și Attius Suburanus.

Împăratul a comandat unul dintre cele mai bune vinuri ale sale, folosindu-l pentru un toast.

- Domnilor, astăzi am scris puțină istorie aici! Și, vom face mult mai multă, înainte de a termina.
- Ave, Caesar!, salută Attius. S-a făcut dreptate și Împăratul Nerva este răzbunat.

Traian se întoarse spre Hadrian.

- Vreau ca aceste vești să ajungă de urgență la Roma, iar tu, *Hadrianus*, vei fi mesagerul meu!
- Sunt onorat, Caesar!, spuse Hadrian. Abia aștept să văd chipurile unor oameni din Roma!
- Fără lăudăroșenii!, ordonă Traian. Anunțați onest și simplu!
- Ah, și încă ceva! Attius va merge cu tine. La Roma, își va asuma responsabilitatea și va fi noul Prefect al Gărzii Pretoriene!

Suburanus îi zâmbi lui Hadrian. Totul fusese aranjat, desigur, după planul Împăratului. Singurul care nu a fost implicat în planificare a fost însuși Hadrian.

- Mesajul despre ceea ce am făcut astăzi aici va fi înțeles foarte clar la Roma, tinere Hercule, așa că nu trebuie să-ți faci griji despre cum o vei spune!, zise Generalul Longinus.
- Știi care este acel mesaj?

Hadrian se gândi o clipă.

- Cezarul are un puternic sentiment de loialitate și de dreptate. Cezarul are o voință de fier și ia măsuri decisive.

Făcu o pauză și se întoarse către Traian pentru a-i evalua reacția.

- Iar cei care nu sunt loiali sau sunt nedrepți vor plăti cu viața!

Traian începu să râdă, punându-și brațul peste umerii lui Hadrian.

- Bine spus, Hadrian! Încă mai putem face din tine un om de stat!

Capitolul 28

O pace incomodă

Sarmizegetusa, august 99 d.Hr.

Focul de tabără ridica o ploaie de scântei roşii care pluteau în noaptea întunecată. Dacii ardeau stive imense de lemne pentru că iubeau lumina şi urau întunericul. Lumina era un simbol al divinităţii. Întunericul era un simbol al răului şi al morţii.

Regele Decebal şi invitaţii săi erau aşezaţi pentru a urmări un dans însufleţit al tinerilor. Douăzeci de dansatori cu vârste cuprinsă între cincisprezece şi douăzeci de ani se înălţau prin aer, trecând mai apoi la paşi rapizi şi sofisticaţi de dans. Marea mulţime adunată în jurul lor păstra ritmul cu bătăi din palme, fluierături şi scandări.

În dreapta lui Decebal se aflau doi şefi de trib germanici, Fynn din tribul *Bastarnae* şi Attalu din tribul *Marcomann*. De foarte mulţi ani ambii arau aliaţi importanţi ai Regelui Decebal.

În stânga Regelui, pe locul imediat următor de după Regina Andrada, stătea alături de soţia sa, Tanidela, Prinţul Davi din tribul sarmaţilor roxolani. El şi sora lui Decebal s-au căsătorit cu vreo trei ani de zile în urmă. Roxolanii fuseseră multă vreme cei mai apropiaţi şi cei mai de încredere aliaţi ai Daciei în războaiele acesteia împotriva Romei. Căsătoria lui Davi cu Tanidela a făcut alianţa şi mai puternică.

Toată lumea bea vin răcoros la căldura focului. Cei doi germani lăsaseră deoparte ulcioarele de vin, scoţându-şi propriile coarne de băut. De obicei, acestea erau folosite pentru berea *ale*, dar, mergeau la fel de bine și pentru vin. Amândoi șefii aveau o statură impunătoare și corpolentă, fiind chiar obișnuiți să bea cu strășnicie.

Attalu luă o înghițitură mare din cornul de băut și zâmbi cu apreciere. Și-a aplecat capul bărbos în direcția lui Decebal pentru a se face mai bine auzit, peste sunetul muzicii puternice.

- La plecare, voi lua câteva amfore din acest vin în căruciorul meu de bagaje! Struguri ca aceștia, nu cresc pe pământul meu.
- Desigur, prietene!, spuse Decebal. Servește-te cu cât vrei!

Attalu a ridicat cornul de băut în cinstea lui, apoi s-a tras repede înapoi, atunci când o dansatoare care se învârtea a pășit mult prea aproape de el. Și-a stropit flaneaua cu vin și a început să râdă.

- Voi face la fel!, răspunse bucuros Fynn.

Simțea efectul vinului, iar ochii îi sclipeau.

- Dansatoarele tale dace sunt încântătoare, Decebal! Poate o să iau una acasă, de soție, hahaha?!
- Dacă găsești vreuna dispusă, atunci a ta este!

 Decebal arătă mai apoi spre o dansatoare de șaptesprezece ani, foc de frumoasă, cu părul lung, negru și ochi albaștri pătrunzători.

- Pe aceea, Fynn, nu ai voie să o iei!

Șeful s-a prefăcut a fi indignat.

- Ah, serios? De ce nu?

Decebal îi răspunse cu un zâmbet ironic.

- Pentru că este fiica mea, Zia, iar dacă o atingi, va trebui să te ucid!

Fynn se lăsă pe spate și râse. A întins mâna în care ținea cornul de băut pentru a-l reumple.

Tinerii dansatori au ajuns la un final frenetic, apoi, ca la un semn, s-au oprit cu toții, în aceeași clipă, după ultimul pas al dansului. Cu chipurile lor asudate și strălucitoare, tinerii s-au întors la unison spre familia regală, înclinându-se armonios. Mulțimea aplauda, strigându-și aprobarea. Zia s-a uitat pentru o clipă către părinții ei, apoi a fugit să i se alăture Adilei și prietenilor lor.

Tanidela se aplecă înspre regină.

- Zia a înflorit de când am văzut-o ultima dată, acum trei ani la nunta mea. Micuța mea nepoată a devenit femeie acum!
- Da, așa este, răspunse Andrada. Își așteaptă cu nerăbdare propria căsătorie, în curând.
- Aha! Trebuie să fie emoționant pentru ea.

Zâmbind, Andrada privi înspre Prințul Davi.

- Veți veni la nuntă, desigur?!
- Bine înțeles, Doamna mea!, răspunse acesta zâmbind. Nimic nu ar putea să ne împiedice să facem acea călătorie.

Pământurile sarmaților roxolani se aflau la o depărtare semnificativă, la est de Dacia și la nord de Moesia Inferioară. Erau un popor ce creștea cai, fiind călăreți minunați ce puteau călători rapid oriunde alegeau să meargă.

Diegis sosea ținând-o de mână pe fiica sa, Ana, acum în vârstă de opt ani. Fata avea părul castaniu deschis și ochii căprui-chihlimbar ai mamei sale, Mirela, aflată acum în Raiul lui Zamolxis. S-a dus repede lângă mătușa ei, Andrada, oferindu-i Reginei o îmbrățișare. Andrada, la rândul ei, o cuprinse strâns în brațe, sărutându-i obrajii.

- Ai mâncat suficient, Ana?, întrebă ea.
- Da, mătușică. A fost delicios!
- Ah, de mâncat, mănâncă foarte bine, spuse Diegis. Îmi fac griji pentru somnul ei. Aproape la fiecare două nopți se trezește cu coșmaruri.

Andrada se întoarse spre fată, calmă.

- Deci, visezi urât, nu-i așa? Ce fel de visuri ai?

Ana privi timidă spre pământ.

- Se trezește plângând și speriată de *strigoii* din cameră, răspunse Diegis în locul ei.

Strigoii erau spiritele rele ale oamenilor morți care rătăceau în întuneric.

Andrada o prinse cu blândețe pe Ana de după umeri.

- Fata mea curajoasă, să nu-ţi fie frică! Spiritele nu vor să-ţi facă rău. Tatăl tău va vorbi cu un preot şi va lua nişte apă sfinţită cu busuioc.

Ea îşi ridică privirea spre Diegis.

- Asta va ţine strigoii departe de dormitorul tău, iar tatăl tău ştie asta!

Diegis începu să zâmbească.

- De aceea suntem aici! Îl vom căuta pe Mircea sau pe unul dintre ceilalţi preoţi.

- Nu, nu, băiete! Caută-l pe cel mai bun!, se auzi din spate o voce cunoscută, în timp ce Vezina li se alătură.

O privi cu blândeţe la Ana, cea care părea mereu puţin uimită de vederea Marelui Preot în veşmintele lui albastre, cusute cu argint şi aur.

- Ana, tu ştii cine este cel mai mare vânător de strigoi din Dacia?

Fata clătină din cap în tăcere.

- Nu ştii?! Eu, desigur!, se plânse hazliu Vezina, ceea ce a făcut-o pe Ana să zâmbească.

- Dar, ştii tu, Ana, câţi strigoi au încercat vreodată să mă atace pe mine în toţi anii aceştia?

- Câţi?

- Niciunul! Nici măcar unul singur. Dar ştii de ce?

Zâmbetul Anei a devenit mai luminos.

- Pentru că le este frică de tine.

- Exact! Le este frică de mine. Mie nu mi-e teamă de ei!

Vezina se întoarse spre Diegis.

- Voi trece în seara asta pe la voi, mai târziu. Voi aduce cu mine cea mai bună apă sfinţită care există pentru a-i speria pe strigoi!

- Mulţumesc, Sfinţia Voastră!, zâmbi Diegis. Ce zici, Ana? Cum ţi se pare?

- Excelent, tati!, spuse ea calmă. Vom speria strigoii!

- Descântecele Marelui Preot Vezina sunt foarte puternice, Ana. Datorită acestei puteri, cu mult timp în urmă, a scăpat de o întreagă armată romană folosindu-și magia. Puf! Și a dispărut.

Vezina chicoti.

- Aceia erau un alt neam de strigoi.
- Bine, problema este rezolvată!, decretă Regina. Ana, Dorin este acolo. Vezi copacul acela mare? Îl antrenează pe Toma să nu se țină după alți oameni. Ai vrea să mergi să-l ajuți?
- Da, mătușică!

Dorin era fiul Andradei și vărul Anei, cu doar un an mai în vârstă decât ea. Toma era noul cățeluș al lui Dorin. Cățelușul își urma instinctele naturale de turmă, dar, lipsit de animale pe care să le urmeze, Toma încerca să urmeze alți oameni. Mulți dintre cățelușii turmelor de oi, trebuiau să fie dresați să nu facă asta.

Diegis își privea fiica alergând spre vărul ei și cățelul acestuia.

- Este exact ceea ce avea nevoie. Îți mulțumesc, soră!
- Nu-ți mai face griji, va fi bine!, spuse Andrada, zâmbindu-le strălucitor. Este o fată norocoasă! Are de partea ei un tată curajos și pe cel mai bun vânător de strigoi din regat!

A doua zi, dis de dimineață, Regele Decebal și oaspeții săi au mers să privească antrenamentele infanteriei dacice. Drilgisa și Diegis îi însoțeau. Pe lângă împărțirea forței de luptă, aliații exersau în comun și programele de antrenament, dar și strategia militară. Când trebuiau să lupte împreună, cel mai bine era să facă asta ca o armată coordonată, nu ca triburi separate.

Soldații infanteriei se antrenau în perechi. Unii erau înarmați cu sulițe, alții purtau falxuri, alții luptau cu sica, iar alții mânuiau topoare. Majoritatea dintre ei purtau scutul dacic rotund sau oval din lemn de stejar, întărit la exterior cu inserții din aramă. Un număr mare de soldați erau echipați în armuri romane cu plăci, purtau marele scut roman numit *scutum* și luptau cu un gladius.

Fynn din *Bastarnae* avea o întrebare pentru Drilgisa, generalul de infanterie.

- Vă sunt romanii folositori?
- Da, ne sunt, răspunse Drilgisa.

Aproximativ trei sute de legionari dezertaseră din armata romană, trecând de partea Daciei. Mulți dintre aceștia erau acum folosiți ca instructori ai trupelor dacice.

- Nu ne bazăm pe ei ca să-i învețe pe băieții noștri cum să atace, soldații daci atacă folosind tactici dacice. Dar, sunt de mare ajutor în a-i învăța pe soldații noștri cum să se apere împotriva tacticilor romane de atac.
- Aceasta pare a fi o strategie iscusită, spuse Attalu, întorcându-se către rege. Oare, pentru o vreme, ne-ați putea împrumuta pe câțiva dintre ei?
- Cu siguranță, spuse Decebal. Vă pot fi la fel de folositori, precum ne sunt și nouă. De câți ai nevoie?
- Cred că vreo cincizeci ar trebui să fie de ajuns.

Decebal se întoarse spre Fynn.

- Tu, Fynn, ce crezi?
- Da, îmi place ideea. Aproximativ cincizeci vrem și pentru noi.
- Și tu, Davi?, întrebă Decebal.

Prințul Davi clătină din cap și începu a râde.

- Oamenii mei luptă călare. Ceea ce romanii i-ar putea învăța pe sarmați despre lupta pe cai, trupele mele stăpâneau deja asta, până să împlinească vârsta de doisprezece ani!
- Desigur, zâmbi Decebal. Am încercat doar să fiu politicos.

Se întoarse spre unul dintre romanii veterani.

- Danillo!

Cassius Danillo s-a apropiat repede salutând Regele și pe grupul său.

- Domnule!

Fostul centurion era deja cărunt în jurul templelor, dar, totuși, încă se păstra în formă pentru a fi apt pentru serviciul militar. Era soldat de-o viață.

- Danillo, mâine Șeful Attalu de la marcomani și Șeful Fynn de la bastarni se vor întoarce acasă. Vei alege cincizeci de instructori pentru fiecare dintre ei, iar cei selectați vor pleca cu ei.
- Da, Domnule!, consimți Cassius. Aș putea să întreb cât timp vor fi repartizați oamenii în noile lor poziții?
- Ah, da, asta este o întrebare bună, spuse Decebal, întorcându-se către cei doi germani.
- Majoritatea acestor bărbați au aici soții dace și familii. Vor dori să știe cât timp vor fi plecați. Credeți că șase luni sunt suficiente?
- Da, șase luni, spuse Fynn, privind după o confirmare către Attalu. Celălalt bărbat încuviință din cap în semn de acord.
- Foarte bine, atunci șase luni. Continuă, Danillo!
- Domnule!, salută Cassius, întorcându-se și îndepărtându-se.
- Îți tratezi cu mult respect romanii, remarcă Attalu.
- Da, așa este, cred că și tu ar trebui să faci la fel, Șef!, spuse Decebal. Când acești oameni au venit de partea noastră, au încetat să mai fie romani. Dacă vor cădea din nou în mâinile romanilor, vor fi executați.
- Crezi că pot exista spioni printre ei?, întrebă Davi.
- Este foarte puțin probabil, răspunse Diegis. Majoritatea sunt aici de zece sau doisprezece ani. Dacă vreunul pleacă fără permisiune și fără a avea un motiv foarte întemeiat, îl prindem și îl ucidem.

Regele Decebal se întoarse către oaspeții săi.

- Romanii aceștia de aici nu sunt dușmanii noștri. Dușmanii noștri, domnilor, sunt legiunile romane din Moesia, Banat, Pannonia și Germania. Acelea sunt legiunile care ne vor ataca atunci când Roma va deveni agresivă!

- Desigur, spuse Davi. Chiar acum, legiunile din Moesia îşi întăresc forţele. Construiesc mai multe drumuri şi forturi. Împăratul Traian a vizitat zona alături de oamenii săi, lăsând ordine detaliate generalilor pe care-i conduce.
- La fel este şi în Banat de-a lungul Isterului şi, înainte de asta, a fost în Germania, a adăugat Fynn.
- Traian este un maestru al strategiei, spuse Attalu. Asta îl face şi mai periculos. De asemenea, asta înseamnă că nu va ataca până când nu se va simţi pregătit.
- Aşa cred şi eu, spuse Decebal. A avut o mulţime de succese militare în Germania şi în Pannonia. Este un om care inspiră loialitate şi încredere oamenilor săi. Asta îl face un lider militar primejdios.
- La fel cum sunteţi şi dumneavoastră, Domnule!, adăugă Drilgisa.

Decebal, printr-un gest de modestie, şterse comentariul cu mâna.

- Fără îndoială. Totuşi, bătălia nu este între mine şi Traian.

Se uită în jur la chipul fiecărui bărbat.

- Bătălia este între Roma şi noi toţi!
- Atunci, să vină nenorociţii!, spuse Fynn. Oamenii mei vor fi pregătiţi!
- Şi marcomanii sunt pregătiţi!, confirmă Attalu.
- Voi purta tratative cu ceilalţi şefi sarmaţi, spuse Davi. Ei cunosc pericolul Romei şi se vor uni!
- Da, o vor face, admise Decebal.
- Totuşi, trebuie să fim clari cu privire la un lucru, Rege Decebal, continuă Davi. Dacia trebuie să conducă! Tu, Rege Decebal, trebuie să conduci, pentru că triburile de la nord de Ister îşi pun toate speranţele în tine!
- Dacia va conduce, Dacia va lupta!, făgădui Decebal cu forţă. Şi jur asta, înaintea voastră a tuturor! Atâta timp cât inima îmi bate în piept şi atâta timp cât Zamolxis mă va binecuvânta cu

înțelepciunea și puterea de a conduce oamenii în luptă, nu voi înceta niciodată să lupt!

Roma, octombrie 99 d.Hr

Împăratul Traian plecă în cele din urmă la Roma, la aproape doi ani după moartea Cezarului Nerva și după desemnarea lui ca Împărat. Înainte să ajungă în oraș, deja era clar pentru toți cetățenii Romei, de la cel mai bogat nobil până la cea mai săracă plebe, că noul Împărat era un alt tip de Caesar. Spre deosebire de arogantul Domițian, care, în timpul călătoriilor sale, a luat ceea ce a vrut și a evacuat oamenii din casele lor, Traian a plătit pentru cazare, atât pentru el, cât pentru personalul său, dar și pentru proviziile necesare. Poveștile despre modestia și demnitatea sa au ajuns la poporul Romei cu mult înainte ca escorta regală să se apropie de oraș.

Cezarul Traian a intrat în Roma pe jos prin *Porta Flaminia*, venind în oraș din provinciile de nord. După cum era obiceiul cezarilor, era precedat de doisprezece *lictori* romani care purtau *fasce* încununate cu lauri. Nu a fost organizată nicio paradă, dar Împăratul a fost întâmpinat peste tot de mulțimi extaziate care se aliniau pe străzi și umpleau piețele. Copiii mici erau ținuți pe umerii părinților pentru a putea să-l zărească pe noul Împărat. Pacienții internați au părăsit paturile spitalelor pentru a putea face același lucru.

Traian s-a dus mai întâi să salute adunarea senatorilor, a cavalerilor și a altor nobili care erau cu entuziasm de partea lui. El a vorbit despre istoria și măreția Romei, dar și despre gloria lucrurilor care vor urma. A făcut un jurământ public că nu va practica tirania. El a promis Senatului de la Roma că niciun senator nu va mai fi executat fără un proces echitabil în instanțele de judecată.

Vechile temeri ale orașului, de la frică de sub Împăratul Domițian până la incertitudinea de sub Împăratul Nerva, au dispărut. Acestea au fost acum înlocuite cu noi sentimente de securitate și optimism. Roma era acum condusă de un alt tip de împărat.

Traian a fost escortat la Templul lui Jupiter, unde a săvârşi tradiţionalul sacrificiu de la altar. Sacrificii au fost făcute şi la alte altare din oraş, toate acestea făcând parte din ceremoniile religioase cerute unui nou Caesar.

În cele din urmă, târziu spre seară, Împăratul Traian şi Împărăteasa Pompeia Plotina s-au retras în Palatul Imperial. Pompeia a fost la fel de modestă ca şi Traian, fără a avea aere de privilegiată şi fără a solicita favoruri speciale. Au ajuns la palat fără surle şi trâmbiţe, cu absolut nimic diferit faţă de orice locuitor obişnuit care se întoarce seara acasă.

Era o nouă zi pentru Roma. Era o nouă zi pentru lume.

Notă istorică

Povestea Daciei şi a Romei continuă cu cel de-al doilea roman din serie intitulat „*Decebal şi Traian*." Povestea acoperă ulterior şi cel de-al doilea şi, totodată, ultimul război dintre Decebal şi Traian în cel de-al treilea roman intitulat „*Decebal sfidător: Asediul de la Sarmizegetusa*". Povestea războaielor Romei cu Dacia se încheie cu al patrulea roman intitulat „*Dacia în rebeliune*", care acoperă marile răscoale dacice din anii 117 şi 118 d.Hr., după moartea Împăratului Traian şi ascensiunea Împăratului Hadrian.

Acesta este un roman istoric, nu este o carte de istorie. Cu toate acestea, autorul a depus eforturi sincere pentru a prezenta evenimente şi figuri istorice din acea epocă într-un mod cât mai corect şi cât mai imparţial posibil. Au fost luate în considerare surse disponibile antice, precum şi analizele istorice moderne retrospective.

Relatările istorice originale din acea perioadă (85 - 99 d.Hr.) sunt rare. Ele sunt lacunare şi uneori contradictorii în sursele romane, iar din partea dacică, sunt aproape inexistente. Autorul îşi rezervă dreptul de creaţie literară pentru a umple golurile, acolo unde istoria este tăcută sau incertă şi pentru a crea o poveste cu sens şi captivantă în acest roman.

Istoria Daciei antice este în mare parte păstrată în basme şi cântece populare. Nu au supravieţuit niciun fel de relatări scrise făcute de istorici daci care să prezinte perspectiva dacică a poveştii. Din cauza credinţelor religioase şi a tradiţiilor culturale, dacii nu au construit statui pentru a-şi glorifica liderii, eroii şi zeii lor, aşa cum au excelat romanii. Din păcate, posteritatea suferă din cauza acestui fapt. Cu toate că dacii au avut o cultură veche şi foarte complexă, ea este cu greu recunoscută și cu atât mai puțin mitologizată, în istorie sau în artele plastice.

Această serie de romane relatează războaiele dintre Dacia antică și Roma antică. O face în mare parte prin portretizarea vieții Regelui Decebal al Daciei. El este o figură istorică importantă, care, în mod curios, nu a primit recunoașterea cuvenită nici în istorie, nici în ficțiunea istorică. Cea mai nefavorabilă portretizare, bazată pe ignoranță și stereotipie, este descrierea unui rege sălbatic barbar care a servit drept sac de box pentru Împăratul Traian. Atunci când trăia, bazat pe opiniile sale înregistrate, probabil chiar și Traian însuși ar râde de această portretizare prezentă, naivă și lipsită de respect.

Decebal a fost fără îndoială o figură extrem de influentă în acea perioadă istorică. El a condus cu pricepere o națiune bogată și puternică în Dacia, a fortificat rezistența la expansiunea romană în teritoriul care avea să devină ulterior Europa de Est și a ridicat Romei probleme timp de douăzeci de ani. A fost pe deplin recunoscut în timpul său ca un geniu militar, chiar și de istoricii romani ai vremii sau de lideri romani, precum Împăratul Traian.

Chiar dacă se cunosc foarte puține lucruri despre viața personală a lui Decebal, acțiunile sale publice îl prezintă ca pe un aprig apărător al poporului său. A fost un luptător pentru libertate și independență, manifestând multe dintre calitățile asociate în cultura modernă de astăzi cu oameni pe care îi numim eroi. Fără îndoială, a fost o figură carismatică și complexă, având în timpul vieții sale un impact profund asupra lumii sale. Astăzi, el este comemorat ca un erou național de către descendenții dacilor antici, în România modernă.

Povestea Regelui Decebal nu poate fi spusă fără a povesti și despre cei doi împărați romani, Domițian și Traian. Cele mai multe persoane interesate de istoria antică sunt familiarizate cu războaiele dintre Decebal și Traian. Acestea sunt ilustrate pe Columna lui Traian și în unele relatări ale vremii.

O mare parte dintre oameni nu sunt foarte familiarizați cu domnia lui Domițian, pe vremea când Dacia a provocat în mod regulat serioase înfrângeri militare armatelor romane. Umilirea Romei lui Domițian de către Dacia a fost un factor hotărâtor ce a determinat atacurile de răzbunare ale lui Traian în 101 d.Hr., așa cum este descris în următorul volum „*Decebal și Traian*".

Unii apărători ai miturilor romane, și sunt legiuni, da, (*joc de cuvinte intenționat*) vor prezenta conflictele dintre Decebal și Domițian ca fiind lupte echilibrate, dacă nu chiar victorii romane în mod direct. Însă, realitatea de pe teren arată altfel. Domițian a renunțat să mai lupte cu Dacia în 89 d.Hr. și plătea sume mari de bani anual pentru a menține pacea cu Dacia. Sincer, cine a fost câștigătorul în acea pace negociată, cunoscută de romanii contemporani drept „*pacea lipsită de glorie a lui Domițian*"? Romanii antici ai acelei ere cunoșteau adevărata poveste.

Unii ar putea concluziona că acest roman îl prezintă pe Împăratul Domițian preponderent într-o lumină negativă. Autorul susține că datele istorice aproape că impun acest fapt. Domițian era considerat unul dintre cei mai puțin importanți și cei mai disprețuiți împărați ai Romei, și pe bună dreptate. Nu avem nevoie de istoricii antici, cum ar fi Suetonius sau Cassius Dio, să ne spună că Domițian avea un caracter vicios. O simplă privire asupra comportamentului său ne poate spune că era un personaj vicios, indiferent ce standarde am lua în considerare, fie cele ale Romei antice, fie standardele mai contemporane.

Pe de altă parte, în contrast puternic, Împăratul Traian este considerat de mulți drept *optimus princeps*, cel mai mare dintre toți împărații Romei. Ca strateg militar era cel puțin egal cu Decebal. Ca împărat a fost o figură mult mai complexă și mult mai interesantă decât Domițian.

Traian a petrecut primii trei ani ai domniei sale ca Cezar pregătindu-se pentru ceea ce știa că va fi conflictul inevitabil cu Dacia. La acea vreme, Dacia era a treia putere militară ca importanță din Europa, fiind doar în spatele Romei și al Germaniei. Imediat ce a fost complet pregătit, Caesar Traian a atacat Dacia cu cea mai mare armată din istoria Romei. Rezultatul acestor războaie a schimbat profund istoria, atât a Daciei, cât și a Romei.

Într-o notă generală mai largă, autorul recunoaște că unele dintre prezentările referitoare la Roma antică descrise în aceste romane nu se încadrează în stereotipurile obișnuite despre viața în Roma antică, așa cum sunt ele oferite în alte romane și filme. Acest lucru este intenționat, iar faptele (și opiniile) să fie în puterea de analiză a fiecăruia.

Mulți oameni cunosc faimosul dicton a lui Napoleon care spune că *„istoria este scrisă de învingători"*. Poate că mai puține persoane sunt familiare cu un alt dicton napoleonian, anume că "istoria este o ficțiune acceptată ulterior". Cel de-al doilea dicton este la fel de precis și de concludent ca și primul, de fapt, este inseparabil de acesta. Napoleon a fost un judecător avizat, atât al istoriei, cât și al caracterului uman. Istoria este subiectivă și cel mai bine este să fie privită cu un ochi critic.

Istoria Imperiului Roman este, desigur, mai bine documentată decât istoria Daciei antice. Ea este relatată în principal din perspectivă romană. Sursele istorice din Roma antică au fost fie efectiv romane, fie au fost în mare măsură empatice Imperiului Roman. În această înșiruire *„empatică"* am putea include cu ușurință 90% dintre istorici, romancieri, dramaturgi, poeți și creatori de filme. De la Suetonius la Shakespeare sau chiar până la Ridley Scott și al său *Gladiator*, toată lumea știa mersul lucrurilor.

Această serie de romane privește spre ambele părți ale poveștii, din perspectiva dacică și romană. Aceasta este o cale mai puțin explorată, atât în istorie, cât și în ficțiunea istorică. Autorul susține că acest lucru contribuie la o mai bogată și mai cuprinzătoare istorie și ficțiune.

Îți mulțumesc că ai citit *Decebal Triumfător*. Sper că ți-a plăcut acest roman. Dacă timpul îți permite, te rog să scrii o recenzie despre *Decebal Triumfător*, fie pe site-ul Amazon, pe pagina dedicată cărții, fie pe site-ul de unde ai obținut cartea. Ajută și alți cititori de ficțiune istorică legată de Roma antică și Dacia antică spunându-le de ce ți-a plăcut acest roman. Îți mulțumesc!

DESPRE AUTOR

Peter Jaksa, Ph.D., este un autor care trăiește în Chicago, Illinois, Statele Unite ale Americii.
Este student de o viață al istoriei europene din era Imperiului Roman.
În particular este student al istoriei și culturii Daciei antice.

Cărți scrise de Peter Jaksa
Seria războaielor daco-romane

Decebal triumfător (85 – 99 d.Hr.)
Decebal și Traian (100 – 102 d.Hr.)
Decebal sfidător: Asediul la Sarmizegetusa (103 – 107 d.Hr.)
Dacia în rebeliune (117 – 118 d.Hr.)